新潮文庫

トリニティ

窪美澄著

新潮社版

11488

トリニティ

トリニティ　(trinity)

三重、三組、三つの部分。定冠詞が付いた大文字で始まる the Trinity はキリスト教における三位一体を意味する。

実在の人物や雑誌などから着想を得ましたが、本書はフィクションです。

1

「今日もまた生きたまま目が覚めたか」

七十二歳の鈴子《すずこ》は瞼《まぶた》を開けた瞬間に昨日の朝と同じことを思った。

暖房をつけていない寝室で布団《ふとん》から出した顔だけがひんやりと冷たい。

掛け布団から両腕を伸ばしておもいきり伸びをした。右膝《ひざ》の関節がこくっと鈍い音をたてる。あおむけのまま全身を伸ばしたあと、ゆっくりベッドの上に起き上がって、膝を曲げて座り、顔を敷き毛布に埋めて、両腕をできるだけ前に伸ばす。ベッドの上で体を伸ばしたあとは、さらに立ち上がって体を伸ばす。全身の筋肉を伸ばし体に血を巡らせる。

内側がムートンのルームシューズに足を入れ改めてゆっくり立ち上がると、ベッドを簡単に整えた。リビングに向かいカーテンを開ける。ベランダに置いたビオラの鉢からこぼれるような紫の花弁が風に揺れているのが見えた。日差しには春の気配があるが風は冷たそうだ。鈴子のマンションは八階建ての七階で前には遮るような建物もなかったから、空が広く見えた。その景色だけでこのマンションを選んだようなものだった。東京の真冬の空らしく雲はなく、濁りのない青がどこまでも広がっていた。

キッチンに向かい電気ケトルでお湯を沸かす。その間に寝室に戻り着替えを済ませた。五年前に夫が亡《な》くなり、この１ＬＤＫのマンションに引っ越してきたときに衣類のほとんどは整理してしまった。あと十年くらい。鈴子は自分の残り時間に見当をつけている。

洗面所に行き、顔を洗い歯を磨く。鏡に映る顔は昨日より老いているはずなのに、なぜだか今日は昨日よりも顔色が良かった。化粧水と乳液を顔だけでなく顎《あご》の下や耳の後ろまで丁寧に塗り込み、さらにＢＢクリームを塗る。眉毛《まゆげ》だけは小さなコンパクト型の拡大鏡を手にしながら描いた。白髪の髪をブラシでとかし、ぼんのくぼあたりでおだんごにし、いくつかのピンでまとめた。髪の毛はもうずいぶん長い間切ったことがなかった。鈴子くらいの年齢になると、手入れも面倒といって短く切ってしまう友人も多かったが、鈴子は男か女かわからないような短い髪が嫌いだった。服装だって男か女かわからないのに髪の毛も短くしてしまったら、ますます性別がわからなくなる。ずっと昔に見た映画『八月の鯨』に出てきたリリアン・ギッシュに憧《あこが》れていた。家の前にあるポーチでリリアン・ギッシュは長い白髪をといていた。

冷蔵庫の中から卵とヨーグルトと牛乳を出した。フライパンで目玉焼きを作り、くるみパンをひとつ温める。コーヒーメーカーで作ったコーヒーをマグカップに注ぎ、牛乳を入れる。りんごを半分に切って、半分は皮をむき、残りはラップにくるんで冷蔵庫にしまった。目玉焼き、パン、フルーツ、ヨーグルトにカフェオレ。一人になってから、よっぽどのことがない限り、朝食のメニューは変わらない。決めてしまったらあれやこれやと悩まなくなった。

夫が生きているときは、食にうるさい夫のために洋食と和食を交互に朝食に出していた。もっと昔、子どもがまだ小学校に入る前は、食の細い長女のために朝から海苔《のり》巻きを作ったり、野菜嫌いの長男のために前の晩から圧力鍋《なべ》でスープを仕込んだりもした。いくら若くて力が漲《みなぎ》っていたとはいえあんなことがよくできた、と今になって思う。食材を買い、料理を朝昼晩と作って食べさせたけれど、それで家族の健康な体を作ったという自負もない。あんなに気を遣っていたって夫は体中をがんに侵されて死んだのだ。けれど、毎日変わらない、自分一人だけで食べる朝食が、鈴子はとても好きだった。今、鈴子の心のなかは自分でも意外なほど穏やかな平安で満たされていた。

携帯が鳴ったのは使った食器をシンクに運んでいるときだった。一人でいるのに、はいはい、と声に出して言いながら濡《ぬ》れた手をタオルで拭《ふ》き、ダイニングテーブルの上にある二つ折りの携帯を開いた。発信者の名前はなく携帯番号だけが画面にある。誰だろう、と訝《いぶか》しげに思いながら電話をとった。

「あのね、亡くなったのよ朔《さく》さん。おとといの夜」

電話を少し耳から離さないといけないくらいの大きな声だ。興奮しているのがわかる。

「え、さくさん、て」

「イラストレーターの早川朔よ。あなた親しかったでしょう」

妙子《たえこ》さんが……。早川朔と本名の藤田妙子というふたつの名前は頭のなかですぐに結ばれたが、電話の向こうの女性が誰なのかがわからない。声からして自分と同年代だとはわかるのだが。自分と同じくらいの高齢者にはよくあることだ。いきなり用件を話しだす。それで、そちらさまは。と、どのタイミングで切り出そうかと思いながら、一気にまくしたてる電話の声をじっと聞いていた。

「朔さんが亡くなったら連絡してほしい、というリストにあなたと登紀子《ときこ》さんの名前があったの。だけど、私、登紀子さんの連絡先が分からなくて。あなたから連絡してもらえないかしら。お葬式はしないらしいの。もうご遺体は火葬場にあって、今日の午後ならお顔が見られるそうよ。で、その場所はね」

もう何人にも同じような電話をしているのだろう。電話の向こうの見知らぬ誰かの説明は淀《よど》みなかった。火葬場の場所を確かめ、テーブルの上にあったメモ用紙に書き付けた。わざわざお伝えいただきありがとうございました。最後まで言い終わらないうちに電話はあっけないほどすぐに切られた。

メモ用紙に慌《あわ》てて書き付けた杉並区の斎場には一度行ったことがある。今の電話は嘘《うそ》や冗談ではないだろう。妙子さんが、早川朔が亡くなったのなら、今日か明日の新聞にもお悔やみの記事が載るはず。あんなに有名なイラストレーターだもの。いちばん最後に妙子の絵を見たときのことをふいに思い出した。美容院で渡された女性誌のいちばん後ろのページ。著名な女性小説家のエッセイに朔が絵を添えていた。色鉛筆で描かれたふわりと笑う女性の横顔。相変わらず活躍されているんだと思った。いつからか飾ることをやめてしまったが、家のどこかには結婚祝いにもらったイラストがあるはずだ。イラストレーターとしての華々しいデビュー。六〇年代、七〇年代、八〇年代、九〇年代と、常に一線にいた人だった。若い時分は「彗星《すいせい》のようにデビューした女性イラストレーター」という言葉が早川朔という名前のそばにあった。けれど、月日が過ぎるにつれ、その言葉は「怖い人」「トラブルメーカー」に変わった。会社をやめ家庭に閉じこもっていた鈴子の耳にも、そうした噂《うわさ》が幾度も届いていた。

　東京東部に住む鈴子のマンションから電話で伝えられた杉並区の斎場に行くには、東京の都心を跨《また》いで一時間以上はかかる。自分よりも七歳上、つまり、今七十九歳の登紀子は市《いち》ヶ谷《や》に住んでいるけれどどこかで落ち合うことになれば、さらに時間はかかるだろう。そもそも登紀子は一人で斎場までやって来られるのだろうか。そう思いながら鈴子の手は電話帳をめくり、ずっと昔に記したままの登紀子の電話番号を見つける。

はその電話を携帯ではなく、家の固定電話からかけた。なぜだか登紀子には携帯から電話するのは失礼だ、という気がしたからだ。

呼び出し音が長く続く。

「はい」という小さなしゃがれた声が聞こえた。何年かぶりに聞いてもそれが登紀子の声だとすぐにわかった。自分が緊張していることがわかる。

「木下、いえ、宮野鈴子です」鈴子は旧姓を名乗った。それに対して登紀子の反応はない。昔のままだ、ちっとも変わってはいないと思いながら、早川朔が亡くなったこと、今日の午後、数時間ならお顔を見られるということを簡潔に伝えた。

「斎場に伺います」

相槌《あいづち》も打たずに鈴子の話を聞いていた登紀子がはっきりとした声でそう言った。

「そうですか。では、後ほど」

そう言って受話器をそっと置く。自分の手のひらがかすかに汗ばんでいることに気づいた。いつだって登紀子と話すときには自分は緊張してしまう。何も自分が緊張することはないのに。

あのときのお金だってまだ……。

鈴子は登紀子と最後に会った日のことを思い出していた。今から三年ほど前のことだ。

新宿駅からほど近い喫茶店。今時珍しく店の中は煙草《たばこ》の煙が充満していた。

「少し用立てて下さらないかしら。私、困っていて……」という登紀子からの電話を受けた翌日のことだった。なぜ登紀子が。

祖母も母も物書き、登紀子はフリーライターの先駆け的存在として、鈴子が勤務していた会社の仕事を多く請け負っていた。今もあるファッション誌の文体は登紀子が作ったと言われていた。登紀子にまつわる記憶で最後に思い出すのは、九〇年代に四谷《よつや》に個人事務所を作りバリバリと仕事をこなす彼女の姿だった。

鈴子が勤めていた出版社は芸能週刊誌やファッション誌、女性誌を主に作っていた会社で、あの時代にしてみれば会社員らしからぬ服装の人も多かったが、登紀子のファッションはそのなかでも一風変わっていた。全部を全部高いブランドものでかためるとか、そういう野暮なことはしなかった。着ているものは黒いものが多かったけれど、どこかに一点いつも彼女らしい風通しの良さがあった。インド雑貨店で売っているようなカラフルなストールや、魚市場のおじさんが使っていそうな籠《かご》のバッグとか、細い紐《ひも》のサンダルを上手に組み合わせて、どこかに品の良さがあった。

東京で生まれ育ったほんもののお嬢さん。その印象は登紀子に声もかけずに密《ひそ》かに憧れていたときから、ひょんなことで心を通わせ、交流が始まってからも、変わることがなかった。

新宿の煙たい喫茶店でしばらくぶりに見る登紀子は鈴子が記憶していた登紀子ではな

かった。髪も肌も手入れされているようには見えない。生活のあらが透けて見えた。白髪交じりの髪を後ろで一つ結びにし、化粧をしていない肌に薄茶色のしみが目立つ。登紀子は鈴子のあとから店に入ってきたが、席についても重そうなウールのコートを脱がなかった。そのコートもずいぶん古いものなのだろうという気がした。コーヒーカップを持ち上げたとき、袖《そで》がほつれ、糸が一本飛び出しているのが見えた。

「あのこれ、ほんの少しですけれど」

　鈴子は登紀子の前に封筒を差し出した。登紀子は電話で具体的な金額を言わなかったが、自分にまで電話をかけてくるくらいなのだから、余程生活が困窮していることは鈴子にも予想がついた。登紀子から電話をもらったあと昔の同僚幾人かに尋ねると、登紀子は昔の仕事仲間や関係者にお金の無心をしているということがわかった。

　登紀子は頭を上げると、テーブルの上の白い封筒を膝の上に置いたハンドバッグの中にしまう。

「ありがとう。助かるわ」頭を下げてからそう言うと立ち上がり、すぐさま店を出て行った。テーブルの上にある二人分のコーヒーの伝票には見向きもしないで。こんな状況になってもやっぱりあの人はお嬢さんなんだわ。そう思うとなぜだかおかしかった。

　お金そのものはたいした金額ではない。貸したつもりもなかった。けれど、もう一度登紀子から同じような申し出があれば鈴子はきっぱりと断るつもりでいた。

「専業主婦なんて夫に寄りかかった生活、どこがおもしろいのかしら。夫という大樹がなくなればすぐに路頭に迷うんじゃないの」

若い頃、結婚を機に会社をやめた鈴子が登紀子から言われた言葉だ。その言葉は鈴子の心のどこかに棘《とげ》のように深く刺さっていた。そう自分に言った登紀子が今、自分に頼り、ほんのわずかなお金に頭を下げた。そのとき鈴子は登紀子に対して優越感を持つというよりも、あんなに輝いていた登紀子の人生が簡単に悪いほうに転んでしまったことの恐ろしさを感じていた。

そもそも今日は、近くに住む娘の満奈実《まなみ》のマンションに行く日だ。

結婚を機会にきっぱりと仕事をやめ家庭での生活を選んだ鈴子とは正反対に、満奈実は結婚、出産を経ても、仕事を手放さなかった。会社員二年目で学生時代からつきあっていた恋人と結婚、すぐに妊娠したことには驚かされたが、鈴子はその選択を否定しなかった。同居こそしてはいないが、娘の結婚以来、娘の家を週に二、三度は訪れ、家事を手伝ってきた。メーカー勤務の満奈実の夫は出張がちで家にいないことも多かった。孫の奈帆《なほ》が生まれてから中学に上がる頃までは鈴子も満奈実と共に子育てをしているような気でいた。奈帆が幼い頃は満奈実の代わりに保育園にお迎えに行き、夕食を食べさせ、風呂《ふろ》に入れ、寝付くまでそばにいた。奈帆が成長するにつれ孫育ての負担は軽くなってはいたが、仕事の忙しい満奈実はなんだかんだと鈴子を頼り、鈴子もそれにはりきって応《こた》えた。

子離れも孫離れもまるでできていない、と亡くなった夫はよく鈴子を叱《しか》るように言ったが、鈴子には聞く耳はなかった。働きたいと言っている娘を助けて何が悪いのだろう。そんなときふいに思い出すのは早川朔の生い立ちだった。自分の母親の子育てについて早川朔は多くのエッセイを残していたし、新聞や雑誌の記事にもなった。母一人、子一人で育ったイラストレーターの早川朔。母は食堂の仕事やビルのトイレ掃除などをして、早川朔を美術大学に入れ、花形イラストレーターとして働く娘を今も助けている。あの頃書かれた記事のほとんどがそんな趣旨だった。年老いた母と並んで写真に写る早川朔を見るたび鈴子は思った。私は才能にあふれ世間から注目されるイラストレーター早川朔のようにはなれなかったけれど、このお母さんにはなれる、と。

満奈実が自分の進まなかった大学に進み医療機器メーカーの研究職の仕事についたとき、自分の産んだ子どもが自分の生きなかった人生を生きていくことに喜びを感じた。大学進学、そして共働き。どちらも鈴子のできなかったことだったからこそ、それをかなえた満奈実のサポートには自分のありったけの力を注ぎたかった。

満奈実のひとり娘奈帆も健《すこ》やかに育った。夜泣きや急な発熱で満奈実を困らせることもなかった。小、中、高と地元の公立校に進んだが、いじめられたこともないし、ねじれて反抗することもなかった。満奈実ですらこんなに育てやすい子ではなかった。母親が仕事をしているとこういう子が育つのか、とも思った。勉強で困ることもなかった。浪人することもなく、現役でそれなりの大学にも進んだ。

おばあちゃんが働いていた会社に入りたい、雑誌や本を作る仕事がしたい、と言われたときは、めったに泣くことのない鈴子の目の端に涙がにじんだ。

潮汐《ちょうせき》出版。それが鈴子が高校卒業から二十四歳で結婚するまで勤めた会社だ。会社の名前はともかく雑誌の名前を言えば、日本の女性で知らない人はいないだろう。それが鈴子の密やかな誇りでもあった。勤めていた頃からあの会社は急激にマスコミの中でも人気企業になっていったし、社名がログストアとカタカナになってもその勢いは止まらなかった。

「結婚するまでは潮汐出版にいたの」

誰かに聞かれてそう答えると、自分を見る相手の目が変わることも経験済みだった。夫と見合いをするときだって、平凡な釣書のなかで自分の勤務先だけが誇れる部分で、それがあったから結婚できたのだと思っている。

けれど、あの会社で自分がしていたことは編集ではない。一般事務だ。もっと細かく言うなら雑用係だった。あの会社で何をしていたの。そこまでつっこんで聞く人はめったにいなかったし、自分から詳しい仕事内容を話すことはなかった。編集のようなことをしていたんでしょう。口を閉じていれば多くの人はそう勝手に理解してくれた。夫や満奈実は高卒の鈴子が編集者をしていたわけはない、と考えていたようだったが、奈帆は違った。自分の祖母はあの会社で編集者として過ごしたのだ、と、自分勝手に思い込んでいるようだった。奈帆の誤解を鈴子も解こうとはしなかった。

　奈帆のログストアへの就職は二次選考までは進んだものの入社は叶《かな》わなかった。同じような出版社を奈帆は受け続けた。一次で落とされてしまうのならダメージはもっと軽くすんだのかもしれない。二次、三次選考を通過し、グループディスカッションや面接の段階まで行くのに、最後の最後で落とされる。満奈実の家で会うたび、リクルートスーツに身を包んだ奈帆は痩《や》せていった。

「奈帆はそんなに編集の仕事がしたいんだから、いつかはどこかが拾ってくれるわよ」

　そんな軽口を叩《たた》く鈴子を、奈帆はこの人はなんにもわかっていない、という目で見た。たしかに鈴子は学校から推薦されるままに入社試験を受け、会社に入ってからは上司から言われたことを間違えないようにくり返していただけだった。やっと仕事が一人前になった頃、親戚《しんせき》からすすめられたお見合い結婚をきっかけにすっぱりと仕事をやめた鈴子には、奈帆のつらさは理解できていなかった。それでも奈帆は実用書や自己啓発書を多く手がける中堅の出版社に就職を決めた。その会社の名前を鈴子は聞いたことがなかったが、娘の満奈実のように会社に一度入ってしまえば奈帆も寝食を忘れて働きだすのだろうと思っていた。

　奈帆の帰りが私よりもずっと遅い、という話を満奈実から聞いたのは、去年奈帆が就職をして二年目、五月の連休中のことだった。

「午前様になることも多いの。タクシーで帰ってくるし。それなのに翌日は定時に出て行くのよ。朝は食べずに慌てて出て行くし、昼食も食べられないことが多いみたい。どんどん痩せていくから心配で……」

　満奈実の家のリビングで話を聞いていた鈴子は満奈実が淹《い》れてくれたコーヒーを飲み、奈帆の部屋のほうに目をやった。もうお昼をだいぶ過ぎた時間だというのに、奈帆が起きてくる気配はない。物音ひとつしないのはぐっすりと眠っているからだろうか。その日、満奈実の家を出たのはもう夕方に近かった。そんな時間になっても奈帆は部屋から出てこない。奈帆の部屋のドアを見つめる視線に満奈実も気がついたのか、鈴子の顔を見て深いため息をひとつついた。鈴子にできるアドバイスはなかった。今までどおり満奈実の代わりに満奈実の家を整えることしかできなかった。

「あら、今日は休みなの」

　いつものように合い鍵《かぎ》を使って満奈実の家に入り玄関で靴を脱いでいると、スエットのようなものを着た奈帆がトイレから出てくるのが見えた。奈帆は鈴子のほうを見ようともせず、自分の部屋に入っていこうとする。

「奈帆」声をかけたが、奈帆は返事をしないで、ドアを閉めた。

「奈帆、どうしたの。具合でも悪いの」

　ドアの外から声をかけたが、返事はない。

　今になってやってきた反抗期のようなものだろうか。そう鈴子は思った。奈帆はほがらかでやさしい子。いつもそう思ってきたのに、今になって孫に無視されている。そっけない態度に自分がひどく傷ついていることに気づいた。

「奈帆、軽い鬱《うつ》かもしれないって」

　満奈実からそう聞かされたのは梅雨明け間近の週末のことだった。鈴子が満奈実の家を訪れる昼間、満奈実も夫も奈帆も会社にいって誰もいないはずなのに、三回に一回ほどの割合でなぜか奈帆が家にいる。リビングで顔を合わせても鈴子を無視し、すぐさま自分の部屋に閉じこもってしまう。どこか体調が悪いの、と満奈実にも尋ねたが歯切れの悪いことしか言わなかった。

「体調が悪いのなら、ちゃんとした病院で診てもらったほうがいいんじゃないの」

　その日もそう鈴子が切り出すと、しばらくの間満奈実は黙っていたが、実は……と、奈帆の異変について話し出したのだった。

「とにかく仕事が大変らしいの。毎日残業で深夜にならないと帰ってこないし土日出勤も多いし。家にいるときだって、自分の部屋で仕事しているのよ。まあ私だってそうやって仕事をやってきたわけだけど」

そうね、と言う代わりに鈴子は満奈実の顔を見て頷《うなず》いた。

「仕事に見合った給与をもらってるわけじゃないみたいなのよ。それにね、奈帆、通勤電車の中で過呼吸になって」

「……過呼吸？」

「突然息が苦しくなるみたいなの。ほら、金魚が空気の少ない金魚鉢のなかで口をぱくぱくさせるじゃない。あんなふうに突然息ができなくなって」

満奈実はマグカップに口をつけた。さっき淹れたコーヒーはもう冷めてしまっているはずだ。鈴子がマグカップに手を伸ばし立ち上がろうとすると、大丈夫、と満奈実は鈴子を手で制した。

「どうも……ブラック企業みたいなのよね、奈帆の会社。業界では有名な。新入社員は三年も持たないでやめてくみたい。それで先週……とうとう起きられなくなって内科の病院に連れて行ったんだけど、内臓はどこも悪くないのよ。そこで勧められて近くの心療内科に行ったら鬱だろうって。それほどひどくはないけどね」

過呼吸とか、ブラック企業とか、心療内科とか、鬱とか、満奈実の口から飛び出す言葉を聞くたびに、鈴子は心臓のあたりがひんやりとしてくるのを感じた。自分の人生にそういう言葉が入りこんでくるとは思いもしなかった。ましてや孫が直面している現実の重さにまったく想像が至らなかった自分を恥じた。その気持ちは親である満奈実も同じだろう。

「本人は仕事、絶対にやめたくないのよ。やっと入った会社だし。毎朝会社に行く支度もするの。だけど、玄関から外に出られなくて、そのくり返し」

満奈実の目にうっすらと涙がたまっている。

鈴子はそれを見ていられなくて目を逸《そ》らした。

「会社はもう……しばらくの間はだめね。今はとにかく体を休ませてあげてくださいって病院の先生もそう言うの。やっと就職できて、あんなに喜んでいたのに」

テーブルに両肘をついて手に顔を埋め、満奈実は肩をふるわせた。

その日以来、鈴子は満奈実の家で奈帆の姿を見ることがほとんどなくなった。鈴子がやってくる昼間も自分の部屋で眠っているようだった。鈴子はハヤシライスやクリームシチューなど、奈帆の好物を作り、いつ起きても食べられるように冷蔵庫に用意した。けれど、その食事には手をつけてすらいないことも多かった。ある日洗濯機から乾いた洗濯物を取り出し、籠に入れ、リビングに戻ったときのことだった。掃き出し窓が開きカーテンが揺れているのが目に入った。あら私が開けたままだったかしら、と顔を上げると、ベランダにスエット姿の奈帆がいる。のどの奥が詰まった。奈帆は手すりに手をかけ軽く体を揺らしている。

奈帆は気晴らしに外に出てみただけよ。自分に言い聞かせ掃き出し窓に近づいた。けれど、ここは八階だ。万一驚かせて奈帆が飛び降りるようなことがあれば命はない。息を殺し音を立てないようにカーテンを開け、奈帆の後ろから背中をそっと抱きしめた。奈帆の驚きが鈴子の体に伝わる。骨の感触が頬にあたる。鈴子は思う。こんなに痩せた子だったかしら。

「奈帆……」

背中を抱きしめたままそう言うと、奈帆の体が波打って、うっ、うっ、うっ、と泣き声が漏れる。奈帆が泣き崩れベランダにしゃがみこんだ。鈴子は右腕で奈帆の体を覆《おお》うように抱く。サンダルすら履いていない奈帆のピンク色のペディキュアが無残に剝《は》げたままになっている。

「大丈夫よ、大丈夫だから」と鈴子は繰り返して言うしかなかった。

「おばあちゃん、なんで私なにもかも、うまくいかなくなっちゃったの」

リビングのソファに座らせると、奈帆はしゃくり上げて子どものように泣いた。

「ずっとうまくいってた。ずっとうまくいくと思ってた。だけど、就活からおかしくなって。それからぜんぜんうまくいかないの。私、ずっと努力してきたよ。ずっと頑張ってきたの。なのになのに、なんで」

鈴子は奈帆の隣に腰掛けると、奈帆の背中をさすり続けた。掃き出し窓の鍵が閉まっているのを目で確認してから立ち上がり、キッチンでココアを淹れた。

　奈帆にマグカップを持たせ、飲むようにと目で促す。奈帆はマグカップに口をつけ、すするようにココアを口にした。奈帆の言葉に返す言葉がなかった。高校を出てから結婚するまでの会社での六年間、今の奈帆のように仕事を頑張ってきた、とはとても言えない。毎月お給料をもらって、新しい洋服や靴が買えるのがうれしかった。週末には映画に出かけ、帰りにクリームソーダを飲んだ。そんなことを楽しんでいるうちに時間は過ぎた。そろそろ結婚をする時期だからと、まわりにお膳立《ぜんだ》てをされ、特に嫌いな相手でもなかったから結婚した。主体的に何かを選んできたわけではない。ベルトコンベヤーに流されるように生きてきて今がある。むしろ、奈帆の相談は、結婚をしても出産をしても仕事を投げ出さなかった満奈実になされるべきものなのではないか。

「お母さんに相談してみた？」

　奈帆はしばらくの間黙ったままマグカップをじっとみつめ、その縁を親指でぐいっと拭《ぬぐ》った。奈帆が首をふる。

「できない。お母さんみたいに私は強くないし」

　そう言う奈帆の目から涙が一粒こぼれた。

「お母さんみたいに私は優秀じゃないもん。私はお母さんみたいに仕事ができない」

　奈帆の顔が崩れ、また泣き始める。奈帆が満奈実についてこんなふうに考えていることとをそのとき初めて鈴子は知った。

「そんなに嫌なら仕事やめて結婚でもすればいいじゃない。私だって」

「……おばあちゃん」

奈帆が鈴子の顔をじっと見つめる。

「おばあちゃんにこんなふうに言いたくないけど、専業主婦になれる人なんてごくわずかだし、専業主婦でいたいなんて言う女の人と結婚したがる人、今はあんまりいないんだよ。おばあちゃんの若いときとは時代がぜんぜん違うの。……私、なんて運が悪いんだろう。こんな時代に生まれてきて。自分が入りたい会社にも入れないで」

奈帆の言葉に返せる言葉はなかった。また専業主婦か、と鈴子は思う。なぜいつも仕事をしていない女は同じ女から標的にされるのか。そもそも自分が生まれてきた時代がいいか悪いかなんて考えたこともなかった。それが奈帆の言うようないい時代に生まれてきたということの証《あかし》なんだろうか。奈帆が自分に向けて放った、こんな時代、という言葉から、鈴子の頭のなかにはこれまで生きてきたさまざまな場面がシャッフルされ、鮮やかに蘇《よみがえ》っていた。

戦争が終わった年に生まれてきた自分。けれど、幼い頃には街角に傷痍《しょうい》軍人の姿がまだあった。傷痍軍人なんて言葉、奈帆は聞いたこともないだろう。東京下町の、佃煮屋《つくだにや》で鈴子は成長した。幼い頃の記憶には醤油《しょうゆ》を煮詰めたにおいと店のすぐそばを流れていたどぶ川のにおいがまとわりついている。母は優しい人だったが、父は気性が荒かった。お酒が入ればなおのこと、子どもたちが気にいらないことをすれば、すぐに頭を殴られた。けれど、虐待《ぎゃくたい》されたなんて思ったこともない。近所のどの家も同じようなものだった。

洗濯機、テレビ、掃除機、ステレオ。そんなものが家のなかに増えていくたびにわくわくした。銀座の会社で、最先端の雑誌をつくる現場。そこで出会った最先端の人々。何をしたわけではないのに自分も時代の空気を作っているのだという実感があった。東京オリンピックの歓声。確かに日本は未来に向かって力強く歩んでいた。奈帆くらいのときには夢しかなかった。こんな時代に生まれてきて、などと思ったことはなかった。そう思ったことがないほど自分は恵まれてきたのかもしれないと、そのとき鈴子は初めて思った。

それ以上につきつけられたのは、奈帆がこれほどまでに追い詰められているという事実だ。

「そんなに頑張ってきたのなら少しくらい休んでもいいじゃない。今の会社と奈帆の相性だってあるかもしれないよ」

「おばあちゃん」

奈帆が声を荒らげる。

「鬱だって言われたんだよ私。休職してる暇なんかちっともないのに。働かなくちゃいけないのに。どんどん人から遅れていく。どうしたらいいの」

言い終わらないうちに奈帆の呼吸が荒くなる。はあ、はあ、と肩で息をし、苦しそうに顔をしかめる。これが過呼吸の発作なのだろうか。

「奈帆、奈帆、救急車呼ぼうか」

「大丈夫、しばらく、このままにしていたら治るの。おばあちゃん、大丈夫だから」

奈帆はソファに横になり浅い呼吸を繰り返している。鈴子はその体をさすり続けた。奈帆は鈴子の手をぎゅっと握りしめている。鈴子がこの家に来ないとき、奈帆はこんな発作に一人で耐えてきたのだろうか。仕事中の満奈実に助けを呼んだとは思えない。幼い頃から「ママは仕事だからね」と鈴子が話せば、すぐに納得する子どもだった。そのものわかりのよさを生まれ持った性格の良さだと理解してきたけれど、ほんとうは母親に甘えたい心を押し殺してきたのではないか。

十分ほど横になると奈帆の呼吸は落ち着いてきた。

「奈帆、おばあちゃん、明日から奈帆の面倒をみるわ」

「えっ」

「今までは満奈実を手伝ってるつもりだったのよ。満奈実が大変だろうと思って。だけど、今度は奈帆の番だ。奈帆がゆっくり休めるようにおばあちゃんが手伝う」

「だって」

「おばあちゃんの時間なんていくらだってあるんだから。だけどね奈帆、約束してくれる？　少し休んで、少し元気になったらでいいのよ」

うん、と奈帆は言葉に出さずに頷いた。

「おばあちゃんの遊びにつきあってくれる？　ううん、大げさなことじゃないのよ。美術館に行くとか、デパートに行くとか、東京じゅうに行きたいところがあるのよ。体が動くうちにね。おばあちゃん一人で寂しいんだもの。満奈実は仕事で忙しいし、奈帆が時間のあるときにつきあってくれたらうれしいんだけど」

鈴子も必死だった。実際のところ、ベランダから飛び降りようとした奈帆を見張るために毎日この家に通うのだ。それを奈帆が負担に感じないようにどう言えばいいのか。美術館だってデパートだって、行きたいところがあれば一人でどこにでも行く。小さな嘘は悩み苦しんでいる孫のためについた。

奈帆はしばらくの間考える顔をしていたが、それでも鈴子の顔を見て小さな声で「うん」と返事をした。奈帆はもう立派な大人なのにその声があまりに幼く聞こえて胸が詰まった。

「おばあちゃんといっしょに遊んでよ。どうせ仕事が始まれば奈帆は遊んでいる暇なんてないんでしょう。だったらいいじゃない少しくらい」

自分の言葉に奈帆が納得したとは思えなかった。けれど、自分を見守っている人間がそばにいるのだということを奈帆に伝えたかった。

鈴子は翌日から満奈実の家に通いつめた。満奈実だけでなく、彼女の夫もまた仕事に忙殺されていた。満奈実が仕事で家を出るくらいの時間に到着し、帰ってくる時間まで奈帆を見張っているつもりだった。家事をしていても奈帆がベランダに出ないように注意深く見守った。満奈実の家に通い始めてしばらくの間、奈帆はトイレ以外で部屋を出てくることはなかった。それでも時間が経《た》つにつれ、ソファに座った鈴子を見ては、一言二言、何かを言って、自分の部屋に戻っていく。「晩ご飯なに？」という今までの奈帆から聞いたことがないようなぶっきらぼうな一言でもうれしかった。

二週間に一度は心療内科に出かける奈帆につきあった。服を着るのもだるそうな奈帆に赤ん坊のように靴下を履かせ、くしゃくしゃの髪をといた。病院はマンションから歩いて十分ほどの距離にあったが、寝ているばかりで体力が落ちているのか、奈帆はそこまで歩いていくのもだるそうだ。少し歩いては休み、呼吸を整えて、また歩きだす。何よりもマンションの外に出かけていくのがつらそうだった。マスクで顔を隠し、エレベーターやエントランスで同じマンションの人に出会うと顔を背けようとする。奈帆の代わりに愛想良く挨拶《あいさつ》をするのは鈴子の役目だった。

心療内科の診察室には奈帆が一人で入っていく。奈帆がいっしょに来てほしいと言うのなら同室するつもりだったが、奈帆は一人で治療を受けたいようだった。二、三十分もすると赤くなった目をこすりながら診察室から出てくる。何を話しているのか聞きはしなかったが、来たときと比べると幾分かはすっきりとした顔をしている。診察を終え、処方薬局で薬を受け取ったあとは、そのままマンションに帰らず、短い時間散歩をしたり、ファミレスによって甘いものを食べたりもした。診察で疲れてしまうのか、外出中の奈帆はぐったりした顔をしていたが、外に出たほうが口数も自然に増えてくるようだった。そうやって、数カ月が過ぎた。

鈴子といっしょに遊ぶ、という当初の目的はまだ果たされていないが、最近は少しずつ体重も増えてきたようだし顔色もいい。もう少し温かくなってきたら、奈帆をもっと遠くに、自宅と病院以外の場所に連れだそう。そう考えていたときだった。

早川朔がいる斎場に向かうつもりで喪服を着てきた。奈帆の家に向かいながら鈴子は考える。早川朔がいるという斎場に奈帆を連れて行ってはどうかと。満奈実の家に着くと部屋から奈帆が顔を出した。部屋に閉じこもっていた時期を過ぎて、今では鈴子が来るのを待っているようにも見える。

「何、今日、お葬式？」

喪服姿の鈴子を見て奈帆が言った。

「おばあちゃんの知人なのよ。イラストレーターの早川朔って、奈帆、知ってる？」

奈帆はしばらくの間考えていた。

「……ああ、ログストアの就職試験のとき、その人の名前出てきたよ。ずっと昔、『潮汐ライズ』の表紙を描いていた人でしょう。その人がどうしたの？」

「亡くなったのおととい。お葬式はしないみたいなんだけどね。今日なら斎場でお顔が見れるって、今朝、電話があって。杉並なんだけど。奈帆、いっしょに行ってくれないかしら」

「えっ」

「その斎場に行ったことはあるんだけど、一人で行くのは少し心配なのよ。だから奈帆についていってもらえると助かるんだけど」

寝間着代わりのグレイのスエットを着てソファに座ったまま、奈帆は考えこんでいる。

「そのお葬式にログストアの人がいても、就職試験を受けにきた学生の顔なんて誰も覚えてないよね」そう言って奈帆は鈴子の顔を見る。

「そうねえ、早川さんのお知り合いがたくさん来るだろうから……誰も私と奈帆の顔なんか気にとめないわよ」

「わかった」と言いながら奈帆は立ち上がる。

「私もそろそろ、外出のリハビリしたいと思ってたし。だけど、マスクはしていてもいい？」

「もちろんいいわよ」

うん、と声に出さずに奈帆は頷き、部屋に入って行った。ほんの少しだけ早川朔の顔が見られればそれでいいのだ。朝突然もらった電話から時間は経っているのに、不思議なほど悲しいとか、残念とか、そういう気持ちは湧《わ》いてこなかった。けれど、最後の挨拶をしておかないと、自分が後悔するような気がした。登紀子は来る、とは言ったけれど、会えても会えなくてもどちらでもよかった。むしろ、会ってしまったら、あのときお金を渡したように何かしらやっかいなことに巻き込まれるのではないか、というかすかな不安があった。

喪服に着替えた奈帆が部屋から出てきた。鈴子は家でメモしてきた斎場の住所を奈帆に渡すと奈帆が自分の携帯を操作する。何を見ているのかわからないが、奈帆はだいたいの場所や斎場までの乗り換えは把握できたようだ。

「ここからそんなに遠くもないよ。だけどおばあちゃん」

「ん？」

「私、電車に乗るのが久しぶりだから、すっごく緊張してるの」

「うん」

「薬ものんでるし、ひどいことにはならないと思うけど、もし途中でだめってなったら、おばあちゃん一人でも大丈夫、かな」

「わかった」そう言いながら、鈴子はコートを着た奈帆の肩のあたりのほこりをやさしく手で払った。

最寄《もよ》り駅から地下鉄に乗り、永田町《ながたちょう》で乗り換えて、再び地下鉄。渋谷まで行って私鉄に乗り換え。急行で二駅。そこから斎場までタクシーで行こうと思っていた。渋谷まで二十分もあれば着いてしまう。それでも奈帆の体を気遣って早めに家を出ることにした。地下鉄の駅の入り口で奈帆はほんの少し立ち止り、地下に続いていく階段を見下ろしている。意を決したように奈帆は鈴子の顔を見、銀色の手すりに手を添えて階段を下りていく。

地下鉄の車内はそれほど混雑していなかった。鈴子と奈帆は空いている席を見つけ並んで座った。マスクで顔の半分ほどを覆った奈帆の表情はわからないが、目をつぶり、じっと何かに耐えているようにも見える。まるで祈っているかのようにバッグの上で組んだ奈帆の手を鈴子はそっと撫《な》でた。奈帆の気分が悪くなるようなことがあればすぐにでも電車を降りるつもりだったが、地下鉄を乗り換えたあとも奈帆はつり革に摑《つか》まり、コートの上からでもわかる痩せた体を電車の揺れに任せていた。

なんとか渋谷までたどりつき、地下道を通って私鉄乗り場まで歩いた。平日の昼間なのに、地下道は人が多く人の流れも速い。

「大丈夫？」

奈帆に聞くと無言で頷く。何度か鈴子の体に後ろから追い越していく人たちのバッグや荷物がぶつかったが、あやまる人は誰もいない。奈帆のようにマスクをしている人も多い。今では違和感すら覚えなくなったが、東京の冬がこんなにマスクの人だらけになったのはなぜなんだろう。皆が皆、風邪をひいているわけでもないだろうに。

私鉄ホームから急行の電車に乗った。奈帆が出かける前に言ったとおり、たしかにそれほど遠くはなかった。鈴子と奈帆が乗り込むとすぐに電車の扉が閉まり、暗いトンネルの中を進んで行く。

渋谷から急行で二つ目の駅で降り、そこからタクシーに乗った。斎場の名前を告げると、そこに向かう人が多いのか、運転手は慣れた様子でロータリーから車を発進させる。一度甲州街道に出てから、車は左に曲がった。住宅街の細い道を入っていく。斎場が近づくにつれ喪服を着た人たちの姿が増えてくる。その誰もが早川朔に会いに行くのではないだろうかと思うと、鈴子は次第に緊張し始めた。

五分もかからずタクシーは斎場に到着した。扇型になったエントランスで鈴子は早川朔の名前を探した。けれど、早川、という名前はそこにはない。仕方なく、自動ドアの入り口を入り、それらしい人たちを探した。いちばん奥のスペースに、五、六人の人たちが集まっている。年齢も鈴子とそれほど変わらないような気がした。近づいて一人の女性に尋ねた。

「あの、早川朔さんの」

「たぶんここだろうと思うんですけれど、喪主らしき方も見当たらなくて……」と困ったような表情で答える。まわりを見回しても見知った顔はない。たくさんの人でごった返しているんだろうと思って緊張していた気持ちから、少しずつ空気が漏れていくような気がした。もしかして自分が時間や場所を間違えたんじゃないだろうか、という疑念が浮かぶ。そのとき、鈴子の質問に答えた女性が顔を上げて、

「あ」とつぶやいた。

鈴子も同じ方に目をやった。喪服に身を包み、銀髪を顎《あご》のあたりのボブに揃《そろ》えた一人の老女が歩いてくる。近づくにつれ、喪服のように見えていた服が黒いワンピースなのだとわかる。ずっと昔のコムデギャルソンだろうか。登紀子さんだわ。それはいつかの新宿の喫茶店で見た登紀子でなく、もっとずっと昔、鈴子がまだ会社にいた頃、夜遅くまで机に向かって原稿用紙の升目を埋めていた登紀子の姿に近かった。もちろん自分よりも年上の、八十近い女性だ。腰も少し曲がっているような気もするし、顔の皺《しわ》も深い。けれど、歩いてくる登紀子には、どうしてもこの場所に来るのだ、という気迫のようなものすら感じられた。その場所に集っていた幾人かが登紀子の姿を認めて会釈《えしゃく》をしたが、言葉をかける人はいない。登紀子は鈴子の姿に気づいていないようだ。しばらく迷った末に思い切って登紀子に声をかけた。

「佐竹さん。宮野です。宮野鈴子です」

あ、という顔をして小柄な登紀子が鈴子を見上げる。隣にいた奈帆も慌ててマスクを取り、登紀子に頭を下げた。そのとき、ホールの向こうのほうから声がした。

「早川朔さまの棺《ひつぎ》に色紙を入れたいと思いますので、皆様ご一筆をお願いいたします」

声を張り上げている男性は喪主でなく、たぶん葬儀会社の人なのだろうと思った。だとしたら、やはりここに集まっている人たちが早川朔の直葬に立ち会う人たちなのか。本人の遺志だとしても、あれだけ名を馳《は》せたイラストレーターを送る場所として、あまりにも寂しすぎないだろうか。息子さんがいたはずなのにそれらしき人もいない。回された色紙は色とりどりのマーカーと共にすぐに鈴子のほうにも回ってきた。鈴子は目の前の登紀子に渡そうと差し出したが、登紀子は書く気がないのか、ただ、首を横に振る。鈴子もいったんはマーカーのキャップを外したが何を書いていいのかわからず、キャップを元に戻して色紙を別の人に回した。こんな子どもじみた方法で早川朔を弔うことに抵抗があった。

ホールの中央に並んだ黒い椅子《いす》に登紀子が腰掛けた。離れた場所に鈴子と奈帆も腰を下ろす。

「佐竹登紀子さんよ。有名なフリーライターなの」登紀子のほうを見ながら鈴子がそう言うと、奈帆がぎょっとした顔で鈴子を見た。

「えっ。佐竹登紀子ってまだ生きているの?!」

その声が思いもかけず大きかったので、たしなめるように奈帆の膝《ひざ》に手を置いた。

「奈帆、登紀子さんのこと、知っているの？」

「就活のためにログストアの昔の雑誌、読みあさってたけど、女性誌には必ず名前があったから。それで佐竹さんの書いた本も読みたくて本屋さんに行ったんだけど本屋さんにはなくて図書館で借りて読んだの」

早口で奈帆が耳元でつぶやく。

「おばあちゃんの知り合いなの？」

ええ、と頷いたとき、先ほどの男性が再びやって来た。早川朔さまの棺のなかに花を入れてあげてください、と静かに皆に伝えている。火葬場の扉の前、広いホールの中央に開かれた棺が目に入った。斎場のスタッフだろうか、お盆のようなトレイの上に置かれた生花を配っている。皆が花を手に取り、遺体のまわりに花を添えていく。鈴子もカサブランカを手にとり、棺の中をのぞき込んだ。まるで子どものように小柄な早川朔の体がそこにあった。背は鈴子や登紀子よりずっと小さかったが、仕事の仕方同様にエネルギッシュな人だった。誰が持ってきたのだろう、彼女が生前に描いたイラストが胸のあたりに置かれていた。棺を囲んでいるのは三十人にも満たない人たちだ。これが早川朔の最後だろうか、と思うと、鈴子はふいに胸をつかれた。あまりにも寂しくはないだろうか。

登紀子も白い小さな花を早川朔の顔のそばに置き、早川朔の肩を撫で、顔を寄せて何かをつぶやいた。なんと言ったかは聞こえなかったが、おつかれさま、と言ったようにも聞こえた。ほどなく棺は閉じられ銀色の扉の前に運ばれる。扉が左右に開き、棺はスムーズにそのなかに進んでいった。鈴子は早川朔の顔が見られたらすぐにでも帰るつもりだったがほかにもそう思っている人が多いのか、皆、帰り支度を始めている。鈴子はもうここまでつきあったのだから、最後までここにいようと決めた。奈帆も鈴子のそばを離れようとしない。

先ほどの男性に案内され、パーテーションで区切られたテーブル席に鈴子と奈帆は座った。斜め前に登紀子が座る。登紀子も最後までつきあうつもりなのだろう。鈴子はテーブルの上にあったポットで煎茶《せんちゃ》を入れ、登紀子の前に出した。登紀子と何を話せばいいのか、この前会ったのは登紀子からお願いされて「用立て」したときだ。登紀子のとある噂《うわさ》も耳にしていた。生活保護をもらっている、という噂。

「あの、フリーライターになるにはどうしたらいいんでしょうか？」

鈴子はぎょっとして奈帆の顔を見た。思いつめたような顔で登紀子に向き合っている。いったいこの孫は何を言い出すのか。奈帆がフリーライターになりたいだなんて、たった今初めて聞いたことだ。出版社に勤めたのに、その仕事に疲れて休職しているんじゃないか。くるくると頭のなかをさまざまな思いが駆け巡った。何か口にしなければと思うのだが思うように言葉が出てこない。

「これからの時代、フリーライターはやめておいたほうがいいんじゃないかしら。できることならきちんとした会社にお勤めして、結婚なさるのがほんとうはいちばん幸せなんじゃない。ねえ」

少ししゃがれたような登紀子の声は相変わらずだった。

登紀子は鈴子の顔を見て同意を求めるが、その言葉に頷くこともできない。

「学生さんでいらっしゃるの？」登紀子が奈帆に尋ねる。

「いえ、会社員で今は」奈帆は口ごもる。

「体調を崩して今は休職中なんです」鈴子が言葉を添えた。

「そう。昔も今も、女が働く大変さは、どの世界でも変わらないものね。今のように景気も良くないのなら余計に……」

ふと鈴子がまわりに目をやると、隣のテーブルに座っていた人も帰ろうとしている。結局最後までいるのは鈴子たちも含めて、七、八人なのではないか。

お茶を一口のんで登紀子が続ける。

「フリーライターだ、イラストレーターだ、デザイナーだなんて、横文字の職業が輝いていたのはほんの一時期のことですよ。妙子さんはかわいそうだけれど、フリーランスで働く女の最後なんてこんなものです。実際のところ、そのとき働ける人が働く。だけど、その代わりはいくらだっている……」

登紀子は手にしていた茶碗《ちゃわん》の縁を人差し指で撫でた。

「あの、そういう、佐竹さんのお話を聞かせていただくわけにはいかないでしょうか。皆さんが働いていた時代のこと、私、知りたいんです。そうじゃないと」

「みんな死んじゃいますからねえ」ふふ、と鈴子の目を見て登紀子は笑った。

鈴子は不安そうに奈帆を見つめる。葬儀社の社員らしき男性が近づいてくる。

「骨上げの準備が整いましたので、皆さんどうぞ」

登紀子はバッグの中からメモ帳を取りだし、そこに太い万年筆で何かを書き付けて奈帆に渡した。

「ほんとうに興味があるのならいらっしゃい。あなたが話を聞きたいのなら」

奈帆は深く頭を下げた。二人一組で骨を骨壺《こつつぼ》に納める骨上げは、三組ほどが行っただけで、それ以外の骨はすべて斎場のスタッフが拾った。細かい骨はちりとりと小さな箒《ほうき》のようなもので集められ、さらさらと骨壺に納められていく。骨壺の蓋《ふた》が静かに閉められたとき、これが一世を風靡《ふうび》したイラストレーターの最後か、と胸がつまった。彼女が生きている間に描いた莫大《ばくだい》な量のイラストはいったいどうなるのか。それはもう誰かに見られることはないんだろうか。葬式で誰かの死に向き合うたびに鈴子は思う。人は自由に自分の意志で生きているようでいて、ほんとうのところ死に方だって選ぶことができないのだと。普通に行けば、鈴子自身も、登紀子も生が許された時間は短い。けれど、どんな死に方をするか、鈴子にも登紀子にもわからない。それがひどく残酷なことのように思えた。

鈴子と奈帆が市ヶ谷に住む登紀子を訪ねたのは、その一週間後だった。

奈帆は一人で行くと言ったが鈴子は心配だった。登紀子は生活が困窮している。もしやっかいな相談をされたら、奈帆が一人で解決できるとも思えなかった。奈帆が登紀子に渡されたメモと携帯を交互に見ている。登紀子が市ヶ谷に住んでいるのは、鈴子が会社に勤めていたときから知っていた。登紀子と同じ物書きであった登紀子の母がベストセラーを出したとき、東京オリンピックの数年前にあの当時としては珍しい分譲マンションを買ったと聞いたことがある。けれど、それらしき建物は見当たらない。

「ここだと思うんだけど……」奈帆が古ぼけた雑居ビルのような建物を見上げている。ここではないだろう、と鈴子が思っていると、奈帆が一階の扉を開け、中に並ぶ郵便受けを見た。

「あった。ここであってる。ここの三階」

そう言いながら手招きする。エレベーターがないので階段で三階に上がった。途中で休憩しても息が上がる。ほとんど外に出ない奈帆だって同じようなものだった。肩で息をしている。けれど、今日はこの前の早川朔の葬儀のときのように、電車に乗るのも不安そうな様子はなかった。マスクをしているのは相変わらずだが、奈帆が登紀子の家に行く、と能動的に動いていることが鈴子はうれしかった。

登紀子の部屋の前に立つ。鈴子と奈帆は顔を見合わせる。白く塗装された鉄製のドアには赤錆《あかさび》が浮き上がっている。奈帆がドアの脇《わき》にあるチャイムを鳴らすが、何度鳴らしても反応はない。いないのだろうか、と思った瞬間、内側の鍵を外すような音がした。ドアが開き登紀子が顔を出す。

「ほんとうに来たのね。どうぞ」と言いながら奥に進む。鈴子と奈帆は部屋に入ろうとするが、玄関には紐《ひも》で結ばれた新聞紙の山で靴を脱げる場所がない。それでもなんとか靴を脱ぎ、脱いだ靴は新聞紙の山の上に置いた。部屋はワンルームらしかった。左右の壁際《かべぎわ》に天井まで続く本棚。そこには乱雑に本が詰められていたが、あふれ出した本や雑誌が床の上にもうずたかく積まれていた。そして、クリップで留められ、二つ折りにされ、ゴムでまとめられた原稿用紙らしき紙の束。スクラップ帳だろうか、何かの切り抜き記事を貼《は》ったノートが開いたまま、日にさらされ黄ばんでいる。窓際には鉄製のベッドがあるが毛布と掛け布団《ふとん》らしきかたまりの上に、内側にソースのようなものがべったりついたシチュー皿が載っている。

ぱっと見ただけで三人の女が座る場所はなかった。奈帆も驚いたのか口をぽかんと開けたまま、部屋の入り口で立ち尽くしている。部屋じゅうに大量の埃《ほこり》が溜《た》まっているのだろう。鈴子は立て続けにくしゃみを三回した。テレビでよく見るゴミ屋敷が目の前に広がっている。ここで火事でも起こったら大変なことになるだろう。なぜだか登紀子は買ったときは真っ白だったのだろうと思われるバスローブを服の上に着込んでいる。その下はこの前、早川朔の直葬のときに見た黒いワンピース。もしかしてこの服を汚さないためだろうか。

鈴子はふと玄関横を見た。小さな流しがついているが、そこには汚れた皿やグラスが積み重なったままだ。話を聞く前にまずは部屋を片付けるのが先決なんじゃないだろうか。驚いて立ち尽くす鈴子と奈帆にはかまわずに、登紀子は部屋の中央の荷物をどけている。といっても雑誌や紙の束を本棚のほうに寄せているだけだ。

「さあ、ここに座って」

登紀子がベッドの上からクッションを二つかみ床の上に置く。ゴブラン織りのクッションカバーは所々が剝げ、クッションそのものが座布団のように薄くなっている。最初にそこに座ったのは奈帆だった。迷っていた鈴子も隣に座った。登紀子はベッドに腰掛け、灰皿代わりにしていると思われる皿をベッドの端から引き寄せた。ベッドの脇にある丸い小さなテーブルからハイライトとマッチの箱を手に取る。ハイライトをくわえマッチを擦《す》った。マッチの炎を吸うかのように、ハイライトを近づけ口をすぼめる。その姿が鈴子には懐《なつ》かしかった。あの会社のデスクで、原稿用紙に向かっているときも確かに登紀子はこんなふうに煙草《たばこ》を吸っていた。鈴子自身は吸わなかったが、あの頃どこでだって煙草は吸いたい放題だった。登紀子のはき出す煙が狭い部屋の中を漂う。

　そうして登紀子の長い話が始まった。

2

「うちは母娘《おやこ》三代物書きなのよ」

登紀子はそう言うと、口をすぼめ煙草の煙を細く吐き出した。ベッドに座る登紀子を仰ぎ見るように、鈴子と奈帆はつぶれたクッションの上に正座をしていた。

鈴子は登紀子が座るベッドの奥にある掃き出し窓に目をやる。窓ガラスは曇り中途半《はん》端《ぱ》に開けられたカーテンは元々白だったのだろうが、煙草の煙で琥珀《こはく》色に染まっている。登紀子はひっきりなしに煙草を吸う。掃き出し窓も開いていないし換気扇も回ってはいない。鈴子は煙草も喫煙者も嫌っているわけではないが、自分の着ている洋服や髪の毛が煙草くさくなるのは苦手だった。隣に座る奈帆も奈帆の両親にも喫煙の習慣はない。奈帆はこのにおいと空気の悪さに耐えられるのだろうか。横に座る奈帆をちらりと見る。いつの間に用意したのか奈帆の膝の上には、薄い罫線《けいせん》の入ったノートが広げられ、手にはＩＣレコーダーがあった。登紀子の話を聞きながら、こんなふうにいろいろなことを考えてしまうのは、登紀子の話をもうすでに何回も聞き、彼女が書いた文章を何度も読んできたからだった。

母娘三代物書き。それは、登紀子が自らの半生を語り、書き始めるときのいつもの合図の言葉だった。

「祖母の輝子《てるこ》は三十半ばで夫を亡《な》くし、四十三で亡くなるまで二人の子どもを女手一つで育てたの。輝子の夫は物理学者だったけれど自分自身が研究に専念したいから、生活費を稼いでもらいたい、何か書く仕事をしてみてはどうか、と言って、輝子を漱石《そうせき》に弟子入りさせて」

「夏目、漱石……ですか」

ノートにペンを走らせていた奈帆は思わず顔を上げ、登紀子を見つめた。

「そう、夏目漱石」

それがどうかしたの？　というふうに、登紀子が短くなった煙草を皿に押しつけ、すぐさま新しい煙草に火をつける。

奈帆の驚きにも気をとめることなく登紀子は話を続ける。

「漱石に弟子入りしたもののじきに漱石は亡くなってね。輝子自身は作家になんてちっともなりたくはなかったのよ。最初は物書きなんて『いやでございます』と断った。……それでも夫が、つまり私の祖父がチブスで亡くなって、未亡人になった輝子は仕方なく作家になった。子どもを育てるために、新聞や雑誌に小説や随筆、評論を書き始めた。輝子自身は気づいていなかったのかもしれないけれど、彼女には求められるまま文章を書く才能があった。なにしろ当時は女の作家なんて数えるほどしかいないし、女流作家という言葉ができた頃に作家になったから、すぐに名前が知られるようになった。それ以前に当時は女が仕事を持つことすら珍しかったし、女なんてまるでこの世にいないかのような存在だった」

灰皿代わりの皿は吸い殻でいっぱいだ。鈴子は立ち上がりその皿を手に取った。

「温かいお茶を淹《い》れますね。少し冷えてきたみたいだから」

登紀子は何も言わない。立ち上がった鈴子に視線を投げかけることもなかった。

あの会社にいたときもこんなふうだった、と鈴子はかすかな笑いがこみ上げてくるのを感じた。鈴子と登紀子が同じ場所で仕事をしていた頃、登紀子は外注のフリーライターだったから会社のなかに登紀子専用の机はなかった。誰かの空いている机に座りこんではその上に原稿用紙を広げ、いきなり仕事を始めるのが登紀子の常だった。編集長が煙草をふかしているのかと思って灰皿を替えに鈴子が近づいたら、うずたかく積まれた本や資料の山の向こうに登紀子が座っていて驚いたこともある。灰皿を替えようが、お茶を出そうが、登紀子から礼を言われたことはない。仕事に夢中になっているときは誰の姿も登紀子の眼中にないのだろうと思った。

吸い殻をこぼさないように、と玄関わきの台所に来たものの、玄関や登紀子がいる部屋と同様足の踏み場がなかった。コーラやサイダーの空き瓶が隅に並び、大量の新聞や雑誌が散乱しているので、汚れた皿が積み重なったシンクまで辿《たど》りつけそうもない。白いコンビニのビニール袋を見つけてそれを広げ、手にした皿の吸い殻を落とす。床のかすかな隙間《すきま》をつま先で進みなんとかシンクに近づいた。いやに固くなっている水道の蛇口をまわし、ビニール袋の中に水を注《さ》す。とにかく火の気が心配だった。その袋の口を簡単に締め、シンクの隅に置いた。

温かいお茶を、と思ったものの、電気ポットのようなものはない。シンク横の一口コンロの上にほこりだらけの茶色い薬缶《やかん》が置かれたままになっている。お湯はあれで沸かせるかもしれないけれど一体この部屋にはお茶を飲むカップや茶葉があるのか、と鈴子は思う。

ここを自分が片付けないといけないのではないか。ため息が漏れるのをこらえて、鈴子は口を開き、息を吸った。しん、と冷たい空気が濡《ぬ》れた舌を乾かす。あの日、朔さんの葬式で登紀子に会わなければここに来ることもなかったし、奈帆があのマンションから一歩踏み出すこともなかっただろう。

さまざまな思いが頭をよぎるがとにかくまずはここを簡単に片付けてしまおう。登紀子の途切れることのない話を背中で聞きながら、鈴子は床にしゃがみ散らばった新聞紙やチラシをまとめ始めた。

登紀子の祖母・輝子には二人の子どもがいた。女の子と、男の子が一人ずつ。大正元年に生まれた女の子が登紀子の母、みつ子だった。夫が亡くなったあとも、輝子が文章を書くことで得たお金で子どもたちはかなり贅沢《ぜいたく》に育てられた。

大正十二年、九月一日。みつ子が十一歳のときに関東大震災が起きる。輝子と二人の子どもたちは、いつもの年と同じように輝子一人の力で建てた九十九里の小さな別荘で終わっていく夏の日々を過ごしていたところだった。九十九里でも激しい揺れを感じ古い家屋が倒壊したが、幸にも別荘は無事だった。

三日になり、四谷にあった自宅に戻ろうとしたところ、東京が丸焼けになっているという知らせがその町にも伝わった。今のようにネットはもちろんテレビもラジオもない時代だったが、地震とその後に起こった大旋風によって東京の町が焼き尽くされたこと、火災で亡くなった遺体が筏《いかだ》のように隅田川を埋めたこと、警視庁、内務省、大蔵省も焼失したことなど、断続的にやってくる情報で、海辺のその町もパニック状態に陥った。

輝子と子どもたちが東京に戻ったのは九月も終わりの頃だった。季節はすっかり秋になっていたが秋用のコートもなく、みつ子は夏のワンピースを重ね着して列車に乗った。

両国駅からタクシーに乗り自宅に帰る途中、窓から見えるのはどこまでも続く焼け野原だった。本所《ほんじょ》のあたりでは国技館の骨組みだけが焼け残って、時折小さなバラックがぽつりぽつりと見えた。両国橋を渡って日本橋側に来ても、道沿いにおもちゃのような小屋が建っているだけだった。その風景にみつ子は何も話すことができなくなった。母と姉がじっと押し黙っているのを察してか、いつもは口数の多い六歳下の弟もじっと体をかたくしていた。

四谷周辺は比較的被害は少なく、火災も震災当日の夕方には治まり、運良く輝子の自宅も焼失を免れていた。

みつ子は小学校卒業ののち一流の学者や芸術家たちによるモダンで自由な教育を目指して設立された文化学院に進んだ。教師には与謝野《よさの》鉄幹《てっかん》、与謝野晶子《あきこ》、画家の石井柏亭《はくてい》、作曲家の山田耕筰《こうさく》、さらに寺田《てらだ》寅彦《とらひこ》、有島武郎《ありしまたけお》、北原白秋《きたはらはくしゅう》らがいた。日本で初めての男女平等教育が行われ、日本文化だけでなく、キリスト教、西洋文化的な教育が盛んに行われた学校だった。娘のみつ子をこの学校に通わせたいと思うほど輝子は先進的な女性であったし、教師陣に顔見知りも多かった。そして、娘を文化学院に通わせるだけの十分な生活の糧《かて》を文筆から得ていた。

四谷の家にもその後に移り住んだ成城の家にも、輝子を訪ねて作家や編集者、音楽家、画家、建築家などがやって来た。輝子自身が当時の流行語であった「新しい女」、つまり男性社会の支配を越えて、言いたいことを言い、自立して生きる女性だった。そしてその娘であるみつ子も、仕事を持つ母の生き方を間近に見、母を取り囲む芸術家に触れ、そして文化学院でも自由な空気を吸いながらハイカラなお嬢様としてのびのびと成長していった。

みつ子が、画家である佐久間波瑠《はる》と出会ったのも、文化学院に通っていた頃のことだ。波瑠は岩手県盛岡市に生まれた。一中を一年長くかかって卒業し、けれど、一高、東大という当時のエリートコースには進めず、慶應《けいおう》に進んだものの、外交官にはなれないとわかって大学を中退して渡仏。その頃、パリにいた藤田嗣治《つぐはる》やキスリングに大きな影響を受けて絵描きになった。同時に、当時盛んになりつつあったシュルレアリスムにも大きな関心を寄せていた。

「だから初期の絵は日本にシュルレアリスムが流行する前のなんというか新しい絵ね。つまりあの人はなんでもよかったの。何かしゃれた感じの人でありたい、という意欲だけが先走りする人だった」

そう言いながら登紀子は本棚のほうにちらりと目をやった。自分の父をあの人、と呼ぶことにかすかな違和感を持ちながら、奈帆も登紀子と同じ方に目をやった。書棚の下のほうには大判の本が並んでいるが、その書名は黄色く変色して読めない。画集だろうか、と奈帆は思った。

藤田嗣治、という画家の名前にはかすかに聞き覚えがあるが、佐久間波瑠という画家の名前は今登紀子から初めて聞いた。登紀子は立ち上がり本棚に近づいてしゃがみ、何かを探そうとしている。佐久間波瑠の画集を見せてくれようとしているのだろうか。奈帆はコートのポケットから携帯を取り出し佐久間波瑠の画像を検索した。最初に出てきた絵は、低いビル群の上に水滴を横にしたような形の雲が浮かんでいる絵だった。雲そのものも灰白色、雲が浮かんでいる空も灰緑色で、暗い色調がどこか不穏な空気を孕《はら》んでいる。タイトルは「Rien」。「何もない」を意味するフランス語だ、という説明がある。

「あの」

奈帆はしゃがんでいる登紀子の肩を叩《たた》きその画面を見せた。登紀子は携帯に顔を近づけたり遠ざけたりしながら、ふいに気がついたようにチェーンで自分の胸に下げていた老眼鏡をかけてもう一度見た。上がった口角のその緩やかな角度で、奈帆は彼女が微笑《ほほえ》んでいるのだとわかった。

「そうね。あの人の代表作と言えばこれくらいしかないのよ」

そう言いながらもう一度携帯の画面を眺め、携帯を奈帆の手に渡した。

台所から鈴子がたてる音がする。おばあちゃんのことだ、さっき見た散らかり放題の台所を片付けているに違いない。そのことに対して登紀子は何も言わない。人を遣い慣れている人だ、と奈帆は思う。平成に生まれた自分とはまったく違う世界にいた人。登紀子の話を聞いて想像しようと思ってもうまく像が浮かばない。話はあちらこちらに飛ぶ。それでも話は聞こう。この人が今日話を終えるまで。そう奈帆は思っていったん止めたＩＣレコーダーの録音のスイッチを再びオンにした。

みつ子と佐久間波瑠が出会ったのは文化学院の美術科に在籍するボーイフレンドに半ば強引に連れて行かれた銀座の、とある画廊だった。みつ子はそのとき十四歳。特定の恋人はまだいなかったが、映画を見たり放課後にお茶をのむ程度のボーイフレンドは幾人かいた。母の輝子もみつ子のそういったつきあいについて知ってはいたが、うるさく口をはさむようなことはなかった。

漆喰の壁に飾られた暗い色彩の抽象画のキャンバスを見ても、みつ子の心にはなにか強い感想が浮かぶことがなかった。むしろ退屈な絵だ、と、みつ子はボーイフレンドの横で大きなあくびをかみ殺していた。ふいに画廊のドアの入り口につけられた鈴が小さな音を立てた。一人の男が画廊に入ってくる。男は画廊の主人と二言、三言、言葉を交わすと、みつ子たちと同じように絵を眺め始めた。

自分よりずいぶんと年上の男の人だ、とみつ子は思った。外套《がいとう》を着たままひとつひとつの絵をずいぶんと時間をかけて見ている。男が着ているチェスターフィールド風の外套がとてもしゃれている。紺のような緑のような、日本の男が着ることのないような複雑な奥行きのある色。じっと見つめては失礼だろう、とみつ子は思ったが、目の前にある絵よりも男の背中に目が吸い寄せられる。大人の紳士だ、とみつ子は思った。途端に隣にいるボーイフレンドが子どもっぽく見える。みつ子は二、三歩後ろに下がり絵を見ているふりをして、その男を眺めた。ボーイフレンドは飾られた絵によほど興味があるのか、やたらに時間をかけて絵を眺めている。美術がわかる人間であるということをアピールするための自分へのポーズかもしれない、とみつ子は思い、ややげんなりもした。私がこんなに退屈していることすら気づかないなんて、と小さないらだちさえ生まれた。

男はひととおりの絵を見てまわると、来たときと同じように、画廊の人間と言葉を交わし始めた。ボーイフレンドはそのとき初めて、自分たち以外の人間が画廊にいたことに気づいたように男のほうに目をやった。ボーイフレンドはわざとらしく目を見開いてみつ子を見つめる。みつ子は意味がわからず首をかしげた。

画廊を出るとボーイフレンドがやや興奮したように口を開いた。

「さっきの」

「え？」

「画廊にいただろ」

「外套を着た？」

「そう。あれ、佐久間波瑠だよ。新進画家の」

みつ子は佐久間波瑠という名前をそのとき初めて耳にした。

「一年前くらいにフランスから帰ってきたんだ。去年の秋に丸善で個展を開いて。それが素晴らしかった」

ボーイフレンドは新進画家だという佐久間波瑠の絵について興奮してまくしたてるが、

彼の言葉の多くはみつ子の耳を通り過ぎてしまう。けれどこの日、佐久間波瑠という画家の名前と波瑠が着ていた洒落《しゃれ》た外套の色だけは、みつ子のなかに深く印象づけられていた。

それから数日後、みつ子は成城のバス停から自宅までの道を一人で歩いていた。学校が終わったあとまた違うボーイフレンドと『囁《ささや》きの小《こ》径《みち》』という映画を見た帰りのことだった。その頃の成城はほとんど家もなく雑木林が至る所にあった。細い道が雑木林の中まで続いている。

ふいに前のほうから足音が聞こえた。このあたりにはまだ野犬も多かった。向こうから一人の男が歩いてくるのが見える。帽子を深くかぶっていて顔はよく見えないが、その外套には見覚えがあった。外套を着た男は、帽子に手をやってみつ子に軽く会釈《えしゃく》をすると、そのまま雑木林の入り口のほうに歩いていく。すれ違ったとき、日本にはないような外国の煙草《たばこ》の香りがした。佐久間波瑠だ、とみつ子は思った。けれど、佐久間波瑠がなぜここに。

家に帰ると、母の輝子が応接間から出てくるところだった。応接間のドアの向こうから、さっき波瑠とすれ違ったときと同じ煙草の残り香が漂ってくる。

「お客さまいらした？」

「ええ、佐久間さんという画家のね」輝子は着物の襟を合わせながら言った。

「佐久間波瑠」

「あら、あなた知ってるの？」

「新進画家なんでしょう。フランス帰りの」

「ええ、なんでもこのあたりにアトリエを建てたいとおっしゃってね。もうこのあたり寂しいからぜひ、ってお話ししたのよ」

　そう言って母は書斎に入っていった。夕食までまだ仕事をするつもりなんだろう。みつ子はさっきまで波瑠がいたはずの応接間に向かった。テーブルの上、ガラスの灰皿には煙草の吸い殻が数本残ったままだった。みつ子はそのうちの一本を思わず手に取り鼻に近づけた。波瑠とすれ違ったときの煙草の香りが鼻腔《びこう》を刺激する。煙草は嫌いなはずなのに、この香りは嫌いじゃない、とみつ子は思った。

　波瑠がみつ子の家を再び訪れたのはその一週間後だった。輝子は毎週金曜日を来客たちの訪問日に決めていた。執筆を頼みに、そして依頼した原稿を取りに来る編集者や、女の物書きとして第一線で活躍する輝子に挨拶《あいさつ》に来る新進作家、波瑠のようなフランス帰りの画家、とりたてて輝子に用事のない者でも、当時の最先端を生きる男性たちが代わる代わる家を訪れた。訪問日を設けたとはいえみつ子が家にいるときは執筆で忙しい母の代わりに、また、原稿が出来上がるまでの時間稼ぎのために、みつ子が来客の相手をさせられることがしばしばあった。

その日波瑠が家に顔を見せても、

「ちょっとお待ちになってね」と言ったきり母は書斎から出てこない。来客を待たせているという罪悪感は母からは感じられなかった。むしろ男性たちを待たせているということに母は喜びを感じているのではないかとみつ子は思った。仕事が立て込んでいるときには挨拶だけをしてみつ子に相手をさせ、しびれを切らした来客が帰ってしまうこともあった。みつ子は来客の相手をするのはいやではなかった。母の元にやってくる人たちの話は、学校の同級生やボーイフレンドの話よりも刺激的だった。

「この近くにアトリエ建てるの？」

みつ子は紅茶をすすめながら波瑠に聞いた。どんなに年上の来客でもみつ子は敬語を使うことはなかった。それが当たり前のことだと思っていた。敬語を使わないことを母から咎《とが》められたこともない。

「いやあ、あれは……そう思ってみたものの先立つものが足りなくて」

波瑠は恥ずかしそうに頭をかいた。波瑠は背広の内ポケットから煙草入れを出し、ぱちんと音を立ててそれを開くと、煙草をくわえ、マッチで火をつけた。あの煙草の香りだ、とみつ子は思った。紫色の煙がゆらゆらと立ち上り、部屋の中に差し込む午後の柔らかな光がそれを浮かび上がらせる。

「ね、パリってどんなところ？　波瑠さんがパリにいたころのお話聞かせて」

みつ子は体を乗り出して波瑠に尋ねた。波瑠はみつ子の積極的な様子に一瞬ひるんだ様子を見せたが、それでも口を開いた。

「パリはパンが安くてうまいんです。棒みたいに長いパン。これを買って、皆齧《かじ》りながら歩く。カフェでは三日月の形のパン。バタがついているみたいでとろけるようにうまい。朝はカフェのコーヒーとこのパンがあれば言うことはありません」

　ダンフェルという町の広場には三越の入り口にあるような寝そべったライオンの像があること。パリの下町には日本の下町と似た空気があること。波瑠は思いつくままみつ子に話してくれた。脈絡のない波瑠の話をみつ子は彼の顔をじっと見つめながら聞いた。その頃のみつ子の髪は黒髪を耳の下あたりで切ったいわゆるモガの断髪スタイルだった。波瑠の視線をみつ子は感じる。

「みつ子さん、ルイーズ・ブルックスは好き？」

「大好き！」みつ子は声を上げた。

「今、日比谷の邦楽座で『美女競艶《きょうえん》』という映画がかかっているの。良かったら見に行かない？」みつ子の提案に波瑠は思わず頷《うなず》いた。映画の約束をしたあとも、パリの話、映画の話、二人の話は尽きなかった。夕暮れに近くなった頃、応接間のドアが開いて輝子が顔を出した。緊張しながら波瑠が来週みつ子と映画を見に行きたいこと、帰りは必ず自宅まで送り届けることを伝えると、輝子は反対する様子もない。「どうぞ、いってらっしゃいな」と、執筆に疲れた顔をしながらもにこやかに言葉を返す。「新しい女」である輝子は、自分の娘がずいぶんと年上の男と二人だけで出かけることに眉《まゆ》をひそめる様子もない。

翌週の土曜日、みつ子は新宿で波瑠と待ち合わせ、タクシーで邦楽座に向かった。けれど、いつもの街の賑《にぎ》わいはなく、照明は落とされ静まりかえっている。波瑠とみつ子が映画を見ようとしたその日、大正天皇が崩御し、「歌舞音曲遠慮」となって、映画の上映や歌舞伎《かぶき》、演奏も自粛されていたのだ。

「仕方がない。銀座でごはんでも食べましょう」と波瑠は言い、二人は銀座七丁目にあったモナミ、作家の岡本かの子が名付け親だというレストランに向かった。

文化学院のボーイフレンドとごはんを食べたことはあっても、波瑠のような大人の紳士と二人だけで食事することは経験がなかった。家には母の仕事関係の来客が多く、そのなかにはもちろん波瑠くらいの年齢の男性もいる。そういう男性にだって敬語を使わずてらいなく話ができるのに、波瑠と話していると、今までに誰にも見せたことがない自分がふいに顔を出してしまうような恐れを感じた。自分をよりよく見せたい、などと生まれてから一度も思ったことはないのに、波瑠には自分を魅力的な女性だと感じてほしい、そんな思いが頭をかすめる。自分のなかに不純なものが混じり始めているような違和感があった。けれど、みつ子はそれを悟られまいと必死で取り澄ましていた。

みつ子は目の前にいる波瑠の顔を見た。七三に分け、オイルのようなもので後ろに撫でつけた髪、尖《とが》った鼻と薄い唇。そうだ、俳優のクライヴ・ブルックに似ているんだわ、と思った。それと同時にみつ子が幼い頃に亡くなった父にも似ているような気がした。料理が来るまでの間、波瑠は真っ白いハンカチでしきりに額の汗を拭《ふ》いた。この人は大人の男性なのに、もしかしたら緊張しているのかしら。そう思うとみつ子はなぜだか愉快な気持ちになった。食事中も二人の会話は途切れなかった。主にみつ子が聞き、波瑠が答えた。

「ねえ今度、波瑠さんのアトリエに行きたいわ。波瑠さんの絵が見たい」

みつ子の言葉に驚いて波瑠は目の前にあるグラスの水をガブ飲みした。

アトリエとはいっても内幸町《うちさいわいちょう》にある狭くて小さなその家は波瑠の自宅でもあった。パリから帰った波瑠にはお金がなかった。新進画家として名前は少しずつ知られるようになってはいたが、絵が飛ぶように売れる訳でもない。借家の一間暮らし、ベッドから手を伸ばせるような距離に描きかけの絵と絵の具があった。

「そう、いつか……いつかね」

そう言いながら、波瑠はまた水を飲み、額の汗をハンカチで拭いた。

その日は食事をしただけで波瑠はみつ子を成城の家まで送り届けた。

以来、一、二週に一回、二人だけで食事をするようになった。食事が終わる頃には

「来週はどうする？」という話をどちらからともなくするようになっていた。その頃のみつ子には波瑠のアトリエと共に行ってみたい場所があった。

「帝国ホテルのティーダンスってご存じ？」

「ああ……帝国ホテルのティーダンス。みつ子さん行ったことがあるの？」

「ええ。一度だけ。だけど、一人じゃ行けないでしょう。学校のお友達じゃ頼りないし、連れて行ってくれる大人もいないし」

　連れて行ってくれる大人、というみつ子の言葉に、波瑠は苦笑しながらも答えた。

「来週、ぜひ行きましょう」

　波瑠の言葉にみつ子は満面の笑みを浮かべた。

　昭和の初め頃、帝国ホテルにティーダンスという時間があった。毎週水曜と金曜、夕方の二時間、メインダイニングルームの真ん中のフロアを踊り場にしてダンスパーティーが開かれる。フロアの二階では生バンドがジャズやタンゴ、ポピュラーミュージックを演奏し、お酒の代わりにお茶を、ダンスの合間に軽食がつまめるようにサンドイッチやプティフールが供された。お茶の時間に行われるパーティーだから本格的なダンスパーティーのようにイブニングのドレスである必要もなく、カジュアルな服装で参加できる。良家の若者の社交の場になっていたが、みつ子のような十代の学生には帝国ホテルも、ダンスパーティーも、映画を見に行くような身近な娯楽ではなかった。みつ子は輝子の知り合いである作家、川口松太郎に連れて行ってもらったことがあるが、そのとき一度だけで、いつかまたティーダンスに行ける日を夢見ていた。波瑠ほど年齢の離れた大人となら十四の自分が踊りに行っても、子どもがこんなところに来て、という無遠慮な視線を投げかけられることはないだろう。

波瑠と出かけた当日、二人はまずは紅茶を一杯ずつ飲んでからフロアに出た。軽快な音楽に合わせてみつ子は踊った。布をたっぷり使ったワンピースの裾《すそ》が音楽に合わせて揺れる。フロアには波瑠とみつ子以外のカップルもいたが音楽に体を揺らしている程度で、みつ子ほど本格的に踊っている人間はいない。波瑠もみつ子と共に踊った。波瑠は数曲踊ったところで息が切れ、額にも脇《わき》の下にも汗をかいていたが、みつ子には疲れた様子が一切ない。

「僕は少し休むね。君は踊っていて」

波瑠は一人フロアを離れ、椅子《いす》に座り、紅茶で渇いた喉《のど》を潤《うるお》した。みつ子は自分に目をやる若い男たちの視線に気づいていたが、それを無視して踊り続けた。

曲が穏やかなワルツに代わり、この曲では踊りたくないと思ったみつ子はテーブルに戻った。波瑠がみつ子に尋ねる。

「ダンスが好きなんだね」

「大好き」

レストランや映画館でみつ子は自分が好きなものに対して、弾《はじ》けるようなその言葉を幾度も口にした。

バンドが違う曲を演奏し始めた。曲は「ラモナ」。当時、公開された映画の主題曲だった。ワルツの穏やかなメロディーがフロアに響く。波瑠がその曲の歌詞を小さな声でつぶやく。「Ramona, I need you my own」。

「みつ子さん、来週僕のアトリエにいらっしゃい」

波瑠のその言葉に、何曲踊っても変わらなかったみつ子の頬が即座に赤く染まった。

正直なところ、あれほど見てみたいと思っていた波瑠のアトリエはみつ子が思い浮かべていたようなものではなかった。一室だけの狭く簡素な部屋、古い鉄製のベッド、脱ぎ散らかされた服、描きかけのいくつかの絵、最後までしぼり出された油絵の具。大好き、と言えるようなものは波瑠の部屋にはあまりなかった。けれど、パリ帰りの新進画家の男の家に放課後一人で立ち寄る、という事実がみつ子を興奮させていた。学校の同級生たちだってそんなことをしている人間はいないだろう。初めて波瑠の家に行った日にみつ子は生まれて初めて口づけをした。波瑠の吸う煙草の味が口のなかに広がった。翌日から学校のボーイフレンドが子どもに見えて仕方なかった。

みつ子はほぼ毎日のように波瑠の家に行くようになった。帰りは波瑠がみつ子を成城の家まで送った。輝子も娘の恋人としての波瑠を自然に迎え入れた。結婚、という言葉が、波瑠よりも先に輝子の口から出てきたのは、波瑠とみつ子がつきあいを始めて、数年が過ぎた頃だった。

十七歳になっていたみつ子が十二歳年上の男の花嫁になることに、輝子に不安がなかったわけではない。けれど波瑠が「少し変わったしゃれたものが好き」な人間だったように、輝子もフランスで絵を学び、シュルレアリスムという新しい絵画の流れに触れているこの男のことが嫌いではなかった。波瑠が絵だけでみつ子を食べさせていける、とも思ってはいなかった。そんなことは自分のまわりにいる画家たちを見てもわかる。けれど、娘夫婦ですら自分が養っていけるとこの頃の輝子は考えていた。原稿料の高い新聞連載の小説を書いていたし本の刊行も続く。一人娘の花嫁支度と二人の生活を支えること。それが女である自分にはできる、という算段でいた。稼ぎのない男だけれど、家族にフランス帰りの画家が加わることを誰よりも喜んでいたのは輝子かもしれなかった。

輝子が波瑠を好ましく思ったのと同様に、十一歳になったばかりのみつ子の弟も波瑠になついていた。みつ子と同じように弟も波瑠に亡き父の面影を重ねているのかもしれなかった。波瑠への愛着は弟の生き方にも影響を与えた。その後、弟は波瑠と同じようにパリで絵を学び、波瑠と同じ画家になる道を選んだ。

そして、波瑠とみつ子は結婚する。二人がティーダンスで幾度となく通った帝国ホテルで挙式が行われることになった。

結婚とは何かとか、男の人と生活をする心構えとか、そんなことを十七歳のみつ子は考えたことがなかった。披露宴のあとに行われるバンケットホールでのダンスパーティー、それだけが彼女の頭を占めていた。

ウエディングドレスを着てヴェールをつけたみつ子を見て、輝子は何か言いたげな顔をしている。

「お世話になりました」と挨拶をするべきだろうとは思っていたがうまく言葉が出てこない。その言葉の意味も重さもみつ子には理解できていなかった。輝子とはあまり言葉も交わさないまま、みつ子は迎えに来てくれた車に乗った。

大神宮に到着するとモーニング姿の波瑠がみつ子をまぶしそうに見た。波瑠の蝶《ちょう》ネクタイをみつ子が直す。幼い花嫁のその様子を、まわりにいた者たちが温かく見守っていた。

やっと大神宮での式を終えて波瑠と車に乗り込むとき、「さあ、これからが私のほんとうの結婚式」とみつ子の胸は高鳴った。

スピーチでは媒酌人のあとに、十数年ぶりに日本に帰国していた画家の藤田嗣治が続いた。藤田は波瑠がフランスにいる間、世話になった人でもあった。藤田の後には作家の菊池《きくち》寛《かん》、久米《くめ》正雄《まさお》などが続いたが、みつ子の気はそぞろだった。本音を言えば早く踊りたかった。上の空でスピーチを聞き、最後のスピーチが終わって楽団がジャズを演奏し始めると、見えないようにほっとため息をついた。花嫁が踊ってもいいものだろうか、と考えないことはなかったが、十七歳のみつ子にとっては踊りたい気持ちのほうが勝った。最初はまわりの目を気にしていたが、波瑠と踊り始めたら「これが結婚後初めてのダンスなんだ」と、その日初めて胸が震えた。数曲踊ったあと、波瑠は「少し休ませて」とみつ子の腕をとった。その腕を引っ張って、みつ子は波瑠をフロアの中心に押し出す。波瑠は額に汗をにじませているが、みつ子は見て見ぬふりをした。ヒールのつま先の痛みなどどうにでもなれ、とみつ子は思った。踊ることの陶酔だけがみつ子の体を甘く浸していた。

　登紀子と奈帆の前にお盆が置かれ、薔薇《ばら》模様の紅茶茶碗《ちゃわん》と、陶器のマグカップ、縁のかけた湯飲みが置かれた。揃《そろ》いの食器などなかったのだろう。奈帆の隣に鈴子が座り、濡れた手をバッグから出したハンカチで拭《ぬぐ》う。登紀子は手を伸ばし紅茶茶碗を手にした。お盆の上にある食器のなかではそれがいちばん高価なもののように奈帆には見えた。けれど、縁を彩《いろど》る金色はところどころ剝《は》げている。中に入っているのはインスタントコーヒーだと思うのだけれどまったく香りがしない。登紀子の部屋にあったものだとしたらそれは新しいものではないだろう、と奈帆は思った。鈴子と奈帆は、そのインスタントコーヒーもどきに手をつけなかったが、登紀子は「ああ、おいしい」と言い、音もなく何度も口にする。

ゆうに二時間は過ぎていただろうか。奈帆は引き込まれるように登紀子の話に聞き入っていたが、平成生まれの自分にとって、昭和を越えて大正の話になると、想像を超えた話になる。しかも、登紀子の母であるみつ子もその母である輝子も、今風の言葉で言うならば、底辺の場所にいた人ではない。むしろ反対だ。庶民とは真反対の生活。上流の暮らしをしていた人だ。夏目漱石、モガ、帝国ホテル。固有名詞だけで目まいがする。帝国ホテルは、今もまだあるホテルだと知っている。けれど奈帆自身は行ったことも、食事を、いや、お茶ですらしたことはない。登紀子がする話の煌《きら》びやかさと、今、登紀子のいる部屋はどうやっても相容《あいい》れない。

「『新しい女』だった私の祖母や母の、輝かしい時代の記憶ね」

登紀子はまた新しい煙草に火をつけ、それをくわえたまま立ち上がり、ベッドの後ろの掃き出し窓を開けようとする。登紀子の指に力がないのか、掃き出し窓はなかなか開かない。奈帆は思わず立ち上がり掃き出し窓に手をかけた。ぐっ、と力をこめると三センチほど窓が開いた。冷たくて新鮮な空気が心地よい。締め切った部屋のなかで煙草の煙に燻《いぶ》されていたから余計にそう思った。

登紀子が紅茶茶碗の熱を両手で吸い取るように持ち肩をすくめる。

「でもね、人間、幸せな時期ってそんなに長くは続かないわね。すぐに戦争も始まったから。母にとっては結婚するまでが人生でいちばん幸せな時期だったのかもしれない、と思うこともあるわね」

戦争……。その言葉から奈帆は何か具体的なイメージを思い浮かべることができない。数年前の夏、大学の友人が国会前のデモに行き、それに奈帆も誘われたことがあった。けれど、興奮して語る友人とは裏腹に、今、日本の国会で何が行われているのかも、何に反対して国会前に集まるのかも、奈帆にはよくわからなかった。

「祖母はものを書く女だった。そうして子どもたちを養った。夫を亡くしたから。そして、それは私の母も同じだったの。幸運なことに祖母の文章を書く才能を母も引き継いでいた。画家だった父は経済観念のない人だったし、満足に生活費を稼ぐことはできなかった」

輝子にすすめられるままみつ子は子ども時代に童話を書き、それが評判を呼んだこともあったが、みつ子が本格的に物書きとしてスタートを切ったのは、輝子の急死がきっかけだった。みつ子が波瑠と結婚して三年後、輝子は急病に倒れ、回復することなく亡くなった。そのとき輝子は『婦人公論』に小説を連載中だったが、母の後を引き継いで連載を続けたのが、二十歳のみつ子だった。

夫に物書きになれ、と言われ、「いやでございます」と言った輝子のように文章を書くことが嫌いだったわけでも、文章を書くことに強く惹《ひ》かれていたわけでもなかった。結婚後、波瑠との生活を経済的にも支えてきた母がいなくなれば、誰かがそれを代わりにやらなければならない。けれど、そこに切迫感や反骨精神はなかった。みつ子の時代になっても、まだ女の物書きは希少な存在だった。物書きになれば皆が自分を大事にしてくれる。女という性に産まれただけで蔑《さげす》まれることもない。それは輝子を間近に見ていて、みつ子が感じていたことでもあった。そしてそれこそが物書きになったいちばんの理由なのかもしれなかった。求められるままどんな文章でも書くという彼女自身の才能はもちろん、母のつてもあって仕事の依頼は途切れずにやってくる。女の物書きの二代目としてのみつ子の人生が始まった。

波瑠は暮らしのことを考えるのが苦手な男だった。波瑠は明日の暮らしとそれを形にするためのお金よりも恋を優先するようなところがあった。浮気という生々しいものとも違う、恋というよりも、どこか夢を追っているような、現実世界に足をつけていないところがあった。そして、それはみつ子も同様だった。波瑠への不満が蓄積してほかの男性に目がいくことも数えきれずあった。けれど、波瑠はそんな彼女も好きなのだった。自分だけを甲斐甲斐《かいがい》しく世話する糟糠《そうこう》の妻よりも、ほかに恋人がいる友達のような存在のみつ子を愛した。今にも消えそうな美しい泡を追っているような夫婦生活だったが、そんな生活も二人の子ども、登紀子、義雄の誕生で終わりを告げる。さらに戦争が二人の生活に追い打ちをかけた。

波瑠の絵を買う人は戦前から多くはなかった。みつ子が文章を書いていた雑誌の多くも廃刊になった。軍におもねる記事を書く仕事はあったが、みつ子はそれだけはしたくなかった。波瑠は肺を病み、寝たり起きたりの生活を繰り返し、長女の登紀子も体の弱い子どもだった。

昭和二十年の夏、みつ子と波瑠は、七歳の登紀子、三カ月前に生まれた義雄を連れて、九十九里の別荘で疎《そ》開《かい》暮らしをしていた。成城の家は五月の空襲で全焼。家財道具は何ひとつ残らず、九十九里にも身ひとつで逃げてきたような状態だった。

別荘とはいえ戦前のような暮らしとはまるで違う。毎日のようにグラマンが海岸すれすれに飛んでくるのに、庭には防空壕《ごう》すらなく、みつ子たちは押し入れに身を隠すしかなかった。近所の人たちは地方に疎開していったが、東京生まれのみつ子にはそんなつてもなければ、乳児と病人を抱えて移動することもできない。一日一日、明日は何を食べていけばいいのか、ただそれだけをみつ子は考えて生活していた。モガとして過ごした青春時代、帝国ホテルのティーダンス、映画、タンゴ。もうそんなものははるか遠くにあった。

八月の十三日。みつ子は山をひとつ越えて、知り合いの農家を訪ねた。子どもたちを波瑠に預け、みつ子一人が片道八キロほどもある山道を歩いて行った。ヤミでお米を買うために。

みつ子はもう幾度かそうやって食料を手に入れていた。

二升ほどの米、さつまいもや薪《まき》などで、背負うかごはずっしりと重かった。そんな重いものを戦争が始まるまで、みつ子は背負ったことがなかった。かごの紐《ひも》を肩に食い込ませながら帰り道を急いだ。農婦は竹の皮に包んだ白米のおむすびまで手渡してくれた。やせ細って、顔色の悪いみつ子を見て、農婦がくれた施しだった。家族に食べさせるものを手にいれた喜びよりも、誰かに食べ物をめぐんでもらったという事実のほうが、みつ子には重く感じられた。歩くほどに息が切れる。かごをおろし、あぜ道のはしに座りこんだ。

道の両側には萩《はぎ》だろうか、白い花や秋草が風に揺れている。その萩の白さを見て自分の結婚式をなぜだか思い出した。白いドレス、白いヴェール、生バンドが演奏するダンスパーティー。あの日が自分の人生で最良の一日だったのではないか。あの日テーブルには、たくさんの料理が並べられていたが、自分はダンスに夢中でろくに食べもしなかった。小さなサンドイッチやプティフール。ふいに涙が湧《わ》く。思い出しているとおなかが下品な音を立てて鳴った。誰もその音を聞いている人などいないのに、恥ずかしさで顔が赤くなった。かごのいちばん上にはさっき農婦がくれた白米のおむすびがひとつある。家に持って帰って炊《た》けばみんなのお雑炊になる。そう思っているのに手が伸びる。だめだ、だめだ。そう思っているのに、手も、口も止めることはできなかった。海苔《のり》も巻いていない、ただ、塩で握っただけの白米のおむすび。そのほどよくきいた塩が白米の甘みをひきたてる。重い荷物を抱えて歩き続けてきたみつ子は、食べるのをやめることができなかった。自分の意地汚さ、家族の分を独り占めした罪悪感で目の端にまた涙が浮かぶ。ごめんなさい。ごめんなさい。と祈るようにおむすびを食べた。

「重大放送」があったのは、その翌々日のことだった。戦後の日々が始まった。それはみつ子にとってまるで輝子の人生をトレースするかのように、書いて、書いて、書いて、原稿をお金に換え、家族を養う日々の始まりでもあった。

登紀子はそこまで話すとふっと口をつぐんでしまった。話は終わったのだろうか。時間はすでに三時間を超えている。奈帆はＩＣレコーダーのスイッチをオフにする。部屋の中は冬の午後の弱々しい光で満ちていた。登紀子のそばにある灰皿代わりの皿は再び吸い殻が山になっていた。鈴子が再び吸い殻が山になった皿を手に立ち上がる。

「あの……おばあさまのことや、お母様のこと、とてもよく覚えてらっしゃるんですね」

奈帆は登紀子の前に座り直して聞いた。

「祖母も母も物書きだからその頃のことを書いて残しているのね。それが幸か不幸かわからないけれど」そう言って登紀子は書棚のほうに目をやる。その視線の先に登紀子の祖母や母の書いた本があるのかもしれなかった。

「例えば……早川朔の、母の、それ以外の家族のことを調べても、具体的なことは何ひとつ残っていないの。その記憶を早川朔に伝えた誰かというのがいない。家族の歴史が今も残っている、というのは、それを記憶している人がいて、そのうちの誰かがそのときのことを書き記しているか、もしくはその記憶を持った子孫が記憶を抱えて生き延びていなければならないのよ。どちらもなければ家族の記憶は続かないの。途切れてしまうのよ」

登紀子の言葉を聞きながら奈帆は思う。隣にいる鈴子のことすら自分はあまり知らない。自分が行きたかった会社にいたことは知っている。けれど、奈帆が知っているのは、幼い頃から仕事と家事と子育てを並立させようと苦心する母をサポートする祖母だ。保育園に自分を迎えにきてくれる祖母。母が帰るまで自分を膝《ひざ》に載せて絵本を読んでくれた祖母。自分にとってはそれがいちばん古い祖母の記憶でそれより前のことは何も知らない。奈帆は台所に目をやり鈴子を見る。今までそんなことは一度も考えたことはなかったが、いつ見ても年齢に見合わないこの若々しい祖母のなかにも、そうした家族の夥《おびただ》しい記憶が蓄積されているのだろうか。

「もう登紀子さんもお疲れでしょう。今日はこのくらいでおいとましましょうか」

台所から戻ってきた鈴子が数センチ開いたままになっていた掃き出し窓を力をこめて閉めた。登紀子はベッドにゆっくりと横になり、目を閉じたまま言った。

「では来週の金曜日に。早川朔の話までたどりつけなかった。母も仕事の人と会うのは金曜日と決めていたの」

奈帆は鈴子と目を見合わせしばらく考えていたが、はい、と返事をした。玄関に向かうと台所が来たときとは見違えるように片付いている。床に散らばっていた新聞紙やチラシなどの紙類は一カ所にまとめられ、何より玄関まで荷物をよけずに歩けるようになっている。シンクに重ねられていた洗い物はひとつ残らず片付けられていた。

登紀子のマンションを出ると奈帆は思いきり息を吸い込んだ。冷たい冬の空気が体の中に入り込んでくるのが心地よかった。同じ姿勢で話を聞き続けていたから、足もしびれているし頭も重い。

「大丈夫？」

鈴子が奈帆を見上げて尋ねる。

「大丈夫、というか」それ以上の言葉が出てこなかった。

頭の奥がじんと痺《しび》れている。鈴子につきあい、早川朔の斎場に行き、勢いで登紀子の話を聞かせてくれ、と言ってしまった奈帆だが、そのことの重さに今やっと気づいたとところだった。編集の仕事がしたい、と家族にも友人にも公言していたが、物を書きたい、と口にしたのはあのときが初めてだった。自分が入りたい会社で編集の仕事ができなくてもフリーライターならなれるのではないか。部屋に閉じこもっているときにそんな自意識は簡単に膨らんだ。自分から何か新しいものを生み出すのではない。誰かに話を聞き、それをまとめることなら自分にもできるのではないか。けれど、母娘三代物書きという筋金入りの登紀子の話を聞いているうちに、そんな自分の夢が瞬《またた》く間に消えていくような気がした。

「少しどこかで休憩しようか……」

鈴子は疲れた奈帆の顔を見て、駅のそばにあるファミレスに奈帆を誘った。夕飯前の時間だがボックス席は主婦のグループや、ノートを広げて勉強をする制服姿の学生たちでいっぱいだった。それでも窓際《まどぎわ》の席に案内され、二人は向かい合わせに腰を下ろした。座ってすぐ奈帆はＩＣレコーダーの再生ボタンを押し、耳を近づけて登紀子の話がとれているかどうかをチェックした。鈴子にも聞き取れるほどの音量で登紀子の声が再生され、奈帆は慌《あわ》ててスイッチをオフにする。家に帰ったら録音内容とメモを照らし合わせながら、登紀子の話をまとめるつもりだった。

二人ともカフェオレをオーダーした。鈴子も疲れているだろう、と奈帆は思ったが聞かずにはいられなかった。登紀子の話を聞いている途中から思っていたことだ。登紀子よりもまず自分が聞くべきなのは、祖母の鈴子の話なのではないかと。

「おばあちゃんのいちばん古い記憶ってなんなの？」

「そうねえ」

鈴子はやってきたカフェオレを一口飲むと、窓の外に顔を向け、目を細める。

「登紀子さんのおうちみたいに家は物書きでもなんでもないから、くわしいことはわからないわね。だけど、私が生まれたのは昭和二十年だから、戦争が終わった秋なの。だから、戦争の記憶もないのよね。だけど、東京の空襲で大変だった、っていう話だけは両親から何度も聞かされたかな。登紀子さんのお母さんのように私の母も私を食べさせていくために大変な目に遭ったんだと思う。だけどね、その具体的な話を聞かされたこともないし私から聞いたこともないの。戦争の大変さって私の両親は早くどこかに消したい記憶だったんじゃないかな」

「消したい記憶……」

「そう。子どもに話さなかったっていうのはそういうことじゃないかしら。それよりも毎日の生活をどうやって切り抜けていくかで頭はいっぱいだったのね、たぶん。私が物心ついた頃は父も母も家業の佃煮屋《つくだにや》を切り盛りする姿しか覚えていない。いちばん古い記憶って、私にとっては佃煮を煮るにおいと近所のどぶ川のにおいよ。そんなこと誰も書き留めたりはしないわよね」

鈴子が穏やかに笑う。奈帆が幼い頃はまだ曾《そう》祖父の佃煮屋は存在していた。向島《むこうじま》のその店には鈴子に幾度か連れて行ってもらった。奈帆が子どもの頃には下水は整備され、もうどぶ川のにおいなんてしなかった。それよりも帰りに鈴子に食べさせてもらったもんじゃ焼きの香りが記憶に残っている。奈帆が小学校に上がる頃、曾祖父と曾祖母が亡《な》くなった。葬式にも出たが、奈帆には正直なところ悲しいという気持ちはわいてこなかった。

「登紀子さんのお母さんやおばあさんが文章にして書き留めた、ってことは、やっぱり残したかった記憶だからよね。それに」

「それに？」

「あの時代に女性でありながらも文章が書ける、それでお金がもらえるってことはやっぱり登紀子さんのおうちみたいな生まれでないと無理なことよね」

登紀子さんのおうちみたいな。鈴子は言葉を選んで言ったが奈帆が今日、登紀子の話を聞いて感じていたのもそのことだった。才能に恵まれていたとはいえ、生まれと育ちに恵まれた者が文章を書き、その対価で暮らしをたてる。登紀子の話になんとはなしに距離を感じていたのもそのせいだ。

昔の記憶ばかりが輝いている。奈帆は思う。登紀子の今の暮らしと登紀子の母や祖母の豪奢《ごうしゃ》な暮らしぶりがどうしても同じ線で結ばれない。鈴子は下町の佃煮屋の娘だったかもしれないが、今の鈴子はさっきの登紀子よりも経済的には恵まれているように見えるし身ぎれいにしている。

いったい登紀子の人生に何が起こったのだろう、と奈帆は思う。

「でも、登紀子さんの話を聞いていて、いろいろ思い出したわ。会社員時代のこと」

「ログストアにいたときね」その会社の名前を口にすると奈帆の胸にはまだかすかに痛みのようなものが走る。自分が入社を許されなかった会社。なぜ自分は選ばれず祖母は選ばれたのか。自分には十分な学歴があるのに祖母は高卒だ。時代が違うとはいえ、今の自分はただのひきこもりでしかない。フリーライターのまねごとをしていったい自分は何をするつもりなのか。生まれと育ちに恵まれた登紀子、自分には入れなかった会社にいた祖母にどうしようもない引け目を感じてしまう。

「そう、登紀子さんと、早川朔さんと、あの会社に行かなければ出会わなかった」

「おばあちゃんは」

話の腰を折るように口を開いた奈帆が鈴子に問いかける。

「あの会社で何をしていたの」

鈴子が奈帆の顔を見つめる。そんなふうにまっすぐに聞いたことはなかった。店内にピンポンと音が響き、どこかのテーブルが店員を呼んでいる。午後のファミレスのざわめき。久しぶりに聞いたその雑音の集まりが、奈帆をかすかにいらだたせていた。

「……雑用よ。お茶くみ、お掃除、ゴミ捨て、電話受け……そんな雑用をずっとしていたの。奈帆が考えていたような仕事じゃない。編集の仕事をしたわけじゃないのよ。ごく普通の当時のＯＬよ」そう言いながら鈴子は目を伏せる。

「それで二十四のときにお見合いして結婚して、奈帆のお母さんを産んで」

二十四。今の自分と同じ年齢で結婚したという祖母との隔たり。登紀子に対しても祖母に対してもなんで何もかも自分とは違う人生だ、と思ってしまうのか、自分の卑屈さが人としてひどく汚れたもののように思えてくる。「ごく普通の」ＯＬという言葉が重く自分のなかで響いてくる。ごく普通のＯＬになりたくはなかったから、自分は大学に入るための受験勉強をし、就職試験のための勉強を死ぬ気でやった。けれど、自分が望む扉はひとつも開かなかった。やっと開いた場所は自分が思うところではなかったが、精一杯に働いたつもりだ。残業だっていくらだってやった。のめない酒の席では上司からセクハラまがいの言葉も投げかけられた。けれど、この仕事の先に自分のやりたいことがつながっているのだと思って無理に無理を重ねた。音をあげたのは自分の体と心だ。満員電車の扉の前で立ち尽くしどうやっても足が前に進まない自分は「人並み」ですらない。なんて弱いのだろう、と責め続けた。あの程度の会社で音をあげた自分だから、就職試験にも受からなかったのか。そう思うとベッドから体が離れなくなった。

「奈帆」

急に黙ってしまった奈帆に鈴子が声をかける。

「私の」

奈帆の目の端にふいに涙が浮かんだ。ゆらゆらと目の前にいる鈴子の姿が揺れる。

「私の代わりはいくらでもいるって思いたくないの」

奈帆が休職届けを出したあと、求人サイトで奈帆の会社が契約社員を募集していたのを奈帆は目にしたことがある。そんなにも自分の仕事が代替可能だったことが、さらに奈帆の気持ちを重くさせた。

「登紀子さんの話を聞いている人は今、私しかいない。来週、早川朔の話も聞く。聞いたからってそれがどうなるとも思っていない。だけど」

奈帆がそこまで言うと、頬の上を涙が滑り落ちていった。テーブルに投げ出された奈帆の手に鈴子が手を重ねる。若い張りのある奈帆の手の甲を、皺《しわ》だらけの鈴子の手がいつまでも撫で続けていた。

3

登紀子に指定された一週間後の金曜日、奈帆と鈴子は再び彼女の部屋を訪れた。

日を追うごとに春に近づいてはいたが、一昨日季節外れの雪が降った。登紀子のマンションに続く道の両側には、残った雪が灰色に汚れたまま山になっている。鈴子と奈帆は日陰の凍った道で滑らないようにそろりそろりと足を進めた。

階段を上がり登紀子の部屋のチャイムを鳴らす。しばらくすると登紀子がドアの向こうから顔を出した。先週と同じように黒いワンピースの上に白いバスローブを着ている。もしかして一週間同じ服を着たままなのだろうか、と奈帆は思った。奈帆と鈴子の顔を見ても何も言わず、登紀子は部屋の奥に歩いていく。二人は顔を見合わせて軽く頷《うなず》き、玄関で靴を脱いだ。

台所のすみには鈴子が片付けた新聞紙やチラシの山がそのままになっていたが、さらにその上にコンビニのゴミ袋や畳まれていない新聞紙が散らばっている。鈴子がふとシンクに目をやると、汚れた食器が重ねられている。新聞を読む、食事をする、といった行為はかろうじてできているのだろうが、片付けをしたり、ゴミを出すまでには至らないのだろう。この部屋と同じように、登紀子の頭のなかでも古い記憶は新しい体験に書き換えられることなく乱雑に蓄積されているだけなのだ、と鈴子は思った。その記憶を奈帆と二人、受け取るためにこの部屋をまた訪れた。奈帆の本心はわからないが、心を病んだ孫が納得するまで、鈴子はそれにつきあうつもりだった。

この前と同じように登紀子はベッドの上に座り、奈帆はその前に正座をしてノートを広げ、ＩＣレコーダーを手にしている。鈴子は奈帆の隣には座らず、心のなかで苦笑いをしながら、先週と同じように台所を片付け始めた。

「早川朔の絵を見たことがある？」

登紀子は奈帆に尋ねた。

「はい。あります」

そう答えながら、奈帆はこの部屋に来る前に見た早川朔のイラストを思い出していた。

早川朔の主な来歴をネットで調べ、図書館では早川朔の画集も目にしていた。正直なことを言えばそれがいい作品なのか、悪い作品なのかは、奈帆自身には判断がつかなかった。その絵が古いとまでは思わなかったものの、自分が生まれた時代とは違う雰囲気を纏《まと》った時代の絵だ、と思った。男、女、子ども、家族、食器、動物、果物、野菜。手にとれるほど身近なものを、早川朔は作品として数多く残していた。ログストアに併設されている雑誌専門の図書館に行けば、早川朔がイラストレーターとして鮮烈なデビューを飾った創刊当時の潮汐ライズも見ることができるはずだが、奈帆には入社できなかったその場所まで出向く勇気はまだなかった。

早川朔はイラストと共に数多くのエッセイも残していた。多くは自分の仕事の話、食べ物の話、子育ての話だが、時折、早川自身の幼少時代の話もイラストを添えて書かれていた。登紀子は早川朔の評伝を書くつもりだったと、早川朔の葬式が行われた斎場で語っていた。奈帆は読み終えた早川朔のエッセイ集やネットの情報から早川朔の人生を箇条書きにまとめていたが、早川朔の人生に自分が知らないどんな側面があるのか、それを登紀子の口から聞けることを楽しみにしていた。

気がつくと登紀子と奈帆の前にはこの前と同じ、不揃《ふぞろ》いな二つの茶碗《ちゃわん》があった。この前飲んだコーヒーもどきの飲み物ではなく、今日はちゃんとアールグレイの香りがする。それは鈴子が自宅から持って来たのだろうと奈帆は思った。鈴子は二人の前にお茶を出すとすぐに台所に引っ込み、床に散らばった紙類を腰を屈《かが》め集めている。そんな祖母の姿を気にしつつも、紅茶を一口飲むとすぐに口を開き始めた登紀子の話を聞き漏らすことのないようにＩＣレコーダーのスイッチを入れた。

藤田妙子がイラストレーター早川朔になるまでには二十二年の年月が必要だった。イラストレーターという横文字の職業はいかにも都会的に響くけれど、妙子が生まれたのは都会ではない。岡山と鳥取との県境にある村の外れだった。四方を山に囲まれ電車すら通っていないその場所は、どこかやって来る人を拒む雰囲気があった。

　戦争が終わる四年前、昭和十六年に生まれた妙子だが、戦争の記憶はない。都市部の人間が疎《そ》開《かい》してくるような場所だったので、戦闘機が空を飛ぶのを見たり、防空壕《ごう》に隠れた記憶もなかった。妙子の最も幼い記憶は、布団《ふとん》に寝かされた赤んぼうの自分を幾人もの大人たちがのぞき込んでいる光景だ。ひどくおなかが空《す》いていて、自分の拳《こぶし》を口に入れて舐《な》め回していた。濡《ぬ》れたままおむつが冷えていくのがひどく不快だった。大人たちが誰一人笑わず眉間《みけん》に皺《しわ》を寄せて、自分の顔を見ていたのを妙子は記憶している。

　妙子は捨てられた子どもだった。妙子の母は生まれたばかりの妙子を実家の軒下に置いて、村から遠い町に消えた。妙子の祖母は高齢で寝たきりになっていた。それならば誰が妙子を育てるのか、その話し合いが妙子を囲んで行われた。妙子の母には兄がいたが、すでに結婚して五人の子どもを抱えながら祖母の面倒を看《み》ていた。子どもが一人くらい増えても一緒だろう、と親類縁者は彼に妙子を押しつけようとしたが、彼は頑《かたく》なに首を縦に振ろうとはしなかった。妙子は村に来てから三日の間、囲炉裏の側の布団に寝かされ、兄の妻が近所の人に頭を下げてもらい受けた山羊《やぎ》のミルクを飲んで過ごした。村に来るまでは泣きさえすれば母が抱き上げてくれたが、農作業で忙しい兄もその妻も、昼間はほとんど家にいない。妙子の声は掠《かす》れ、最後には泣くことをあきらめた。

もう孤児院に預けるしかないのではないか。親類縁者の皆の話がそうまとまりかけたとき、一人の女性が兄の元を訪れた。ほとんどの人が農業か林業に従事しているその村で、彼女は一軒しかない雑貨屋を営んでいた。軒先には籠《かご》や笊《ざる》が吊《つる》され、鉛筆やノートといった文房具など、細々としたものを扱うなんでも屋だった。

彼女は夫を戦争で、幼かった娘を赤痢で亡《な》くしていた。五十を過ぎた彼女は、村の皆から、晴子おばさん、と呼ばれていた。口の悪いものは夫を亡くしたあとも再婚をしようとしなかった彼女をゴケテテの晴子と呼んでいた。娘を亡くしてからというもの、なぜだかずっと白いマスクで顔を覆《おお》っていた。

先祖代々この場所を離れず暮らしている人間にとって、この村に嫁に来て、夫と娘を亡くしても実家のある村に帰ろうとしない晴子は、大声を出したり、暴れたりすることはなかったが、どこか風変わりで、村のコミュニティからは常に一定の距離を置かれた存在だった。

「私がその子どもを育てます」

理由も定かでない晴子の申し出に妙子の親類縁者は目を丸くし、しばらくの間、考えを巡らせるふりをしたが、異を唱える者はいなかった。やっかいばらいができるのだ。孤児院よりはこの村にいるだけまだましだろう。時々、妙子の様子を見にいけばいい。皆はそう自分の心を納得させ、妙子を晴子に託した。

そうして妙子は晴子の元に預けられた。

晴子は妙子の世話を焼く前には、必ず石鹸《せっけん》で手を洗い、消毒液に手を浸した。晴子の家にはいつも消毒液のにおいがしていた。晴子にはもう母乳など出なかったから、米の粉を石臼《いしうす》ですりつぶし、おもゆにしたものを飲まされて妙子は育った。

晴子と妙子が住んでいたのは、店以外は和室が二間あるだけの掘っ立て小屋のような家だったが、晴子の手によって常に掃き清められ、土間の台所から畳のある部屋をつなぐ板の間は、毎日ぬか袋で磨くので、黒く、鈍く、光っていた。

冬の朝、竈《かまど》のある土間で晴子は自分の手を消毒すると、その指を幼い妙子の首筋にくっつけた。自分の首筋に触れた晴子の指先は氷のように冷たいだけでなく、消毒液のにおいがして、まるで軽石に触れたようにがさがさしていた。

晴子は妙子を可愛《かわい》がってはいたが、いっしょの布団に寝るようなことはなかった。夜中、すきま風と布団の冷たさに妙子が目を覚ますと、寝ているときもしている晴子の白いマスクがくらやみに浮き上がって見えた。

「おばちゃんにひっついたらいけんよ」

何度も繰り返し言われた晴子の言葉が耳をかすめ、妙子は冷たい布団のなかで体を丸めた。

晴子は自分のことをおばちゃん、と呼んだし、妙子自身も、まわらない口で、晴子さん、と呼んでいた。

ほかの子どもにはいる母という存在が自分にはいない。妙子のいとこたちやまわりの子どもを見ても、母に抱かれ、手をひかれ、細々《こまごま》と世話を焼かれている。晴子は必要最低限にしか妙子に触れなかった。けれど、妙子に冷たくあたるわけでも叱《しか》り飛ばすわけでもない。触れはしないが、甲斐《かい》甲斐《がい》しく妙子の面倒を看てくれる。けれど、ふっくらとした母と呼ばれる人のおなかに顔を埋めている子どもたちを見ると、妙子の胸のあたりがきゅっと爪《つめ》でつままれるような気がした。お母さんというのはどんなにあたたかくてやわらかいものなのだろうか。なぜ自分には母がいないのか、それを晴子に問う言葉を妙子はまだ持っていなかった。けれど、ほかの子どもたちが持っているのに、自分には絶対に手に入らないものがある。それだけは幼い妙子の頭でも理解していた。

ほかの村の子どもたちと同じように、幼稚園には行かなかった。けれど、ほかの子どもたちのように連れだって遊ぶこともなかった。誰も妙子を遊びの輪に入れなかったし、妙子から入ろうともしなかった。幼い妙子にとって、狭い家のなかと、自分の足で歩いていける家のまわりだけが、妙子の世界だった。

店の前の道は舗装などされていなかったから、夏の盛り、晴天が続く日には白く乾いたようになる。めったに車がその道を走ることはなかったが、時折、スピードを上げたトラックがどこにいくのか、白い砂ぼこりを上げて走り去っていくことがあった。

強い太陽の光で目も開けられないような夏や、竈の前にいないと凍えてしまうような冬より、妙子がいちばん好きなのは春だった。村のあちらこちらにはしだれ桜の老樹があった。冬には枯れていた枝や葉が春になると勢いよく地中の水分を吸い上げるのか、急に生き生きとしはじめる。本格的に春が来る前、何度か冷たい雨が降り、雨が上がるたびに、気温が少しずつ上がっていく。気がついた頃には蕾《つぼみ》がぷっくりとふくらみ、時期が来るといっせいに花を開かせる。あの村で何度、季節の移り変わりを経験しても、春が来ることが妙子には待ち遠しくうれしかった。

咲き始めの頃よりも、満開を過ぎ、花びらがはらはらと風に舞うような時期が妙子は好きだった。ぼんぼりのような満開の桜はなんだか幼く、恥ずかしいもののように妙子の目に映った。散り始めるとほっとした。花びらが散るたびに、なぜだか胸がかきむしられるような気持ちになったが、その理由はわからなかった。そして、散っていく花びらを妙子はきれいだと思った。

水仙、菫《すみれ》、チューリップ、シャクナゲ。厳しい冬には黒と白しかなかった世界が、春になると花々の色で新たに染め上げられるような気がした。妙子はきれいなものが好きだった。その頃の妙子の前にあったきれいなものと言えば、春に咲く花くらいしかなかった。数え切れないくらいの花の色と晴子がいるだけで妙子の世界は満たされていた。晴子の店で売れ残ったものを、晴子は妙子に与えてくれた。日に焼けたノートを開いて妙子はちびた鉛筆で絵のようなものを描いた。妙子にとっては花や雲や車を描いたつもりでも、それはまだ形を成していなかった。どんなものを描いても晴子は妙子をほめた。

「あの子と同じじゃ。妙子はかしこい子じゃ」甘い声でそう言っては妙子の頭を何度も撫《な》でた。

　けれど、そんな幸せな世界も妙子が言葉を理解するようになると、脆《もろ》くも崩れていった。店にやってくる妙子と同い年ぐらいの子どもや年上の子どもが、店の前で一人遊んでいる妙子を見ると乱暴な言葉をかけて走り去っていく。

「捨て子」

「ぶさいくなこ」

　晴子はそんな言葉を耳にすると、妙子を抱きかかえて、家の奥に連れて行った。その晴子の様子を見て妙子は子どもたちが自分を蔑《さげす》んでいるのだと思った。

　捨て子。その言葉の意味を妙子は成長するうちに知った。口の悪い年長のいとこが、すべてを教えてくれた。自分は母に捨てられた子どもだということ。晴子と自分には血のつながりがなく、晴子には夫と娘がいたということ。娘が赤痢で死んだこと。赤痢がどんな病気か、妙子にはわからなかったが、いとこは、その病気になると山を越えたずっと遠くにある病院に死ぬまで入院させられる、と話して妙子を怖がらせた。いつか晴子も自分から離れて、そんな遠くに行ってしまうのではないか。自分に病気がうつるかもしれない、という心配よりも、晴子と離れ離れになることのほうが悲しかった。

「ぶさいくなこ」という言葉の意味は幼い妙子でもわかった。

　時折会う村の親戚《しんせき》たちは妙子と同い年のいとこを「べっぴんさん」と言ってほめたが、妙子を前にすると口をつぐんだ。いとこは日本人形のように色が白く、目がぱっちりとして、瞳《ひとみ》は濡れたように黒い。いとこの顔が妙子も大好きだった。けれど、晴子の姿見に自分の顔を映してみてもそれはきれいなものではない。そのことは妙子自身にもわかっていたが、きれいなものが好きな自分には、他人からきれいと言われるものが何ひとつ備わっていないと感じるのは何よりさびしいことだった。鏡で自分の顔を見て、ひどくがっかりしたあとには、家の外に咲く花や空や風になびく雲や草を見た。自分以外の世界がこんなにもきれいなことに妙子はなぐさめられた。

　小学校に入っても、勉強ができるわけでも、運動が得意なわけでも、とりわけ絵がうまい子でもなかった。多くの言葉を発することがなかったし、目立つことが何より嫌いだった。大勢の子どもがいれば恥ずかしがって誰かの後ろに隠れてしまう。妙子が東京の美術大学に進み、在学中にイラストレーターとして鮮烈なデビューを飾ったことに幼い頃の妙子を知る誰もが驚いた。

「妙子はいつか大成する。死んだあの子と同じようにかしこい子じゃ。こんなちっぽけな村で一生を終える子じゃあない」

　何の根拠もないのに、晴子だけが妙子の未来を信じていた。

妙子が家のなかで一人、店が終わるのを待っていると、消毒液のにおいをさせながら晴子が部屋に上がってくる。

「今日も妙子はおりこうさんにしてたな」そう言いながら、部屋の隅にある仏壇の前に妙子を正座させる。線香に火を灯し、鈴を鳴らす。

「妙子はあの子の生まれ変わりじゃ。あの子が今日も妙子を守ってくれた」

　そう言って晴子は手を合わせた。晴子を真似《まね》て妙子も手を合わせる。生水を飲んではいけない。晴子は妙子にそう厳しくしつけたが、朝と晩、仏壇に手を合わせるのを忘れたときもひどく叱られた。仏壇には妙子の知らない軍服姿の男の人と、妙子には似ても似つかない可愛いおかっぱ頭の女の子の遺影があった。妙子は二人の目が怖かった。とりわけ、女の子とは目を合わせないようにしていた。

　この世界で自分が頼れる大人は晴子しかいないのだということを妙子は理解していた。けれど、晴子は自分の母ではない。それ以上に、幼く生活力のない自分は晴子の庇護《ひご》の下でしか生きられない、ということも理解していた。その頃の妙子にとっては、晴子が世界のすべてだった。

　けれど妙子が小学校に上がる頃から二、三カ月に一度、晴子の家におばさんと呼ばれる女性が訪ねてくるようになると、妙子の世界が少しずつ変わり始めた。袖《そで》無しの白いブラウスから太陽に当たったことなどないような真っ白い腕が伸びていた。腰回りをぴたっと包む黒いタイトスカートに細いヒールの靴を履き、レースの日傘を差して、その人はやって来た。髪の毛には緩やかにパーマがかかり、口紅の色はシャクナゲのようだった。そんなきれいな女性を村で見たことがなかった。おばさんはいつも大きな紙袋を下げ、妙子にさまざまなプレゼントをくれた。色鉛筆や、人形、ぬいぐるみ。どれも村の子どもたちが持っていない物ばかりだった。おばさんが家に来ると、いっしょに風呂《ふろ》に入った。

おばさんは妙子が見たこともないいい香りのする紫色の透明な石鹸を取り出し、その泡で妙子の体を撫でるように洗ってくれた。妙子は晴子と風呂に入ったことがない。晴子は妙子が一人で風呂に入っているのを風呂の外で見守り、よく洗って、よくお湯につかり、と言うだけで、風呂上がりも消毒液のにおいのする手ぬぐいで体を拭《ふ》いてくれるだけだった。

薄暗い風呂場で裸のおばさんの白い肌が水滴をはじいてまぶしく光っている。たわわな乳房はまるでゴム風船のように丸く張りがあった。きれいだ、と妙子は思った。きれいなおばさんとお風呂に入っていることがなんだかうれしくなって、桶《おけ》に入っている湯を手で掬《すく》いおばさんの体にかけると、こらこら、とおばさんが穏やかに笑った。

風呂上がり、化粧を落としたおばさんの顔は、化粧をしているときよりも、のっぺりとしていたが、きれい、と思った。夜になると、おばさんは妙子と同じ布団で寝た。生まれて初めて、妙子は誰かと一緒に眠った。化粧を落としたはずなのに、おばさんからはなぜだかおしろいのにおいがした。

「娘を捨ててこの村を出て行ったんでしょう」

「……妙子をあんたに預けたつもりはありません」

夜中に目を覚まして、晴子とおばさんのそんな言い争いを聞いたことがある。布団の上に起き上がり隣の部屋に目をやると、障子にうなだれた二人の影が映っていた。

時々やってくるおばさん、つまり、妙子をこの村に捨てた母は恋多き女だった。けれど、恋の相手はいつも母を裏切った。妙子の父も母が妊娠していることを知ると、母の前から姿を消した。

妙子が後で知ったことだが、小学校に入る前に一度、新しい恋の相手との結婚を決めた妙子の母が、妙子を引き取ろうと晴子の元を訪れたことがあった。けれど、晴子は、頑として首を縦に振らなかった。晴子は妙子の母を信用していなかった。晴子の勘は当たった。その相手にも母は裏切られた。母が妙子に会うことすら晴子は快く思ってはいなかったが、母から受け取る生活費は晴子と妙子との暮らしには必要なものだった。けれど、晴子はいつも恐れていた。妙子の母が妙子をいつか自分の手から奪っていくことを。

妙子が小学校に上がるとき、おばさんは入学式のためにワンピースと靴をプレゼントしてくれた。それまで妙子が着ていたのはいとこや親戚のお下がりばかりだった。毛玉のたくさんついたつんつるてんのセーター、熊《くま》のアップリケがとれかかった吊りスカート。けれど、村のほかの子どもだって同じようなものだったから自分だけが貧しいと感じたことはなかった。

「開けてごらん」

おばさんが平たく大きな箱を差し出した。そっと蓋《ふた》を開けると向こうが透けて見えるような薄い紙が重ねてある。そんなに柔らかな紙に妙子は触れたことがなかった。その紙を開くと中には黒いワンピースが畳まれて入っていた。おばさんがそれをそっと手に取り、妙子を立たせて体の前にあてがった。

「ここでこうして、ちょっと持ってごらん」

おばさんは肩のあたりで洋服を押さえているように妙子に言った。ベルベットの布地はやわらかで指が滑るような不思議な感触がする。ふと下を見ると、胸のあたりに同じ布で薔薇《ばら》を象《かたど》ったブローチのようなものがつけられている。そんな服を妙子は生まれて初めて見た。

「よおく似合う」

おばさんは目を細めて笑った。

その顔が妙子はなんだか自分に似ているような気がした。

「これ、うちの？」

「そうよ、入学式に着ていくの」

おばさんに会ったときからおばさんの言葉は村の言葉ではなかった。この村から遠いところからやって来るのだろうと思っていた。おばさんは、もうひとつ、そばにある長方形の白い箱を開けた。洋服と同じように重ねてある薄紙を開くと黒い靴が現れた。おばさんがいつも履いている靴と同じようにつるりとして光っている。つま先の部分は丸く、甲にはストラップがついていた。いつか、おばさんがくれた童話の本の主人公が履いているみたいな靴だ、と思った。

「これもうちの？」

「ぜーんぶ妙子の」

妙子、とおばさんに呼ばれたのはそのときが初めてだった。その前は、妙ちゃん、とか、たーちゃん、と呼ばれていたので不思議な気がした。自分だけの新しい洋服と靴を前にして妙子は言葉もなかった。おばさんが今までくれたどんなプレゼントよりうれしかったが、村の子どものように、わーい、わーいと声をあげて無邪気に喜ぶことは妙子にはできなかった。「ありがとう……」と小さな声で言うのがやっとだった。

けれど、妙子はその服を着ることができなかった。

入学式には洋服をくれたおばさんも来てくれるのだろうと思い、朝早くから店の前に立って待っていたが、いつまで経《た》ってもおばさんの姿は見えない。

「時間がないんじゃから、早よぅ」

マスク姿の晴子が妙子に服を着替えさせようとする。おばさんがくれたあのワンピースを着せてくれるのだとばかり思っていたが、着せられたのは、いつかの法事で着たいとこのお古の吊りスカートと白いブラウスだった。何度も洗濯を繰り返しているせいなのか、ブラウスの襟は黄ばんでいる。靴だけは真新しいズックだったが、履く前から妙子の足には大きすぎるように見えた。

「あの、あの、おばちゃんがくれちゃった……」

「あんなん、ここで着たらな、みんなに笑われる」

そう言って晴子は消毒液を含ませた手ぬぐいで、妙子の頬のあたりをぐいっと力まかせに拭いた。消毒液のにおいも、その力の強さにも、妙子は違和感を覚えた。おばさんが買ってくれたワンピースを着られない悔しさよりも、いつもは優しい晴子がまるで別人のように感じられたことが印象に残った。それは生まれて初めてのことだった。けれど、確かに晴子の言ったことは正しかったのかもしれない。小学校の入学式に集まった同級生の服装を見て妙子は思った。

皆、父親と母親に手を引かれ、ちり紙で作った飾りをつけた校門をくぐっていく。妙子だけがマスク姿の晴子の乾いた手を握っていた。自分のようなぶさいくな子どもがあのワンピースを着ていたら、きっと晴子の言うように笑われたり、からかわれたりしていたに違いない。入学式の初日からいじめの標的にもなっていただろう。晴子の判断は正しかった。妙子はそう思ったけれど、あのワンピースにどうしてもう一度触れたかった。

晴子が店に出ているうちに、妙子は洋服簞笥《だんす》の中や押し入れの中をこっそり探ってみたが、おばさんがくれたワンピースも靴もそれを入れていた箱も、どこにもなかった。簞笥の引き出しから漂う樟脳《しょうのう》の香りを嗅《か》ぎながら、妙子はひどくがっかりした気持ちになった。

小学校に上がったあとも、おばさんは二、三カ月に一度晴子の家にやって来た。ワンピースと靴を喜ぶ妙子の姿がよほど印象に残ったのか、おばさんは来るたびに洋服をくれた。黒にオリーブ色のチェックのスカート、赤いリボンのついた麦わら帽子、袖口にレースのついたブラウス。都会的、という言葉など、妙子は知らなかったが、その洋服はしゃれていて、村のどんな子どもが着ている洋服よりもきれいだ、と思った。けれど、おばさんが帰ると、おばさんがくれた洋服はいつの間にかこの家から消えてしまう。

妙子は一度目にしただけのおばさんがくれた洋服を店で売り物にならなくなったノー

トに描いた。まるでなかったことのように、洋服が自分の前から消えてしまっても、自分が描いた絵を見れば、おばさんがくれた洋服を忘れることはない。

学校の授業中にそのノートを開いていて、男子に見つかり、ノートを奪われたことがある。妙子のノートは級友たちの手から手へ移動し、教壇に立つ先生のもとに運ばれた。

「誰ですか、授業中にいたずら書きをしている子は」

先生の言葉に皆が妙子を見た。

「立ちなさい」

足が震えたが、言う通りに妙子は立った。授業に使う長い木の定規を手に先生が近づいてくる。先生は近づきながら、妙子の描いた絵を見た。

「お母さんかお姉さんが描いたんでしょう」

先生はページをめくりながら今一度、妙子の顔を見、何かを思い出したように、はっ、と目を見開いた。

「算数の授業のときは算数の勉強をしましょう」

先生にそう言われ、妙子は頭を下げた。先生の口調は妙子を叱っているのに、席を離れたときに、なぜだか妙子の頭を撫でた。その出来事があって以来、妙子の図画の成績はずっと良かった。妙子の絵がコンクールなどに出されることはなかったが、勉強も運動もできないけれど、もしかしたら自分は人よりほんの少し絵を描くことが得意なのかもしれない、と妙子は思った。

妙子が小学三年生になる頃には、おばさんは、仕事の都合なのか晴子の家には泊まらず、慌《あわ》ただしく日帰りで帰ってしまうことが多くなった。季節は妙子が生まれて九度目の春を迎えようとしていた。バス停までの道沿いにもしだれ桜の老木が枝を広げている。枝の先にはすでにいくつかの花が開いていた。バス停のそばには今にも朽ちそうな木のベンチがあった。おばさんは左手首の内側にした小さな腕時計とバス停の時刻表を交互に見つめ、

「まだ来ないわねえ」とのんきな声を出した。

おばさんが晴子の家に来るときでも、二人きりになれるのはお風呂に入っているときくらいで、いつも家のどこかには晴子がいた。その頃になると、なんとなく晴子さんは私に話しかけるおばさんの話に耳をそばだてているのかもしれない、と妙子は考えるようになっていた。今日はなぜだか晴子の雑貨屋に客が立て続けに来て、晴子がその対応に追われているうちにおばさんが妙子の手をつかんで、

「バス停までいっしょに行こう」と言ったのだった。

うん、とも、はい、とも返事をしないまま、村の入り口にあるバス停までおばさんと妙子は手をつないで歩いた。おばさんの手は乾いて冷たい晴子の手と違いふっくらと温かかった。

ベンチに二人並んで座り、バスがやってくるのを待った。おばさんは妙子の髪の毛をなでた。おばさんが手を動かすと、化粧品なのか、香水なのか、水仙の花のような香りが妙子の鼻をくすぐった。

「いつも短く切られてしまうねえ。もっと伸ばしたらかわいくなるのに」

「え？」妙子は驚き、おばさんの顔を見上げた。

「体を洗う石鹼でごしごし洗うんでしょう」

おばさんはくすくすと笑いながら言った。

「妙子の髪ごわごわだわ。シャンプーで洗えば髪の毛ももっときれいになるのにねえ」

かわいくなる、きれいになる。おばさんの言葉が自分を指していることに妙子は驚いた。シャンプー？　シャンプーってなんだろう？　髪の毛がきれいになる魔法の薬だろうか。ぶさいくな自分も、髪の毛を伸ばしてシャンプーで洗えば、おばさんみたいにきれいになれるんだろうか。

道の向こうからバスが白い煙をあげて近づいてくるのが見えた。

「……妙子、おばちゃんはねえ、ほんとうは」

おばさんはそこまで言うと口をつぐんだ。バスが二人の前で停まりドアが開いた。おばさんはしばらく妙子の頭を撫でていたが、早く乗るようにと急《せ》かすような車掌の視線に耐えかねたようにゆっくりと立ち上がり、バスに乗り込む。妙子の目の前でドアが閉まった。おばさんは窓際《まどぎわ》の席に座り、妙子に向かって何かをつぶやいている。

　おばさんの口の動きを目で追ったが、妙子には何を言っているのかわからなかった。

　おばさんは窓ガラスに額をつける。その顔がくしゃりと歪《ゆが》み、まるで笑っているみたいだけれど、おばさんの目に涙が光ったように見えた。バスはスピードを上げみるみる妙子から離れていく。妙子はそのバスの後を追った。排気ガスとタイヤが巻き上げる砂ぼこりで、目も喉《のど》も痛くなったがそれでも走った。山道を下り、緩やかなカーブを曲がって、そして、バスは見えなくなった。おばちゃあああん。妙子は生まれて初めて大きな声を上げた。力の限り叫んだつもりだったが、その声はおばさんを乗せたバスには届かなかったことは妙子にもわかった。道の真ん中に妙子は一人で立っていた。気がつくとヒバリの鳴く高い声だけがどこからか聞こえてきた。父も母もいない家庭に育ってもさびしいという感情を妙子は持ったことがなかった。けれど今は春の平穏を感じさせる聞き慣れたヒバリの声ですら、妙子にはなんだかもの悲しい音に聞こえた。

　妙子は学校では相変わらず目立った生徒ではなく、特に親しい友だちもいなかった。高学年になると家業の雑貨屋を手伝うようになった。とはいえ、村の雑貨屋にたくさんの客が訪れることなどない。小学校を終えて店を閉める夕方まで店の奥に座っていても、一人の客も来ないことのほうが多かった。

　おばさんは今では月に一度の間隔で妙子の家を訪れていた。自分が買っていく洋服を妙子が着ていないことに気付いたのか、おばさんは妙子に刺繍《ししゅう》の入ったレースのハンカチや、晴子の店では売っていないようなノート、ビーズでできた小さなお財布などをおみやげに持ってきてくれるようになった。洋服をくれたときのように晴子はそれをどこかにしまい込むということはなかったが、晴子の目の前で妙子がそれを手にしていると露骨に嫌な顔をした。妙子はポケットのなかに入れておいたハンカチを店番をしながら眺めていた。角に薔薇の模様が細かく刺繍されたハンカチはやわらかく、鼻に近づけるとおばさんのようないい香りがした。

　晴子はその頃になると、しきりに咳《せき》をし、疲れたと言っては、居間でもあり寝室でもある和室で横になっていることが多くなった。心配した妙子が近づくと、「離れて……マスクをして、手を消毒して……」と荒い呼吸で言う。それでも医者にかかるほどでないと自分で判断したのか、時折、村の外れに住む鍼灸師《しんきゅうし》のおじいさんを呼んでは、鍼《はり》を打ったり灸をすえてもらったりしていた。

　その日も晴子の治療を終えたおじいさんが、医者のような大きな革のバッグを手に店の奥から出てきた。つっかけに足を入れながらおじいさんが妙子のほうに目をやったので妙子も頭を下げた。

「妙子ちゃんはおりこうさんじゃなあ。晴子さんのお手伝いして」

　そう言いながら妙子のほうに手を差し出した。おじいさんの手のひらには紙に包まれた飴《あめ》がひとつ載っていた。妙子はそれを手に取ると、また小さく頭を下げた。

「こんなにええ子になったらお母さんもさぞや喜ぶじゃろ。晴子さんが頑張って妙子ちゃんを育てたもんなあ」

「おかあ、さん？」妙子は首を傾《かし》げた。

「中学校に入ったらおかあさんといっしょに暮らすんじゃろ。こんな辺鄙《へんぴ》な村にいるよりずっとええ。ここにいても女は仕事ないしなあ。それまで晴子さんに孝行せにゃあいかんよ」

そう言っておじいさんは腰のあたりをとんとんと拳で叩きながら店を出て行った。おじいさんの言葉に妙子は混乱した。中学校に入ったらお母さんと暮らす。その言葉の意味がよくのみこめなかった。お母さんなど自分が生まれてきたときにはもうこの世にはいないのだと思って生きてきた。でも、もし自分にお母さん、という人がいるとするなら……。その先を考えようとすると、頭がかっとして熱を持ってくるような気がした。

妙子は店の奥に寝ている晴子のほうに目をやった。薄い掛け布団を腰のあたりまで掛けて、時折、咳をしながら横向きに寝ている。晴子には自分に話していない秘密があるのではないか。

その日は、夕食のときも、寝るときも、晴子の顔をまっすぐは見られなかった。布団に入ってもあのおじいさんの言葉が自分のなかで繰り返される。この村を出て行く。自分にはいないと思っていたお母さんといっしょに暮らす。そのことを考えると、自分のなかであたたかく丸いものが膨らんでいくような気がした。けれど、そういう気持ちが強くなればなるほど、この村をそして隣に寝ている晴子を捨てて出て行くのか、という罪悪感も生まれた。

　おばさんが来ても晴子と何か親しげに話をしている、というふうでもない。日帰りでまたは一晩泊まって、おばさんは妙子におみやげを渡し、彼女の住む町に帰っていく。妙子はそれがどこにあるのか知らなかった。この小さな村だけが妙子の住む世界で、それ以外の場所を知らない。妙子より貧しい家の子は、小学校を出て、中学を出ると、都会に働きに出る子どももいた。確かにあの鍼灸師のおじいさんの言うとおり、村には家業を手伝う以外に女の仕事はなかった。自分と晴子の家だって裕福とは言えない。もし自分がそのお母さんと中学入学後にいっしょに住んでも、このまま晴子とこの家で暮らしても、自分が働き出すまでにはあまりたくさんの時間がないのではないか、と妙子は思った。勉強も、ましてや手に職もない。何もできない自分がそもそも働くなんてことができるのか、自信がなかった。そうやってもやもやと考えているうちに、いくつかの季節が通り過ぎ妙子は小学六年生になっていた。

「ずいぶん、登紀子さんのお母さんやおばあさんのお話とは違いますね」

奈帆の目の前に座る登紀子は新しい煙草《たばこ》をくわえ、マッチで火をつけるところだった。奈帆の言うことに登紀子は答えずおいしそうに煙草を吸うと、その煙を細く長く吐き出した。登紀子は何も言わない。自分が言った言葉が登紀子の気に障《さわ》ったのではないかと奈帆は不安になった。相変わらず台所からは、祖母の鈴子が何かを片付けている音がする。この部屋に来るときには、鈴子は片付け役に徹することにしたのだろうか。それを考えても自分が登紀子の話を聞きたいと言ったことが果たして正しかったのか、自信が持てなくなってくる。

　早川朔、妙子の子ども時代の話は、あまりにも早川朔の画風とはかけ離れている。今、登紀子に聞いた話や、読んできた早川朔のエッセイの内容から、ああいう都会的でスタイリッシュな画風がどうやって生まれたのか不思議に思う。

「確かに私の祖母や母のような恵まれた環境ではなかった。でもね、どこに生まれても、どういう育ちでも、世に出る人は出るのよ」

　登紀子の言葉に黙ってはいたが、自分の考えていたことがなんとなく伝わったのだろうか、と奈帆はどこか落ち着かない気持ちになった。

「むしろ東京で生まれて育った人よりも、そうじゃない人のほうが成功するんじゃないかしら」

　登紀子の言葉に奈帆は大学時代の友人たちのことを思い出していた。確かに自分を含め東京出身の友人たちは、どこかぼんやりとしていたところがあったかもしれない。実家が近くにあるという余裕だったのだろうか。遠いところから来た友人ほど東京という場所を特別に見ていたし、上昇志向も強く就活のときでもねばりを見せた。自分が勤め始めてだめになったのも、地方出身者にはあるものが自分にはなかったからなのか。途端に奈帆は考え込んでしまう。

「努力なんて彼女には当り前のことだった。運にも恵まれていた。世の中が欲しいものをイラストにして差し出す勘の良さもあったの。それに」

登紀子は新しい煙草に火をつける。

「こういう生い立ちの人ほどなにか大きな欠落感のようなものを抱えていてね。それを埋めるために必死で働くようなところがある」

地方出身、生い立ち、運、努力、勘の良さ。そう言われると何もかもが自分には足りないと言われているような気分になってくる。

「早川朔が抱えていた欠落感、つまり、人には隠しておきたいような生まれや育ち、コンプレックスのようなものは私にはなかった。仕事をしているときはそれが欲しいと思ったこともあったけれど……それはずいぶんわがままな願いよね」

そう言って登紀子は口角を上げた。わかりにくいが微笑《ほほえ》んでいるのだろう、と奈帆は解釈した。

「早川朔が東京に出て来たタイミングというのもあったと思う。一九五〇年代の、つまり昭和三十年代の東京を高校生になった彼女は体験している。その頃から東京は急激に変わっていくわ。なにもかも」

登紀子が遠い目をして部屋の照明のあたりに目をやった。

「高校生になった？　中学から上京したのではないのですか？」

「結局、晴子さんが彼女を離さなかったのね。東京に出たのは高校生になってからのことだった」

そんな話は奈帆が読んできた早川朔のどの本にも出てこなかった。そんなに私的な話をするほど登紀子と早川朔は親しかったのか、と奈帆は改めて思った。もうすっかり冷め切ってしまっている紅茶を一口のんで登紀子は話を続けた。

中学校に入ったらお母さんといっしょに暮らす。小学六年生になった妙子の頭にはいつもそのことがあった。けれど、晴子はそんな話を一向にしないし、おばさんが妙子の母である、という話もしなかった。もしかしたらあのおじいさんが言ったことが勘違いなのかもしれない。誰かの話と間違えたのかもしれない。妙子はそんなふうにも考えた。

おばさんの訪問はそれでも続いていた。年の暮れも近い冬のことだ。おばさんはいつものように妙子に小さなおみやげを渡し、晴子と三人で食事をとった。食後、おばさんと風呂に入ろうと、狭い脱衣所で妙子は服を脱いだ。ふと下着を見ると赤黒い染《し》みのようなものが目に入った。どこかで怪我《けが》をしたのだろうか。立ち尽くす妙子に気がついたのか、裸のおばさんも妙子の手にしている下着に目をやった。

「妙子」

「……病気なんじゃろうか、うち」

「違《ちゃ》う違う。妙子、大人になったんじゃねえ」おばさんがいつもの都会の言葉でなく、自分や晴子と同じ言葉を口にしていることに妙子は驚いた。

「大人の女の人はみんなこうなるんじゃ。驚かんでもええ。病気と違うんじゃから」

そう言っておばさんは笑った。

「晴子おばさんにお赤飯炊《た》いてもらわないけんなあ」

「いやや」

なぜだか妙子はこのことが晴子の耳に入ることを拒んだ。自分の体が成長していることと、大人の女の人と同じようになっていること。なぜだか喜ばしいはずのそのことが、妙子には晴子との暮らしの終わりを意味しているような、そんな気がしてしまったのだった。

普段は感情をあらわにしない妙子の様子におばさんも一瞬驚いたような顔をしたが、「ほんなら、これは妙子とお母さんの秘密じゃな」と妙子に笑いかけながら言った。

「お母さん？」

その問いにしばらくの間おばさんは黙ったままだった。小さな秘密を妙子と共有したことで口が滑ったのかもしれなかった。

「そうじゃ、おばちゃんは妙子の……」

そう言うとおばさんは風呂場の洗い場に腰を下ろし、桶で湯船からお湯をすくって勢いよく白い体にかけた。

「仕事ちゃんとしたら、お金貯《た》まったら、妙子を迎えに来る。あともうちょっと、もうちょっと我慢してな」

あの春の日バスに乗り込んだときと同じような泣いているのか笑っているのかわからない顔でおばさんは笑った。妙子は母の胸に飛び込んでいた。その勢いに驚きながら母が妙子を抱きしめる。白く張りのある乳房に妙子は顔を埋めた。

「お母さんと秘密ぎょうさんできてしもうたな。でも、晴子おばさんにはまだどっちも内緒じゃ」

うん、うん、と頷《うなず》きながら、妙子は母の体に顔をこすりつけた。

妙子の知らないところで、何度か母は妙子を引き取って育てたいという気持ちを晴子に伝えていた。けれど、そのたびに晴子は首を縦には振らなかった。

「汚ない男と妙子が暮らすくらいじゃったら、この村におったほうがええ」

それが、晴子が妙子を手放さないいちばんの理由だった。

実際のところ、妙子の母は結婚をするタイミングで妙子を引き取りたいと考えていた。町で、自分一人の力で、妙子を育てていける自信はまだなかった。けれど、中学への入学をきっかけに妙子を引き取ることを拒否されたとき、母は自分の気持ちを天秤《てんびん》にかけた。新しい男の妻になることと、妙子の母になることと。自分にとってどちらが大事なのかと。町で暮らすうちに自分もずいぶんと年齢を重ねた。もう四十を過ぎている。その頃には、以前のように自分に声をかけてくる男も少なくなってきていた。この男とならと心を決めても、自分に中学生にもなる娘がいることがわかると男たちは尻尾《しっぽ》を巻いて逃げていく。それなら、もう自分の恋や結婚などあきらめて、妙子を育てることだけに自分の力を注いでみようか。何よりもう妙子と離れて暮らしていくことに耐えられそうもなかった。もっともっと自分の力でお金を稼いで妙子を大学に行かせたい。学歴がない心許《こころもと》なさは自分が仕事をしていて身に染みて実感していることでもあった。小さな夢が母の胸に膨らんでいった。母は妙子が中学に上がると、今まで以上にお金を貯めた。

そして、妙子が中学三年になった冬、晴子に自分の決意を打ち明けたのだった。

「妙子を東京の大学に行かせたいんです。じゃから二人で東京で暮らします」

その言葉を聞いた晴子はしばらくの間黙っていたが、今度は首を横には振らなかった。妙子はいつか大成する子どもだ。それだけを晴子は信じていた。妙子が大成する場所がこの村ではないことなど、晴子も痛いほどわかっていた。それに自分の体は……。母は晴子の返事だけをもらうとその日は慌ただしく帰って行った。

その夜、いつもの夜と同じように晴子と二人だけで夕餉《ゆうげ》を囲んだ。母が来る日以外は、生まれたときからこうして晴子と食事をした。柱時計が七回鳴った。どこか遠くのほうでふくろうが鳴くような声がした。晴子はあまり食事に手をつけず、妙子が淹《い》れたお茶に静かに口をつけた。

「妙子」

晴子の言葉に妙子は顔を上げた。

「あんた、もう私がなんも言わへんでもわかっとるんじゃろうな」

妙子は黙って頷いた。

「ずっと今まで黙ってて悪かった」

そう言って晴子は深く頭を下げた。

「おばさんいうのは、あんたのお母さんじゃ。あんたはな、高校入ったら東京でお母さんと二人で暮らすんじゃ」

東京。晴子が口にしたその言葉から何かを想像することができなかった。まるで遠い外国のような気がする。けれど東京という音の響きに、妙子の胸はかすかに高鳴った。

「東京で大学に行き。ほんで妙子にしかできん仕事をし。お母さん見ててわかるじゃろ。

男は頼りにならん。これからは女も手に職がないと生きていけん。妙子は東京で立派な人にならにゃあいけん」

「晴子さんは行かんの？　お母さんと、私といっしょに東京に」

妙子は思わず聞いた。

晴子は黙って首を振った。

「うちはこの村から出られんのじゃ、死ぬまで」

死ぬまで、という言葉に妙子はどきりとした。それまでの晴子の時間はもうあまり長くないのではないかと考えてしまったからだ。ふいに涙がわいた。

「東京なんてよう知らんとこにはよう行かん。あそこは未来があるもんが行くとこじゃ。うちにはもう未来なんかない。妙子……」

晴子の息が荒くなる。肩で苦しそうに呼吸を繰り返す。近づこうとする妙子を晴子は手で制した。

「うちは病気じゃ。肺の病気じゃ。病院に入らにゃあいけん。あんたの面倒はもうみられん」

荒い息で晴子は言葉を続けた。

「じゃから妙子は東京に行かにゃあいけん。あんたは必ず」

「お母さんと晴子さんと、どっちもうちはよう選ばん。どっちも好きじゃ。どっちも大事じゃ」妙子の手から箸《はし》が落ちた。手のひらでふたつの目を覆《おお》って泣いた。

「生きとったらそういうことがある。どっちかを選ばにゃあいけんときが。あとであっちを選んどったらよかったなんて後悔がいちばんあほらしい。あんたはお母さんと行くんじゃ。わかったな」

断言するようにそう言うと、晴子は自分の使った食器を重ね立ち上がった。暗い土間に下り食器を流しに置くと、風呂場のほうに歩いて行く。その晴子の背中が今日はことさら小さく見えた。しばらくの間、妙子はちゃぶ台に突っ伏して泣いた。東京に行って母といっしょに暮らすのは夢のようにうれしい。けれど、晴子を一人、この村に置いていくのも心配だった。ふたつの気持ちが妙子のなかで揺れていた。

柱時計が一度大きく音をたてた。どんな町かもわからない東京という場所がとてつもなく恐ろしいところだったらいいのに、となぜだか妙子はそう思った。恐ろしい町だったらこの村に飛んで帰ってくる。たとえ、恐ろしい町じゃなくても、妙子は何度でもこの村に帰ってこようと思った。お母さんがそうしてくれたように、東京のおみやげをたくさん持ってこの村に来よう。

そう妙子は心を決めて指で涙を拭《ぬぐ》った。

村を出て行く日の朝、妙子はいつもどおりに晴子と朝食をとったが食欲はまるでなかった。お互い言葉も交わさなかった。柱時計だけがいつもと変わらず時を刻んでいた。

東京にはすでに母が新しい住居で妙子の到着を待っていた。いくつかの段ボールを送ったほかは、妙子の荷物は玄関先に置かれた小さなボストンバッグひとつしかなかった。

食器を下げようとする晴子を引き留めるように妙子は言った。

「晴子さん」

彼女の足が止まる。妙子は頭を下げて一息に言った。

「今まで育ててくれてありがとう」

その言葉を聞いても晴子は何も言わなかった。台所のほうから食器を洗う音がする。いつもより大きく聞こえる水音を妙子は頭を下げたまま聞いた。

妙子はボストンバッグを手に、一人で家を出て、村の入り口にあるバス停に向かった。東京という予想もつかない大都会で新しい生活を始める不安と期待、晴子と別れ、そして今まで生まれ育った村を出て行く寂しさが妙子の胸の中でまぜこぜになっていた。

しばらく待ってやってきたバスに妙子は乗り込んだ。晴子も、親戚も、妙子を送る者は誰もいなかった。この村を捨てていくのだから仕方がない。妙子は自分にそう言い聞かせて、いちばん後ろの席に座った。バスの扉が閉まり、緩やかに走り出す。妙子の耳に、自分の名前を呼ぶ声が聞こえたような気がした。最初は空耳か、と思った。けれど、確かに聞こえる。妙子は振りかえり、バス停のほうに目をやった。晴子が白いマスクを振って何かを叫んでいる。もう聞こえはしなかったが、晴子の口は確かに、た、え、こ、と動いていた。

「晴子さん」

妙子も叫び手を振った。いつか母を見送ったあのバス停で、今は晴子に見送られている。晴子の姿はみるみるうちに小さくなる。緩やかなカーブを曲がってそれきり晴子の姿は見えなくなった。妙子は一人座席に座り、窓ガラスに額をつけて涙を流し続けた。妙子と母親が東京で生活を始めて一年後の春、晴子は山奥の病院でたった一人で死んだ。死ぬまでの一年間に妙子がこの村に帰ってくることはなかった。瞬《まばた》きする間に変わっていくような東京の景色のなかで、妙子はその暮らしを存分に楽しんでいた。村を出てから村のことをあまり思い出すこともなかった。東京の桜を初めて見たときに村のしだれ桜を思い出し、かすかに胸が痛むことはあったけれど、生活の楽しさがそんな心のかすり傷をすぐに覆い隠していった。

晴子の葬式で村に帰るとしだれ桜が満開だった。晴子の骨壺《こつつぼ》の上に桜の花びらが一枚落ちたとき、妙子は思った。一年前この村を出たとき、自分は晴子を捨てたのだと。だから自分には泣く資格なんてないと、泣くのを堪《こら》えた。東京から帰って来た妙子を見て、もう誰もぶさいくな子どもと蔑《さげす》む言葉をかける人はいなかった。どこからどう見ても妙子は東京の女の子に変貌《へんぼう》を遂げていた。手足がすっと伸び、できものだらけだった顔は透き通るように白くなっていた。前髪をまっすぐに切り黒い髪は肩まで長い。前髪の下、一重瞼《まぶた》の切れ長の目、唇をきゅっと噛《か》んでいるセーラー服姿の妙子はどこかミステリアスな少女に見えた。隣にいる母と親子だと言われても、もう誰も疑うことはなかった。

一年ぶりに生まれ故郷に帰って、妙子はそこがどんなにのどかで豊かすぎる自然以外に何もないところなのかを知った。自分と喪服姿の母を見る村の人たちの視線、特に男の人の視線はからみつくようで気持ちが悪かった。妙子と母に直接何かを言ってくる人はいなかったが無遠慮な視線は能弁に語っていた。おまえらはよそものだ、と。

この村にいたときは、捨て子、ぶさいくなこ、と揶揄《やゆ》された。それでも自分はこの村に根を下ろして暮らした晴子に守られていたのだ、とその強い視線を感じながら妙子は思った。一年東京で暮らしてもう晴子がいなくなってしまったのなら、よそものになってしまったこの村はもう故郷ですらない。

晴子がいなくなった家も自分が一年いない間にひどく古びていた。晴子の遺骨が置かれた和室の畳の上にぺたんと座っていると柱時計が三回鳴った。冷たい指のかさかさとした感触、消毒液のにおい、東京で立派な人になれ、と言った晴子の声。そうしたことがわき上がるように思い出された。ふいに妙子の目に涙が湧《わ》いた。一年ぶりにこの村に来て初めて泣いた。手のひらで口を抑えても声が漏れた。隣で和服を脱いでいた母が驚いて妙子に駆け寄った。母の温かな手のひらを後頭部に感じる。

「お母さん……」嗚咽《おえつ》まじりの妙子の声に、「ん?」と母が返事をする。

「私、早く東京に帰りたい」

「そうじゃな、明日帰ろうな。お母さんの仕事もあるし」

母の言葉は村に帰ってきたときから、この場所の言葉になっていた。母は幼い子どもに言い聞かせるように言った。妙子はすっかり慣れた東京の言葉で話した。この村を出るときに晴子に言われたことを。

「私、大学に行く。自分だけにしかできない仕事をする。立派になる。お金をいっぱい稼ぐ。お母さんに楽させる」

うんうん、と言いながら母が妙子の頭を撫《な》でる。

「晴子さんには何ひとつ恩返しができんかった……」

そう言ってしばらくの間妙子は泣いた。妙子の泣き声が終わる頃にまだ鳴きなれていない鶯《うぐいす》の声がどこからか小さく聞こえた。

妙子と母の暮らしているアパートは新宿にほど近い新大久保の歓楽街を抜けたところにある古いモルタル造りの二階建て、その二階のいちばん奥の部屋だった。四畳半と六畳の和室の二間だけ。玄関のドアを開けると右手に小さな流しとガス台があり、左手にはトイレ、風呂《ふろ》はなく母と妙子は銭湯に通っていた。妙子の通う都立高校にも母の職場にも近い。母に連れられ初めてこのアパートに来て足を踏み入れたとき、妙子は泣きそうな気持ちになった。思い描いていた東京の暮らしはそこにはなかった。部屋の広さも晴子と暮らしていたあの古い家と大して変わらない。もしかしたらそれ以下なのかもしれなかった。しかも風呂すらこの部屋にはない。必要最低限の家具しかなく、畳は毛羽立ち、縁にはところどころ穴さえ空いていた。家賃だけでなく、食費やそれ以外の生活にかかるお金を母がずいぶんと倹約していることは、母と暮らし始めてすぐにわかった。

「これから妙子を大学に入れるんだから。貯金しなくちゃ」

そう言って母は昼間、文房具メーカーで事務の仕事をし、定時で帰宅すると妙子に夕食を食べさせ、すぐに夜の仕事、ビルの清掃に出かけて行った。妙子が眠ったあとに母は帰宅し、妙子が目覚めると、ちゃぶ台の上に母の作った朝食が用意され、もう母の姿はなかった。

学校から帰るとアパートの廊下でそこに住む女たちとすれ違った。妙子と母以外のほとんどの住人が夜の勤めに出ている女たちだった。どぎつい化粧、胸元の大きく開いたひらひらしたワンピース、踵《かかと》の細いハイヒール。妙子が生まれて初めて見る夜の世界で生きる女たちだった。

「遅れちゃう、遅れちゃう」と言いながら廊下ですれ違う女たちからは、きつい香水の香りがした。耳障りな音を立てながらアパートの鉄製の階段をハイヒールで女たちがかけ下りていく。その音を聞きながら妙子は一人で夕食をとった。

母から夜の勤め、と聞いたとき、母もアパートの女たちと同じような仕事をするのかと妙子は思った。そのことを尋ねると、

「私みたいなおばあちゃんなんか、もうどこの店でもやとってくれないわよ」と母は笑って答え、妙子は胸をなで下ろした。自分もアルバイトをして母を助け、大学の学費を貯めるべきなのではないかと思ったが、母は頑《かたく》なに妙子がバイトをすることを拒んだ。働くのは自分一人でいい、働く暇があるのなら勉強をしてほしい、というのがいつもの母の答えだった。

　土曜日も母は働いていた。日曜日だけが母の休日だった。働きづめの日々が体にこたえるのか、母は一日寝ていることが多かった。妙子は一人昨日の夕飯の残りで朝食を済ませ、窓の外に洗濯物を干していると、頭にネッカチーフのようなものを巻き、真っ赤な爪《つめ》で煙草を吹かしている向かいの部屋の女性が目に入った。妙子と目があうと、にやっと笑った。

「遊びにこない？」

そう言われ振り向いて母を見た。母は深く眠っている。しばらく考えていたが母を静かに一人で寝かせてあげたほうがいいのではないか。妙子はそう思い、はい、と小さな声で頷いた。

向かいの女性の部屋は母と妙子の部屋よりさらに狭かった。四畳半一間。鴨居《かもい》には赤

や黄色、紫といったどぎつい色のドレスがかけられている。その下に油絵の具で描かれた幾枚ものキャンバスのようなものが重ねて置かれているのが見えた。部屋は煙草と油絵の具、そして、香水の香りが混じっている。自分の部屋にはない、そうした香りがひどく都会のものに感じられた。

「散らかってるけど上がりなよ。そのへん、どこでも座って」

玄関の三和土《たたき》に立ったままの妙子に女性は部屋に上がるように言う。妙子はおずおずとサンダルを脱ぎ、お邪魔します、と部屋に上がった。部屋の真ん中に出しっ放しの布《ふ》団《とん》が乱暴に畳まれている。どこに座れば、と考えながらも、妙子は部屋の隅に座った。しばらくすると開けっ放しの玄関ドアから別の女が顔を出した。

「これ、あんたの分」

その女が差し出した皿を見ると三角に切られた西瓜《すいか》の赤が目に入った。

「サンキュー」

そう言いながら皿を受け取り西瓜を持ってきた女に小銭を渡した。玄関ドアは不用心にも開けたままだが、確かにそうしていたほうがいい風が入ってくる。妙子の母は休日でもドアを開けっ放しにすることなどなかった。

「西瓜、食べない？」

玄関脇《わき》の小さな流しで女性は西瓜を切り分け、平たい皿に載せてテーブルに運んだ。

女性は妙子の向かいに片膝《かたひざ》を立てて座り、西瓜を手にとると、しゃくしゃくと音を立てて囓《かじ》り、再び立ち上がったかと思うと、開け放った窓に向かって勢いよく種を吐き出した。

「来年は下の庭で西瓜がなるかもね」

女性は振りかえって笑った。その顔を見て妙子はその女性が自分とそれほど年齢が変わらないのではないかと思った。勧められるまま妙子も西瓜を口にした。東京に来て西瓜を食べたのは初めてだった。晴子は井戸水で冷やした西瓜をよくおやつに出してくれた。けれど今食べている西瓜はぬるく、果物を食べているのに、なんだか生臭く感じた。

「あなた高校生？」

はい、と妙子は口のなかの西瓜を飲み込みながら頷いた。

「あたし美大に行ってるんだ」

「美大……」

「そ。美術の大学。油専攻」

油線香と妙子には聞こえた。油線香とはなんだろう？　黙っている妙子に気付いたのか、女性が笑いながら言葉を続ける。

「油絵の勉強してんの。だけど学費稼ぐために夜は新宿で水商売」

妙子は思わず鴨居に下げられた決して高くはないだろうドレスと、油絵の具で何かが描かれたキャンバスを交互に見た。女性は自分の名前を恵子と名乗った。

「だけど、ケイでいいよ。店でもその名前だし」そう言いながらテーブルの上の煙草の箱から一本取り出すと、片手で器用に箱入りのマッチで火をつけおいしそうに煙草を吸った。

「あの……美術大学に行ったあとは何になるんですか？」

「何になる？」

「……仕事です。大学を出たあと、なんの仕事をするんですか？」

そうねえ、と言いながらケイは煙を吐き出す。

「油絵の勉強したってあたし程度じゃ画家にはまずなれないし、万一なったって食べてけないし、田舎に戻って美術の教師するつもりではいるけどね。だけどあんな田舎帰りたくもないんだよなあ」

ケイは畳まれた布団の上に体を投げ出し、片腕で頭を支えた。

「田舎って」

「ああ、青森の八戸《はちのへ》。くそがつくほどド田舎。あなた名前何？」

「妙子です」

「大学には行くつもりなんだ？　あなたの、妙子ちゃんのお母さん一日中働いているもんね。目こんなに三角にして」

ケイが笑いながら言う。笑うと途端にケイの顔は子どもっぽくなる。

「大学行って何勉強するの？」

そうケイに問われたが、妙子は答えることができなかった。文系の大学、とぼんやりと考えてはいたが、これが勉強したい、というものがあるわけでもない。

「大学なんか行ったって女は就職できないよ。今は大卒の事務職なんて東大入るより難しいんだから」

大学を出てその先まで妙子は考えていなかった。ケイの言葉に妙子は口を噤《つぐ》んでしまった。

「妙子ちゃん、お父さんいないの？」

「いません」

「うちもいないよ。戦争で死んじゃってさあ」

ケイの会話のスピードは速い。八戸出身とは思えないほど東京の言葉に馴染《なじ》んでいるしぐいぐいと自分と距離を縮めてくる。けれど妙子はそれが嫌ではなかった。

「このアパート、女だらけ、水商売の女だらけ」

ケイは畳に寝転び片足を上げ下げしながら笑った。足を上げるたびスカートから白い臑《すね》があらわになるが、彼女はそのことをまったく気にしていないようだった。

「一階のマリさんはだんなさん、その隣の佐倉さんは婚約者を戦争で亡《な》くしてんだよ。

そしてうちは父さん。そして、妙子ちゃんには父親がいない。あ、お父さん、戦争に行ったわけじゃないよね？」

「よく知らないんです。父のこと……」

「男さえいればこんなアパートでこんな苦労もしなくてよかった女ばっか、というわけか」

　妙子は父のことをまったく知らなかった。母や晴子から父の話を聞いたこともない。晴子と二人で暮らし、今は母と暮らしている。そして、女しかいないこのアパート。まるでこの世界には女しか存在しないような気になってくる。

「これからの時代はさあ、女一人で食べてかなくちゃね。男に人生左右されないようにさ」ケイはそう言いながら起き上がり西瓜の残りに再び齧りついた。その姿はまるでやけっぱちになっているようにもどこか自分自身を奮い立たせているようにも見えた。

「あの、もし美大に行ったとして女の人でも食べられる仕事ってなにかあるんですか？」

　ケイは西瓜の種を手のひらに出してしばらく考えていた。西瓜の種の黒い色が彼女の手のひらの白さを余計に際立たせている。

「あたしの先輩で、女だけど挿絵画家でえらく儲《もう》けている人はいるよ」

「挿絵画家？」

「本とか雑誌の挿絵ね。小説に添える絵とか、雑誌の記事に添える絵とか。とにかく注文が来ればなんでも描くんだよ、その人は。ずいぶん儲けて家建てたんじゃないかなあ。珍しいけどね、美大出てもそんな人。あたしみたいに教師になっても飢えはしないだろうけど給料なんて雀《すずめ》の涙だし。金持ちのパトロンとかいないかなあ」

ケイの話の後半はもう妙子の頭には入ってこなかった。挿絵画家で家を建てた、その話だけが妙子の心のどこかに深く刻まれた。普通の大学に入っても就職すら難しいというのなら、母が大学に行かせてくれるというのなら美大に行こう。妙子の脳裏に浮かんでいたのは、母がくれたのに一度も着たことのなかった洋服を忘れないように絵に描いていた子どもの頃の自分の姿だった。小学生の頃から高校の今まで、成績のいい科目といったら美術しかない。

「妙子はいつか大成する」はるか昔、晴子に言われた言葉が耳をかすめた。挿絵画家になって家を建てるのだ。注文を受けてなんでも描けば家が建つのだ。美大には受からないだろう、とか、挿絵画家になれないかもしれない、という考えなど浮かびもしなかった。東京で自分だけにできる仕事、それがほかになにがあるのかも知りはしなかった。

「あの、美大ってどうやって入るんですか？」

妙子の言葉にケイが驚いたような顔をしている。それでもケイはゆっくりと一本煙草を吸ったあとに、美大を受験するための勉強について親切に教えてくれた。

ケイの部屋の窓からは、はるか遠くに建設中の東京タワーが見えた。妙子が東京という場所に少しずつ自分の居場所を見つけるように、建設途中の赤い塔も真夏の青い空に向けてその先端を少しずつ伸ばしつつあった。

「東京タワーが完成した二年後、妙子は第三希望の美大に入った。六四年の東京オリンピックに向けて東京中の道路が整備されて、高層ビルが建ち始めた。学生運動、デモ、ジャズ、アイビールック……。早川朔はあの時代のあらゆる空気を吸って、それを作品にしていた。注文がくればなんでも応《こた》えた挿絵画家だったわけじゃない。時代の先を行くイラストレーターでありアーティストだった。あの時代の空気感、そこに充満している何かを早川朔はイラストにして大衆に差し出すことができた」

登紀子は長い話を終えたことにほっとしているようにも見えた。新しい煙草に火をつけ、深く煙を吸い込む。奈帆はＩＣレコーダーのスイッチを止めて口を開いた。

「登紀子さんのお母さんのお話はお聞きしましたけれど、登紀子さんご自身の話をまだ聞いていません」

奈帆の言葉に驚いたように登紀子は目を見開いたが、煙草の煙が目に入って染みたのか、右手の親指で目頭を押さえている。

「早川朔ほど語ることもないわ。つまらない人生よ」

「それでも」

奈帆はさらに続けた。

「登紀子さんと早川朔が、あの編集部で出会うまでのお話はぜひお聞きしたいんです。それに六〇年代の日本のことも私は何も知りません。それについても登紀子さんのお口からお聞きしたいんです」

登紀子はしばらくの間、奈帆の顔を見つめていた。

「わかったわ。では、また来週に」

登紀子の顔がかすかに微笑んでいた。

4

奈帆は冬の終わりに三週続けて、祖母の鈴子とともに登紀子の家を訪れた。

三回目の訪問日。二回目の帰り際《ぎわ》に、また来週、と言われ、翌週も同じように部屋のチャイムを押したが、なぜだか反応はなかった。ドアの前で奈帆と鈴子は顔を見合わせた。しばらくすると、ほんの少しだけドアが開かれ、登紀子が顔を出した。

「今日は気分が悪いので来週にしていただける？　来週の金曜の、同じ時間に」

それだけ言うとドアは閉じられた。声がかすれているようにも聞こえた。顔色すらドアの陰になってわからなかった。ドアの前で奈帆と鈴子は再び顔を見合わせた。奈帆はもう一度、ドアチャイムを鳴らしたが、登紀子が出てくる気配はない。

「今日は仕方がない。帰りましょう」

鈴子はそう言ったものの、奈帆は不安だった。黙ったまま、二人は最寄《もよ》り駅までの道を並んで歩く。納得していないような奈帆の顔を見て、鈴子は笑いながら言う。

「なんとなくね、登紀子さんの気持ちもわかるような気もするのよ。奈帆が話を聞きたいという気持ちもわかるけれど、あまりに急に近づいてこられると、それが怖く感じるのかもしれない。年齢を重ねれば重ねるほど、そういうことが不安になるのね」

そう言われたものの、やっぱりうまくのみ込めないものが残る。

もし体調が悪かったらどうなるのだろう。あの部屋の荒れ具合から言って、登紀子に面倒を看《み》てくれるような家族がいる気配はない。具合が悪くなって部屋で倒れてそのま……という可能性だってある。祖母の鈴子のように携帯やメールは使えないだろうし、ましてやパソコンなどは持っていないだろう。思い返せば登紀子の部屋にはテレビすらなかった。積み重なった本の上に黒い電話があったような気もするが、あの電話が鳴ることはあるのだろうか。それ以上に、聞き始めた登紀子の話が中途半端《はんぱ》に終わってしまうことのほうが今の自分にとっては怖いことだ。そう自分が考えていることに気づいて、奈帆は自分のなかにある残酷さに、そして、自分が考えていた以上に登紀子の話の渦に巻き込まれていることに、今さらながら気づいたのだった。

駅までの道を歩きながら、奈帆の頭のなかにさまざまな思いが浮かんでは消えていく。鈴子の言うとおり、そういう距離の取り方や馴《な》れ合いを、もしかしたら過度に鬱陶《うっとう》しく感じてしまう人なのではないか。話を聞きたいと毎週のように自分の部屋に上がりこまれることも、本当は登紀子は嫌がっているのでないか。

登紀子が、鈴子のようにフランクで現代的な老人ではないことは、話を聞き始めたときから感じていたことだ。強固なプライドを鎧《よろい》のように身につけている老女。取り扱いには十分注意が必要。それが奈帆にとっての登紀子だった。

翌日、奈帆は月に一度受診している心療内科の待合室にいた。コートのポケットの中でサイレントモードにしている携帯が震える。鈴子からのＬＩＮＥだった。

「登紀子さんさっき電話に出たわ。でも、来週の金曜日、と同じことを言われただけ。体調が悪いという感じでもない。心配しなくても大丈夫。ただね」

奈帆は鈴子の次のメッセージを待った。

「これからは奈帆一人で来てほしいと」その言葉を読んで、きゅっとみぞおちのあたりが冷たくなる。

「私だけで？」

「私に部屋を片付けられるのが嫌みたいね」

携帯に触れている指が止まる。

「奈帆、一人で行ける？」

しばらくの間考えてみた。自分が登紀子の話を聞いている間、鈴子が登紀子の部屋を片付けているのは、確かに自分にとっても気がかりなことではあった。自分が登紀子に話を聞かせてもらう時間の対価のようにも感じられてしまう。そもそも話を聞きたいと言ったのは自分なのだから、最初の一回は登紀子の顔見知りである鈴子に同行してもらっても、いつ終わるともしれない登紀子の話にこのままずっとつきあってもらうのも心苦しい。

自分はまだライターもどきですらないが、祖母を連れて取材に行くライターなどこの世界にいないだろう。私一人で来て欲しいと鈴子に伝えた登紀子も、そういうことを言いたいのではないか。

「うん。大丈夫。一人で行けるよ」

と打ち込んだあとに、診察室から自分の名前が呼ばれた。ほんとうのことを言えば不安だったが、行かなくちゃいけない、と奈帆は思った。

いつものように五分程度の診察が終わり、奈帆は再び待合室で会計を待った。携帯を見ると、祖母からさっきと同じ猫のイラストで「わかりました！」と書かれたスタンプが送られてきていた。その動く猫のイラストを見ながら、奈帆の頭のなかには、セーフティネットという言葉が浮かんでいた。

自分の祖母である鈴子は、自分の母とも自分とも、こんなふうにネットを介して家族と繋《つな》がっている。それは鈴子が結婚をして、子どもを産んだからだ。鈴子にＬＩＮＥのアプリを入れてみたらと勧めたのは孫である自分だけれど、今では自分以上に使いこなしている。母や自分と毎日のようにやりとりをしているのだから、鈴子に万一のことがあれば、母や自分がすぐに気がつくだろう。何らかの病気であれば、しかるべき診察を受けさせ治療を受けさせる。入院しても見舞いや看病の手だってある。

けれど、あの部屋で登紀子の体に何かあったとき、自分や祖母以外の誰がそのことに気がつくだろう。そもそも、私たち以外にあの部屋を訪れる人がいるのだろうか。セーフティネットが無い登紀子の人生のその先……。それほど多くの人に見送られたようには見えなかった早川朔の葬儀を思い出す。人の逝《い》き方に寂しさを感じてしまうのは、若い自分の傲慢《ごうまん》さなのかもしれないとも思う。けれど、自分だってこのまま結婚もせず、出産もしなければ、そういう未来が待っているのかもしれない。

未来、それは今の奈帆にとってあまりに遠い言葉だった。やっと就職できたと思ったら、会社に行けなくなって、会社を辞めて、心療内科に通う日だけをスケジュール帳に記している自分。未来は見えない。生まれも育ちも違う登紀子の人生と自分の人生に重なるところはない。けれど、奈帆は本音を言えば誰でもいい、女の来し方の話を聞きたかった。女はどう生きればいいのか、どう老いればいいのか。その糸口を知りたかった。来週の金曜日に、たった一人で登紀子の話を聞くことが不安だったが、まずは登紀子の幼いころからの話を聞こう。そう心に決めた。先のことは考えない。一回、一回話を聞いていく。その話が登紀子と早川朔、そして自分の祖母である鈴子がいた潮汐出版の話までたどり着くことだけを考えよう。名前が呼ばれる。奈帆は安くはない診察代を払うためにバッグから財布を取り出した。小銭を数える自分の手がかすかに震えていることに、奈帆は見て見ぬふりをした。

「私の子ども時代はね、あなたに話した母の話とほぼ変わらない。それでもあなたは聞きたい？」

しばらくの間を置いて、はい、と奈帆が答えると、登紀子は満足したような顔をした。

「母が祖母の臑《すね》を齧《かじ》ったように、私も母の臑をがりがりと齧り続けたの。結婚するまでね」

登紀子は結婚の経験があったのか、と奈帆は思った。今まで聞いてきた話のイメージで、勝手に登紀子はずっと一人で生きてきたのだと思いこんでいた。けれど、今、この部屋に一人で暮らしているということは、登紀子は連れ合いと別れたか、もうすでに亡《な》くなっているのだろう。

そこまで話すと、登紀子は煙草《たばこ》の箱に手を伸ばした。一本を手にしたが火はつけなかった。その代わり口を手のひらで覆《おお》い、体を揺らしてひどい咳《せき》をした。やはり体調が悪かったのだろうか。

奈帆は買ってきたスターバックスのコーヒーを紙袋から取り出し、登紀子に渡した。紙コップにプラスチックの蓋《ふた》がついたそれを、登紀子は珍しそうに眺めている。奈帆は登紀子のカップのプラスチックの飲み口を開け、

「ここに口をつけてのんでください。でも、まだ熱いかもしれません。気をつけて」

登紀子は皺《しわ》の寄った唇を蓋にそっとつけて、ゆっくりとコーヒーを飲んだ。味わうよ

うに目を閉じる。再び目を開けて、もう一度コーヒーを口にした。

「おいしい……」奈帆の顔を見もせずに、独り言のように登紀子は言ったが、奈帆はうれしかった。この部屋に来るのは三度目だが、初めて登紀子と一対一で会話をかわしたような気がした。自分の分のコーヒーを奈帆も一口のんだ。煙草の代わりにコーヒーを口にしながら登紀子は話を続けた。

　戦争が終わった一九四五年、登紀子は七歳だった。生まれたときから体の弱い子どもだった登紀子と、戦時中の食料事情の悪いときに生まれた弟の義雄は小児結核を、さらに父の波瑠も結核を患《わずら》っていた。元から父の絵で食べていたわけではないが、戦争が終わったあとは、母のみつ子が働き家族を食べさせる、という生活に拍車がかかった。

　家族を食べさせるために働き、家族の病を治すために彼女は働いた。けれど、髪を振り乱し我を忘れて、というタイプではなかった。寝ないで原稿を書き上げた翌日であっても母は疲れた様子を一切見せなかった。仕事で会う男性はもちろん、家族の前であってもそうだった。家にはお手伝いさんがいて、家事の一切を受け持ってくれていた。徹夜明けの朝食のテーブルで寝間着のままの母の姿を見たことは一度もない。その顔は疲れきっていても、いつもきれいに化粧が施され、髪はきちんとセットされていた。

登紀子と義雄の小児結核は戦争が終わって三年くらいの間に完治していた。若さと体力のせいもあったのだろう。病人に栄養のつくものを、と母がどこからか手に入れてきた肉や魚を食べさせられたことも大きかった。けれど、父の容態は良くなったり悪くなったりをくり返し、絵筆を握っている時間より、布団《ふとん》に伏せっている時間のほうが長かった。

夏休みになると、義雄、お手伝いさんとともに、まだ九十九里にあった別荘に預けられた。母は週末のたびに、時には体調のいい父も別荘にやってきた。母がやって来るとわかった日は、義雄と二人、駅で母が列車から降りて来るのを待った。

列車の扉が開き母がホームに降り立つと、列車の中の乗客や同じ駅で降りた人たちが、目を丸くして母を見た。例えば、クレープ・デシンの花模様のワンピース、膝《ひざ》上ぎりぎりのタイトスカート、紺と白のストライプのサマードレス。少し斜めにかぶった幅広のパナマ帽と、コツコツと気持ちのいい音を立てるハイヒール。別荘にやってくる母の服装は毎回違った。

戦争直後、そんな服装をしている女性はほかにおらず、母を見るまわりの目はどちらかと言えば好奇に満ちたものだった。けれど、母自身、そんな視線を気にする様子はない。登紀子もおしゃれをしている母を見るのが好きだったし、母の影響で自分もおしゃれが好きだった。それ以前に洋服というものが好きでたまらなかった。母は登紀子にもフレアーたっぷりのワンピースやセパレートの洋服を作ってくれた。

父と母はまだ夫婦の関係を保ってはいたけれど、それぞれに恋人がいた。そのことに気づいたのはもう何歳だったかも思い出せない。登紀子が物心ついたときにはそういうことになっていた。母は恋人とのことをあけすけに父に語ったし父も同じだった。

それでも登紀子や弟の前で、恥ずかしげもなく夫婦のくちづけをかわす。母が仕事で朝起きられないときは、父がベッドに寝ている母にコーヒーを運んだ。それが登紀子にとっては見慣れた父と母の姿だった。母は登紀子が生まれたときから働く女で、年齢の離れた姉のような存在でもあった。いつかは自分も母のように寝食を忘れて働くのだろう、と幼い頃から思っていた。もちろん心が離れていたわけではない。母は時間がないなりに登紀子や弟を愛してくれた。それでも母と登紀子との間には、どこか乾いた薄い紙が一枚挟まっているかのようなドライな距離感があった。

登紀子の父への愛はもっと動物的でストレートなものだった。父がそばにいるときは、必ず父の体のどこかに触れていたかった。成城の家でも、別荘でも、いっしょに外を歩くときは、腕にぶら下がり体を預けた。父が椅《い》子《す》に座っていれば、すぐに膝の上に乗り猫のように甘えた。

父親は無条件に自分を愛してくれる最初の男だった。絵描きで生活力のない男。

それが登紀子がこの世で初めて愛した男だった。

父と母が離婚することになったのは、登紀子が十五になった年だった。登紀子は私立の女子高にすすむようにという母のすすめを無視して都立の共学に通っていた。

「パパとママは離婚するけれど、あなたたちにとってはずっとパパなのよ」と母は登紀子と義雄に伝えた。

双方に恋人がいたとしても、別れると何度口にしても、両親は絶対に離婚しないだろうと考えていた登紀子だったから、そう母から告げられたときは正直なところ驚いた。

母の言葉どおり、父は離婚したあとも三日にあげず家の庭先から、「おう」と言いながら、応接間に入ってきた。学校から帰り、父が応接間で煙草を吸っていれば、登紀子は子どもの頃のように父の膝に乗り、父の首に腕を回した。冬のある日、登紀子は放課後、一人で『洪水の前』というフランス映画を見た。主演のマリナ・ヴラディや役者の男の子たちが着ていた男物のコートがとてもかっこよく見えた。自分が今着ている胴をしぼったお嬢さんスタイルのプリンセスラインのコートがとても子どもっぽく見えてくる。

「パパ、私、欲しいものがあるんだけど」

父の頰のひげのそり残しを指で触れながら言った。何かを父にねだったことはない。何かを買ってほしいときはいつも母にねだった。経済力を握っているのは母だということは幼いころからわかっていた。父が煙草の煙を吐き出しながら尋ねる。

「何が欲しいんだ？」

「男物のコート！ コートを買ってくれない？ 男っぽくて、上等なコート。パパと暮らせなくなって私、とっても寂しいんだもの。慰謝料の代わりにコートくらいいいでしょう？」

正確に言えば慰謝料ではなく養育費の代わりだったと、登紀子は成人してからこのときのことを思い返したが、父がそんなものを母に払っていた気配はない。

父はしばらくの間黙っていたが、「わかった」と言うと、登紀子を両手でほんの一瞬抱き上げてから、「よし、これから銀座に行こう」とその両足を床にゆっくりと降ろした。

映画で見たような男物のコートがどこで手に入るのか、登紀子にはわからなかった。父が登紀子を連れて行ったのは銀座五丁目にある高級紳士服の仕立て屋だった。店の主人に登紀子が「生地が上質で、男っぽくて、こんな形で」というイメージの断片を伝えたけれど、うまくは伝わらなかった。登紀子は店のカウンターにあったノートを借り、映画で見たコートのデザインを描いて見せた。それを見ると主人は、

「ああ、それはダッフルコートですね」

と店の奥からひとつの生地を出してきた。どうやらノルウェーの漁師のコートの生地らしい。すすめられるまま手にとるとずいぶんと目が詰まっている。肩にかけられると

ずしりと重い。これならどんなに冷たい風が吹いても寒くはないだろう。男っぽい、まるで女の子らしくないコート。これでマリナ・ヴラディになれる、と登紀子は浮かれた。店の奥で採寸を済ませる。一週間後に仮縫いを済ませ、出来上がりはさらに一週間後になると言う。オーダーメイドのダッフルコート。その値段がいったいいくらなのか登紀子は考えようともしなかった。支払いは出来上がりのときに、という父の言葉に、「もちろんでございます」と主人が笑顔を返した。一週間後の仮縫いには登紀子が一人ででかけた。

できあがったコートを取りに行くときには、父と出かけるのかとばかり思っていたが、父は急用ができたらしく、母と取りに行ってほしいと言う。仕方なく登紀子は母と出かけた。出来上がってきたダッフルコートは、重いけれど暖かく、何よりほかの女の子は誰も着ていない。そのことが登紀子の自尊心を満足させた。父が支払いを済ませてくれているとばかり思っていたコートの代金は母の財布から出された。母はそのことについて何も語らなかった。

コートが安くないものだということくらい登紀子にだってわかる。けれど、このコートは父に買ってほしかった。養育費ではなく慰謝料の代わりとして。登紀子はどこか自分を、父の娘ではなく、父の恋人のように思っていた。

店の鏡に映ったダッフルコート姿の自分はまるで男の子のようで、このコートを着こなしていることに得意な気持ちにもなるが、結局は母に負担をかけてしまった。そのことを考えるとコートだけではない重さがずしり、と肩にのしかかってくるような気がした。

「そのコート、探せばたぶん、この部屋のどこかにあるはずよ」

登紀子は部屋の押し入れのほうに目をやるが、押し入れの前には腰の高さほどに本が積まれていて、まずはそれを片付けてからでないと引き戸を開けることは不可能だろう。

「二十年以上着たけれど、ボタンがひとつ取れただけで、破けもしなかった。早川朔も潮汐ライズの表紙でダッフルコート姿の男の子を描いている。あなた、その絵を見たことある？」

「いいえ」と答えながら、携帯で、「早川朔　潮汐ライズ　ダッフルコート」と検索すると、そのイラストはすぐに出てきた。携帯を登紀子に渡す。登紀子は老眼鏡をかけ、その画面を眉間《みけん》に皺を寄せて見た。

「そう。この絵。懐《なつ》かしい。私が二十代半ばでライターになるかならないかの頃ね。潮汐出版の男性週刊誌でアシスタント、というと聞こえがいいけれど、下働きをしていた頃ね。隣の編集部が潮汐ライズだった。早川朔がイラストレーターとしてレギュラーで表紙を描き続けた雑誌ね。その頃からもう、早川朔は業界のスターだった」

もうとっくに冷めてしまっているだろうコーヒーを登紀子は一口、口にした。

「もうその頃には、早川朔さんとは交流があったのですか？」奈帆は尋ねた。

「まさか。早川朔なんて雲の上、ずっともっと上にいる人だった。それくらい、彼女のデビューは鮮烈だった。その頃、潮汐出版の廊下ですれ違ったこともある。でも、私みたいなペーペーのライターもどきは、声をかけることすらできなかった」

まるで自分を卑下しているようにも聞こえる、登紀子のライターもどき、という言葉に奈帆は違和感を持つ。この前聞いた早川朔の幼少時代からの話、そして今日の登紀子の話。二人の生まれや育ちは驚くほど違う。登紀子のような三代物書きで、父は画家で、銀座でオーダーメイドのダッフルコートを作ったという話など、まるでどこか違う国のおとぎ話でも読んでいるような気がする。

迷いながらも奈帆は心のなかにある思いを口にする。

「登紀子さんのようなおうちの方でも、早川朔さんはとてつもないスターのような存在だったと」

登紀子はしばらくの間、奈帆の顔を見つめている。登紀子の視線に何かいけないことを聞いてしまったのだろうかと鼓動が早くなる。

「この前も言ったかもしれないけれど、仕事をすることにほんとうのところ生まれも育ちも関係ないのよ。早川朔は私とは正反対よ。私の祖母も母も、そして私も、そういう家の生まれだったから物を書き始めた。母は急死した祖母の連載を引き継ぐために物書きにいきなりなった。私も母が物書きだったから、その人間関係を利用して仕事が来たの。早川朔はそうじゃない。ただ、ごろんと、とてつもない早川朔の才能があって、それを見つけてもらった。そして、時代の寵児《ちょうじ》になった。生まれも育ちも関係ない。才能さえあれば、女でも男のように仕事ができる。六〇年代はそういう時代の始まりだったの」

　父と別れたあと、母が応接間にあるピアノを弾くのを、登紀子はしばしば目にしていた。登紀子と義雄は、幼い頃に半ば無理矢理にピアノを習わせられたが、二人とも音楽への興味も根気もなく、バイエルすらなかなか終えることはできなかった。古いピアノを弾くのは、登紀子でも弟でもなく、母だけだった。母はショパンの『雨だれ』を弾いた。母が弾ける曲は三曲くらいしかなかったが、母は特にこの曲を好んで弾いた。曲を弾き終わると、

「この曲は、ショパンがジョルジュ・サンドと共にマジョルカ島に旅行したときにできた曲、っていう説があるの」と同じ話を繰り返した。

　とりわけショパンとジョルジュ・サンドの恋については、もう何度も聞かされた。二人の子どもを連れてショパンと生活を共にするためにスペインのマジョルカ島に旅立っ

たジョルジュ・サンドについて語る母の目は、いつもここではないどこか遠くを、ここにはいない誰かを見ているような気がした。

「ショパンは肺病だったから、家を借りることができなくて、町の人たちからも嫌われて。それでもジョルジュ・サンドのおかげで山奥にある石造りの僧院に住むことができた」

二人の子ども。肺病の男。作家であったジョルジュ・サンドは原稿を書きながらショパンを金銭的に支え、天才が作曲に専念できるようにその環境を整えたのだという。

その頃のショパンが世間で認められることがなくても、ジョルジュ・サンドは相手の才能に惚《ほ》れ込んでいた。そして、彼女に文章を書いてお金に換える能力があったからこそ、ショパンを支えていくことができた。才能と恋は二人にとって不可欠なもので、ふたつの才能が二人をかたく結びつけていた。

繰り返されるその話を聞きながら、高校生の登紀子は母が自らの身の上をジョルジュ・サンドに重ね合わせているのかもしれないと思っていた。そのときはただ、そう思っただけだった。けれど、父と母との関係を間近に見ながら、自分の人生を捧《ささ》げられるような男性との出会い、母のように働いて男性を支え続ける生き方は、登紀子の深いところに大きな影響を及ぼしていた。

父と母が別れても、登紀子が母の臑を盛大に齧る生活は続いていた。

登紀子が高校二年のとき。京都と奈良へ修学旅行に出かけた。古いお寺や仏像を見た登紀子は感激して、帰宅するなり母に叫んだ。

「あんな観光バスに乗って、分刻みで団体で歩くなんて、そもそも仏像に失礼だと思う。どうしてももう一回、自分一人だけで見に行きたいの」

母は女性でありながら娘に好き勝手をさせることができる自分の経済力を、誇りに思っているような人だった。子どもを都立に通わせているような親なら到底受け入れることなどできない娘の願いを受け入れた。高校三年生になる前の春休み、登紀子は一人でホテルに泊まり、京都と奈良の町を再び訪れた。お寺や仏像以上に登紀子が感激したのは、ホテルに一人で泊まるということだった。

五〇年代、ホテルはまだ女性一人だけで入れる場所ではなく、お金持ちやエリートだけが入れる場所だった。ホテルに泊まるためには、まずフロントでチェックインして……。旅に出る前に母からさまざまな訓示を受けた。

いくら親の臑をかじった旅行とはいえ、使えるお金は限られている。夜はホテルのメインダイニングには行かず、町中の蕎麦屋《そばや》でにしんそばを食べ、朝食だけはホテルでとった。何種類もあるシリアル、パリッと黄金色に焼けたトースト、とろりとした半熟卵、フルーツのコンポート。よく磨かれた銀色の重い食器、真っ白なナプキン。ホテルという非日常の空間に背伸びして入り込み、大人の世界を体験してみる。そのひとつひとつが十七歳の登紀子にとって刺激的だった。

京都の広隆寺、比叡山《ひえいざん》、南禅寺、奈良の薬師寺、唐招提寺《とうしょうだいじ》、法隆寺、興福寺。登紀子は修学旅行で訪れた寺に再び足を伸ばし、時間を気にすることなく、ひとつの仏様の前にじっと座っていた。特に印象に残ったのは、中宮寺だった。初めての一人旅という緊張と解放、こんな旅をしているのは自分だけだろう、という自意識を持てあましながら、歩き回った一日の終わりにたどり着いた場所だった。修学旅行のときにも見た弥勒菩薩《みろくぼさつ》をどうしても、もう一度見ておきたかった。夕方近くで拝観者もあまりいない時間だったせいか、登紀子はたった一人で弥勒菩薩と対面していた。右足を左膝に乗せ、ほっそりとした右手を頬に添えたその姿は、十代の少年のようにも賢老人のようにも見えた。信仰心があるわけではないし、有り難いという気持ちが湧《わ》いてくるわけでもない。けれど今この仏像と向き合っている時間を、この旅を、多分死ぬまで自分は忘れないだろう、と思った。

気になった場所に気の赴くままふらりと出かけるという登紀子の旅は、このときだけで終わらなかった。

「ねえ、ママ、今度はあそこに行ってみたいの」

そういう登紀子の申し出を母が断ったことはなかった。大学一年の夏休みのときには、一人で四国と九州の岬を回った。早川朔が母親と二人で東京に出てきて、小さなアパートの一室で息をつめるように暮らしているとき、登紀子は母親に買ってもらったイタリア製のスクーターに乗って、日本各地を旅していた。

東海道（国道一号線）すら、まだ七割程度しか舗装されていなかった。けれど、このときの一人旅の経験が、後に登紀子がライターになったときに存分に活《い》かされることになった。

登紀子が高校三年になっても母は大学受験について何も言わない。けれど、家に母の原稿を取りにやってくる新聞社や出版社の人間が登紀子に尋ねた。

「登紀子さん、大学進学は？」

「将来何をするつもりなんです？」

そう聞かれると、答えのない登紀子は口を噤《つぐ》んでしまう。

私のことは放っておいて、と内心思いながらも、やはり自分にできることは母や祖母のように文章を書くことなのではないか、と思い始めてもいた。父のように絵は描けない。弟の義雄は父に似たのか絵がうまく、将来、絵描きになってパリに行く、とすでに口にしている。そんな弟を母は目を細めて見る。弟が将来留学するようになっても母は寝る間も惜しんで原稿を書き、そのための費用を捻出《ねんしゅつ》するだろう。

母の書いた原稿を受け取りにやって来る彼らを見て、登紀子は新聞記者の仕事や出版社の編集者の仕事が具体的にどういうものかを理解していた。実際に自分の頭で考えたことや感じたことを文章に書く母と、その文章を使って新聞や雑誌の記事を作る記者や編集者、どちらになりたいかと聞かれれば、登紀子はやはり母のように、自ら何かを生み出す人間になりたいと思った。

そもそも、そういう新聞社や出版社に入るためには、それなりの大学に進学する必要があるし、彼らのほとんどが男性だ。新聞社や出版社に入ったとしても、女性編集者として活躍できる保証はない。正直なことを言えば、登紀子はそれほど勉強することが好きではなかった。

興味があるのは、ファッション、旅、食べ物、音楽、映画、演劇。そういうものについて書くことなら興味があるが、社会派ジャーナリストや硬派のルポライターになる気はさらさらなかったし、なれる器も頭脳もない、と思っていた。

登紀子がやっと受かった私大に入った一九五七年、当時の岸総理はアメリカとの安保条約を改定しようとしていた。アメリカと軍事的な結びつきが強固になれば、日本は再び戦争に巻き込まれてしまうかもしれない。軍備を正当化する新安保条約に断固反対する「新安保反対」の気運が、全学連をはじめとする学生や労働者を中心に高まりつつあった。五九年の十一月には、三万人近い人々が国会議事堂の前で「安保反対！」とシュプレヒコールを続け、「ワッショイ、ワッショイ」と声を上げながらジグザグ行進するデモが行われた。彼らは警察官たちともみあいながらも、国会構内へなだれ込み、プラカードを掲げ、労働歌を歌った。

すでに登紀子の家にあったテレビでもその様子が放映された。

「なんて、かっこわるいんだろう」一人でテレビを見ていた登紀子は思わずつぶやいた。

集団で何かをする、ということがそもそも嫌いだ。大声を出すことも出す人間も嫌いだ。シュプレヒコールやデモが何かを変えていくとも思えなかったが、同年代の人間の多くは、プロレタリア革命を目指した新左翼の学生だった。登紀子の親しい大学生にも運動に身を投じている人間が少なくはなかった。けれど、当時の大学進学率は一割にも満たなかった。世の中の頂点に立つようなエリートが革命を叫ぶことにも違和感があった。それでも、登紀子はそういう胸のうちを誰かに話したことがなかった。

学生運動に興味がなかったわけではない。むしろその逆だった。自らの強固な思想にあえて殉じる人には人一倍あこがれを抱いていた。

そこから距離を置かせたのは、自分の恵まれた生まれ、そして育ちだった。それがどんなに特別なことかは幼い頃から感じていた。学生運動は六〇年代から七〇年代の初頭まで、日本という国を騒がせていたが、自分はそこに身を投じる権利などない、と登紀子は考えるようになっていた。ブルジョワ、搾取《さくしゅ》、階級闘争といった言葉を聞くたびに、責められているような気になった。自分は左翼が糾弾するようなプチブルなのだという自覚は、学生運動を新聞で、テレビで、街頭で目《ま》の当たりにするたびに強くなっていった。登紀子の祖母も、そして母も抱かなかったその思いは、ねじ曲がり、いつしか、自分の生まれや育ち、家庭の在り方が恥ずかしい、と思うことさえあった。

だからこそ、自分とは正反対の男と恋に落ちた。

滑り止めで受かった大学を登紀子は一年でやめていた。母の仕事を手伝う、という自分なりの理由はあったが、登紀子にとって結婚するまでの長いモラトリアムの時期でもあった。

のちに登紀子の夫となる河津《こうづ》浩介《こうすけ》は登紀子の十七歳上だった。

十五歳で仙台から東京に来て、働きながら独学で勉強を続けた、登紀子とは真反対の生まれ、育ちの人間だった。登紀子と浩介を結びつけたのは、戦後に起こったあるひとつの事件がきっかけだった。

一九四九年、アメリカの援助と日本政府の補助金という両輪で支えられていた日本経済にインフレが起こり、物価は終戦直後の約七十倍にもなっていた。アメリカはインフレ解消、そして経済の自立と安定をはかるために、政府の支出を削るように日本に求めた。こうした財政引き締め政策によって不況が起こり、会社や工場では大量解雇が相次ぐようになる。

十万人近くの大量解雇をめぐって労働組合との激しいやりとりが続いていた国鉄では、一カ月あまりの間に謎《なぞ》の事件が立て続けに起こった。最初は常磐《じょうばん》線綾瀬《あやせ》駅付近で国鉄総裁の下山定則《しもやまさだのり》が轢死《れきし》体《たい》となって発見された下山事件。さらに中央線三鷹《みたか》駅で無人の列車が暴走し、六人の犠牲者を出した三鷹事件、そして、東北本線松川《まつかわ》駅付近でレールが外されて列車が脱線転覆し、三人の犠牲者が出た松川事件。どの事件にも、労働組合と共産党員、労働運動を押さえ込む目的があったとされるが、未《いま》だに真相はわかっていない。

一九四九年当時、上芝電機という会社で電気技術者として働いていた浩介は労働組合の幹部をしており、首切り反対闘争をしていた。ところが、上芝に大量解雇の噂《うわさ》が流れてすぐ、帰宅中の社長が殺されるという事件が起こる。捜査の結果、上芝の組合運動関係者による犯行とされ、浩介は首謀者として逮捕。翌年の一審では全員有罪、浩介は死刑の判決を受ける。十三年後、再審で全員無罪を勝ち取るが、浩介はその間、拘置所のなかで「無実なのにいつか死刑にされてしまうかもしれない」という恐怖と闘い続けなければならなかった。

この事件について広く真実を伝えたいという目的で、支援団体の人々は文化人に手紙を送り、協力を求めた。その文化人のなかに、登紀子の母、みつ子がいた。登紀子も母に連れられ傍聴しに行ったことがあった。そのときに初めて浩介を見ているが、登紀子に特に強い印象を残したわけではなかった。

一九六二年に浩介の無罪が確定したものの、浩介は元の仕事には戻らず、冤罪《えんざい》事件について調べ、本にまとめる、いわば研究者としての道を歩き始めていた。それは自らが冤罪を着せられた経験があったからこそだったが、すぐにお金になるような仕事ではない。事件に関するあらゆる疑問を、たった一人でひとつひとつ明らかにしていくような地道な作業だった。

　登紀子は、母の知り合いであり、上芝事件についての作品を書こうとしていた、とある小説家の下働きの仕事をぽつぽつと始めていて、その資料集めのため、時折、浩介と顔を合わせることがあった。

　西早稲田の小さなアパートの一室に浩介は暮らしていた。戦争で焼け残った一角なのか、黒い板塀の続く鬱蒼《うっそう》とした竹林の奥にあるそのアパートに初めて出向いたのは、ひぐらしの鳴く暑い夏の終わりだった。一階のいちばん奥の部屋。菱形《ひしがた》の曇りガラスのはめ込まれた木製のドアを叩《たた》くと、曇りガラスに動く人影が写った。スカートから剝《む》き出しの臑にまとわりつく藪蚊《やぶか》を払いながら、

「先生の使いで参りました」と声をかけると、ゆっくりとドアが開いた。

　浩介の裁判を初めて母と傍聴しに行ったのは、登紀子が高校生のときだ。登紀子はすでに二十四、浩介は四十を過ぎていた。白いカッターシャツを着たおじさん。それが登紀子が浩介をひとりの人として認識したときの最初の印象だった。

「どうぞ」と言われるままに、登紀子は玄関に入った。そこに立てば、その部屋のすべてが見渡せてしまう。四畳半の畳の部屋にはちゃぶ台と木枠の窓のそばに簡素な木製の

机と椅子があるだけで、中央に布団一枚を敷く程度の空間を残して、すべて本で埋め尽くされていた。けれどもなぜか散らかっているという印象は受けない。母の書斎はこの倍以上広いだろうが、もっと乱雑だった。この部屋の本の向きはすべて同じで、同じサイズの本はすべて角が揃《そろ》えて積み上げられている。机の上には開かれた白いノートが一冊と、鉛筆が数本、そして茶封筒がひとつ。それ以外のものはない。浩介が机に近づき、その上の茶封筒を手に取ると、玄関に立つ登紀子のほうに近づいてきた。

「こちらです。先生にお渡しいただけますか」

つい、とまっすぐに腕を伸ばし登紀子に茶封筒を差し出す。その腕は太く、黒く日焼けしている。浮き上がった血管になぜだか登紀子はどぎまぎとした。父の腕とも、弟の腕とも違う、力を感じさせる腕だった。登紀子は使いを頼まれただけで、小説家が何を浩介に依頼したのかも知らなかった。中に何が入っているのか茶封筒はずしりと重い。

「ありがとうございます」と登紀子は頭を下げ、慌《あわ》ただしく浩介の部屋を後にした。竹林を抜け浩介の部屋が遠ざかるにつれて、ひぐらしの声が追いかけてくるような気がした。


その日以来、登紀子は何度か浩介の部屋を訪れた。

登紀子には複数のボーイフレンドがいた。学生運動をしている者、小説家をめざす者。きちんと職業についている者もいた、ホテルマン、銀行員、編集者。登紀子もまた、母と同じように、恋に臆病《おくびょう》な女ではなかった。けれど、食事をしたり、お酒をのんだり、映画を見たり、というだけの関係で、誰か一人とじっくりとつきあった経験はなかった。その誰もがそれだけの興味を持てるような男でもなかった。二十四になっても、登紀子の母はごく普通の家の母親のように結婚をしろなどということは言わない。

登紀子自身も「結婚を人生の目標にしている女なんて馬鹿《ばか》だ」と思っていた。時折、母経由でやってくる仕事をこなしてはいたが、その年齢になっても登紀子はまだ、母の臑を齧り続けていた。その頃にはスクーターではなく、母の買ってくれたスポーツカー、真っ赤なトライアンフを乗りこなし、行きたいところに気の赴くまま出かけていた。そんな生活を続ければ続けるほど自分の生活はどこかおかしい、という気持ちがわき上がってくる。もしかしたら当時母にもそういう気持ちがあったのかもしれない、と登紀子は今になって思う。上芝事件に興味を持ち、浩介と関わりを持つことは、登紀子だけでなく母にとってもプチブル的な自分の生活を贖罪《しょくざい》したいという気持ちと通底していたのかもしれない、と。

秋になって、同じ小説家から浩介が取材に向かう場所に車で送り届けてほしいと頼まれたこともあった。伝えられた時間に浩介のアパートの最寄り駅の駅前で、車に乗って待っていると、向こうからやってきた浩介が自分と車を見て一瞬ぎょっとしたのがわかった。それでもいつもの浩介のように冷静な様子で「忙しいのに申し訳ありません」と言いながら、助手席に乗り込んでくる。

「忙しくなんかないんです。ぜんぜん」

登紀子は車のアクセルを踏みながら答えた。実際のところそうだった。母の手伝い、と言えば聞こえはいいが、それに多くの時間をとられているわけではない。だからこそこうして浩介を取材場所に送り届けることもできるのだ。

車は都心を抜けて郊外に向かう。誰に取材をするかは聞いてはいない。場所だけを聞かされていた。まわりの景色に田園が増えていく。

「これは君の車ですか？」

走り出して、しばらくしてから浩介が口を開いた。

「ええ」

「君が買ったの？」浩介は驚いたような声をあげる。

「いえ、違います。買ったのは母です」

浩介の言葉に責める口調はないが、なぜだか身の置き所がなくなってくる。

自由にゆるやかに日々を過ごし、おいしいものとおいしいお酒を口にしていればそれだけで幸せ、といった登紀子の家族とはなにもかも違った。浩介は酒も煙草もやらない。朝は午前六時に起き、午前八時には仕事を始めている。夕食は午後六時。就寝は午後十時と、判で押したような日々を送っていた。そうして取材を重ね、原稿を書き、膨大な時間を割いて、真実を見つけようとしている。母がしているような評論やエッセイとも違う。母は締め切りには追われているけれど、請《こ》われればいくらでも原稿が書ける人だ。そうやって私や弟を育てた。けれど、浩介は違う。床にぶちまけられた黒いごまのなかから目を皿のようにして白いごまだけを時間をかけて探し、そこからたった一滴の油を搾《しぼ》り取る。浩介がしている仕事はそういう仕事だった。

　浩介を見上げるような尊敬という気持ちが、この男を支えたいという思いに変わるまでにそれほど時間はかからなかった。この頃の登紀子が思い描いていた結婚の理想の相手は、バッハだった。母が自分と父との生活をショパンとジョルジュ・サンドにたとえたように、登紀子は自分が結婚するならばバッハとその妻マグダレーナのような関係でありたかった。マグダレーナはハンブルクの教会でバッハの弾くオルガンを偶然に聞き、主天使が鍵盤《けんばん》を弾いているのかと聞き惚れ、彼をこの世で唯一無二《ゆいいつむに》の存在に決めてしまった。その後、バッハと出会い、結婚をし、亡くなるまでいちばんの理解者であり続けた。登紀子は心のなかでひそかに思っていた。好きになった、好かれた、食べさせてもらう、食べさせる、そんな関係の前に河津さんのいちばんの理解者になりたい。河津さんは私にとってのバッハだと。登紀子は心にそんな思いを秘めるようになった。

　浩介に会って三カ月も経《た》たない頃のことだ。登紀子は浩介の家を訪れた。小説家からの遣いだけでなく、その頃は浩介の調べ物を手伝うようにもなっていた。浩介の狭い和室には、年代物の火鉢がひとつあるだけで、それ以外の暖房はない。真昼でもすり切れた畳に触れた足から体全体が冷えていく。登紀子は着てきたオーバーを肩にかけて、押し入れの前に置かれた小さなちゃぶ台の上にノートを広げた。浩介から言われた資料を積まれている本から探し、その一節をノートにまとめていく。寒さで手がかじかんだ。座っている登紀子からは椅子に座る浩介の背中しか見えないが、薄いセーター一枚着ただけの浩介だって寒いはずなのに、火鉢を登紀子のほうに近づけてくれていた。かじかんだ手を火鉢にかざし登紀子は作業を続けた。たいていは一、二時間で終わる作業で、夕飯前には浩介から「ごくろうさま。今日はここまでで結構です」と声がかかる。けれど、今日はいつにもまして仕事に集中しているのか、いつの間にか窓の外も暗くなっていた。登紀子のおなかがぐうと大きな音を立てた。その音が狭い部屋に響き、浩介がはっと気づいたように顔を上げる。

「あっ、もうこんな時間か。申し訳ない」

浩介は立ち上がり、火鉢に近づいて手をかざした。

こんなときボーイフレンドの家にいるときの登紀子なら、

「ねえ、そのへんで何か食べない？」と気軽に口にしてしまう言葉を、どうしても浩介には向けることができない。ひとつの火鉢に浩介と二人で、ただ黙って向き合っていた。

「そうだ。ラーメンかなにか作ろう」

そう言って浩介は立ち上がると、玄関わきの棚から片手鍋《なべ》と丼《どんぶり》、カラフルなインスタントラーメンの袋を持って、サンダルを履いてドアを出て行った。登紀子も立ち上がりドアを開けて見た。暗い廊下の先には共同の炊事場があって、浩介は蛇口から水を入れた片手鍋をガスコンロに掛け、マッチで火をつけようとしている。ぼっ、と音がして青い炎が見えると、登紀子はなんだか見てはいけないものを見たような気になってドアをそっと閉めた。しばらくすると浩介が丼を手に部屋に戻ってきた。

「こんなものしかないけど、少しは腹のたしになるかも」

登紀子の前に湯気のたったインスタントラーメンの丼と箸《はし》が置かれた。登紀子だってインスタントラーメンを食べたことがないわけじゃない。けれど、この目の前の一杯は、もしかしたら浩介の貴重な夕飯なのではないかと思ったら胸がつまった。

「私、おなかすいてないです」

「だって、君、さっき」

登紀子は俯《うつむ》いて丼を浩介の前に移動させた。

「そうか……君の口には合わないか。それじゃあ仕方ないなあ」そう言って浩介は箸を取ろうとする。そのときまた登紀子のおなかが鳴った。さっきよりも大きな音だった。登紀子は顔を赤らめながら、奪うように、浩介の手から箸を取った。

「いえ、いただきます」

ラーメンの丼に顔を突っ込むようにして登紀子は麺《めん》をすすった。そんな登紀子を浩介は笑いながら見ている。その顔を見ていたら、登紀子の口からふいに言葉が出た。

「河津さん、結婚なさらないんですか？」

「こんなに収入のない男と結婚する人がどこにいますか？」浩介が笑いながら答える。

ここにいます。と今にも言ってしまいそうなのを登紀子はぐっと堪《こら》え、その言葉を飲み下すようにラーメンのスープを飲んだ。舌と喉《のど》にまとわりつくような化学調味料の味が登紀子は苦手だった。

「じゃあ、どういう方だったら結婚なさいます？」

「うーん」浩介が考え込む。もっと見栄《みば》えのいい男はほかにもいるのに、なぜ、自分はこの男に。

「自分の食べる分を自分でなんとかできる人とならできるかもしれない」

その答えを聞いて、登紀子はこの日生まれて初めて働こうと強く思った。自分の食い扶持《ぶち》だけでなく、この男をも支えられるくらい仕事をするのだ。河津さんは私のバッハで私はマグダレーナだ。働いて彼が自分の仕事に専念できるようにお金を稼ごう。母のように。祖母のように。

「それから二年間、とにかくまずは自分一人食べることができるように、母のつてを頼って週刊誌の仕事を始めたの」

　長い話を終えた疲れからだろうか、登紀子の声は掠《かす》れている。もう今日はこのあたりで、と思いながらも奈帆は尋ねた。

「そのとき、登紀子さんはおいくつになっていたんですか？」

「……二十六。二十六よ。もう考えられないくらい昔」

「ログストアになる前の、潮汐出版の男性週刊誌のお仕事ですね」

「そう……。潮汐ライズができた頃のね」

「その頃、どんなお仕事をされていたんです？」

「最初はなんでも屋よ。どんな仕事でもやった。都内の銭湯の女湯に何十軒と入って、そこに来た女の人たちを観察したり」そのときのことを思い出したのか、登紀子が密《ひそ》やかな笑い声をあげた。登紀子が声を出して笑うのを奈帆はこの家に来て初めて聞いた。

「男性週刊誌でしょう。銭湯で女性が服をどんなふうに脱いで、どんな裸で、どんな話をしたか、なんていう、今だったらありえないルポとも言えないルポよ。一日、五軒くらい、全部で二十軒くらいの銭湯をまわったの。人妻の浮気ルポみたいな記事をでっちあげたりね」

「そのときにはもう、早川朔と出会っていたのですか？」

　笑い声がやんで登紀子の顔から少しずつ表情が消えていく。

「早川朔は私がそんなライターの下っ端《ぱ》仕事をしていたときにはもうイラストレーターとしてデビューしていたのよ。とあるデパートの広告を描いて注目を浴びていた。けれど、全国的に名前が知られるようになったのは、潮汐ライズができたときね」

「一九六四年ですね」

「そう。昭和三十九年。この年に潮汐ライズの表紙を、早川朔はたった二十三歳で、レギュラーで描き始めるようになるの。鈴子さんが、あなたのおばあさまが入社された年ね」

一九六四年についてはいくらか奈帆も下調べをしてあった。東京オリンピックが開催された年。東海道新幹線が開通した年。高速道路、超高層ビル。奈帆が生まれたときからすでに目にしてきたもの、今ではもはや老朽化すら叫ばれているものが、高度経済成長とともに続々と建てられた年。

「私と早川朔、そして鈴子さんが潮汐出版で出会った年よ」

そう言うと登紀子はもうすっかり冷めてしまっているだろう、スターバックスのコーヒーを飲み干した。

「やっと三人がそろったわ」

5

窮屈なハイヒールが妙子のつま先を痛めつけていた。

渋谷の裏通りを歩きながらふと顔を上げると、いくつものビルの向こうに、東急文化会館の屋上にあるプラネタリウムの半球が目に入った。入り口に板が打ち付けられた古いビルの前で立ち止まった。ここもまた壊されるビルなのだろうか。自分の描いた作品をまとめたポートフォリオ、それを入れた布袋がずしりと肩に重い。妙子は布袋をそっと肩から下ろし、ビルのドアの前に立てかけた。ポートフォリオは新聞一面ほどのサイズで、小柄な妙子には大き過ぎたし重過ぎた。これを持って満員電車に乗ると、まわりにいる乗客から、露骨に嫌な顔をされたり、ひどいときは舌打ちされたりする。けれど、これを持っていかないことには、妙子の就職は決まらないのだ。

「もし採用であれば後日連絡します。連絡がないときはご縁がなかったということで」

さっき会ったばかりの担当者は、ポートフォリオを最後まで見てはくれなかった。たぶん、まただめだろう。思わず、はあ、とため息をついたら、目の前がちかちかして暗くなった。ああ、また貧血。妙子はその場にしゃがみこんだ。

目の前の道はいずれアスファルトになるのだろうが、小石や土が除かれ、今は急ごしらえに板が置かれていた。来年十月に開催されるオリンピックを控えて、東京の至るところがそんなふうだった。座りこんでしまったら一張羅のスーツのスカートが汚れてしまう。妙子はハイヒールを脱いで、それを脇《わき》に置き、膝《ひざ》を抱えてしゃがんだ姿勢で膝頭に額をこすりつけた。こうしてじっとしていれば、少しずつ良くなってくる。もう何社目になるのだろう。そのままの姿勢で、落ちた会社の数を数えはじめ、二十を超えたところで数えるのをやめた。

妙子の夢は自分の描いた絵で食べていくことだった。

東京で最初に暮らした新大久保のアパート、向かいに住んでいたケイから、美大を出て挿絵画家になって家を建てた人の話を聞いた。その話だけで妙子は美大受験を決め、ケイと同じ大学、同じ油絵科に進んだ。けれど、妙子が大学に入った年にケイは大学を卒業し、実家のある青森に帰って行ってしまった。帰る前にどうやったら挿絵画家として食べていけるのか、くわしい話をケイに聞けばよかったと、今になって妙子は後悔していた。

同級生の半分は、ケイのように、地元に帰り美術教師になるようだった。東京に残る学生でも大学時代に学んだ油絵を活《い》かす仕事に就くわけではなかった。むしろ美術とはまったく関係のない小さな会社に就職する者がほとんどだった。それでも仕事に就けるだけまだましだった。大学出の女性を雇う企業は少なかった。ましてや美大出の女性を正社員として雇う会社の数は限られていた。妙子は事務職はもちろん、広告部やデザイン部のある会社、小説誌や女性誌を出しているような出版社も受けたが全滅だった。なにかの気配を感じて顔を上げた。茶色い痩《や》せた柴《しば》犬が鼻を鳴らして妙子に近づいてくる。手を差し出すと、犬はその手のひらをぺろぺろと舐《な》めた。

「おまえ、逃げないと、つかまっちゃうよ」

妙子がそう言うと、犬はかすかに首を傾《かし》げるような仕草をした。オリンピックを控えて、町にいる野良《のら》犬は捕獲されていると聞いた。妙子のアパートのそばでも、野良犬がぎっしり積まれたトラックが、悲愴な鳴き声と共に走り去っていくのを見たことがあった。犬を捕まえているのは誰なのかわからなかった。東京都がやっていることなのか、それとも国がしていることなのか。

駅のホームで食べたあんパンの残りが無かったっけ、と、バッグの中を探ってはみたが、あんパンを包んでいたくしゃくしゃの紙袋が一枚出てきただけだった。代わりにもう一度手のひらを舐めさせ、頭を撫《な》でた。犬はいつまでもそうしている。私も早く仕事を見つけないと、檻《おり》の中に閉じ込められてしまう。あせる気持ちだけが、喉元《のどもと》までせり上がってくるような気がした。東京でお金を稼ぎ東京で暮らす。自分の絵で食べていく。それは妙子にとって壮大過ぎる夢だった。壮大過ぎて夢の輪郭すらつかめないでいる。実現するかどうかもわからない。四年間大学で油絵を描いたが、ほめられたことなどなかった。

「誰かの真似《まね》でなく、自分だけの絵を描きなさい」

たくさんの教授が妙子にそう言った。挿絵画家になって家を建てた人の話。その話を聞いただけで妙子は油絵科に進んだが、いつまで経《た》っても油絵の具は妙子の手に余る道具だった。正確に物の形を取ることは少しずつうまくなった。けれど、きれいな色を塗り重ねているつもりなのに、キャンバスのなかにはなぜだか濁った色だけが堆積《たいせき》していく。何枚描いても、それが自分の絵だとは思えなかった。裸婦も静物も妙子の描きたいものではなかった。自分でも自信のない油絵のキャンバスを見せるわけにはいかない。

妙子が描きたいのは女の子だった。今の東京を生きる最先端ファッションを身につけた女の子。子どもの頃、まだ、田舎にいたとき、母が持ってきてくれた洋服を妙子は忘れないように鉛筆で描き、色鉛筆で色を塗った。都会的な洋服は、そんなものこの村で着たら馬鹿《ばか》にされる、と晴子に言われ、身につけることはできなかった。いつの間にか家のどこかに仕舞われてしまった。だから、それを記憶にとどめるために妙子はそれを絵で残した。

妙子自身はとてもおしゃれとは言えなかったし、洋服にお金をかけることはできなかった。ワンピースもスカートもセーターも布や毛糸を買っては自分で作った。同級生にも自分の服は自分で作る、という女子学生は多かった。同級生の洋服を真似て作り、妙子が頼まれて同級生の服を作ることもあった。妙子は自分の作った服や、学校で見かけたおしゃれな学生の洋服を絵に描いた。薄く鉛筆で輪郭を取り、その内側をアクリル絵の具で塗りつぶす。子どもの頃の塗り絵にもよくにたその作業は、油絵を描くより、妙子にとっては楽しい作業だった。

特に好きだった洋服は、その頃流行《はや》り始めていたアイビールックだった。ＶＡＮやＪＵＮといったファッションメーカーが売り出し始めた洋服で、アメリカ東海岸にある名門私立大アイビーリーグの学生たちの、上品でスマートな着こなしに着想を得ていた。男の子なら、クルーネックのセーターにボタンダウンのシャツ、三つ釦《ボタン》のツイードのジャケット、細身のコットンパンツ、女の子なら、袖《そで》にラインの入ったスクールセーターにタータン柄のスクールミニ。大学でもお金を持っている学生たちに、アイビーの恰好《かっこう》をしている者が多かった。

ある日、渋谷駅の構内でとある化粧品メーカーのポスターを見かけた。妙子が描いていたようなアイビールックに身を包んだ女の子たちのイラストだった。こんなふうに大きく自分の絵がポスターに使われたら。妙子の胸は弾んだ。妙子は新聞一面のサイズにイラストを幾枚も描き、それをポートフォリオにまとめた。今日受けに行ったのも、その化粧品メーカーの宣伝部だった。

でも、面接官のあの様子では、今度もだめだろうなあ。

妙子はゆっくりと立ち上がり、ハイヒールに足を入れた。つま先がまたきゅっと痛む。犬はまだ妙子の足下にいて、妙子が駅に向かって歩き出すと後ろをついてくる。

「犬取りに捕まるよ。早く逃げないと」

犬に向かってそう言ったが、妙子が渋谷駅前の雑踏に紛れても、ついて来ようとする。ポートフォリオの袋を抱えて小走りになった。なんとか改札を抜けて、ホームへ向かう階段を上がり始めるまで、犬がついて来るような気がして、妙子は後ろを振りかえらなかった。

山手線で新宿に向かう。高校生になって東京に出てきて、もう七年の月日が経っていた。妙子はまだ母と二人で暮らしていた。最初は新大久保の四畳半と六畳の二間のアパート。それから二度引っ越しをして、今は高田馬場の六畳二間に四畳半の台所がついたコーポとは名ばかりの古いアパートで生活をしている。

山手線が渋谷から原宿に向かう途中、窓の外には工事中の国立代々《よよ》木《ぎ》競技場が見えた。建築家、丹下《たんげ》健三《けんぞう》の設計によるもので、吊《つ》り橋と同じような構造が用いられ、二本の柱で屋根全体をつり下げるという世界でも類を見ないデザインである、という記事を妙子も新聞で目にしていた。けれど、まだ半分も出来上がっていない。建設途中の競技場を見ても妙子の頭のなかには、期限、という言葉が浮かんでしまう。東京オリンピックは来年の十月、妙子は来年の三月に大学を卒業する。今は年の暮れ。それなのに、仕事は一向に決まらない。

来年も、東京にいて、オリンピックを間近に見たかった。東京は、アジア初のオリンピックという国をあげてのプロジェクトに向かって邁進《まいしん》している。妙子のまわりが、東京が、そして日本が、来年のオリンピックに向けて急ピッチで準備を進めていた。複数のオリンピック競技施設の建設、競技施設を結ぶ道路の拡張、整備。新しく作られるものがあれば、東京の景色から消えていくものもあった。戦後、ＧＨＱによって接収され、ワシントンハイツとして主に米軍将校の家族用住宅となっていた場所はオリンピック選手村や国立代々木競技場になった。妙子が東京の風景のなかでも特に好きだった都電などの路面電車も、姿を消すこととなった。

有楽町と銀座の間にあった外堀は埋め立てられ、その上に東京で初めての高速道路が作られた。これに続いて本格的な首都高速道路の建設がスタートした。空中を蛇行するように作られた首都高は、妙子にとって未来の象徴ではなく、日本橋から見える広い東京の空を切り裂く醜い構造物に思えた。

戦後を思わせるような古いものは取り払われた。オリンピックに向けた怒濤《どとう》の工事ラッシュのせいで、東京はいつも埃《ほこり》が舞っていた。騒音が鳴り響き、穏やかだった空は排気ガスに覆《おお》われた。東京が新しいものに生まれ変わろうとしていた。妙子が来たばかりの頃に見た東京はもっと静かな街だった。オリンピック前の街の狂騒と、なかなか仕事が決まらない将来への不安。そのふたつが混ざり合って、妙子の心はいつもどこかが落ち着かなかった。

それでも、高田馬場駅の改札を出ていつもの曲がり角を曲がり、コーポの灯りが見えてくると、自分の家に帰ってきた、という安堵《あんど》感に包まれる。二階の窓には明かりがついている。今日は母の夜の仕事がない日だ。落ち込んだ顔は母には見せられない。妙子は両手で頬を軽く二度叩《たた》いてから、部屋に続く階段を上り始めた。廊下へ面した台所の摺《す》りガラスに母の影がうつっている。おでんだろうか、鍋《なべ》だろうか、温かいだし汁のいい香りが漂ってきて、おなかがきゅっと音をたてた。

「ただいま」

「おかえり」

玄関脇の小さな台所、妙子の母はガスの火を調節しながら言った。母が自分の顔を見なかったことに妙子は小さく安堵していた。ハイヒールを脱ぎ、自分の部屋に荷物を置き、スーツを脱いでハンガーにかけ鴨居《かもい》に吊した。セーターとスカートに着替え、浴室の脇にある形ばかりの洗面台で手を洗った。水がしみるように冷たい。タオルで手をぬぐいながら、台所に立つ母の背中を見た。その背中がずいぶん小さくなったような気がする。晴子とあの村で暮らしていた頃、時々やってきた母を見て、ずいぶんきれいなお姉さんだ、と妙子は思っていたが、今の母の背中には、もうかすかに老いの気配もある。

頭の後ろに小さくまとめた髪には、白いものも目立つ。

「なにか手伝おうか」

自分を奮い立たせるように大きな声を母の背中にかけた。

「ううん、もうできあがり。おなかすいたでしょう。ごはんにしよう」

そう言いながら母が食器棚からご飯茶碗《ぢゃわん》を取り出したので、妙子はそれを受け取り炊飯器から炊《た》きたてのご飯をよそった。

流しのすぐ後ろにある正方形のテーブルに母と向い合って座った。鶏とゆで卵の煮物、マカロニサラダ、きんぴらごぼう、ほうれん草のお味噌汁《みそしる》。妙子の好物ばかりが並んでいる。母は今年の夏に腰を痛めて、東京に来てからずっと続けていた夜の清掃の仕事を週の半分だけするようになった。その分私がアルバイトをするから、と妙子が言っても、夜の仕事をやめようとはしなかった。あともう少しだもの。妙子が大学を卒業するまでは頑張らなくちゃ。体がつらそうなときも、そう言って仕事に出かけていった。妙子の学費を払うことが私の生きがいなんだから。確かに自分の娘が大学に進んだことに母は満足しているようだった。

妙子が美術大学に進みたいと言ったとき、母は何も言わなかった。けれど、母が愚痴ひとつこぼさず自分のためだけに働いていることが、妙子にとっては重荷でもあった。私立の美術大学の学費が普通の大学に比べてはるかに高いこと、学費以外にも油絵を描くための画材の費用がかさむことを、入学前の妙子は知らなかった。国立に進むつもりだったが、妙子の学力と画力では叶《かな》わなかった。

自分でもいいとは思えない油絵を一枚描き終えるたびに、妙子はこの一枚にいくらかかっているのだろうと考えた。自分が描かなくてはならないのはお金になる絵だ。家賃を払い、食材を買い、洋服を買うための絵。母がもう無理して働かなくてもいい、お金になる絵。それを仕事にする道を探さなくてはならない。けれど、何社も面接に落ち続けていると、その気力が少しずつ削《そ》がれていく。

「面接、どうだった？」とも聞かずに、目の前の母は静かにお味噌汁をのんでいる。せめてそう聞いてくれれば、胸のなかにある澱《おり》のようなものも晴れていくのに。もし自分がどこにも就職できなかったら、母は今と同じように働き続けるのだろうか。もし就職できなければ、自分は東京で何をするのだろう。黙っていると頭のなかで悪い想像がふくらんでいく。それを母に悟られたくはなかった。

「この煮物おいしい」

妙子は笑いながら大きな声で言った。

「そう、よかった」

笑った母の目《め》尻《じり》に細かい皺《しわ》が寄る。

「……自分だけにしかできない仕事をする。立派になる。お金をいっぱい稼ぐ。お母さんに楽させる」

晴子が亡《な》くなったとき、確かに妙子は母にそう言った。高校生の自分にとっては、それは軽々と実現できることだと思っていた。けれど今になっては、それがいかに難しいことかが身に染《し》みてわかる。飛び越えなければならない棒高跳びのバーはあまりに高くて、今の妙子にはバーがどこにあるのかすら見えない。いつまでこの宙ぶらりんの状態が続くのか。自分の将来を考え始めると、心の隙間《すきま》に暗いものが広がっていく。その隙間を埋めるように、妙子は茶碗のなかのごはんを口いっぱいに頬張った。

「ええご身分じゃな、真二郎《しんじろう》は」

そう言いながら妙子は、せんべい布団《ふとん》のなかで裸の真二郎に体を寄せた。妙子も裸だ。木枯らしがガラス窓を揺らしていたが、交わったばかりの体は熱く、掛け布団も剝《は》いでしまいたいほどだ。妙子はそう言ったあと、真二郎の脇の下に鼻を近づけそのにおいを嗅《か》いだ。セックスのあとはいつにもまして男臭い。そのにおいは嫌いではなかったが、自分の体のどこかも女臭いのかもしれない、と思うと、妙子の頬はかすかに赤みをおびた。真二郎は頭の後ろで腕を組み、ショートピースを口にくわえている。

妙子は煙草《たばこ》を吸わないが、同級生に喫煙者は多い。大学に入ったばかりの頃ふざけて吸ってみたこともあるが、深く肺に吸い込みすぎて咳《せき》が止まらなくなり、目の端に涙がにじんだ。それ以来煙草を口にしたことはないが、誰かがおいしそうに煙草を吸っている姿を見るのは好きだった。

真二郎が手にした煙草の煙は、最初、一本の糸のようだが、火種から遠のくほど、次第にそれがほどけ、天井の木目に吸い込まれるように消えていく。

「またそれかいな」

真二郎が妙子のほうを向いた。間近に真二郎の顔を見た。瞼《まぶた》はぽってりと脂肪で厚く、一重まぶたの目をさらに細く見せていた。丸い鼻に上唇が富士山のようになった小さな口。自分よりも年上なのに、その顔はどこか赤ん坊を思わせる。決して整っているとは言えない真二郎の顔だが、だからこそ妙子は真二郎という人間を信じられるような気がした。

高校時代はボーイフレンドなんていなかった。それでも高校三年のとき、美大受験のために通っていた予備校の夏期講習で、ひとりの男子を好きになった。

ホンコンシャツと呼ばれていた白いカッターシャツに黒いズボン、黒縁の眼鏡をかけていて、長めの前髪がいつも額に落ちていた。二浪しているという噂《うわさ》がある徹《とおる》というその男と一言、二言言葉をかわすうち、予備校帰りに喫茶店に寄り、お茶をのむようになった。けれど、話に夢中になると、徹が言っていることがわからなくなる。妙子が東京に来てから、学生運動についてのニュースや記事を目にしない日はなかったけれど、妙子自身はまるで興味がなかった。徹がしばしば口にするイデオロギーという言葉の意味すらわからなかった。

強引に誘われて一度だけ、彼が言う「運動をしている人たちがいる」高円寺《こうえんじ》のアパートの一室に行ったことがある。複数の男女が無言で、「プロレタリア通信」というわら半紙に印刷された冊子を発送するために宛名《あてな》書きや封筒ののり付けをしていた。徹はすぐにその作業に加わった。妙子もわけもわからずその作業を手伝いはしたものの、夕方になって女子だけが狭い台所に立ち男たちのために食事を作るのを見て、自分はこんなことをするために予備校に通っているのではない、と、黙ってそのアパートを後にした。すぐに徹が自分を追いかけて来るかと思ったが、粗末な木のドアは閉ざされたままだった。その日以来、徹が予備校で妙子に話しかけてくることはなくなった。夏期講習が終わりに近づくにつれ、徹は予備校にも顔を出さなくなった。

六〇年の安保闘争のデモの様子を、大学生になった妙子はその頃つきあっていた守《まもる》という同級生のアパートのテレビで見た。妙子の家にはまだテレビがなかった。守は顔の整った男だった。妙子が初めてつきあった人、と言っていいのかもしれなかった。守は妙子が初めてセックスをした相手でもあった。石川かどこか、北陸の有名旅館のひとり息子だった。自分とはまったく違う育ちの男に惹《ひ》かれた。貧乏な男も、家庭環境が複雑な男も嫌だった。自分の育った環境について話したくもなかった。誰かに聞かれれば、母と暮らしている、とだけ言った。言葉少なにそう言っていれば、ほとんどの人が妙子を東京生まれと理解し、それ以上のことを聞いてはこなかった。

一人暮らしの学生にしては広すぎる部屋に守は住んでいた。妙子と母の住むアパートよりも広く立派だった。守は大学のそばに住んでいたから、授業がないときは守の部屋に行くようになった。守と二人、壁際《かべぎわ》のソファに座りながらテレビを見た。

「安保、反対！」「岸内閣打倒！」そんな声を上げながら、学生たちが国会を取り囲んでいる。ホースで放水する警官隊、デモ隊に突入するトラック、飛び散る砕いたレンガの石礫《いしつぶて》。自分と年齢の変わらない学生たちのニュースを見ていても妙子のなかに強い感情はわかない。ふと、あのデモ隊のなかに徹がいるような気がした。

「ねえ」と言う守の言葉に顔を向けると口を塞《ふさ》がれた。するすると服を脱がされ、下着を剝がされ、ソファの上で交わった。小さく一度だけ抵抗をしてみたものの、守の力にはかなわなかった。テレビはつけたままだった。痛みがあるだけで快感はなかった。終わったあと、守が自分の性器から抜き取ったコンドームの先端を妙子は見つめていた。そこに守の体から放たれた無数の夥《おびただ》しい精子がいるはずだ。妙子には、なぜだかそれが、テレビのなかのデモ隊の無数の学生たちと重なった。

一カ月後、いつもと同じように授業を終えて守のアパートに行くと、玄関に女ものの靴が転がっていた。その靴をどこかで見たような気がした。部屋に上がるつもりはなかったが、足が進んでしまった。ベッドの中にいる守と妙子と仲のいい同級生が、驚いた顔をして妙子を見つめている。

「あ、ごめんなさい」

なぜだか妙子は二人にあやまり、部屋をあとにした。守と寝た日から、なぜだかこんな日が来るような気がしていた。守が好きだったか、と聞かれれば妙子にも自信がない。顔立ちのいいボーイフレンドとセックスというものをしてみたかった。守とつきあったのはそれだけの理由のような気がした。会わなくなってから、守が手当たり次第に同級生と寝ているという噂を耳にしたが、それを聞いても、妙子の心は自分が思っている以上に傷つかなかった。

結婚前まで処女を守るべきだと、高校生の頃はぼんやりとそう思っていた。けれど、大学に入ると、同級生たちはすぐに恋人を作りカップルになった。どちらかが下宿をしていれば同棲《どうせい》を始める学生も少なくなかった。性的に活発なまわりの学生たちを見ているうち、自分が処女である、ということに妙子は重さを感じるようになっていた。妙子に声をかける男子学生も少なくはなかった。声をかけられるたび、田舎で「ぶさいくなこ」と馬鹿にされた心の傷が消えていくような気がした。あの田舎から東京に出てきた人間が幾人いるだろう。東京の大学に進んだ人間が幾人いるだろう。自分に嘲《あざけ》りの言葉をかけたあの子たちと自分は違う。東京の美術大学に進み、男に声をかけられ、セックスもする。妙子と寝た男たちは、妙子の肌の滑らかさをほめ、髪の艶《つや》やかさをほめ、乳房のやわらかさをほめた。美人だ、と言われることはそれほど多くはなかったが、男好きのする顔だ、と何度か言われた。母に似たのだろうと思った。

処女でなくなっても妙子は恋をしたことはなかった。

真二郎に出会ったのは大学二年のとき、美術史を学ぶ二年先輩だった。学生運動をしているような男も、顔だけがいい男も嫌だ、と妙子は思っていた。

大学に入学してから妙子はさまざまなアルバイトを経験していた。郵便局のハガキの仕分けに始まり、本屋、喫茶店、野球場のアイスクリーム売り、できることはなんでもやった。妙子がアルバイトをすることに母は反対だったが、学業を絶対におろそかにしないこと、それだけを約束させて母はしぶしぶ妙子がアルバイトをすることを認めた。

大学二年の夏休み、とある教授が書庫の整理を手伝ってほしい、と数人の学生に声をかけた。手伝いは一週間ほどで終わってしまうが、教授に示された日給はほかのバイトの倍以上の金額だった。昼食も出してくれるし、午後五時で終わる。夜にバイトをすることに母は厳しかったから、妙子にとって好条件だった。

十畳ほどの教授の仕事部屋には床が見えないほどの本が積まれていた。これをテーマごと、作家ごとに分類し、書名と著者名を名刺大のカードに書き入れ、カードケースに収め、本をあいうえお順、ＡＢＣ順に隣の書庫の本棚に並べる。難しい仕事ではないが、部屋のなかは埃が舞い、扇風機もない。本の表紙や背が灼《や》けてしまうから、という理由で、緞帳《どんちょう》のような黒いカーテンが引かれていた。窓は開け放たれていたが、少し動いただけで汗がにじむ。本を隣の書庫に移動させるときに、廊下の涼しい風に当たるとほんの少しだけ生き返ったような気がした。

昼には教授の奥さんが作ってくれた昼食をとった。蕎麦《そば》や素麺《そうめん》、サンドイッチといった簡単なものだったが、妙子はそれを盛る皿や箸《はし》置き、ティーカップに目を引かれた。和食器も洋食器もどれも高価なものなのだろう。自分の家には間に合わせのような食器しかない。母の作る食事はおいしいが、こんな食器に盛ればもっとおいしそうに見えるのでは、と妙子は思った。それ以上に、食事をただ食べるだけでなく、こんなふうにきれいに飾り、楽しんで食べる、ということを初めて知った。自分もいつか、こんな食事ができるように仕事をするのだ、とサンドイッチを口にしながら、また強く思った。

ある日の昼、蕎麦が出された。その日は教授と奥さん、学生含め、七人くらいが食卓を囲んでいた。皆の前には、長方形の布が敷かれ（それがランチョンマットと呼ばれることを妙子はずいぶん後になってから知った）、その上には蕎麦の盛られた、すのこの付いた丸い皿、蕎麦つゆの入った徳利が置かれている。皆が手にする蕎麦猪口《ちょこ》はそれぞれ模様が違う。焼き物の小皿には、海苔《のり》、わさび、ごま、ねぎなどの薬味が少量ずつ盛られ、目にもさわやかだった。まるでお店みたい、いや、お店でもこんなふうに洒落《しゃれ》ているところなんてない。そう思いながら妙子は箸をとった。

「いやあ先生、僕、東京のお蕎麦のつゆは苦手ですわ」

一人の男子学生が声を上げた。関西で生まれ育った妙子にしてみても関東のお醤油《しょうゆ》に近いような蕎麦つゆは苦手だったが、黙って食べていた。学生として教授にそんな物言いをすること、食べ物の好き嫌いを口に出す人間がいることに妙子はびっくりして顔を上げた。

「ああ、君は関西の出身だったか」

「あら、気づかなくてごめんなさい。何か違うものにしましょうか」

教授の奥さんが慌《あわ》てて立ち上がろうとする。

「いや、すんません。あんまり濃いんでつい。かまわんといてください。この蕎麦湯で薄めますから」

そう言うとテーブルの上にあった蕎麦湯の入った土瓶を手に取り、自分の蕎麦猪口にどぼどぼと注ぐ。薄まった蕎麦つゆをごくりと一口飲むと、

「ああ、ましになりましたわ」と笑う。男子学生はむちっとした指で箸を持ち、蕎麦をすすり始める。顔も体も丸みのあるその学生は、どこか小熊《こぐま》のような愛嬌《あいきょう》があった。

その姿を見て皆が吹きだした。

「ましになったか、そうか」と教授も笑っている。その日までどこか緊張感のあった昼

食は、彼の言動で一気にほどけ、和やかなものになった。なんて遠慮のない失礼な人だろう、とさっきまで思っていた妙子も思わず笑ってしまった。

昼食だけでなく、それまでは書庫の作業中も、皆口をきかずに坦々《たんたん》と作業をしていたが、作業の合間に少しずつ会話をするようになった。主に話していたのは、伊藤真二郎という、関西弁を話す、蕎麦つゆの学生だった。話しかける相手が聞いていない素振りをしても、真二郎は関係なく話を続ける。アルバイトも終わりに近づいたある日、妙子は真二郎に話しかけられた。

「君、どこの出身なん？」

妙子が東京、と口にする前に、真二郎が口を開いた。

「ちょっと、なまってるもんな」

妙子は耳を疑った。高校でも大学でも、自分が話しているのは東京の言葉だと思っていた。誰かになまっている、などとストレートに言われたことはない。自分が知らなかっただけで、自分のまわりにいる人間にはそう思われていたのだろうか。

「岡山」と妙子は小さな声で告げた。

「岡山のどこ？」

妙子は動揺していることを悟られないように、本の埃をはたきで軽く払いながら小さな声で自分の村の名前を口にした。小さな村だ。関西の出身だって知らない人はいるはずだ。

「へええ、あんな遠いとこから。桜で有名なとこやんか。君、えらい頑張って東京に来たんやなあ」

真二郎にそう言われて妙子は思わず泣きそうになっていた。自分の出身地が桜で有名な所、と知っている人に東京に来て初めて出会った。頑張って来たんやなあ。そうだ。自分も母も頑張って東京に来て、東京で暮らすために、たった二人で頑張って来たのだ。それを初めて認められた気持ちになった。手の甲でこぼれそうになった涙をぬぐっていると、真二郎がまた声をあげた。

「うわ、泣いてもた。僕なんか悪いこと言うたか」

真二郎の大声にほかの学生も妙子のまわりに集まってきた。一人の男子学生は、にやにやしながら真二郎の肩をつつき、一人の女子学生は「大丈夫？」と妙子にハンカチを差し出した。うん、うん、と妙子は頭を縦に振ることしかできず、真二郎はいつまでも困り顔で頭を掻《か》いていた。

それから二日後の帰り道、妙子が電車のつり革につかまっていると、ふいに後ろから肩を叩かれた。振り向くと真二郎が立っている。混んでいる夕方の電車のなかで、真二郎は半ば強引に妙子の隣に立った。

「腹減ったなあ」

「……」妙子は黙っていた。ひとりごとに返事をしていいものかどうか迷った。

「君、おなかすかへん？」疑問形で聞かれ妙子は思わず返事をしていた。

母が仕事でいない夜だった。これから家に帰って一人で食事をするのも、なんだか急に寂しく感じられた。

「そう言うたら、新宿の駅前に洋食のおいしそうな店あったなあ、せや、オムライスでも食べへん？」

「オムライス、ええなあ」

自分の口からするすると飛び出していく言葉に妙子は驚いていた。真二郎は驚いた様子もないが、妙子にとっては東京に出てきてから初めて口にした故郷の言葉だった。母は妙子と話すときには、東京の言葉を使った。だから、妙子もそれにならった。自分が生まれ育った村のことは自分の奥深いところにしまったままだった。

「自分、名前、なんて言うん？」

「……藤田、妙子」

「妙ちゃんか、かわいい名前やな」

真二郎の物言いは、ずいぶんと年下の女の子に向けた言葉のように聞こえる。けれどなぜだか腹は立たなかった。自分は大阪の食料品問屋の二男であること、東京の大学に入ることにずいぶんと反対されたこと、予備校で講師の仕事をしていること、今、大学四年で大学院に進む予定であること、けれど大学院を出ても大阪にはもう二度と帰るつもりはないことなどを真二郎は自分から話した。

新宿駅前の裏通りには確かに真二郎の言うとおり、煉瓦《れんが》造りの洋食屋が隠れるように建っていた。けれど、学生が気軽に入れそうな店でもない。妙子はそれほどお金を持っていない。そんな妙子の様子に気がついたのか、

「バイト代入ったとこやから、おごるわ」と、真二郎は臆《おく》せず店のドアを開く。テーブルにキャンドルが灯されたその店で、オムライスを真二郎におごってもらった。オムライスにはケチャップではなく、野菜をじっくり煮込んだような香ばしい茶色いソースがかかっている。そんなオムライスを妙子は生まれて初めて食べた。

「おいしい、このオムライスおいしいなあ」食べながら思わず何度も言ってしまう。

「妙ちゃん、おいしそうに食べるなあ。そんなふうに食べてもろたら、おごり甲斐《がい》があるな」妙子を見て真二郎がうれしそうに笑う。

「また、なんかおいしいもん食べに行こ」

その日以来、真二郎はバイト代が入ると、妙子を食事に誘った。真二郎に初めて食べさせてもらったものも多かった。その頃、六本木や飯倉あたりに、外国人を目当てにした洋食屋が次々に店を開いていた。真二郎が連れて行ってくれなければ、妙子はそんな

店に足を向けることはなかっただろう。

ハンバーガーにピザ、生のバジリコを使ったスパゲッティ。スパゲッティと言えば、うどんのようなナポリタンしか知らなかった妙子にとって、バジリコスパゲッティは未知の食べ物だった。真二郎は食べたことがあるのか、緑色のスパゲッティを器用にフォークで巻いて口に運んでいる。おいしそうに食べ進める真二郎を見て、妙子もフォークをとった。その色からもっと青臭い味がするのかと思ったが、意外にもにんにくがきいて、ナッツのような風味が香ばしい。

「うん、おいしい」と妙子が真二郎の顔を見て言うと、

「せやろ」と真二郎も納得した顔になる。

真二郎は食べることが好きなのか、食事の値段に躊躇《ちゅうちょ》しない。ラーメン一杯なら三十円か四十円なのに、バジリコのスパゲッティは一皿二百円もした。メニューを見て妙子は目を丸くしたが、真二郎はまるで気にする様子もない。お金の苦労をあまりしたことがない人なのかな、と妙子は思った。

食事をしながら真二郎は自分のことをよく話し、妙子自身にもよく質問をした。

「妙ちゃんのお父さんて何してんのん？」

妙子は言葉に詰まった。高校時代に同じ質問を受けたときには、父は幼いときに死んだ、と簡潔に答えていたが、真二郎にはなぜだかほんとうのことを話しておきたかった。

「うち、父さんの顔を知らん。父さんが誰かもわからん。高校のときに母さんと東京に出て来て、二人暮らし。母さんが昼も夜も働いてうちの学費を稼いで。……私もバイトしてるけど。じゃから、親孝行せんといかん。自分の仕事見つけて、母さん楽にさせて」

一息に妙子は話した。真二郎はしばらくの間、黙って妙子の顔を見つめている。

「……妙ちゃん、大変やったんやな……。お母さんも」

以前、教授のあの書庫で、頑張ったんやな、とふいに言われて泣きそうになったことを思い出した。真二郎はあまりに素直に労《いたわ》りの言葉を自分にかける。誰かに同情されることなど求めていたわけではないのに、真二郎にまっすぐにそう言われると、自分の心のいちばん弱いところをやさしく撫でられているような気分になる。真二郎以外の誰かにそう言われたとしたら、自分はもっと反発しただろう。

テーブルの上に置いた自分の手に真二郎の手が重なった。ふっくらとした手、短い指、真二郎の手のひらは熱く、妙子の小さな手をすっぽりと包んでしまう。

「妙ちゃん、僕とつきあってくれへん？」

「え」

「僕、妙ちゃんのこと好きや。そばにいてあげたい。おいしいもの食べさせたい。なんかそういう気持ちになったん、生まれて初めてやねん。妙ちゃんがつらいことあるんやったら、僕が少しでも軽くしてあげたい。僕になにができるかわからんけど、なんでも僕に話してほしい」

男の人にそんなふうに言われたことがない。徹にも守にも言われたことはなかった。うれしかったが戸惑いの気持ちも大きかった。それでもなぜだか妙子は真二郎とこの先、ずっと一緒にいるような予感があった。

「うちでええんじゃろか」

「僕は妙ちゃんがええんや」

真二郎の手に力がこもる。手を握られて痛いほどだった。

妙子がこくり、と頷《うなず》くと、「やった！」と真二郎は大きな声をあげ、ほかの客の視線を集めた。

その夜からほんの少しの時間さえあれば、妙子は真二郎と過ごすことになった。真二郎と男女の関係になるまで、それほどの時間を必要としなかった。

妙子は真二郎と同じ布団にいるとき、故郷の話をしてよく泣いた。

自分を育ててくれた晴子のこと、時折、訪ねてくる母を親戚《しんせき》のおばさんだと思っていたこと。妙子が泣くと、真二郎は妙子の手を握り、妙子の背中をまるで子どもを寝かしつけるようにやさしく叩いてくれる。真二郎にくっついて寝ているとき、妙子は心から安心していた。

真二郎との結婚、という言葉が妙子の頭に浮かばないわけではなかった。けれど、真二郎はまだ学生だ。大学に残って研究を続ける、とは言っていたが、具体的な将来のプランがあるようでもない。真二郎のことは好きだが真二郎の奥さんになって専業主婦に収まる、という道はあまりに非現実的すぎる。自分と母の人生を将来のわからない真二郎に預けるわけにはいかない。まずは自分の手で仕事を得て、自分の絵で食べていきたい。それが妙子の願いだった。妙子の夢を真二郎も理解していた。自分の絵を収めたポートフォリオを最初に見せたのも真二郎だった。課題で描いた油絵ではなく、自分なりに描いてみた自分のイラスト。何を言われるのか不安だったが、

「……妙ちゃん、僕はこんな絵を今まで見たことあらへん。妙ちゃんの絵は今まで誰も描いたことのない絵やと思う」と、神妙な顔で真二郎は言った。美術史を学ぶ真二郎にそう言われたことがうれしかった。確かに自分が描いているイラストのようなものを妙子も見たことはない。自分の絵はひどく下手かもしれないけれど、誰かの模倣ではない、という自信だけはあった。

それでも会社の面接には落とされ続ける。まだ学生生活が続く真二郎を見ていると正直なところ、のんきでいいな、と思うこともあった。就職の決まらない不安や失望を、まるでやつあたりのように真二郎にぶつけることもあった。

「大丈夫や、いつかは決まるて」

今まで何度も真二郎の言葉に助けられてきたが、就職を前にしてはその言葉を信じられなくなる。面接に落ちるたび、真二郎に愚痴をこぼし、抱きしめられ、子どものように慰められては、また違う会社の試験を受ける。そんな日々のくり返しだった。

「もう、うち、ほとほと、疲れたわ……おまえはいらんて会社に言われるの、ほんまに疲れた」そう言う妙子の頭を隣に寝ている真二郎が撫でる。そのとき、真二郎がふいに体を起こして言った。

「妙ちゃん」

「なに」妙子も体を起こし、真二郎の顔を見つめる。真二郎の目頭についている目やにを妙子はそっと指で取った。

「妙ちゃんなあ、もう、用意された試験を受けるんやなくて、飛び込みで自分で売り込みに行ったらどうや」

「え」

「自分が仕事したいと思う会社に、自分をやとってください、って自分から行くんや」

「募集もしてないのに？」

「そんなん関係あらへん。金の卵はいつでも欲しいはずや」

「そんなことあるじゃろか」

妙子は枕《まくら》に顔を埋めた。ざりっと音をたてる蕎麦殻の枕は真二郎の体臭と同じ臭《にお》いがする。

「じゃけど……」そんなことが可能なのか。そもそもそんなことが自分にできるのだろうか。

「妙ちゃん、いちばん就職したい会社はどこや。言うてみ」

妙子の頭にひとつの会社が浮かぶ。

「……アドカンパニー」

真二郎に何度か促されてやっと会社の名前を口にした。広告業界では有名な会社だが、美術史や食べ物には詳しくても広告のことにうとい真二郎は知らない会社だった。妙子にしても、去年デパートでポスターを見かけるまで、アドカンパニーのことを知らなかった。アイビーファッションに身を包んだ若い女の子たちのイラスト。それに目を奪われた。その絵に影響されて妙子の絵も変わった。噂では女性が描いているという話だったが、その名前すらわからない。宣伝部か、広告部に所属している社員が描いたのだろうか。もし、そんな部署があるのなら働いてみたいと妙子は強く思ったが、アドカンパニーは今年新卒の募集をしていない。

「ほな、そこ行ったらええやん、明日でもあさってでも」

「え」

「こういうことは早いほうがええんや」

「そんな……でも、うち、そんなことしたことないし」

「妙ちゃん」真二郎が妙子の細い腕をとる。

「妙ちゃん、絵を描いて食べていきたいんやろ。せやったら待ってるだけではあかん。自分で取りにいかな。自分の仕事、自分で作らな。これからはそういう時代や。男も女も関係あらへん。なんのために妙ちゃんのお母さんが苦労して妙ちゃん大学に行かしたか考えてみい。お母さん、自分の苦労を妙ちゃんにさせたくなかったからやろ。お母さんの苦労、妙ちゃんがいちばん知ってるはずと違うんか」

妙子は思わず黙った。どうしても大学に行かせたいと母は強く望んだ。その理由を深く考えたことはなかった。けれど確かに真二郎の言うように、自分の轍《てつ》を母は踏ませたくなかったのではないか。男によって左右される人生。思うように仕事につけない人生。そんな人生ではなく自分が少しでも滑らかな道を歩けるように、母は身を粉にして働き続けたのではなかったか。

「ダメもとやて妙ちゃん。会社に行かなくてもゼロ、落ちてもゼロ。妙ちゃんはひとつもどこも傷つかへん。でも、万が一雇ってくれたら丸もうけや」

真二郎はそう言ってショートピースをくわえる。自分は親の仕送りで生活している臑《すね》かじりの学生のくせに言うことだけは一人前だ。妙子はそう思いながらも真二郎の言葉に励まされ、アドカンパニーに行ってみようと思い始めていた。

ずいぶんと小さな会社だ。アドカンパニーのビルを見上げて妙子は思った。

ポートフォリオの入った袋がずしりと肩に重い。昨日の夜、徹夜で新たに三枚絵を描きあげた。けれど緊張のあまり眠気は感じない。作品を見てもらいたい、と電話で言っても、そこで断られたらおしまいだ。約束は取り付けていなかった。飛び込みで宣伝部か広告部の人に会い作品を見てもらう。そう心に決めてアドカンパニーの会社の前まで来たものの、ほんとうにそんなことができるのかと気持ちが萎《な》えそうになる。午後二時過ぎ。十二月の日差しはもう夕暮れの気配を孕《はら》んでいて、スカートにストッキングを穿《は》いただけの妙子の足はかすかに震えていた。

気持ちを決めてガラス張りのドアを押した。受付に座った女性が顔を上げる。

「あ、あの、すみません。イラストを見ていただきたくて……」

妙子とそれほど年齢の変わらない受付の女性が妙子の顔をじっと見た。表情がうまく読み取れない。もしかしたら私のような人間はこの会社にたくさんやってくるのではないか。無表情な女性の顔を見ながら妙子は思った。何か言わなくちゃ、と思うが、頭が真っ白になって次の言葉が出てこない。女性が口を開いた。

「お約束は？」

「……いえ、ありません。どなたか担当者の方にお会いしたいのです」

女性は確認するように再び妙子の顔を見る。表情はまったく変わらない。その顔を見ているだけで、妙子はこの場所から走り去りたくなる。

「少々お待ちください」

女性は手元にある受話器を手に、どこかに電話をかけた。

「ええ」「若い女性です」「イラストを見てほしいとのことで」

女性が受話器を手で塞ぎ、妙子に話しかける。

「学生さん？」

「はい」

「どなたかのご紹介でらっしゃいますか？」

「……いえ、違います」

女性は頷くと、電話の向こうの相手に「ご紹介などではないようです」と告げた。妙子の顔が赤くなる。自分は押し売りと同じことをやっているのだ。向こうが立て込んでいるのか、女性はもう、はい、はい、とだけしか言わない。

「はい。わかりました。そうお伝えします」女性は電話を切った。

「担当者が全員出払っていて午後四時過ぎには戻るようなのですが、それまでそちらでお待ちいただけますか？」

女性が壁際にあるソファを見やった。ここで二時間……。担当者に会えるとも、作品を見てもらえるとも女性は言ったわけではない。二時間がまったくの無駄になるかもしれない。でも自分は今、待つことしかできないのだ。妙子は小さなため息をつきながら、革張りのソファに腰掛けた。奥にエレベーターがある。社員の人だろうか、扉が開くと皆、足早に妙子の前を通り過ぎる。妙子に目をとめる人などいなかった。

時間の進みがあまりにも遅く感じた。妙子がそこにじっと座っている間も、受付の女性は来客の対応をし、かかってきた電話を受けている。女性は座っている妙子に視線を向けることはない。受付のホールは暖房が十分にきいていないのか体が冷えて、妙子は思わず腕をさすった。冬の夕暮れは早い。ガラス扉の向こうはもう暗かった。時間が経《た》てば経つほど、ここに来たときの勢いが削がれていく。けれど、もういいです、と帰ってしまったら、そこで終わりなのだ。妙子はトイレに行きたいのを我慢して、時間をなんとかやり過ごした。

けれど、午後四時を過ぎても妙子に声がかかる気配がない。終業時間が午後五時なら、あと一時間もない。ガラス扉が開いて、幾人もの社員らしき人が入ってくるが、その人たちに受付の女性が何かを伝えているわけでもない。もしかして自分は体よく玄関払いをされているのではないか。けれど、ここで帰ったら自分は前に進めない。何も得ることはない。自分の絵を見せてなにか言ってほしかった。ほんの少しでもいい、どこに向かったらいいのか、プロにその意見を聞きたかった。

妙子は立ち上がり受付に向かった。カウンターの下で女性は小さなコンパクトを開き、口紅を手にしている。この人はもう帰り支度をしているんだ、と思ったら、なぜだかっと頭に血がのぼった。

「あの、すみません。私、イラストを見ていただきたいんです」

おなかの底から出た大きな声に妙子自身が驚いていた。受付カウンターの向こうに腕を伸ばし、電話の受話器を取り女性に差し出した。

「担当者の方に伝えてください。ぜひ、イラストを見てもらいたい者が来ていると。見ていただけるまでは、私帰りません」

妙子の勢いに驚いたのか、女性は目を見開いたまま何も言い返さない。それでも妙子の差し出した受話器を受け取り、どこかに内線をかけ始めた。

「ええ」「若い女性です」「イラストを見てほしいとのことで」さっきと同じことを女性は繰り返し、「見ていただけるまでは帰らないとおっしゃっています」と小さな声で付け加えると、目線を上げ、妙子の顔を見た。女性が話を終え、受話器を置く。

「エレベーターに乗って三階へ。そこが制作部です」

「ありがとうございます」

妙子は頭を深く下げ、さっきまで自分が座っていたソファの前を足早に通り過ぎる。エレベーターに乗り込むと、受付の女性がこっちを見ている。エレベーターの扉がしまるまで、妙子はずっと頭を下げ続けていた。

三階に着き、妙子はエレベーターを待っていた一人の男性に、制作部の場所を聞いた。男性が無言でフロアの端を指さす。妙子は歩き出した。フロアにはどこにでもあるような灰色の事務用机が並んでいる。どのデスクの上も乱雑で、書類が積み重なっていた。妙子はポートフォリオを入れた袋が、その積み重ねた書類にぶつからないように、注意深くフロアを進む。

フロアの隅にパーテーションで区切られた一角があった。二、三人の社員が長いテーブルの上にかがみ込み、複数のイラストを前になにやら話しこんでいる。その向こうの壁に幾枚ものイラストが貼《は》られているのが見えた。プロの手によるその絵はいかにも洗練されている。それを見た途端、これから見せようとしている自分の絵が幼く、稚拙なものに思えてくる。それでも。妙子は自分を奮い立たせて声をあげた。

「あの、私、イラストを見ていただきたくて……」

テーブルにかがみ込んでいた社員たちが一斉に振り返った。この忙しいときになんなんだ、という顔で皆が妙子の顔を見る。数名の社員と妙子はしばらくの間、黙ったままお互いを見つめていた。にらむような目で妙子を見る者もいる。

そのなかでも一番年上でえらい人なのだろう、恰幅《かっぷく》のいい中年の男性が口を開いた。

「なかなか帰らない学生さん、というのは君か」

肩からずり落ちていたズボンのサスペンダーを直しながら、男性は妙子に話しかける。

「ここに持ってきなさい」

男性はテーブルを指さした。妙子はテーブルに近づいた。作品を見せる前に履歴書を見せたり面接のようなことをするのかと思っていた妙子は、驚きながらも、テーブルの上にポートフォリオを広げた。

男性は一枚、一枚、時間をかけて妙子の絵を見た。絵を見てもらっている。それだけで、妙子はもう今日やるべきことのすべてをやりつくした気になっていた。ほかの社員も妙子の絵を見ている。さっきにらむように妙子の顔を見ていた一人の社員が、一枚の絵を指さし、笑うと、隣にいた社員も声をあげた。ああ、だめだ。プロに笑われるほどだめなんだ。妙子は泣きたい気持ちだった。真二郎は「ひとつもどこも傷つかない」と言ったけど、そんなの嘘《うそ》だ。私の心はこんなにくじけて、しばらくは立ち直れそうもない。真二郎だって今の私と同じ目に遭えば、ひどく打撃を受けるはず。プロのレベルではないイラストを意地になって見てくれ、と言ったことがひどく恥ずかしいことに思える。真二郎の言葉にそのかされた自分が馬鹿《ばか》だった。妙子の頭のなかでいろいろな思いが行き交う。妙子にとっては長い時間に感じられたが、男性がポートフォリオをめくっていたのは、実際のところ五分にも満たなかった。

「使えるイラストはないね」その言葉を聞いて、ああもうこのまま何も言わずに帰りたい、と妙子は思った。

「今、うちの会社に必要なのはすぐに広告に使えるようなイラストなんだ。君のイラストはそのレベルに達していない」

そう言いながら男性がポートフォリオを閉じようとすると、その端を誰かが摑《つか》んだ。

「ちょっと待って」

「社長」男性が振り返って驚いた声をあげる。ボタンダウンのシャツにコットンのパンツを穿いたその人はとても社長には見えなかった。短く刈り込んだクルーカットの銀髪が、妙子にはとても洗練されたものに見えた。

男性が立ち上がり、社長に椅子《いす》を譲る。社長と呼ばれた男性は、妙子のポートフォリオを最初からめくり始めた。社長に見てもらっているという喜びは湧《わ》いてこない。それよりもさっき言われた「使えるイラストはないね」という言葉が妙子の心を貫いていた。もうどうにでもなればいい。妙子は突っ立ったまま社長がポートフォリオを見終わるのをただじっと待っていた。

「君、これを持って僕についてきて」

社長は立ち上がり制作部を後にする。妙子は慌ててポートフォリオを抱え、社長の後に続いた。制作部の社員全員があっけにとられたまま、妙子の背中を見送る。エレベーターで四階に上がり、社長室と入り口のプレートに書かれた部屋に入る。奥に簡素なデスクと椅子。その前の小さな応接セットに、ロイド眼鏡をかけ、肘《ひじ》当てのついたコーデュロイのジャケットを着た、社長と同じくらいの年齢の男性が座っていた。

「君、さっきの、もう一度見せて」

社長に言われ、妙子はテーブルの上にポートフォリオを広げる。社長とロイド眼鏡の男性が、妙子の絵を時間をかけて見ていく。妙子はいたたまれなかった。自分の作品をこんなにじっくり見られることは、自分の裸を見られるようなものだ。大学で油絵を講評されているときには、そんな気持ちになったことはなかった。

「どう思う？」社長が聞くと、

「いいね」とロイド眼鏡の男性が笑いながら言った。「ぜんぶいい」

妙子は耳を疑った。

「今度の京葉デパートの雑誌広告、これでいこうと思うんだけど」社長がロイド眼鏡の男性に言う。

「ああ、いいね。反響があるよこの絵は」

妙子は二人が言っていることが理解できていなかった。雑誌広告とはどういうことだろう。

「あの……」思わず口を開いた妙子を二人が見つめる。

「私、この会社で雇っていただけるんでしょうか？」

「新入社員は今年は募集していないんだ」再び、妙子の胸に落胆が広がる。

「けれど、君の絵はいい。女性週刊誌に京葉デパートが広告を出すんだ。その広告に君の絵を使おうと思う」

君の絵はいい。君の絵を使おうと思う。社長の言葉を心のなかで反芻《はんすう》してみたが、妙子はなぜだか悪い大人に騙《だま》されているような気持ちになっていた。

「あの、社員としては雇っていただけないんですか私は」念を押すように妙子は尋ねた。

「そうだよ。君は会社員よりイラストレーターになったほうがいい。うちの社員なんかになるより、君はイラストを描いたほうがよっぽど稼げるよ」

イラストレーターという言葉に妙子の頭が痺《しび》れたようになる。もちろん、イラストレーターという職業は知っている。けれど、自分がなれるとは夢にも思わなかった。

「君、このポートフォリオを持って、近いうちにここに来なさい」

社長の隣にいるロイド眼鏡の男性が妙子に名刺を渡す。潮汐出版という名前と銀座の住所が書かれていた。

「君の絵を今度創刊する雑誌の表紙に検討したい。会社に来るまでに新しい絵を五枚、アイビーの男の子の絵だ。持ってこられるね？」

妙子の頭は激しく混乱していた。頷くことがやっとだった。

アドカンパニーのビルを出ると、冷たい冬の風が妙子の体に吹き付ける。けれど、体が熱を持ったように熱く、妙子は寒さを感じなかった。さっきまでの社長室での会話がまるで現実のものとは思えない。肩にかけたポートフォリオの入った袋も今は重さを感じない。イラストレーターになれる。私は絵を描いて食べていける。東京でまだ暮らしていいと許可をもらったのだ。

気がつくと妙子の足下に痩《や》せた黒い野犬が蹲《うずくま》っている。まだ幼い犬だ。妙子は思わずしゃがみ犬を抱き上げた。犬の体温が冷え切った妙子の体に伝わってくる。犬はくーん、と鼻を鳴らして甘えるような声で鳴く。犬を抱いて歩いていると、牛乳屋が見えてきた。妙子はそこで瓶の牛乳を買った。のどがあまりにも渇きすぎていた。妙子はビルとビルの隙間《すきま》に入ってしゃがみ、瓶の半分ほどのむと、残りの牛乳を手のひらにためた。犬が小さな舌で妙子の手のひらを舐《な》める。

「私、イラストレーターになるの」妙子は犬に向かって話しかけた。犬は顔を上げることもなく牛乳を舐めることに夢中だ。けれど、そんな犬の様子を見ていたら、妙子の胸にこみ上げてくるものがあった。「捨て子」「ぶさいくなこ」と呼ばれても、その意味もわからず生きてきた幼い日々。言葉の意味がわかってもなんでもないことだと言い聞かせてきた。それでもその言葉を忘れたことはなかった。その言葉が自分を狭い世界に閉じこめ、自分の人生の妨げになっていたのだと妙子は初めて気づいた。そんな自分でも生きていいのだと、今日初めて誰かに言ってもらえたような気がした。妙子は膝《ひざ》に目を当て、しばらくの間、声を出さずに泣いた。

顔を上げると、ビルとビルの合間から、来たときには気づかなかった東京タワーが見えた。妙子が高校二年の時にできた東京タワーだが、こんなに近くで見るのは初めてだった。妙子は犬を抱き立ち上がった。犬に顔を近づけると濡《ぬ》れた雑巾《ぞうきん》のようないやな臭いがする。けれども妙子は犬を放さなかった。犬も妙子に抱かれたままおとなしくしている。犬のぬくもりを感じながら妙子は思った。私は今、生まれてきていちばん、しあわせだと。そう大声で叫びだしたいほど、明るくて温かいものが、妙子の体の奥に脈打っていた。

6

妙子は開店したばかりの書店に足を踏み入れた。

駅に向かう大通りから一本道を入ったところにある小さな書店。週刊誌や月刊誌を主に置いているが、近くに住む妙子ですら、この店を訪れたことはほとんどない。駅前の大型書店に行っても良かったが、気が急《せ》いていた。今日発売の雑誌なら、この店にもあるかもしれない。思ったとおり、探していた女性週刊誌は、店に入ってすぐ、いちばん目立つ場所に平積みされていた。表紙を見ただけでかっと頭に血が上る思いがした。一冊、迷って二冊を手に取り、俯《うつむ》いたまま雑誌をレジに差し出す。お釣りの小銭を受け取ると、紙袋に入れてもらうこともせず、逃げるように書店を後にした。

雑誌二冊を肩に掛けた布袋に突っ込み、足早に歩き出す。家に帰って一人で見るつもりだったが我慢できなかった。人目につかないような電信柱のかげで、布袋から雑誌を一冊取り出した。よし、と心を決めてページをめくる。ここじゃない、ここでもないと思いながらページをめくる手は止まらない。ふいに、ちょうど真ん中辺りのカラーのページが目に入った。指が止まる。けれど、怖くて一度開いたページを閉じてしまった。心を決めて、もう一度ページをめくる。あった。本当にあった。

妙子がアクリル絵の具で描いた絵だった。最初のページには、スクールセーターを着た女の子の横顔、めくった次のページには、巻頭ページと同じようにアイビールックに身を包んだ女の子たちのイラスト。自分の描いた絵が確かに書店で売られている雑誌に載っている。

「……広告に君の絵を使おうと思う」

アドカンパニーの社長にそう言われたときから、夢じゃないかと思っていた。

「やっぱり君の絵じゃだめだよ」

「あの話、なしになったから」

そんな連絡が来るんじゃないかと毎日びくびくしていた。でも、本当に自分の絵がここにある。嘘《うそ》じゃなかった。妙子はそのページを何度も眺め、そっと指先で撫《な》でた。京葉デパートの雑誌広告に使われた自分の絵が、本屋で売られている雑誌に載っている。夢じゃない。

けれど、妙子はその喜びにずっと浸っていられるほど、夢見がちな人間ではなかった。あの日、飛び込みで行ったアドカンパニーで出会った潮汐出版の立見《たつみ》という男から、すぐにでもアイビールックの男の子の絵を五枚持ってくるようにと言われていた。

アドカンパニーを訪れた日の夜から妙子は絵を描きはじめ、五枚描き終わったところで立見に会いに行った。立見は「今度創刊する雑誌の表紙に検討したい」と言ってはくれたが、何枚絵を見せても、話はスムーズに進まなかった。立見は絵の欠点だけを指摘し、「また来週」と言ってポートフォリオを閉じる。そんなやりとりがもう二カ月近くも続いていた。

自分はまだイラストレーターでもなんでもない。

絵の具で指先を汚しながら頭をよぎるのはそんな思いだった。今、手にしている雑誌、京葉デパートの広告だけが、自分がほんの偶然手にした幸福なのかもしれない。そう思うと、自分の将来にこの出来事以上のいいことが起こらないような気持ちになってくる。

卒業を控え、同級生たちは、ぶつぶつと文句を言いながらも、就職先を決めていた。故郷に帰る者も多かったが、故郷に帰らない者は名前も知らないようなどこかの会社に潜り込み、東京での生活を続けることを選んだ。妙子はアドカンパニーに飛び込みで行ったあともいくつか面接を受けていたが、結局どこの会社にも受からなかった。「君はイラストを描いたほうがよっぽど稼げるよ」と社長は言ったが、イラストレーターだけで食べていけるほど甘い道ではないだろうと妙子は考えていた。それなのに自分を受け入れてくれる会社は一社もないのだ。立見との繋《つな》がりがなくなれば、自分の絵がお金に変わることは永遠にないような気がした。

立見の要求は厳しかった。

「スタイルがまだできていない」

「はっとするような構図で」

「若い男の子が君の絵を見て壁に飾りたいと思わなければ」

などと言っては妙子に大量の男の子の絵を描かせた。絵を描いて持っていってもそれがお金になるわけではない。立見がOKを出さなければ、自分はイラストレーター未満で終わってしまう可能性もあるのだ。女の子を描くことは得意だったが、立見に言われるまでこんなにたくさんの男の子のイラストを描いたことはなく、自分で見てもとても上手《うま》いとは思えない。けれど描かなくてはその先がない。妙子も意地になっていた。年が明け二月の終わりになっても妙子は男の子の絵を描き、立見に見せ、それを突っ返されるという日々を続けていた。

　だからこそ、自分の絵がこうして雑誌に掲載されていることが信じられなかった。

　でも、本当だったんだ。妙子はもう一度、自分の絵を撫で、これを早く真二郎と母に見せないと、と思っていた。

「ほんまやったんや……」

　真二郎が細い目をさらに細くして言った。できれば真二郎の部屋に行って、自分のイラストを見せたかったが、今の妙子には時間と心の余裕がなかった。真二郎はわざわざ妙子の家の最寄《もよ》り駅まで来てくれた。喫茶店にも入らず、人通りの少ない薄暗い高架下に立ったまま、真二郎が妙子の開いたページを見つめる。

「ほんまにこんなことってあるんやな」

頭上を電車が通り過ぎていく。真二郎の言葉のいくつかが聞き取れない。妙子は真二郎の口元の動きを追った。

「だって、真二郎があのとき、いろいろ言うてくれたからじゃろ。じゃからうち……」

「そらせやけどこんなことってあるんやな。……妙ちゃん、ほんますごいな」

妙子は背伸びをして真二郎の耳に向け、大きな声を出した。

すごいな、ほんますごいな、と真二郎は雑誌を開いたまま繰り返す。けれど、そう言われるたび、妙子は不安になってきた。

「……うち、ほんまはようわからん」

「なにが？」

「就職したいなて思うてあの会社行ったんで、会社員になりたい思うて。それやのに、こんなふうにイラスト使うてもろうて、今は絵を描け、絵を描け、言われるけど、なんか頭が混乱して……」

妙子はなんとかして言葉を紡《つむ》ごうとしたが、自分の気持ちをうまく伝えられないもどかしさだけが残った。

「見つけてもろたんやないか、妙ちゃんの才能を。そやろ？」

妙子は声を出さずに頷《うなず》いた。

「この先、イラストだけで食べていけるかもしれんのやで」

「……じゃけど、もし、食べていかれんかったら」

高架線路を走る電車の音が妙子の言葉をかき消してしまう。

「食べていかれんかったら、真二郎、うちのこと養うてくれる？」

妙子はその言葉を心のなかだけでつぶやいた。真二郎が「養うたる」と返してくれたら、それだけで頑張れる気がしたが、駆け引きのようなそんなやりとりは、どこか間違っている。それでも、そんな言葉にすがりたくなるほど、妙子は重すぎるプレッシャーに押しつぶされそうになっていた。妙子は思わず真二郎の胸に飛び込み、背中にぎゅっと手を回した。煙草《たばこ》と体臭の混じった真二郎の臭《にお》いが無性に懐《なつ》かしかった。

「妙ちゃん、なんや、どうした……」

真二郎は驚いた声を出したが、妙子の勢いに驚きながらも小さな体を抱きしめてくれた。

「妙ちゃん、がんばるねんで。僕、応援してるで」

真二郎が耳元でささやき妙子を抱きしめたまま、その体を左右に大きく振った。妙子の足が浮き左右に揺れる。子どものようにそうされることが妙子は好きだった。

真二郎は妙子から体を離し、手にしていた雑誌を妙子に返した。

「僕、これ、近所の本屋で売ってるん全部買うわ。全部買うて、みんなに自慢する。これ描いたん僕の彼女やで、って」

乱れた妙子の前髪を真二郎が直す。

「妙ちゃん、睡眠だけはちゃんととらなあかんで。目の下黒いで」

そう言う真二郎のくちびるが、ほんの一瞬妙子のくちびるに触れた。そのとき、自分のくちびるがひどく乾燥していることに妙子は気づいた。ここしばらくは化粧もろくにしていなかった。今日も朝、顔を洗っただけだ。リップクリームもつけていない。真二郎に素顔を見せたことはもちろんあるが、仕事にかまけて身なりにすら構わなくなっている自分が、妙子は急に恥ずかしくなった。

「それ、早う、お母さんに見せてあげな」

妙子が胸の前で抱えている雑誌を見てそう言い、真二郎は改札口の向こうに歩いて行った。改札口を通るとき真二郎が手を振り、妙子も手を上げた。ホームに続く階段を上がっていく真二郎を見つめながら、妙子は自分のなかに真二郎でしか埋めることのできない空洞があることに改めて気づいていた。

アドカンパニーでの一連の出来事を妙子は母に話していなかった。母は一度だけ遠慮がちに「就職試験のほうはどう？」と妙子に尋ねた。受かった会社があるわけではない。

京葉デパートの雑誌広告に自分の絵を使うとは言われたが、それでこの先食べていけると保証されたわけではない。

「つてがあるの。ちゃんと決まったら母さんに話す」

母はそれ以上何も言わなかった。けれど夜遅くまで起きている娘が、絵を描くことに集中していることだけは知っていた。それがなにに繋がるかすら母にはわからなかったが、妙子のために温かいココアを作りながら、自分の娘が今まで見たことのない表情で何かと格闘している様子は伝わってきた。

妙子の母はまだ週に二日ほど、夜の仕事をしていた。絵を描きながら妙子は母の帰りを待った。冷たい風の吹く夜更《よふ》け。妙子の部屋の窓ガラスが音を立てる。その音に混じって玄関のドアが開く音がした。妙子は襖《ふすま》を開け、玄関に続く台所の灯りをつける。母がまぶしそうに目をしばたかせた。天井からの灯りが母の皺《しわ》をより深く見せる。

「また、ずいぶん遅くまで起きているわね」

そう言いながら母が後ろ手にドアを閉める。

妙子は今朝買った雑誌を黙って母に差し出した。表紙を見せ、自分の絵が載ったページを母の前に開いた。母は目を細め、そのページを幾度かめくり、妙子の顔を見た。

「私の絵。私の絵が雑誌に載ったの」

えっ、と言って、母は妙子の絵に視線を落としたまま動かない。

「お母さん。私、イラストレーターになるの」

「イラスト、レー、ター？」母がぎこちなくその言葉を口にする。

「そう。油絵じゃないの。だけど、雑誌や広告に私が絵を描くの。お母さん、私の絵、こんなふうに雑誌に載ってお金になる。この先もずっと絵を描いて食べていく。お母さんはもう働かなくていいの。私が絵を描いてお母さんを食べさせていく」

ほんとうのことを言えば、この先イラストレーターになれるかどうかなんて妙子にだってわからない。それでも卒業を前にして、就職も決まっていない娘を案ずる母を安心させたかった。口に出したとおりに夢が叶《かな》うかどうかもわからない。けれど、まるで宣言するように言葉に出してしまえば、もしかしたら少しでも夢に近づけるのではないか。

妙子の母は玄関で靴も脱がないまま蹲《うずくま》ってしまった。妙子が驚いて近づくと、小さな母の背中が小刻みに震えている。寒い夜風に吹き付けられた母の背中は冬の夜のにおいがした。母は両手で顔を覆《おお》ったまま声をあげて泣き出した。

「お母さん、お母さん」と呼びかけながら、妙子は母をおばさんと呼んでいた子どもの頃のことを思い出していた。ワンピース、レースのハンカチ、ビーズでできた小さなお財布……。母はあの村に売っていないようなものをおみやげに妙子を訪ねてくれた。昼も夜も働いて私の学費を払ってくれた。今度は私の番だ。食べさせるだけではない。母が欲しいものはなんでも買ってあげるんだ。震える母の背中をさすりながら、そう思った。

もう何度ここに通ったのだろう。そう思いながら妙子は地下通路から地上に続く階段を上がった。銀座四丁目の裏通り。大通りの賑《にぎ》わいもここにはない。戦前から焼け残ったビルが並ぶ通りに建つひときわ古い灰青色のタイル張りのビル。そこが立見のいる潮汐出版だった。妙子は正面玄関を入り、受付の女性に頭を下げた。女性も妙子の顔を見て穏やかな笑みを浮かべた。もう何度も来ているから、受付の女性にどこに行くとも誰に会うとも伝えなくてもよかった。エレベーターに乗り三階で降り、まるで物音のしない長い廊下を進む。廊下の突き当たりドアの前に「新雑誌準備室」と手書きで書かれた紙が、乱暴にセロテープで貼《は》られている。準備室とは言うものの、その部屋にはいつも立見一人しかいない。

妙子がドアを叩《たた》くと中から聞き覚えのある立見の声がした。

「入りなさい」校長先生のような声だ。その声を聞くたび妙子の体が緊張でかたくなる。また今日もだめかもしれない。たぶんだめだろう。そして、私はまた来週まで絵を描き続けるのだ。

立見はアドカンパニーの社長室で会ったときと同じ、あまり変わらない表情で妙子を見た。けれど、ロイド眼鏡の奥の光は鋭い。今日は茶色いコーデュロイのジャケットを着ているが、立見の着ている物は、妙子が見ても高価で仕立ての良いものだということがわかる。妙子は黙って頭を下げると、布袋に入れていたポートフォリオを立見のデスクの上に広げた。

もう何枚描いたのだろう。自分の絵がうまくなっているのかどうかもわからない。立見に言われたことに黙って頷き、立見のアドバイスを自分なりに解釈した絵を描いた。それでもだめ出しをされる。永遠にこういう時間が続くのではないか。

立見はいつものようにまず眼鏡を外し、顔を近づけて妙子の絵を間近に見てから、絵を壁に立てかける。近づいたり離れたりして絵を見る。

五枚の絵を妙子は描いていったが、三枚目の絵を立見はやけに時間をかけて見ている。その絵が一枚目や四枚目の絵とどう違うのかも妙子自身にはわからなくなっていた。どれも自分の絵なのだ。立見が時間をかけて見ているのは、ダンガリーシャツ、裾《すそ》を短くしたコットンパンツを身につけたクルーカットの男の子の絵。そんな男の子とさっき、みゆき通りですれ違った。妙子の絵は昭和三十九年、東京オリンピック開催直前、ファッションの先端を生きる若者の絵だった。

「これだ」

立見は妙子の顔を見ずに言った。

「新雑誌の表紙はこれでいく。創刊は四月。君は毎週新雑誌の表紙を描く。一週間に五枚の絵を描くこと。今日からすぐに始めなさい。そのなかから僕が表紙を選ぶ。いいね。……あと、君は本名でなくペンネームを考えたほうがいい。……そうだな、どこか中性的な、そんな名前がいい」

アドカンパニーの社長に会ったときのように、立見が言っていることもこのときの妙子にはよく理解できていなかったが、妙子は黙ったまま頷いた。けれど、週刊誌の表紙を描くという仕事がどれほど過酷なのかということ、その仕事がどれほどの大金を妙子にもたらすかということ、突如あらわれた新人イラストレーターがどれほど同業者に妬《ねた》まれるかということ、この仕事が妙子の人生そのものをどれほど大きく変えていくかということを、妙子はまるで理解していなかった。

無名の新人イラストレーターの鮮烈なデビュー。

それは昭和が平成になっても業界で語りつがれたほどの大きな出来事だった。

そのとき妙子の脳裏には、なぜだか水平線の向こうから大きな波が音もなく少しずつこちらに近づいてくる風景が浮かんでいた。山の中で育った自分にどうして海や波の風景がこんなにもリアルに浮かぶのかが不思議だった。新雑誌準備室の窓の外からは、どこかのビルを壊している音が聞こえてくる。丸い巨大な鉄球が壁を壊し、ブルドーザーが瓦礫《がれき》を集める。オリンピックのため、古いものが一掃され、新しいものが作られていく。それがその頃の世の中の風景だった。いいことなのか、悪いことなのか、考えている暇もないほどのスピードで世の中は変わり始めていた。それに気づいている人もいない人もいたが、誰もが大きな波に飲み込まれもがきながら、水面に顔を出して息をするために日々を必死に生きていた。

今だ。今、自分の人生が大きく変わる。妙子にはそんな予感だけがあった。ぼんやりしている妙子に立見が大きな声で言う。

「君は今日からプロのイラストレーターだ」

立見が受話器を手に取り、誰かに大声で「表紙が決まった。新雑誌の表紙だよ」と怒鳴るように叫んでいる。その声を聞きながら妙子はやっと、自分の膝《ひざ》がかすかに震えていることに気づいていた。そして今すぐ真二郎に会いたいと、そう思った。

昭和三十九年の十月九日は大雨が降った。激しい雨の粒が東京中の埃《ほこり》を洗い流していった。翌十日、東京オリンピックの開会式は秋晴れ。雲ひとつない青い空に自衛隊のジェット機が五輪の雲を描いた。レスリング、体操、柔道、女子バレー、開催国として日本選手は期待に応《こた》え、アメリカ、ソ連に続く十六個の金メダルを手にした。

オリンピック後の東京の街には、一大イベントをやり終えた安堵《あんど》と解放感が漂っていた。オリンピックは、日本が戦後の焼け跡から復興し、瞬《また》く間に近代的な成長を遂げた国であると世界に見せつけた出来事でもあった。開催中もあらゆる競技がテレビで放映されたが、閉会したあとも、テレビではオリンピックの話題が途切れることはなかった。なかでもマラソンは、世界初の完全中継が行われたこともあって、くり返しテレビで取り上げられた。

潮汐ライズ編集部の窓際《まどぎわ》にあるつけっぱなしのテレビでも、午後のワイドショーの司会者がエチオピアのマラソン選手、アベについて興奮気味に語り続けている。

もうオリンピックはいい加減うんざり。

そう思いながら登紀子はデスクに頬づえをついて煙草をゆっくりと吸い、煙を肺にためた。目の前が一瞬くらりとして、ニコチンという毒が全身を巡っていくようなその瞬間が好きだった。煙草は二十歳になる前から吸っていたが、家で母に咎《とが》められたことはない。母もヘビースモーカーだった。けれど登紀子は友人や、恋人である浩介の前では吸ったことはなかった。親しい人に喫煙している自分の姿を見られることには抵抗があった。けれど、潮汐出版で仕事をするようになって、打ち合わせでも原稿を書いているときでも登紀子は煙草を手放せなくなった。編集者も登紀子のような社員ではないフリーの記者も、皆煙草を吸っていた。編集部にはいつも煙草の煙が漂い、服に煙草のにおいが染《し》み付く。浩介は煙草を吸わない。ある日浩介に言われた。

「君は煙草を吸うのか？」

「ええ」

それだけだった。咎められたわけでもない。煙草を吸っていることを浩介に知られて、登紀子の気が軽くなったことは確かだ。それからは浩介の前でも堂々と煙草を吸うようになった。浩介の部屋にはいつのまにか焼き物の灰皿が置かれるようになった。浩介の部屋にいる間じゅう、登紀子はひっきりなしに煙草を吸ったが、浩介から文句を言われたことはない。登紀子が自分で灰皿を替えたこともなかった。浩介の部屋に行くたび、登紀子の目の前には浩介がきれいにした灰皿が置かれた。

　年末には籍を入れましょう、と二十六歳になっていた登紀子は浩介に話していた。結婚式も新婚旅行もするつもりはなかった。半ば泣きつくように登紀子は入籍を迫ったが、浩介は籍を入れることに積極的ではなかった。籍を入れられないのならいっしょに住むだけでいい。そう考えた登紀子はほぼ毎日のように浩介の部屋に通った。アパートの住人からも、登紀子は浩介の恋人か婚約者なのだろう、と思われているようだった。出会って二年が経《た》っていたが、登紀子の浩介への思いには変わりがなかった。浩介に登紀子と同程度の愛情があったとは言わないが、登紀子への好意は感じている。けれど、登紀子とは十七歳の年齢の差がある。家柄も天と地ほど違う。

「こんなじゃじゃ馬娘、ほかの誰の手にも負えやしません。浩介さんさえ、よければぜひ」

　迷う浩介に、登紀子の母が頭を下げた。

登紀子と、そして、登紀子の母の勢いに押されるまま、浩介は入籍することを認めた。

その頃には、浩介の仕事の手伝いだけでなく、母のつてを頼ってではあったが雑誌や週刊誌に雑文や記事を書くようになっていた。

浩介には「自分の食べる分を自分でなんとかできる人となら」結婚できる、と言われていた。母の名前の力なのか、登紀子に来る仕事は途切れなかった。仕事を始めて一年で、自分一人くらいなら食べていける程度のお金を毎月手にしていた。

けれど、登紀子は浩介の生活も支えていくつもりだった。大人二人が食べていけるほどのお金。今自分が稼いでいるほぼ二倍の金額。すでに潮汐出版では男性週刊誌で抱えきれないほどの仕事をしていた。その多くは虚飾が八割の、俳優や歌手たちの芸能ゴシップだった。エロでもグロでもどんな記事でも書いた。記事に自分の名前が添えられるわけではない。自分が好きな映画や音楽やファッションの記事でもない。一週間もすれば手にした人も忘れてしまうような文字の羅列。登紀子の母はそんな登紀子を見て「仕事を選びなさい」と口を挟んだが、登紀子に聞く耳はなかった。

登紀子の働きぶりに目をかけてくれている人もいた。潮汐出版で春に創刊されるという潮汐ライズの副編集長になる安東《あんどう》という旧知の編集者は、誰より先に潮汐ライズの記者として働かないか、と登紀子に声をかけた。週刊誌時代、登紀子は仕事を始めて一年ほどでデータ原稿をまとめるだけの記者から、データ原稿を元に最終原稿を一気に書き上げるアンカーマンになるくらいの信頼を得るようになっていた。

潮汐ライズでは編集会議にも出てほしい、記者としてではなく編集者として取材をして原稿まで書いてほしいと、安東から伝えられていた。驚くほどのギャラが提示された。

潮汐ライズの創刊に、いかに潮汐出版が力を入れているかの証《あかし》だった。

低価格で、カラフルで、ボリュームのある若い男性向けの週刊誌を。

それが潮汐ライズのそもそもの始まりだった。その背景には、編集長である立見が海外の雑誌事情を視察するための欧米への訪問があった。立見はシカゴのプレイボーイ社、ニューヨークのセブンティーン編集部に出向き、編集部内に料理ページのためのキッチンスタジオや、撮影用の服が並べられた衣装部屋があることに衝撃を受けた。

新聞社や文芸に強い出版社が出す週刊誌とは一線を画す、新しい雑誌を。「今までに見たことのないビジュアル重視の雑誌を作る」という立見に新雑誌準備室という部署が与えられたが、安東はじめ集められた編集部員は「今までに見たことのない」という立見の本意を摑《つか》みかねていた。

「表紙が決まった。これが新しい雑誌の表紙だ」

ある日安東に立見が一枚の絵を見せた。アクリル絵の具で描かれたアイビーの男の子。

確かに安東もこんな絵が表紙になった雑誌は見たことがない。すでに売れて知名度のある週刊誌は、映画スターや俳優、または皇族など、誰かの写真が表紙を飾っていた。

絵を表紙にした週刊誌もあったが、それは高年齢層に向けたものだった。この絵が表紙の週刊誌を手にとるのは表紙と同じような服装をした、もしくはしたいと思う若い男性だろう。表紙の絵が誰に読んでほしいのかというターゲットを明確に語っていた。この絵が好きだ、という男の子はいったい何を読みたいのか、そこから編集方針が練られていった。

四月に発売された創刊号でまず話題になったのは表紙の斬新《ざんしん》さだった。早川朔、という男なのか女なのかわからないミステリアスなイラストレーター。大学在学中に立見により発見され、鮮やかなデビューを飾ったという逸話は半ば宣伝にも使われ、出版業界だけでなく、世間にも知られるようになっていた。

創刊から半年。早川朔の表紙を掲げた潮汐ライズは順調に売り上げを伸ばしていった。度重なる編集会議の末、テーマは三つに絞られた。ファッション、車、そして女。男の子のためのストレートで即物的なテーマだからこそ、プロレタリア革命を夢見る左翼学生にも、地方にいて東京を夢見る高校生にも潮汐ライズは手に取られるようになった。

立見はくり返し言った。「読み手の半歩先を歩け」と。数歩先を歩いてしまえば、読者はついてこない。「街を歩け、若者を見ろ、編集部のデスクに座っているだけではだめだ。今、東京で何が起こっているか、何がおもしろいのか、それを即座に記事にしよう」それが立見の口癖でもあった。

だからと言って、昼を過ぎても、編集部に誰もいないのはどうなんだろう。

登紀子は新しい煙草にマッチで火をつけながら思った。がらんとした編集部には、登紀子と雑用をする若い女の子しかいない。打ち合わせをしたいから、と言われて編集部にやってきたのに。くわえ煙草のまま安っぽい事務椅子《いす》の背に体を預けると、きい、という耳障《ざわ》りな音がした。入り口近くに座っている女の子が登紀子のほうを見てかすかに笑いかける。何度か顔を見ているが名前すら知らなかった。高校を出たばかりだろうか。ベージュのノーカラーのジャケットにタイトスカートは、いかにもいまどきのビジネスガール風だが、若いのだからもっと冒険すればいいのに、と登紀子は思った。スーツと同じ色のハイヒールもサイズが合っていないのか、女の子の足よりも大きく見える。そんな登紀子の視線に気づいたのか、女の子がおずおずと近づいてきて言った。

「あの……お茶でも淹《い》れましょうか」

「あら、私にお茶なんて淹れなくていいのよ。私は社員でもないし。のみたいときには自分で淹れるから」

登紀子がそう言うと女の子の表情がこわばる。

「男の社員にだって淹れなくていいのよ。自分で淹れればいいの。日本だってね、そのうちお茶くみなんて女子だってやらなくなるよ」

「でも、そうしたら、私の仕事がなくなってしまいます……」

女の子は泣きそうになる。ああ、めんどうくさい。どうせもう何年もすれば、結婚して寿《ことぶき》退社するくせに。そう思った感情が登紀子の顔に出たのか、大人に怒られた子どものような顔をしている。そもそも目の前の彼女の名前すら知らない。「潮汐ライズの若い女の子」としか、彼女をとらえていなかった。

「あなた、名前は？」

「……宮野鈴子です」

「私は」

「登紀、子さん、ですよね？」

「私の名前を知ってるの？」

「はい。だって、皆さん、お登紀さん、お登紀さん、て」

確かに登紀子は編集長の立見にも副編集長の安東にも、ほかの編集部員にもそう呼ばれていた。いつ誰がそう呼び始めたのかも記憶にないが、登紀子はあまりその呼び名が好きではなかった。そう呼びかけられると、まるで自分が着物を着て煙管《きせる》をふかしている置屋《おきや》の女将《おかみ》にでもなったような気持ちになる。

「お登紀さんはできればやめてほしいかな。登紀子でいいから」

「じゃあ……登紀子さんって呼びます」

鈴子はそう言うと登紀子に頭を下げて、自分の席に戻っていった。タイトスカートから伸びた膝の裏すら若々しさで光っている。椅子に座った鈴子は自分の机で何やら書類のようなものを広げたが、特に急ぎの仕事でもないのか、そこに何かを書きつける様子もない。私と同じようなものか、と登紀子は思った。

私も彼女も男たちがここに来なければ仕事がないのだ。

夕陽が窓から差し込む頃に次第に編集部には人が増え、最後に立見と安東が加わり、やっと編集会議が始まった。登紀子以外、編集部員は全員男性だった。ファッション、車、女というテーマを主軸に編集部員がいくつかの企画を皆の前で告げる。

一人の若い編集者が、「ポルシェに乗ったら何人の女の子をナンパできるかという企画はどうでしょう？」と発言すると、「いいねえ」と安東がすぐに食いついた。

昭和三十四年八月、日産自動車が小型乗用車「ブルーバード」の販売を開始。とはいえ、国産車、自家用車はまだまだ簡単に手の届くものではなかった。それでも自家用車に乗って女の子に声をかければナンパに成功する、という噂《うわさ》もあって、車は持てないけれど、免許だけは持っていたいという若者のために、急激に自動車教習所が増えていた。東京オリンピック直前の九月には、西宮〜一宮間の名神高速が、東京では十月に世田谷と横浜を結ぶ第三京浜道路が一部開通していた。

「で、君は運転免許があるのか？」

安東が訊《たず》ねると、編集部員は声を落として「いいえ」と答える。ほかの編集部員も免許は持っていても、自家用車は持っていないし、ましてや外車など運転したことがなかった。

「じゃあ、お登紀さんだな」

安東は自分からいちばん遠いところに座っていた登紀子に声をかける。

「トライアンフ運転してたよな？」

安東がそう訊ねると、まわりの編集部員がぎょっとした顔で登紀子を見る。

「今、運転してるのはなんだ？」

「……実家にあるのはミニクーパーです。母の車ですが」

「ポルシェは運転できるな？」

「はい」

「よし決まった。お登紀さんが運転して助手席に君が乗り、女の子をナンパしろ。その様子をルポして書け。女の子へのインタビューも載せること。それはお登紀さんにやってもらおう。いいね」

簡潔に安東はそう言うと、会議は次のテーマにうつっていった。

「お登紀さんがいなくちゃライズは成り立たないよ」安東はよくそう言った。

実際のところそうだった。ライズのテーマであるファッションにも車にも登紀子は詳しい。女、というテーマは、ライズのセンター部分に挟み込まれていた有名カメラマンによる外国人女性のヌード写真をはじめ、「女の子はどんなデートが好き？」「僕たちにはセックスが必要だ」といった特集記事で形になった。女子大生や女優、ＯＬに座談会で男女観やセックス観を語ってもらう記事も好評を得た。とはいえ、あけすけにそんなテーマを話してくれる女性は少なかった。取材のできる女性を見つけても、男性記者たちには頑《かたく》なに心を開いてくれないことも多い。そんなとき、登紀子が駆り出された。同性であるということ以上に、登紀子には、誰かの、できれば秘密にしておきたい話を聞き出す能力、それに多少の脚色を施して、潮汐ライズの読者である若い男の子たちが食いつく記事に仕上げるという才能があった。

　さらに座談会に著名な小説家を呼びたいと立見が言えば、その多くのってを、登紀子が（正確に言えば登紀子の母や祖母が）持っていた。

「え、お登紀さん、あの小説家知ってるの？　そりゃいい」

　安東のようにストレートに言われてしまえばまだ気は楽だったが、編集部員の多くは登紀子に対していったいこの女は何者なんだ、という視線を隠そうとはしなかった。業界にコネクションがあり、外車を乗り回した経験があり、どんなテーマでもある一定レベルの記事に仕上げてくる。しかも締め切り前に。校了前に脂汗《あぶらあせ》を流して原稿用紙の升目を一文字、一文字埋めていく編集部員のなかには、「じゃあ、お先に」と涼しい顔をして編集部を出て行く登紀子のことを苦々しく思っている者も少なくはなかった。

登紀子もそんな視線に気づいてはいたが、自分は潮汐出版の社員ではない。会社の上下関係や、男女差で気を遣うことも、頭を悩ませる必要もない。自由契約、つまりは仕事をやった分だけお金をもらえるフリーランスの立場が、自分の性格に合っていると登紀子自身も考えていた。祖母や母も、会社に属することなく生きてきた人だ。自分が二人と同じ道を歩むことに登紀子は疑問を抱かなかった。もし、自分が社員だったとしたら、そもそも、編集部員として潮汐ライズに関わることもできなかっただろう。潮汐出版に入社しても編集者になれたかどうかもわからない。隣の月刊女性誌には女性の編集者がいたが、ライズ編集部には女性編集者がいない。記事の原稿を書く人間にも女性はいないのだ。

　表紙の男の子のイラストは妙子が描いているが、早川朔というペンネームから、あの絵は男性が描いていると信じている読者も多かった。男が男のために作っている潮汐ライズ。読者よりほんの少し年上の男性が世の中の最先端のファッションや車について、実生活では聞けない女やセックスについて教えてくれる。潮汐ライズはそんな雑誌だった。登紀子が書いた記事を読んでも、読者は登紀子のような年上の女性が書いたとは思っていないだろう。潮汐ライズのなかでは表紙を描く妙子も、記事を書く登紀子も、女性として捉《とら》えられていないのではないか。登紀子は時々そう思った。話したこともない早川朔がどう思っているかわからないが、登紀子自身はそのことをとりわけ悲しいことだとは思わなかった。けれど、女性という性をこのまま消し続けて、男性の視点で文章を書き続けることに、自分はいつかかすかな違和感を抱くかもしれない。そんな漠然とした予感だけがあった。

登紀子が人よりも早く仕事をあげるのは、夜、浩介と過ごすためでもあった。

東京オリンピックのあった年の暮れ、登紀子と浩介は夫婦になった。浩介がそれまで住んでいたアパートのそばに部屋を借りた。六畳の洋間が二つに三畳ほどの台所、小さくても浴室付き。浩介は、自分が今まで住んでいたアパートの一室に登紀子と住むことを望んでいたが、冗談じゃない、と思いながら登紀子は一人で部屋を探した。不動産屋でもらってきた間取り図を浩介に差し出すと、これはいったいなんなんだ、という顔で浩介が登紀子を見た。

「ほら、この部屋、いちばん日当たりがいいの。ここが浩介さんの書斎よ。こっちが寝室」

「…………」

浩介は黙ったままだ。浩介が何を考えているか登紀子にはわかっていた。

「お家賃は私が払う」

浩介は何も言わずに登紀子の顔を見ている。

「浩介さんには自分のテーマを追求してほしいの」

だって、あなたはバッハで、私はあなたの才能を支えるマグダレーナ。私はあなたのいちばんの理解者なのだから。登紀子は心のなかでつぶやいた。

浩介は以前と変わらず、小さな石をひとつずつ積み上げるように、自分が関わった冤《えん》罪《ざい》事件についての調査を進め、研究を続けていた。

二人の新居は、登紀子がこれまで住んだ家のなかでいちばん古く、狭かった。料理も洗濯も掃除も、登紀子は実家にいたときにしたことがない。すべてが見よう見まねだったが、それが楽しくもあった。自分一人しか立てないような台所で味噌汁《みそしる》を椀《わん》によそうとき、まるでままごとのようだと思った。

家事については、浩介のほうが登紀子よりも上手で年季も入っていた。自分のことは自分でする、という生活習慣が浩介には身についていた。料理をすることも、洗濯をすることも、掃除をすることも厭《いと》わない。登紀子の仕事が遅くなるときには、夕食を用意し、登紀子の下着も洗う。家事は女一人が受け持つもの、とも、男の沽券《こけん》にかかわる、とも思っていないようだった。そんな浩介を、登紀子はすすんだ男だ、と自分なりに理解した。あとは、私が社会に出て、生活費を稼げばいい。そうすれば私たち二人の生活はうまくまわっていく。そう信じていた。

二人だけの夕食を終えて、登紀子はテーブルに座ったまま、煙草をふかしていた。浩介は二人分の食器を流しで片付けている。家事を分担するなどとまどろっこしいことを言わなくても、登紀子が食事を作れば、浩介が洗い物をしてくれる。水音を背中で聞きながら、一日の終わりに煙草を吸うのはなんておいしいものだろう、と登紀子は思っていた。

浩介が二人分のお茶をテーブルに置いた。登紀子の目の前に浩介が座る。登紀子は二十六、十七歳年上の浩介は四十三。出会った頃にはなかった白髪がこめかみに光っていた。テーブルの脇《わき》には、登紀子が毎号記事を書いている潮汐ライズが数冊重なっている。さっき家に帰ってきた登紀子がそこに置いたままになっていた。登紀子は浩介に自分が記事を書いている週刊誌を見せたことがない。潮汐出版で仕事をしていることは浩介も知っているが、登紀子が具体的に何をしているのか、何を書いているのかを聞いてこなかったし、登紀子自身も話したことはなかった。そもそも若者向けの潮汐ライズなど浩介は興味もないし、読みたくもないだろう、と登紀子は思っていた。

ふいに浩介が潮汐ライズに手を伸ばした。

「君はここで仕事をしているんだよね」

「そう」

「どんな記事を書いているの？」

そう言いながら浩介が潮汐ライズを登紀子に差し出す。登紀子はくわえていた煙草を灰皿に押しつけた。表紙をめくり、いくつかのページの端を三角に折った。恥ずかしい記事を書いているわけではない。けれど、浩介には読まれたくはない。そう思っている自分の気持ちに登紀子自身が戸惑っていた。浩介にとっては何気ない問いだったのかもしれないが、登紀子は自分がかすかに緊張していることに気づく。そんな気持ちを悟られたくもなかった。何食わぬ顔でページをめくる。

「これと、これと、これ、あ、それからこれも」

鈴鹿サーキットで開催された自動車レースで優勝したレーサーへのインタビュー、「みゆき族とはいったい何なのか!?」とあるのは、銀座のみゆき通りにたむろするアイビーを着崩した「みゆき族」と呼ばれる若者たちを特集したファッションのページ、「最初のデートでどこまで許す?」は、登紀子が得意な女子大生やOLへの覆面インタビュー記事だった。潮汐ライズのテーマ、ファッション、車、女。そのすべてを登紀子は自由に書きこなしていた。

最後の記事は新作映画のコラムだ。これは編集長の立見に頼みこんで登紀子が書かせてもらっている記事だった。公開されたばかりのアラン・レネの映画『去年マリエンバートで』について書いた。かなり後ろのほうにある読み飛ばされてしまいそうな小さな記事だったが、登紀子にとってはいちばんやりがいを感じている仕事でもあった。

ひとつひとつの記事を浩介は顔色も変えずに読み進めていった。浩介の視線が上下するたびに登紀子は思った。浩介さんが読んでいるその一文字、一文字が、浩介さんと私の生活の糧《かて》になっているの。さっき食べたごはんに、この部屋を暖めているストーブのガス代に、私たちを雨や風から守るこの部屋の代償として、私は仕事をしているの。それがどんなにくだらない記事でも登紀子にはプライドがあった。

浩介はひととおり記事を読んだあと、潮汐ライズを閉じ、それをテーブルの端に置いた。まるでそれを自分から遠く離しておかないといけないかのように。

浩介は表情を変えず、手にした湯飲みに視線をやって言った。

「僕にはまるでわからない世界だ」

自分の書いた記事が低俗だと、破廉恥《はれんち》だと言われたわけではない。それなのに、浩介が放った、わからない世界だ、という言葉がひどくこたえていることに気づく。浩介に礼を言われたいわけでもない。この生活を望んだのは登紀子自身なのだから。それなのに、なぜ、浩介に拒絶されたような気になるのか。

登紀子が後年、女性誌に夫婦問題について記事を書くとき、いつも思い浮かべるのは、この夜のことだった。知らず知らずのうちに夫婦の間に亀裂《きれつ》が、などと取材した多くの評論家は言ったが、そんなのは嘘《うそ》だ。はっきりと、あの日、あのときに、二人の間に亀裂が入った、と当人たちはわかっているはずだ。多くの記憶が登紀子のなかに蓄積されても、この冬の夜の出来事は、それ以外の記憶とは異なる色を放っていた。

小さな台所、小さなテーブルで向かい合っていた自分と浩介の姿を、老人と呼ばれる年齢になっても登紀子は忘れなかった。ふたりでいるようでいて、ひとりとひとりがいただけだった。それでもそれが幸せなのだと信じ込もうとしていた若い自分を、登紀子は愛《いと》おしく思い出した。

宮野鈴子はそれほど読書が好きではない。だから、高校の担任に勧められた就職先である潮汐出版という会社を知らなかった。佃煮屋《つくだにや》を営む両親に聞いても、そんな会社は知らない、と言われたが、母の姉である伯母から「百科事典を出している有名な会社だよ」と聞かされた。学校の図書室に行くと、確かに厚い深緑色の事典の背に潮汐出版とある。百科事典は書架の二段をみっちりと占めていて、それを見て面接を受けようと決めた。潮汐出版が銀座にあるということも大きな魅力だった。銀座にお勤め、そう考えただけで胸が躍った。

面接はごく形式的なもので、すぐに入社を許可するという知らせが来た。制服がないということだったから、鈴子は伯母にもらった卒業祝いで、スーツを二着、ハンドバッグ、ハイヒールを揃《そろ》えた。

あとから潮汐出版は週刊誌も出していることを知った。鈴子の両親は週刊誌を読むような人間でなかったから、その週刊誌の存在も知らなかった。就職が決まって、その週刊誌を手にすると、俳優や歌手の写真やゴシップであふれかえっている。潮汐出版に入れば、芸能人を見ることができるのかもしれない。銀座、芸能人、週刊誌、出版社。会社に入れば、なんだか今まで見たことのない世界を見ることができるのかもしれない、と鈴子は思った。

短い研修期間を経て、鈴子が配属されたのは、潮汐ライズの編集部だった。四月に新しく創刊された雑誌だと言う。どんな雑誌かは知らないがきっと華やかな場所で作られているんだろう、と想像していた鈴子は、初めて編集部を訪れたとき、ひどくがっかりした。まだ備品も完全に揃っていない広い部屋はがらんとしていて人気がない。置かれている机も椅子もごく普通のものだ。その広い部屋のすみに、パーテーションで区切られた一角があった。配属後、その奥に座っている編集長の立見という男に鈴子は挨拶《あいさつ》をしたが、編集長っていったいどんな素敵なおしゃれな人なんだろう、という期待は打ち砕かれた。編集長の立見は、変わった眼鏡をかけているが、親戚《しんせき》の魚河岸《うおがし》で働くおじさんに背格好がそっくりだ。そのおじさんと同じように、鈴子のことを、鈴ちゃん、と呼び始めたのも立見だった。

親戚のおじさんならまだしも、銀座の出版社でそんなふうに慣れ慣れしく呼ばれるのはどうだろう、と思わないこともなかったが、気の弱い鈴子は反論もできない。社員としてそんなことを言ってはいけないのではないかとも思った。立見は社内で働く女性にもれなくそんな呼び名をつけていて、立見がそんなふうに呼び出すと、まわりの社員も同じように鈴子のことを鈴ちゃん、と呼ぶようになってしまった。

編集の仕事をするわけではないし、鈴子自身にもそんな気はなかった。編集部の電話を取ったり、雑務をこなす、庶務的な仕事が鈴子には割り当てられた。しばらく仕事をしてその頃の多くの女性たちと同じように、二十四くらいまでには結婚をして、会社をやめ、専業主婦になる。母のように朝から晩まで、父と共に佃煮屋を切り盛りするような生活は嫌だった。佃煮を作るのも、売るのも自宅だったから、鈴子の家はいつも醤油《しょうゆ》を煮詰めたにおいがしていた。母は醤油のしみがついた前掛けをつけて、どんなに疲れていてもやってくるお客さんに愛想を振りまく。それでも、商売には売り上げに波がある。だから、結婚するなら、毎月決まった給与のもらえるサラリーマンがいいと思っていた。できれば団地のような場所で、夫と二人だけで生活を始めたい。それが鈴子の夢だった。

編集部には鈴子以外に女性社員が一人いた。三枝《さえぐさ》さんというその人は、鈴子よりずっと年上で三十に近かった。髪を頭頂部でまとめ、半月形で目尻《めじり》がきゅっと上がった眼鏡をかけている。ウエストと裾をしぼったタイトスカートが似合っていた。入社してしばらく経って、鈴子は彼女が「ハイミス」「売れ残り」と呼ばれていることを知った。三枝さんは鈴子に丁寧に仕事を教えてくれたし、いじわるをするわけでもない。穏やかな性格のいい人だ。けれど、それでも結婚できないというだけで陰口を叩かれる。鈴子は三枝さんのことが好きだったけれど、それでも「売れ残っている」彼女を見ると、一刻も早く結婚相手を見つけなくちゃ、という気持ちになった。

事務職である鈴子たちは九時出社だが、十人にも満たない編集部員は十時出社だった。でも、十時を過ぎても、十一時を過ぎても、昼を過ぎても編集部に人は増えない。取材や撮影で出ている人も多かったが、全員が揃うのは夕方以降、鈴子たちが帰り支度を始める頃だった。

お昼過ぎに酒臭い息をしてやってきた社員が、編集部でレコードをかけ始めることも珍しくない。レコードプレーヤーが会社にある、ということにも鈴子は驚いたが、それにつられて、編集部員が一人、二人と踊り始め、「鈴ちゃんもいっしょに踊ろうよ」と言われたとき、鈴子は頑なに拒否した。

自分が勤めている会社はなんだか普通と違うぞ、と思ったのはこれが初めてではない。お昼は社員全員にお弁当が出た。二段重ねのお重で、ひとつにはまっしろいご飯が、もうひとつには色とりどりのおかずが盛られている。それを編集部員に配り、お茶を添えることも鈴子の大切な仕事だった。残業している社員（とはいえ、潮汐ライズ編集部ではほとんどの者が連日残業、徹夜をしていたが）には、夕食の弁当も出た。三枝さんから聞いた話だが、潮汐出版の創業者は「なにがあっても社員におなかいっぱいに食べさせる」ことを目標に会社を興《おこ》したらしい。もちろん食事代が給与から引かれることはない。

お給料は決して高くはなかったから、昼食が出るというこの会社のシステムは有り難かった。向島《むこうじま》の実家から通っていたから生活費としていくらかを母に渡し、残りのほとんどを貯金に、さらに残ったお金をすこしずつ貯《た》めて、洋服や靴やバッグや化粧品を手に入れた。

「鈴子ちゃんはお勤め？」近所の人に聞かれると、

「ＯＬです」

と鈴子は胸を張って答えた。そう言われても鈴子に質問をした当人は何を言われているのかわからない。ＯＬ＝オフィスレディは、その頃、とある女性誌の公募で、会社で働く女性を示す言葉として使われるようになった言葉だった。それ以前はＢＧ＝ビジネスガールと呼ばれていたが、「これは英語ではバッド・ガール（Bad Girl）、売春婦という意味だ」という噂が広がり、東京オリンピックの前年にはＮＨＫもこの単語を使わないようになっていた。ＯＬは「オリンピックで来日する外国の人たちに誤解されないように」と生まれた言葉だった。

鈴子が自分自身のことをＯＬと思っていても、会社のなかでの扱いは雑用をこなす「若い女の子」だった。編集部では「宮野さん」と姓を呼ばれることはなく、ほとんどの人が「鈴ちゃん」と自分のことを呼ぶ。親しみを感じることはできたが、自分が軽んじられている雰囲気を鈴子自身も感じとっていた。
鈴子のことを「鈴ちゃん」と呼ばないのは、編集部の皆にお登紀さんと呼ばれている女性だけだった。登紀子は午前中から編集部にやってきて、空いているデスクで仕事をしていることも多かった。登紀子には決まったデスクがなかった。そもそも登紀子は潮汐出版の社員ではない。記者とか、ライターとか、フリーランスとか、誰かが登紀子を呼ぶときそんな言葉を頭につけたが、鈴子には実際のところ、それがどういう意味なのか、会社に入ってすぐの頃はまだよくわかっていなかった。それを教えてくれたのが登紀子だった。

登紀子と最初に話したのは、東京オリンピックが終わった頃だと鈴子は記憶している。編集部には登紀子と鈴子しかいなかった。男性たちはいったい何をしているのか、昼を過ぎても編集部に顔を見せる者がいなかった。登紀子にお茶を淹れようとして、「お茶なんて淹れなくていいのよ」と言われたのだった。ＯＬである鈴子にとって、編集部員の男性がやってきたら、まずすることがお茶を淹れて出すことだった。出されたほうも「ありがとう」と言ってくれる人は編集長の立見さんをはじめ、数えるくらいしかいない。淹れてもらって当然、という顔をする人がほとんどだ。

お茶を淹れて出す、それ以外の仕事も誰にでもできる仕事だ。そのことについて考え始めると鈴子の心は翳《かげ》りを帯びる。だから普段はそのことについてあえて深く考えようとはしなかった。けれど、お茶を淹れなくていい、と言われれば自分がすることがなくなってしまう。正直なところ、自分にはお茶を淹れなくていい、と言った登紀子のことが鈴子は苦手でもあった。

　編集部のどこかのデスクで原稿を書いているときもしきりに煙草《たばこ》を吸う。鈴子の家の近所にも煙草を吸う女性はいたが、会社で仕事をしながら煙草を吸う人を見たのは登紀子が初めてだった。アルミ製の安っぽい灰皿にみるみるうちに吸い殻の山ができていく。編集部員の灰皿を綺麗《きれい》にするのも鈴子の仕事だったが、登紀子の吸い殻を替えるときは登紀子自身が原稿を書くことに集中し過ぎていて、鈴子に「灰皿は替えなくていいのよ」とは言わなかった。

　ある日、鈴子が一人の編集者にお茶を持っていくと、潮汐ライズの最新号を机の上に広げていた。鈴子は登紀子の仕事に興味があったが、どの記事を登紀子が書いているのかを本人に聞くのはまだ遠慮があった。

「あの、登紀子さんが書いている記事ってどれなんですか？」と鈴子が思わず聞くと、編集者はたまたま手が空いていたのか、登紀子の携わったページに折り目をつけてくれた。

「巻頭グラビア、特集記事、あと、このページと、このインタビュー記事も……それから、最後のコラムもいくつか」

「えっ。そんなに」思わず鈴子は驚きの言葉を口にした。

「そりゃそうだよ。あの人がいなかったら潮汐ライズは毎週出ないよ」

はい、と手渡された最新号を鈴子は自分の机で盗み見るように読み進めた。記事の最後に名前があるわけではないから、どの記事を誰が書いたのかはわからない。それでも、登紀子が書いた記事とそれ以外の記事を改めてじっくりと読んでみて、登紀子の記事がほかの記事とは違うことは鈴子にもわかった。

どんなにスキャンダラスなテーマの記事であっても、どこか品がある。ほかの記事のようにどこか上から物を言っているような荒ぶった文章でもない。何よりおもしろい、と思った。鈴子にとって登紀子はどこか近寄りがたい人なのに、登紀子の文章はこの編集部で仕事を猛然とこなす実際の登紀子よりもやさしく、親しみやすかった。

限られた時間で取材もこなし、こんなに多くの文章を毎週、毎週、紡《つむ》ぎ出す登紀子の頭のなかはいったいどうなっているのか。登紀子は文章を書くという才能を持った人間なんだ。そのことで鈴子は自分を哀れんだりもしなかった。自分はまるで違う人間と思ったからこそ、女性ながらにこれだけの文章を毎週書き続ける登紀子は、自分が生きている世界とはまるで違う振り仰ぐ場所にいる人なのだと鈴子は思った。

二言、三言、言葉を交わすようになって、お互いの名前が「宮野鈴子」「佐竹登紀子」とわかるようになった頃、鈴子と登紀子はお互いの姓で名前を呼ぶようになった。登紀子は自分よりは年上だろうと思ったが、どこか年齢不詳の雰囲気もある。着ているものも、自分や三枝さんのような、垢抜《あかぬ》けないツーピースではなかった。鈴子の同年代で登紀子のような服装をしている人などいなかった。鈴子は登紀子が着ていた、ベージュのトレンチコートというものを初めて間近に見た。肩についているフラップ、Dの形のリング、男物のようなデザインなのに、ベルトをきゅっと締めてウエストを強調させると途端に女性らしい着こなしになる。コートの下にはボタンダウンの白いシャツにチャコールグレーのキルトスカート。よく磨かれたコインローファーが似合っている。

鈴子は登紀子が東京の人だろうと思ってはいたが、自分のように下町ではなく、山の手の、それもずいぶんとお金持ちの家の人なのではないか、と勝手に思っていた。去年までセーラー服を着ていた鈴子の普段着などひどいものだった。母が編んでくれたセーターに、伯母が縫ってくれたスカート。同級生だって同じようなものだった。

自分好みの洋服を選んで買って、という生活は、就職が決まってから始まった。それでも限られたお給料のなかから、毎月、新しい洋服を買う余裕はなかった。

だから今でも鈴子は洋服を選ぶということがよくわからないし、毎日着ているスーツもいつまでたっても着慣れない。自分が洋服に着られていると感じることもあった。けれど、そういう自分とは反対に、登紀子は幼い頃から洋服にお金をかけてきたのではないか、と鈴子は思った。スカートの丈も、シャツのサイズも、コートのベルトをどの位置で、どうやって締めるのか、計算というあざとい策略はみじんも感じさせない、自然に見せるセンスを登紀子は身につけていた。だからこそ、下町育ちの鈴子には近寄りがたい雰囲気が登紀子にはある。

　編集部員たちはさまざまな登紀子の噂を聞きたくもないのに鈴子に教えてくれた。母も祖母も物書きであるということ、父は画家であるということ、弟は絵の勉強をしにパリに行っているということ、それにどうやらずいぶん年上の夫がいるらしいということ。

　そんな小さな噂の数々を耳にすれば、ますます登紀子と自分の生まれ育ちの違いを感じ、彼女が編集部にいるときも、一定の距離を置くようになっていた。どうやらそれは、鈴子だけでなく、編集長と副編集長以外の編集部員も同じ気持ちでいるようだった。

　登紀子は編集部に長い時間いるが、自分の仕事さえ終えればさっさと帰ってしまう。鈴子たちより遅く帰ることも数えるくらいしかなかった。

　ある日、帰りのエレベーターで登紀子と一緒になった。「お茶なんて淹れなくていいのよ」と言われてから一カ月ほど経った頃だろうか、自分の前に立っていた頭ひとつ背の低い登紀子が振りかえって言った。

「ねえ、よかったら、ごはんでも食べに行かない？」

　まさかそんなことを言われるとは思ってもみなかった。不意打ちといってもよかった。

今日は用事があって、と咄嗟《とっさ》の嘘も出てこない。気づいたときには、はい、と頷《うなず》いていた。

「何を食べたい？」とも聞かれず、連れて行かれたのは、狸穴《まみあな》にあるピザハウスだった。煉瓦《れんが》造りのビルの外階段を上がり、二階にある重々しい木のドアを開けると、それぞれのテーブルに置かれたキャンドルの灯りが見えるものの、店内はやけに暗い。登紀子は慣れた様子で、店員に勧められるまま奥のテーブルに座った。

　ワインとピザ、鈴子には耳慣れないものを登紀子がオーダーする。店の暗さに目が慣れてくると、まわりのテーブルの客は外国の人ばかりだった。耳に飛び込んでくるのは日本語ではなく英語だ。英語以外の言葉も混じってはいたが、鈴子にはそれがどこの言葉かを聞き取ることができなかった。エレベーターのなかでごはんに誘われ、はい、と返事をしてから、ろくに登紀子と話しもしていなかった。彼女もそれを変なことと思っている様子はない。酒がのめない鈴子のためにオレンジジュースを頼んでくれたが、登紀子は赤いワインをまるで水をのむように口にしている。目の前にチーズが溶けたピザが運ばれて来た。ピザを食べるのは初めてだったが、なぜだか「ピザを食べるのは初めて」と登紀子に思われたくはなかった。けれど、三角に切られた一片を手にしようとしても、端からチーズが落ちてうまくいかない。鈴子にとっては扱いづらいピザを登紀子は涼しい顔で器用に食べている。自分のこの食べ方を見れば、登紀子にはピザを食べるのが初めてだとすぐにわかってしまうだろう。けれど、登紀子はそれについて何も言わなかった。

「宮野さんて、おうちどちら？」ふいに登紀子が鈴子の顔を見て訊ねた。

「向島です」

「へえ、向島。いいところね」

なにがいいのかわからないが、登紀子は鈴子の生まれに興味があるようだった。登紀子が鈴子に次々に質問を向けてくる。

「宮野さんのおうちって佃煮屋さんなんですって？」

佃煮屋、という言葉ほど、この店に似合わない言葉はないだろう。今食べているとろけるチーズの乗ったピザと佃煮、真反対に存在するものだ。相《あい》容れない。水と油だ。

「そうです。祖父が始めて、父が二代目で」

「お父様が作ってらっしゃるのね？　佃煮を」

お父様と呼ばれるような人でもない。ただの下町の佃煮屋の親父《おやじ》だ。

「あの、私ね」

登紀子が鈴子の顔を見て言う。テーブルのキャンドルの灯りが登紀子の顔を照らす。

いったいこの人はいくつなのだろう、と思っていたが、自分よりはるかに年上なのではないか、という気がした。

「そういう昔からの、日本の職人さんに取材して、いつか本を作りたいと思っているの」

「はあ……」

と返事をしたものの、鈴子は、自分や、父や、家業をどこか馬鹿《ばか》にされているような気にもなっていた。銀座にある編集部。潮汐ライズは創刊以来順調に売り上げを伸ばし、今や八十万部近く売れる人気雑誌になっていた。早川朔の表紙をわざと見せるようにわきに抱えている男の子を、鈴子も何人も目にしていた。登紀子はその潮汐ライズでファッションや車の記事を、女性ながらに書いている人だ。鈴子が見たこともないような洋服を着こなし、こんな外国の人だらけの店でピザを食べることにも慣れている人だ。そんな人がなぜ、自分の父に取材をしたいと言うのか。鈴子は思わず言った。

「どこにでもあるような佃煮屋なんです。老舗《しにせ》でもなんでもない。ごく普通の」

「私が書きたいのは、ほんとうはそういう記事なの」

ワインを一口飲んで登紀子が続ける。

「新しい洋服とか、新しい車とか、たまたま私が詳しくて書いているだけ。鈴子さんのお父さんみたいに、目立ってはいないかもしれないけれど、ずっと東京の生活を支えてきた人を書きたいの。私が今書いている記事なんて、そのうち、私の代わりにあいう記事を書く人はこれからもっと増えてくる。私みたいなライターなんて使い捨てよ。いくらでも代わりがいるの」

使い捨てよ、という言葉が鈴子の耳に残る。そんなに自分のことを卑下するなんてなんだかこの人らしくない。まだそれほど登紀子と親しいわけじゃないのに、なぜだか鈴子はそう思った。この人はどれだけ自分がすごい仕事をしているかを、きちんとわかっていないんじゃないだろうか。そんな気がした。

そのとき店のドアが開いて、男ばかり五人くらいのグループが店に入ってきた。すでにお酒をかなり飲んでいるのか、そのなかの一人の男性が、自分たちの席を確保するように、店の人に怒鳴るように叫んでいる。店のいちばん奥に案内されたその集団が、鈴子たちの座っているテーブルのそばを通り過ぎた。男ばかり、と思っていたのに、その中心に、小柄な女の人がいることに鈴子は気づいた。その人が着ている柘榴《ざくろ》色の赤いコートには見覚えがある。高島屋で見たピエール・カルダンのウールのコートだ。会社帰りにショーウインドウでいつも眺めていたからすぐにわかった。特定のサイズを大量生産するプレタポルテの服がその頃、日本のデパートで売られるようになったが、鈴子には到底手が出ない代物《しろもの》だった。あのコートを本当に買って着ている人がいるなんて。そのことに鈴子は驚いていた。じっと見るのは失礼だ、とわかっているのに、その人が通り過ぎたあとも視線はついその女の人を追ってしまう。席に着く前に、そばにいる男性にコートを脱がせてもらっている。その仕草がとても自然だ。

真っ白い肌に目の上ギリギリにまっすぐに切った前髪、コートと同じ色の口紅がとてもよく似合っていた。きれいな人だ。そして、あの人も登紀子と同じように、自分とはまるで違う場所で生まれ、育った人なのだろう、と鈴子は思った。けれど、椅子に座ったその人はどこか緊張しているようにも見えた。まわりにいる男性たちはしきりに何かをその人に話しかけるが、彼女はただかすかに頷くばかりで話が弾むようでもない。こんな素敵なお店で、あんなコートを着て、あんなにきれいで、どうしてあんなに楽しそうじゃないんだろう。

そう思いながら、鈴子はグラスのオレンジジュースを口にした。目の前にいる登紀子もワインを口にふくんでいた。テーブルの上にあるピザは時間が経《た》ってチーズが固まりかけている。登紀子が口を開いた。

「早川朔」

「えっ」

「あそこにいるの、早川朔よ」

登紀子がピザからはみ出して固まったチーズの欠片《かけら》をフォークで口に運び、子どもに説明するようにゆっくりと言った。

「あの人が、私と宮野さんが仕事をしている潮汐ライズの表紙を描いている早川朔」

振りかえって、鈴子は早川朔のいる席をもう一度見た。早川朔は左右から話しかけられても、口を開こうとしない。顔はさっきより俯《うつむ》いているようにも見える。ふいに顔を上げた朔が鈴子のほうを見た。自分の不躾《ぶしつけ》な視線に気づいたのかもしれない、と思い、鈴子は慌《あわ》てて登紀子のほうを見て体をすくませる。登紀子は酒が強いのか、店員を呼んで違うワインを頼んでいる。どこかのテーブルから嬌声《きょうせい》が上がる。どこか知らない国の言葉が大声で叫ばれる。せっかく登紀子に連れて来てもらったけれど、こんな店は自分には場違いだ。早く帰りたい。そのときなぜだか鈴子は朔も同じようなことを感じているんじゃないかと、ふと思った。だって、今日初めて見た早川朔は、潮汐ライズの表紙を描く一流イラストレーターではなく、まるで小さな女の子が無理矢理連れて来られたみたいだもの。目の前のピザのように、自分の胃のなかでもなんだか冷たいものが固まっていくような気がして、鈴子はオレンジジュースを慌てて口にふくんだ。

7

「申し訳ありません。……お仕事のご依頼をいただいてありがたいのですが、どうしてもお引き受けすることができないんです」

妙子がそう言っても電話の向こうの相手はなかなか納得しない。

「仕事の話はさておき、一度お会いすることだけでもできないでしょうか」

前のめりにそう切り返されて、妙子は受話器を手にしたまま黙ってしまう。

自宅の仕事部屋で机に向かい、さて、と、クロッキー帳を広げたときにかかってきた電話だった。声色から妙子よりずいぶんと年齢が上の男性だという気がする。返事をしないままの妙子に、その人は仕事の概要を話し始める。妙子は相槌《あいづち》すら打っていないのに、話が終わる気配はない。どこで電話番号を調べたのか、こうした仕事の依頼は直接、妙子の家の電話にかかってくる。

「今の仕事だけで手一杯なんです。申し訳ありませんが……」

妙子がそう言うと、

「早川さんねえ、こう言っちゃあなんだけど、潮汐ライズの表紙の仕事なんて、いつまでも続くわけじゃないんですよ。野菜や果物と同じで、イラストレーターにも旬《しゅん》というものがある。今のうちから早川さんはいろんな分野で仕事をしていくべきなんじゃないかなあ」

と電話の向こうの相手は説教を始めた。これもよくあるパターンだった。デビューしたばかりの頃は年上の人のアドバイスなのだから、と神妙に聞いていたこともあったが、話を聞いているうちに、なんで仕事をしてくれと連絡してきた相手に説教をされなくちゃいけないのかと、その理不尽さに泣きたくなった。結局は自分がなめられているからなんだ、と二十七歳になった妙子は考えるようになっていた。若いから。女だから。それだけの理由で馬鹿《ばか》にされているのだ。

「ご存じないかもしれませんが、私はライズ専属のイラストレーターなんです」

思わず強い調子で言ってしまった。そう言えば相手は納得せざるをえないのに、なぜだかやりこめてしまった、という思いが残る。三十分以上続いた電話は、妙子がごめんなさい、申し訳ないです、と繰り返してやっと切れた。

はあっ、と大きなため息をついて、仕事机の前の両開きの窓を開けた。空気を入れ替えたかった。北向きの洋室。四畳半もないその小さな部屋を仕事部屋にしたのは、窓を開けると、シマトネリコの木に繁《しげ》る緑の葉が見えるからだった。枝葉の間から見える空には梅雨時らしい灰色の雲が広がっていた。午後にはまた雨が降るらしい。湿度が高いせいか、入ってくる空気も水分を含んで重く感じる。

机の上に広げられたクロッキー帳、その脇《わき》には海外のファッション誌や映画のパンフレット、これまで潮汐ライズに描いた表紙を貼《は》ったスクラップ帳などが積まれている。鉛筆を手にして妙子は頬杖《ほおづえ》をつく。電話が来る前に描いていた、半袖《はんそで》シャツを着た男の子のイラストの続きを描いてみるものの、どうしても納得できず、まるで男の子の存在を消すかのように、その上に斜めに何本も線を描く。そんなことを朝から繰り返していた。

潮汐ライズの表紙を描くようになって、もう四年が過ぎていた。妙子にとってみればあっという間の出来事だった。週刊誌の表紙を描く。それも週に一枚ではない。毎週五枚の絵を描いて、そのなかから一枚が選ばれる。一カ月に二十枚。一年で二百四十枚。四年で九百六十枚。どれも最先端のファッションに身を包んだ男の子の絵だった。妙子のイラストは潮汐ライズの顔だった。早川朔という名前を知らなくても、妙子の絵を若者に見せれば、潮汐ライズという言葉が出てきた。

実際のところ、さっきの電話で口にしたような「潮汐ライズ専属」という契約を潮汐出版と正式に交わしたわけではない。デビュー直後は、ライズの表紙を描いて受け取るイラスト料も思ったほど高くはなく、余裕がある暮らしができるという金額でもなかった。イラスト料の交渉を潮汐出版とする、という考えも妙子にはなかった。もっとたくさんの仕事をしないといけないのではないか。そう思いながらも一週間に五枚の絵を妙子は描き続けていた。

デビュー直後に一、二度、「うちの媒体で仕事をしてほしい」という人たちに妙子は会ったことがある。会う前から言葉を尽くして絵をほめられ、ぜひうちで仕事を、と言われた。世の中で自分の絵が求められている。そのことが快感だった。半ば有頂天だったといってもいい。もっとほめられたい、もっと求められたかった。自分の仕事への賛辞を妙子は渇望《かつぼう》していた。その言葉だけが欲しくて、ライズ以外の仕事をする余裕などないのに、妙子は出版社や広告代理店の人間に会ったのだった。

仕事を依頼してくれる人間に会うということは、相手にとってみれば「脈あり」だということを、デビューしたばかりの妙子は知らなかった。一度会って具体的な仕事の話をしたわけでもないのに、何度も自宅に電話がかかってくる。そのたびにイラストを描く手が止まる。それならば一度、面と向かってきちんと断ろうという気持ちで相手に会いに行くと、妙子がその仕事についてとても興味があるのだ、と解釈されてしまう。いつの間にか「お食事でもいかがですか」という流れになり、食事をしながら仕事の話になり、イラスト料として驚くような金額を提示され、受けてくださいますよね、と念を押される。どこにも属さず一人で仕事をしている妙子には、もちろんマネージャーなどいない。仕事をうまく断る方法など、教えてくれる人もいなかった。

潮汐ライズの表紙を描き始めて半年が経《た》ったある日、編集長の立見に呼ばれた。

潮汐出版に出向くと、潮汐ライズの編集部ではなく、潮汐出版の応接室に行くように受付の女性に言われる。応接室の扉を開くと、そこにはすでに立見がいた。立見と妙子にお茶を持ってきた女性が退室すると、立見は開口一番こう言った。

「君は潮汐ライズ以外の仕事をしてはいけない」

妙子はぎくりとした。別の仕事をしようと考えていることを見抜かれたのか。それとも、仕事の依頼者と会っていたところを見られたのだろうか。立見はロイド眼鏡を外し、親指と人差し指で目の間を揉《も》んでから再び眼鏡をかけた。立見とはもう幾度も会っているはずなのに、何度会っても緊張する。今だってまるで校長先生に呼び出された生徒の気分だった。

「うちの会社に来ている君あての仕事の依頼は、すべて僕が断っている」

え、と思わず声が出た。そんな話は今、初めて聞いた。

「潮汐ライズが出版される限り、表紙はずっと君の絵だ」

そう言って立見は、背広の胸ポケットから小さな黒い手帳を取り出し、太い万年筆で何かを書きつけながら言った。

「正直なところ、半年様子を見ていた。君のことも、潮汐ライズという雑誌のことも。この半年は君という新人イラストレーターの試用期間だったともいえる。それはライズも同じだ。発売以来、部数は伸び続けている。ライズという雑誌はたぶん生きながらえるだろう。そして、君はこれから先も、このままずっと描き続けることができるだろうと僕は思う。君はもう立派なプロだ。そして、これが来月から君が受け取る正式なギャラになる」

立見が差し出した手帳のページにはブルーブラックのインクで書かれた数字が並んでいる。それは、大卒の新入社員が受け取る給与のおよそ五倍にあたる額だった。妙子は声も出せずにいた。

「不服があるかね」立見は聞いた。

「……ありません」

この金額に不満があるわけがない。それ以前に自分を見いだしてくれた立見に、そう答えることしか妙子にはできなかった。

その翌月、潮汐出版から立見が手帳に書いたのと同じ金額を、妙子は受け取った。現金を手にして妙子は初めて実感した。立見の言ったことは本当だったのだと。

妙子はまず、母をデパートに連れて行き、母のための洋服とバッグを選んだ。母が自分に与えてくれたものと同じものを、いや、それ以上のことを母にしてあげたかった。もちろん、妙子自身が欲しいものも買った。洋服、靴、バッグ、化粧品。値段のことを気にせず買い物ができる。

そうは言っても派手な暮らしをしたわけではない。一週間のうち六日は一日中、机に向かって絵を描いていた。遊ぶ暇はなかった。週に一度だけの休日には、真二郎が行きたいという店で少し豪華な食事をした。それでも預金通帳には妙子が見たことがない金額が残る。

お金が与えてくれる安心感を妙子は生まれて初めて知った。

妙子も真二郎も、お互いに結婚するつもりでいたから、そのためにもお金は必要だった。真二郎は大学に残って美術史の研究を続けると言う。その先講師や助教授になっても、真二郎が手にするお金がそれほど多くないことを妙子も知っていた。けれど、自分がこのままライズの表紙を描いていれば二人の生活費は楽に出せる。母だって余裕で養っていけるだろう。結婚をしても妙子は母との同居を望み、真二郎も反対はしなかったが、それを拒んだのは母だった。妙子が結婚しても、妙子と今まで住んでいたアパートにひとり残り、昼も夜も今までどおり仕事を続けると言う。

「それならば、私の家のことを手伝ってほしい」

頑《かたく》なな母に妙子が頭を下げた。ある一定以上のレベルの絵を一週間に五枚描き続けるライズの仕事をしていると、食べることも、眠ることも、後回しになってしまう。そんな時間があるのなら絵を描きたかった。もっとうまくなりたかった。母との二人暮らしなら身の回りのことは母がやってくれるが、結婚後、真二郎の世話ができるのか、正直なところ、妙子には自信がなかった。同居はしなくていい。だから、私と真二郎さんの新居のそばに住んで、家事を支えてほしい。そう伝えた。

「結婚したら、旦那《だんな》さんの面倒をみるのは妻の……、妙子の役目なんじゃないの」

母は妙子に言った。妙子自身だって実際のところそう思っていた。けれど、自分がライズの仕事をしているときには無理だ。最優先すべきなのは、イラストレーターとしてのライズの仕事だ。週刊誌の表紙に穴を開けるわけにはゆかない。絵を描き続けることは苦しいが、それでも生み出したものには十分すぎる対価を自分は受け取っている。

結婚前に一度、妙子は真二郎に尋ねたことがあった。

「うち、仕事あるから、母さんに家へ来てもろうて、家事やなんやらお願いしよう思うとるんじゃけど、ええかなあ」

「いいも悪いもあらへん。僕は自分に傅《かしず》いてくれるような奥さんはいらん。僕は妙ちゃんとも、イラストレーターの早川朔とも結婚するねん。僕の面倒みるために、早川朔の絵が悪なったら、それがいちばん悲しい。妙ちゃんとは同じ家に暮らせるだけで僕は幸せや」

真二郎の言葉がうれしかった。

身内だけを招いた結婚式が四谷の教会で行われたのは、妙子が二十三の時だった。妙子の父親の代わりに立見がヴァージンロードを歩いてくれた。立見にしてみれば妙子は娘のような存在だったのだろう。妙子のウエディングドレス姿を見て、立見は目を真っ赤にしていた。もし自分に今も父という存在がいるとしたら、立見のような人であってほしいと妙子は思った。

妙子と真二郎の新居は、世田谷の用賀《ようが》にある古い洋館の二階部分だった。大きな洋室が二つ、小さな洋室がひとつ、そしてリビングとキッチン。小さな洋室を妙子の仕事部屋に、大きな洋室は真二郎の書斎兼、二人の書庫になっていた。妙子の新居から歩いて五分のところに、母のための部屋を借りた。高台にある南向きのアパートの一室。妙子はそのすぐそばにある新築マンションのほうを勧めたが、母は広すぎて落ち着かない、とアパートのほうを選んだ。

妙子の結婚生活の中心にあるのは仕事だった。仕事のスケジュール最優先で、妙子の生活は動いた。前の夜、徹夜をしてどんなに眠たい朝も、朝食だけは妙子がなんとか頑張って作った。それがパンとコーヒーだけでも、真二郎は文句を言わなかった。午前中に妙子の家に母がやってきて、部屋の掃除や洗濯をしてくれる。妙子と二人で昼食をとると、母は午後、近所に買い物に行き、夕食の支度をする。母が作ってくれた夕食を、妙子と母と真二郎で食べた。別の家に住んでいるというだけで、結婚をしてからも妙子と母との暮らしにはほぼ変化がなかった。夜から朝に、真二郎という人間が加わっただけのようにも思えた。

学生時代は忙しい母を助けようと、妙子は慣れないながらも家事を手伝った。今はそれが逆転していた。忙しい妙子を助けるために、母が全面的に支えてくれていた。真二郎と住むこの部屋も、母の部屋も賃貸だが、もし子どもが生まれたら、家を建ててみんなで住みたい。それが妙子の夢だった。

目の前のクロッキー帳に小さな三角屋根の家を描き、その下に揺り籠《かご》の中で眠る赤んぼうの絵を描いた。フライパンを手にした女性、自分が欲しいノースリーブのワンピースを着た女性の絵、この前映画で見た女優の横顔。すらすらと鉛筆は動く。赤んぼうの絵も、女性の絵も悪くはない。そう妙子は思った。けれど今、自分が求められているのは、ライズの表紙の若い男の子の絵だ。早川朔というイラストレーターとしてその絵を描かないといけない。描きたいものだけ描けるわけじゃない。それはプロになって初めて妙子がわかったことだった。

描き始めた頃は妙子のなかからあふれ出してきた表紙のアイデアも、このところは無理矢理に絞り出しているような状態だった。一週間に一枚、二枚は描けても、五枚という立見からの注文に応《こた》えられそうもない、という週が幾度もあった。とりあえず描き終わっているイラストを先に渡しても、立見からはＯＫが出ない。五枚の絵のなかから一番いいものを選ぶ、という立見の方法は揺らがなかった。

もうどうやっても締め切りに間に合いそうもない、というときは、妙子は都心のホテルに缶詰にされた。編集長の立見や副編集長の安東、妙子と同じ美大出身のアートディレクター沢口といったメンバーが、イラストのモチーフになるような雑誌や画集、映画のパンフレット、ポスターなどを妙子のいるホテルの部屋に持ってくる。モチーフは選ばれ、切り取られ、ベッドの上に並べられた。何を描くか、どんなふうに描くか、立見、安東、沢口が話し合う。時には口論のようにもなった。男三人の雰囲気に押されて、妙子が口をはさむ隙《すき》はない。話し合いの結果、方向性が固まると、選ばれたモチーフが妙子が作業をする壁の前に貼られ、やっと絵を描き始めることができた。

そんな方法も毎回、妙子の窮地を救ってくれたわけではなかった。ときには沢口が、こんな服を着た男の子のこんなイラストを、と、ざっとした下書きを描き、それを妙子がたくさんの資料を参考にしながら、早川朔の作風で仕上げただけのこともあった。そんな風に仕事を終わらせたときは、心が痛んだ。

早すぎるデビューだったんじゃないか。もっとイラストレーションを勉強して、いろんなものを見て、吸収して、それを栄養として蓄えてから、自分はイラストレーターになるべきだったんじゃないだろうか。仕事がなかなか進まないときは、涸《か》れた井戸から無理矢理水を汲《く》んでいるような気持ちになった。ホテルの部屋で深夜、たった一人でイラストを仕上げていると、孤独感に押しつぶされそうだった。

それでもなんとか出来上がったイラストをライズの編集部員に渡し、立見からやっとＯＫが出たと電話をもらったときは、ホテルのベッドにうつぶせになり、うわああっと声をあげて泣いた。

もうできるだけ缶詰にはならないようにしよう。自分のイラストが遅れればまわりに迷惑がかかることは十分わかっている。スケジュールに余裕を持って仕事を前倒ししていくのだ。気を取り直して、妙子は男の子を描き始める。けれど、男の子を描こうと思うと、どうしても鉛筆がスムーズに動かない。男の子の絵はもう十分描いたんじゃないかな。ふいに、そんな思いが心のなかで浮かぶ。男の子の絵はもう描きたくない。そんなことを思ったらだめだ。もう一人の妙子が本音を漏らす妙子をたしなめる。けれど、描きたくないという声が日に日に大きくなっていくことに、妙子は気づいている。

とにかく今はイラストを描くしかない。続けるのだ。続けるしかない。妙子は自分を説得して再び仕事を始めた。

最上階にある展望回廊「パノラマ36」に上がるためのエレベーターは、日曜ということもあってか寿司詰《すしづ》め状態だった。前後左右から人に押され、自然に鈴子と木下が向かい合うような姿勢になった。鈴子の顔が背の高い木下の胸あたりに近づき、鈴子は思わず俯《うつむ》く。木下も恥ずかしいのか、顔を天井に向けた。

エレベーターが急上昇を始めると、耳がつんと痛くなった。

「急激に気圧が変わるから耳が痛くなることがありますよ。もしそうなったら、唾《つば》をのみこんで」

エレベーターに乗る前に木下に言われたとおりに、鈴子はごくんと唾をのんだ。耳の通りはいくぶんましになったような気がするが、まだ違和感がある。そう思っているうちに、エレベーターは最上階である三十六階についた。人の流れに従って外に進むと、目の前に天井までの高いガラス窓が広がっている。そこにへばりつくような人、人、人。背の低い鈴子が、人の頭の間からなんとか景色を見ようと、思わずぴょんぴょんと跳ねると、木下に笑われ、鈴子の顔が赤くなった。人の波が切れた隙間にすかさず木下が体を滑らせ、鈴子に手招きする。眼下に広がる景色を見て、「わあ」と鈴子は思わず子どものような声を上げた。人が進んでいる方向に沿って、ぐるりと回廊を一周した。こんなに高い場所から東京を見たことがない。関東平野がどこまでも平らなことに驚いた。そこにひしめく住居やビル、そのなかに、皇居をはじめ、国会議事堂、首相官邸や官公庁などが、鉄道模型の建物のように見えている。走る自動車はまるでおもちゃのようだった。建物ばかりが密集しているのだろうと思っていたが、意外にもここから見える東京の町には緑が多かった。

「このビルにはね、『柔構造』が採用されているんですよ」

隣に立つ木下が景色を見ながら語りかける。

「じゅう、こう、ぞう？」

「そう。腰を振るみたいにビルが横揺れすることで地震の震動エネルギーをビル全体で吸収する耐震設計のことです」

そう説明してくれたがいまひとつ理解ができない。木下は鈴子にはかまわず建築用語の多く混じる話を続けていたが、鈴子は途中で、理解するということをあきらめて、ただ相槌を打つだけにした。

「自分の勤める会社が設計に携わったビルを見てほしい」と木下に連れてこられたのは、この春に完成したばかりの霞《かすみ》が関《せき》ビルだった。地上三十六階、高さ百四十七メートル、総工費約百五十億がかけられた日本初の超高層ビルとなった。

「鈴子さん、ほら、あそこ、東京タワーですよ」

木下が子どものような声を上げて、指をさす。鈴子は木下の指さす方を見た。いつもは見上げるばかりだった東京タワーが今は、同じ高さに見えるのだ。鈴子はそっと木下の顔を見上げた。建物のことになると子どもみたいになる人なんだ、と鈴子は思った。

鈴子がお見合いをしてみようかな、と思ったのは、潮汐出版に入って五年目、二十三歳のときだった。幼い頃から、何になりたい、とか、何をして生きていきたい、と強く思ったことはない。ただ、二十四までには結婚し、二十五くらいには子どもを産んでいたかった。だから、以前潮汐出版について教えてくれた伯母が持って来たお見合いの話を断る理由もなかった。相手は東京の練馬《ねりま》で生まれ育ち、鈴子より四歳上、大学の工学部で建築を学び、そのまま院に進んで修士課程を修了し、今は日本の誰もがその名前を知っている建設会社で技術開発の仕事をしているという。

「どこにも申し分ないわよ。こんな相手。断る理由もないわ」

鈴子の家の卓袱台《ちゃぶだい》の上で、伯母はお見合い写真を鈴子に差し出した。銀縁の眼鏡をかけた唇のうすい青年がこちらを見ている。顔は決してハンサムではないが、どこかに大きな欠点があるわけでもない。満員電車で偶然、隣に立ったサラリーマンのようだ、と思ったが、今頃、相手の家にあるはずの自分の見合い写真を見て、何を言われているのかと思うと、自分がこの人のことをとやかく言う権利はない。

「お父様を戦争で亡《な》くされて、実家に戻られたお母様と練馬の家で育ったらしいのね。その実家はかなりの資産家だから経済的な苦労はしてないみたい。一人息子で大事に育てられたお坊ちゃんというところかな」

伯母は鈴子が出した煎茶《せんちゃ》をすすり、菓子盆の煎餅《せんべい》に手を伸ばした。

「お母様は実家でそのままお姉さん家族といっしょに暮らすつもりらしいし……だから結婚しても同居しなくていいのよ。うるさいお姑《しゅうとめ》さんと暮らさなくていいわけ。こんな縁談、今時珍しいわよ」煎餅を二つに割りながら伯母は話を続ける。

ふいに鈴子は心配になって聞いた。

「私でいいのかな？」

「え？」

「だって、この人、大学院まで出た人でしょう？　私、高卒よ？　それにうちは佃煮屋《つくだにや》。どう考えても釣り合いがとれてないと思う」

鈴子も煎餅を手に取り、割らずにそのまま齧《かじ》った。

「それがね」伯母はお茶で煎餅をのみ込む。

「鈴ちゃんが潮汐出版に勤めてるって聞いたら、そういう人がいい、って大乗り気なのよ。本が大好きなんだって、この木下……裕介さんって方。やっぱりインテリは違うわねえ」

「……」鈴子は憂鬱《ゆううつ》な気持ちになった。またか、とも思った。親戚のなかでも町内でも、出版社に勤めているだけで「すごいね」と言われる。それだけならまだいいが、いつか登紀子さんが連れて行ってくれた店のピザがおいしかったと同級生の友人に話したら「鈴ちゃんとはもう住む世界が違う」とまで言われた。「どこもすごくないし、なんにも変わってないのに」と言い返したくなる。そもそも鈴子は読書が好きじゃない。自分の会社の本だって、読むのは週刊誌ばかりだ。この木下さんとやらに本の話題を振られても、うまく返せる自信もない。

「話が合うのかな」鈴子が呟《つぶや》くと、

「話なんて適当に合わせておけばいいの」と伯母が立ち上がる。

「でも」

「あのね、鈴ちゃん」そう言いながら、伯母はまた座布団《ざぶとん》の上に腰を降ろす。

「二十三て、もういい歳《とし》よ。お勤めが楽しいって鈴ちゃん言うから、縁談はもうちょっと先でいいかな、なんて思っていたけど、そっからが早いの、女は。あんたの母さんは何にもしないから私が動くしかないじゃない。自分のことをよく見なさいよ。わがままばっかり言ってたら、お嫁のもらい手なんてないわよ。こんないい縁談、もう二度と来ないと思うよ」

伯母にここまで言われては黙るしかない。

「じゃあ、先方に連絡しておくからね」

そう言いながら、伯母は慌《あわ》ただしく居間を出て行った。

一人残された鈴子はまた煎餅を取り、それを半分に割った。開け放った戸の向こうには猫の額ほどの庭があり、湿ったような黒い土のあちらこちらで雑草が伸び放題になっていた。確かに伯母の言うとおり、自分の容姿や家のことを考えたらもったいない話なのに違いない。お見合いで結婚した同級生だって多い。結婚するための有効な方法なのだと思う。けれど、今の鈴子にはお見合いで結婚してしまっていいのかな、という気持ちがどこかにあった。

この前、登紀子はこんなことを話していた。例によって編集部員がまだ出勤していない、午前中の編集部でのことだった。鈴子が男の人とつきあったことがない、でも結婚は早くしたいのだ、と話したことからそんな流れになった。

「何よりもまず先に恋愛じゃないの。まず誰かのことをとことん好きになる。だけどね、その先が別に結婚につながっていなくてもいいのよ」

「恋愛するだけ、ってことですか？　その先に結婚がなくても？」

「そうよ。女が自分で稼いで食べていけるのなら、別に誰かの奥さんにならなくてもいいんじゃない？」

「でも、登紀子さん、結婚してるじゃないですか」

「うちは逆よ。夫に食べさせてもらっていないもの。私が食べさせているの。そういう意味では私はいわゆる普通の奥さんじゃないわ。結婚したって私は恋愛するわよ。夫のことは愛しているし、尊敬もしているけれど」

自由恋愛至上主義の登紀子の話はあまりに進みすぎていて、時々鈴子はついていけなくなる。結婚しているのに恋愛するって、それって浮気とか不倫なんじゃないですか、と言いたくなったが黙っていた。登紀子の話は自信にあふれていて迷いすらない。

「結婚したくてもね、お見合いなんてそんな前時代的なシステムやめときなさいな。年頃の人間を適当にくっつけて、産めよ増やせよってわけでしょう。身分制度があった昔じゃあるまいし、自由に人を好きになれるのに、なんでそんなことわざわざ」

そう言って唇を細め、煙草《たばこ》の煙を天井に向けて吐き出した。

「好きな人とかいないの？」

「……いないんです」と鈴子が答えると、

「この会社だって、こんなにたくさん男がいるのに」と登紀子は目を丸くした。

確かに時折、同僚や上司に食事や映画に誘われることはある。この人は自分に好意を持ってくれているのかな、と思ったこともあった。けれど、二、三度続けて会うと鈴子を家まで送っていく素振りをして、繁華街の外れのあやしい通りに連れて行き、体の関係を持とうとする。好きだと言われたわけでも、つきあってくれと言われたわけでもないのに。なんて軽々しい人たちなんだ。もう絶対に会社の人と会社の外で会ったりしない、と鈴子は心に決めていた。

　恋愛はしたいけれど、恋愛のままで終わってしまうのは嫌だ。できればその先には結婚が続いていてほしい。つまり、自分は結婚がしたいのだ。登紀子さんや早川朔のように、文章や絵で食べていけるような才能は自分にはない。だから、伯母にすすめられたお見合いをする。自分一人で食べていけないから、誰かに食べさせてもらう。食べさせて、もらう？　鈴子はそこにかすかな不自由さを感じる。自分だけがずるをしている気持ちにもなる。そんなふうに考えるようになったのも、潮汐出版に勤めて、登紀子を始めとする自由すぎる人たちに会ったからだ。

「女だって自由に生きていいのよ」

登紀子はくり返し鈴子にそう言ったが、鈴子にとって、自由は、だらしない、と同義語のような気がしたし、女が自由に生きるためには、誰かに頼らずに食べていける経済力が必要だと思った。私は別に自由に生きたいわけじゃない。鈴子は手にした煎餅を音を立てて囓った。ごく普通の結婚をして、ごく普通の家庭を作りたいだけ。登紀子には馬鹿にされるかもしれないが、それが私の夢なのだ。そのためにお見合いをするんだ。

でも、見合い相手に対して恋愛感情を持てなかったら。

鈴子のいちばんの気がかりはそれだった。

それから一カ月後、伯母のセッティングしたお見合いは滞りなく終わった。二人だけにされた時間もあったが、鈴子も木下も俯いてばかりでほとんど話らしい話はできなかった。伯母が話を進めてくれて、翌週には木下と鈴子が二人だけで会うことになった。

「僕の会社が手がけたビルを見に行きましょう」そう言って、霞が関ビルに連れて来られたのだった。回廊を一周するともう昼に近かった。

「天気がいいから日比谷《ひびや》公園まで歩きましょうか」

木下の提案に鈴子は頷《うなず》いた。新しいヒールで踵《かかと》が痛い。歩き続けるのは少し不安だったが、ゆっくり歩けば大丈夫だろう。鈴子は木下の少し後ろをゆっくりと歩き始めた。

「鈴子さんは本が好きなんでしょう？」木下の問いに鈴子はぎくりとした。

「あ、いえ、ぜんぜんそんなことないんです。木下さんのほうこそ大変な読書家だと伯母から聞きました」

「読書家だなんて、そんな……出版社にお勤めの鈴子さんに本の話をするのは恥ずかしいですよ」

「どんな本がお好きなんですか？」

「もうなんでもかんでも。乱読なんです。最近読んだのは、そうだなあ、大江に三島にジョン・アップダイク、開高健《かいこうたけし》の『輝ける闇《やみ》』というのもおもしろかったですよ」

どれも鈴子は読んでいなかった。けれど、三島が三島由紀夫だということだけはわかる。

「三島さん、私、お話ししたことがあります」

「え、三島とですか？」木下が足を止めて、鈴子の顔をのぞき込む。話した、と言っても三島が編集部に来たときに、お茶を出し、二言、三言、声をかけられたというだけだ。編集部の隅にある応接セットに三島を案内し、鈴子はほかの来客と同じように煎茶を淹《い》れて出した。

「ありがとう」

三島がぎょろりとした黒い目で鈴子を見て言った。

編集部の人間や来客にお茶を出しても、礼などほとんど言われない。皆、お茶を出されて当然、という顔で鈴子の存在すら無視する。それなのに三島は鈴子から目を逸《そ》らさない。鈴子、というよりも三島が視線をとどめているのは鈴子の手だった。

「美しい手で淹れたお茶はおいしいんだ」

男性に自分の手をほめられたことなどなかった。しかも相手は三島由紀夫だ。鈴子は言葉を返せず、顔を赤くしてその場に立ち尽くしてしまった。

「……ありがとうございます」

やっとの思いでそう言って鈴子は給湯室に駆け込んだ。自分の手を改めて見てみたが、とりたててどこが綺麗《きれい》というわけでもない。大作家にからかわれただけだ、とやっと気がついて鈴子は改めて腹を立てた。

「すごいなあ。やっぱり出版社ってすごいんだなあ」と木下は子どものように喜んでいるが、その三島が春だというのに半袖の白いポロシャツを着て、その胸の開いた部分から鍛えた筋肉と胸毛が見え、なんだか気持ちの悪い人だった、とは話せない。

日比谷公園を抜けると帝国ホテルらしきビルが見えてきた。二つのビルの手前の更地ではまた新しいビルが建てられるのか、黄色いクレーンがいくつも動いている。木下は足を止め、その景色を感慨深げに眺めている。

「去年までここには、フランク・ロイド・ライトという建築家が作った素晴らしい建物があったんですよ。ライト館と呼ばれていてね。栃木で採れる大谷《おおや》石《いし》や煉瓦《れんが》、幾何学模様のテラコッタが贅沢《ぜいたく》に使われていて、その古びた感じがなんともいえない趣があって」

「どうして壊されたんですか？」

「地盤沈下の影響で雨漏りするからとか、部屋数が少ないから、とかいろんな話があります。取り壊しの反対運動も起こりましたが、無駄でした。関東大震災にも空襲にも耐えたのにね。僕が大好きな建物だったんですよ。学生時代から何度も足を運んで」

木下はハンカチで額の汗を拭《ふ》いて後ろを向く。さっき行ったばかりの霞が関ビルが見える。ピカピカの新しいビルだった。

「新しい高層ビルがこれからもどんどん建ちます。東京の風景は激変するでしょうね。僕の仕事としても、会社としてもそれはありがたいことなんだけど、それがほんとうにいいことなのか悪いことなのか、わからなくなることもありますよ」

そう言って帝国ホテルに背を向け木下は歩き出した。

「そこの松本楼でハヤシライスでも食べましょう」

松本楼に向かう公園のなかの道を並んで歩いた。

「僕はね、ロイドが建てた建物を鈴子さんにぜひ見てもらいたかったんだ」

話の合間に何度もくり返す。それからまた、木下は鈴子のわからない言葉を使って、その建物がいかに素晴らしかったかを語り始めた。この人の話の半分もわからないし、この人と恋愛できるかどうかはわからない。でも、木下さんは悪い人ではない、と鈴子は思った。

「一位がド・ゴール大統領、二位が三島さん、三位がホー・チ・ミンかぁ」

いつの間にか後ろに立っていた安東が、登紀子がチェックしていた潮汐ライズ最新号のゲラを見ながらつぶやいた。

「まさかド・ゴール?!って、私も思いました。これだけ学生運動が盛り上がっているのに。……だって保守・旧体制を体現したような人でしょう」登紀子はゲラに目を落としたまま、安東に返事をする。

「五月革命も、労働者の大ゼネストも、見事に乗り切ったからなぁ。ああいう政治的手腕は保守だろうとなんだろうと、男にはかっこよく見えるんだ。しかし、ベスト10のなかに五人も政治家が入ってることにびっくりしたよ。ライズの読者は車や女やセックスだけに興味がある俗物じゃないってことだ」

安東はどこか満足したような声で答えると、編集部員に呼ばれ、登紀子の元を離れた。

登紀子が担当したのは、世界一ダンディな男性を読者投票で決める「ミスター洒落《しゃれ》男」という記事だった。四位がジョン・レノン。五位は世界初の心臓移植手術に成功したバーナード博士、六位が松下電器産業会長の松下幸之助。七位は中国の最高指導者、毛沢東、八位は参議院選挙にトップ当選した石原慎太郎、九位はアメリカの黒人運動の過激派ブラック・パンサーのリーダー、ストークリー・カーマイケル、そして十位がキューバの革命家、フィデル・カストロ。チェ・ゲバラは六七年に処刑されていたので、「生存している男性のなかから選ぶ」という基準から外れたため、この投票では選ばれなかった。

確かにこの年、一九六八年は政治の年だった。日本だけでなく、世界で学生を中心とした政治運動が高まった年でもあった。中国の文化大革命、チェコスロバキアのプラハの春、パリの五月革命。アメリカでは、学生運動の枠を超えて、ベトナム反戦運動、黒人の公民権運動、女性解放運動が連動して盛り上がりを見せていた。

日本では六〇年の安保闘争後、学生運動は一時下火となっていたが、六〇年代半ばになるとベトナム戦争に介入するアメリカと、アメリカとの結びつきを強めようとする日本政府への激しい怒り、大学が行うマスプロ教育や権威主義に対する失望や不信、さらには経済成長を最優先する社会への怒りなどがきっかけになり、再燃し始めていた。学生たちは、大学、政治、国、そこにはびこる旧態依然としたシステムに異議申し立てを叫んだ。それまでの学生運動と大きく異なる点、それは、以前のようにシュプレヒコールをしながらデモをする、というどこかのどかなものではなかったことだ。

変化のきっかけになったのは、六七年の羽田闘争だった。佐藤栄作総理の南ベトナム訪問を阻止するため、新左翼と呼ばれる学生たちと機動隊が衝突した事件で、一人の京大生が死亡する。この事件以降、学生運動はヘルメットにゲバ棒というスタイルで投石や火炎ビンすら肯定しながら屈強な機動隊員と闘う武装闘争、つまり暴力を内包する運動に変化していく。東大をはじめとする国公立大学や私立大学の大半がバリケード封鎖され、学生たちの闘争の現場のひとつになっていた。

登紀子は相変わらず、学生運動を心情的には理解しても、ヘルメットにゲバ棒というスタイルが許せなかった。それに、取材で会った東大生が言った一言も気にかかっていた。

「『don't trust over thirty』、つまり三十代以上は信じるな、という言葉が僕たちの合い言葉になっているんです」と二十歳の彼はそう言った。

「三十代以上はもう今あるシステムの中に安住しているだけじゃないですか。大学教授も、会社員も、政治家も。そのシステムに取り込まれている人間を、僕たちは一切信用していないんですよ」

登紀子は今年三十になる。フリーランスのライターという立場で、会社というシステムには取り込まれずに生きてきたつもりだったが、彼らにしてみれば、私もシステムにすっかり取り込まれてしまった体制側の人間になるのだろう。けれど、私が会社というシステムから仕事を得ているように、この世の中でシステムにつながらずに生きていくことなんてできるのだろうか。

取材の最後に登紀子は質問した。

「学生運動に身を投じて、その先の人生どうするか考えているの？」

「…………」

東大生は何も答えず、ただ目を泳がせただけだった。

結局今の学生運動なんて、理論武装をしているようでいて、ただの子どものお祭り騒ぎに過ぎないんじゃないか。そんなことを考えながら、登紀子はゲラに赤を入れる作業を進めていた。

「ああ、まただよ。今週も。早川朔がスランプってほんとなんだな」

「今、表紙がまだ決まってないってさすがにヤバイだろ」

「結婚して、イラストが糠味噌《ぬかみそ》臭くなってんじゃねえの」

編集長の立見がいるパーテーションに顔を向けて、登紀子の前に座っている男性の編集部員たちがひそひそと話している。登紀子が大きな咳《せき》払いをすると、二人は顔を見合わせて、机の上に視線を落とした。登紀子は赤入れの終わったゲラを持って、副編集長の安東のデスクに向かった。登紀子が近づくと、安東は顔を上げ、

「あ、お登紀さん、いいところに来た」と大きな声を出す。

「なんですか？」

「ちょっとこっちに来て」安東は登紀子の腕を摑《つか》み、パーテーションの奥にある編集長立見のデスクに向かう。安東と登紀子が近づくと、立見のデスクの前に立っていた女性が振り向いた。早川朔だ。編集部で何度か顔を合わせたり、レストランやブティックで見かけたことはあるが、登紀子が軽く会釈《えしゃく》をしても朔のほうから返されたことはない。多分、私のことなど目に入っていないのだろう。別にそれでも構わない、と登紀子は思っていた。いつも、きちんと化粧をしてきれいな人なのに、今日は寝不足なのか、目の下にくまができ、泣いたのかと思うほど目が赤い。立見のデスクの上には五枚のイラストがあり、それを立見が口の端を下げて見ている。アートディレクターの沢口も立見の隣に立ち、同じような表情だ。

「ライズの表紙は男の子の絵、って約束だよね。早川さん」沢口がまるで生徒を叱《しか》るような口調で話す。朔は俯いて何も言わない。

「お登紀さんも見てくれないかな」安東に言われてさらにデスクに近づく。朔の絵はすべて女の子の絵だった。サイケデリックな多色使いのフラワープリントのミニ丈のワンピースを着た女の子、幾何学模様のモノトーンのチューブドレスを着た女の子、女の子の横顔のアップ、双子のように同じ服を着た女の子たち、最後の女の子は膝《ひざ》を抱えていて胸は見えないもののヌードだった。確かに男の絵は一枚もない。

「え、全部いいじゃないですか」登紀子は思わず言った。本心からそう思った。朔が思わず登紀子の顔を見た。

「えっ、でも……ライズは男性週刊誌だよ。表紙は男の子だって。これじゃ女性の」沢口の言葉を遮るように登紀子は続けた。

「男性週刊誌の表紙が男の子のイラストって決まりがあるんですか。そんな決まりに囚《とら》われていたら読者の半歩先なんて示すことはできないんじゃないですか」

　立見がいつも口にする言葉を茶化したつもりだったが、登紀子の言葉には反応せず、立見は目を閉じてじっと何かを考えている。安東と沢口は何も言わず、ただ黙り続ける立見の顔色を窺《うかが》っているだけだ。

　どいつもこいつもシステムに取り込まれて、と登紀子は心のなかで毒づいた。不安そうにこちらを見ている朔に登紀子はかすかに笑いかけた。朔はこんなにも心身を削って作品と闘っているのに。

「これで」立見が一枚の絵を指さした。裸の女の子のイラストだ。それを選ぶとは思わなかった。安東と沢口は本気か、という顔で立見を見ていたが、朔のイラストを手にすると二人でデザイン室のほうへ走り去って行った。それほど時間がなかった。やるじゃない立見さん。登紀子は思った。

「一回は様子見だ。このまま女の子のイラストでいくかどうかは部数を見て決める。来週は男の子三枚、女の子二枚のイラストを持ってくること。必ずだ。いいね」

立見もそれだけ言うと、席を立って編集部から出て行ってしまった。立見のデスクの前に朔と登紀子だけが残された。

「私、早川さんの絵、すごく好きです」

朔の顔がぱっと明るくなった。

「ありがとうございます。あの、編集の方ですよね。編集部でよくお見かけするので」

「いえ、ライターです。フリーの。早川さんと同じ浮き草稼業《かぎょう》をしている佐竹登紀子です」

登紀子がそう言うと、朔がくすりと笑った。

「あの、どこかでお会いしてますよね」

「MUGENかDUG、多分、ビレッジバンガードでも会ってますよ。あ、それからキャンティでも一度お見かけしたかな。早川さんはお忙しそうだったので、お声がけはしませんでしたけど」

「あ、別に、遊んでるわけじゃないんです……」

朔は俯き、さっきのような叱られた生徒の顔になる。

「別に遊んだっていいじゃないですか。ライズのイラスト描く人が遊ばないでどうします……あ、早川さん、もう今日は仕事終わりでしょう？　私ももう上がりですから、ごはんでもいきませんか？」

登紀子が誘うと朔は腕時計を見て少し考え、「ええ」と返事をした。

「今週のライズの三島由紀夫のヌードすごかったなあ」

どこか遠くの席から若い男の声が登紀子の耳に飛び込んできた。

編集部近くのおでん屋のカウンターに登紀子と朔は並んで座っていた。もっとおしゃれな店がいいのかもしれないと思ったが、仕事で疲れている朔にこの店の関西風おでんを食べさせたかった。

いや、正確にはヌードではない。登紀子は心のなかで答える。登紀子の眉《み》間《けん》に皺《しわ》が寄る。三島が腰布一枚で殉教した聖セバスチャンに扮《ふん》し、グイド・レーニという画家が描いた絵と同じポーズで撮影したモノクロのグラビアが、確かにライズ最新号の巻頭ページを飾っていた。三島は編集長の立見と懇意のこともあり、何かとライズに登場していた。編集部にもよく顔を出す。けれど、登紀子はこの男性作家のことがあまり好きではなかった。作品はいくつか読んでいたが、決定的に受け入れられないと思ったのは、二年前、新宿のアートシアターで封切られた、三島が原作、脚本、監督、主演をこなした『憂国』を見たときだった。二・二六事件をモチーフに、主人公は大義に殉じ最後には割腹自殺を図る。死とエロスを描いた、と評判を呼んだが、登紀子には、この映画のどこに美しさがあるのかと憤慨した。主人公が妻を道連れにすることも気にくわなかった。大義のために死ぬなら一人で死ねばいいのに。併映されていたルイス・ブニュエルの

『小間使の日記』のほうが格段にすばらしいじゃないか。人間の欲望と退廃、そして社会的権威をまとったブルジョアへの批判、左派も右派も問わない政治運動そのものへの不信が見事に描かれていた。

「あの、なにか怒ってます？」朔が登紀子の顔をのぞきこむようにして言った。

「ううん、なんでもないのよ。ちょっといやなこと思い出しただけ」そう言いながら、登紀子が朔の杯にお銚子《ちょうし》からお酒を注ごうとすると、

「あ、私、のめないんです」と朔が答える。あら、そうだったかな、どこかでワインをのんでいるところを見たような気がするけれど、と思いながら、登紀子は杯をあおる。

出汁《だし》のしみたはんぺんを朔は口に含む。さっきまでの青白い顔にぽっと赤みがさしている。小さな唇には会社を出るときに塗り直したのか真っ赤なルージュが重ねられていた。早川朔は美しい人だったのだなあ、と登紀子は改めて思った。

「うちのお母さんが作るおでんより、ずっと上品でおいしい」

そう言いながら割り箸《ばし》で大根を半分に割る。登紀子はあえて朔に仕事の話はしなかった。自分が見た映画の話、好きな服、好きなケーキ、たわいもない話を、どちらかと言うと登紀子だけが一方的に話していた。けれど、そんな話を朔は静かな微笑《ほほえ》みを浮かべながら聞いてくれた。朔が短時間でも仕事のことを忘れ、リラックスしてくれればそれでいい。

「朔さんは」そう登紀子が言いかけると、朔が言った。

「あの、私、妙子です。早川朔はなんだか自分という気がしなくて。妙子って呼んでください。女が少ない子と書いて妙子です」と答える。

「妙子さん」

「そうです。私の名前、垢抜《あかぬ》けないですよね」と妙子が笑う。

つられて登紀子も笑い、二人の距離が急に縮まったような気がした。その日は日付が変わるまで、その店で二人はのみ、食べ、笑い、話した。お互いがどういう家で生まれて育ったか、という話をするほど打ち解けていた。

「ねえ、妙子さん。いつか妙子さんの評伝を私に書かせてもらえないかな？」

登紀子は妙子に言った。

「評伝？」妙子が登紀子の顔を見つめる。

「そう、つまり妙子さんが生まれてから今までのこと、私が妙子さんに話を聞いて一冊の本にしたいの」

「私の人生なんて、なんのおもしろみもない人生ですよ」

そう言って妙子は目を伏せる。

「まさか！　あなたの生き方は今までにないものなのよ。女でありながら才能という武器を手にして一流の仕事をしている。けれどそれだけじゃない。あなたは自分の才能に自惚《うぬぼ》れることなく、自分の技術を磨き続けている。イラストレーターというよりあなたは職人に近いと思うし、そんなあなたの生き方に励まされる人はたくさんいると思う」

「そうでしょうか」

「今すぐでなくてもいいの。ねえ、ぜひ書かせて」

登紀子の勢いに圧《お》されたのか妙子は曖昧《あいまい》に頷いた。

「でも、私と登紀子さん、田舎のねずみと都会のねずみくらい違いますよね」店を出て、妙子のためにタクシーを探しているときに、隣に立っている彼女がそう言って笑った。

「だけど今は私たち同じじゃない？　既婚者で仕事を持っていて、会社員でもない。明日をも知れぬ」手を上げて登紀子がタクシーを停める。

「浮き草稼業、でしたっけ？」そう言いながら妙子がタクシーに乗り込んだ。

「おやすみなさい」タクシーの窓から顔を出して妙子が笑顔で言う。妙子が乗ったタクシーが走り去っていくのを見ながら登紀子は思う。後部座席に座る妙子の顔から笑顔が消えたとき、あの人の闘いは再び始まっているのだと。


　片山の上半身、裸の胸のあたりがカーテンから漏れる光に照らされている。シーツに隠れた下半身、両腕を上に伸ばしたそのポーズは、三島のグラビアを想起させたが、三島より彼のほうが聖セバスチャンにふさわしいのではないかと、登紀子は思った。

登紀子はシャワーを浴び、化粧も済ませて、すでに帰り支度が出来ていた。その前に煙草を一本吸おう。そう思ってハンドバッグの中からシガレットケースを取り出す。片山はファッションページの取材で出会った早大生だった。どんな学生運動にもコミットしていないノンポリ学生。仕事以外で学生運動の話を聞くことにはうんざりし始めていた。登紀子と同じようにモダンジャズと映画とファッションのことが好きな彼とは、何時間でも話をしていられる。ライズの取材で会った後、二回ほど登紀子のおごりで食事をし、三回目の夜にそうなった。子どもの頃から通い慣れているこのホテルに誘ったのは登紀子のほうだった。

平日の午後、ここで会うようになってもう三カ月近くなる。片山は登紀子が結婚していることも知っているし、片山に彼女がいることも登紀子は知っていた。登紀子はもう夫の浩介と長い間体を交わしていなかった。正確に言うなら、結婚以来、両手の指で足りるほどしかしていない。けれど、夫にそれを不満としてぶつけたことはない。夫婦である二人の間にあるはずの営みについて、波風を立てたくなかった。自分のなかにある性欲は家庭の外で晴らそうと登紀子は考えた。夫への愛も尊敬もある。けれど、自分は健康な肉体を持ったひとりの女なのだ。夫以外の男と寝ることに登紀子は迷いも罪悪感もなかった。多くは片山のように取材で話を聞いた若い男で、相手探しに苦労することはなかった。片山の彼女は処女で、片山との初体験を何かと理由をつけて先延ばしにしているらしかった。自分の価値を上げるために若い女のやりそうなことだ、と、その話を聞いて登紀子は思った。

片山がまぶしそうに顔をあげる。すでに洋服を着ている登紀子を見て、かすかに残念そうな顔をする。

「次はいつ？」

「また編集部に電話して」

「いないときのほうが多いじゃない」

「それでも電話して。いつかはつかまるから」

ちぇっ、と子どものような舌打ちをして片山が枕《まくら》に顔を埋める。

登紀子が家の電話番号を教えないことを片山は不満に思っているらしかった。

「今日忘れたビル・エヴァンスのレコード、今度返すわ」

今度、という言葉がうれしかったのか、片山は顔を上げ、笑顔を見せた。

登紀子はホテルを出てライズ編集部に顔を出した。

呼び出されて来たのに、相変わらず午後五時を過ぎても閑散としている。振り返ると鈴子の席に妙子が座り、鈴子が横に立っている。妙子は潮汐ライズの最新号の表紙に、マジックペンで早川朔の名前を入れ、その上に鈴子の名前を書き入れている。妙子は鈴子の名前のそばにさらさらと女の子のイラストを描いた。

「うわあ、うれしい。私、これ一生の宝物にします。ありがとうございます」と鈴子は妙子のサインの入ったライズを胸に抱きしめる。

「だめじゃない鈴子さん。職権乱用だよそれ」と登紀子が笑いながら言うと、

「だって、ずっとずっと早川さんのファンだったんです。それなのに、編集部にいらしても、いつも立見さんや安東さんがそばにいてお願いできなくて」と鈴子が口を尖《とが》らせる。

「ところで、ここの人たちはなんだって今日は誰もいないの？」登紀子が尋ねると、

「デモ見物ですって。私も沢口さんに呼ばれたのにデモにでかけたらしくて」と妙子が笑いながら答える。

「早川さんを放ったままどういうつもりだろう」登紀子が言うと、

「今日、新宿で大きなデモがあるからって、もちろん取材で出た人もいるんですけど、それ以外の人も見物に行くんだって」鈴子が帰り支度を始めながら言う。

「物好きねえ。お祭りじゃないのに」そう言いながら、登紀子もどこか自分の心が浮き立ってくるのを感じていた。ライズのライターとしてその「現場」は見ておくべきなんじゃないか。そう思い始めている。

「私も見てみたい」最初にそう言ったのは妙子だった。

「私もデモって見たいなあ、登紀子さん」鈴子もねだるように言う。

「はあ？　ちょっと待って。女三人で？」と登紀子は言いながら、女だけでデモを見る、ということにどこか興奮していることにも気づく。

「わかった。だけど、絶対三人で離れないこと。無茶をしないこと。それからそんなヒールの靴じゃだめだからね。途中で運動靴に履き替えて。とにかく何があるかわからないからね。わかった？」

そんなことを二人に言う自分が、女子学生の遠足を率いる先生のような気分になってくる。けれど、冷静なふりをして、三人のなかでいちばんわくわくしているのはもしかして自分なのではないかと登紀子は思った。

一九六八年十月二十一日、国際反戦デー。「安保反対」の代わりに「ベトナム反戦」という旗印を掲げた運動が新宿駅周辺でピークを迎えようとしていた。

登紀子と妙子と鈴子は有楽町の駅前で安物の運動靴を買い、その場で履き替え、山手線に乗って新宿で降りた。会社を出るときに、ほかの雑誌の編集部員から「東口広場でデモ隊が決起集会をするらしい」と聞いて、人の少なそうな西口の改札を出た。登紀子の足がすくんだ。こんな新宿を見たことがなかった。ヘルメット姿のたくさんの学生たちが、機動隊に追われ、逃げ惑っている。立ち止まっていると、改札から出てきた人にどん、と背中を押され、その群衆のほうに巻き込まれそうになった。登紀子は鈴子と妙子の間に立ち、二人の手を握った。鈴子が不安そうに登紀子の顔を見つめる。西口のロータリーは、学生と機動隊、そして登紀子たちのような野次馬の群れが入り乱れていた。とにかく群衆から離れようとするが、人の多さがそれを許さない。登紀子は自分より小さい妙子の手をぎゅっと握りしめた。機動隊から逃げる学生の集団は、西口から高架をくぐって東口に向かっているようだった。

「催涙ガスだ！」誰かが叫ぶ声がする。さっきから涙が出て仕方がないのは、そのせいか、と登紀子は思った。目の前で巻き起こる混乱に登紀子の心も揺らいでいた。

「駅構内に学生たちが乱入したって。電車のシートも燃やしてるって。南口が炎上してるらしい」登紀子たちと同じ群衆の一人が興奮して話す声が聞こえる。催涙ガスに目をやられると、まるで自分たちが機動隊に攻撃されている気分になってくる。

　人の波に流されるまま歩き続け、気がつくと登紀子たちは新宿駅のホームにいた。はるか向こうに立ち往生したオレンジ色の中央線が見え、その車体をゲバ棒を持ったヘルメット姿の学生たちが破壊している。すべての窓ガラスはめちゃくちゃに割れて、行き先を示す高尾という文字がひしゃげている。

「石を拾え！　投石を繰り返せ！」

　どこか遠くから叫び声が聞こえた。その指示に従うように、学生たちが線路沿いの石を拾い、機動隊に向かって投石を繰り返す。電車の上やホームの屋根に登って、石を投げるものもいた。それに対抗するように機動隊がガス弾を撃つ。

「危ない。ここから離れよう！」

ホームに立ち呆然《ぼうぜん》とその様子を見ていた登紀子は、両隣にいる妙子と鈴子に叫んだ。

妙子は黙って頷いたが、鈴子はホームから線路に降りようとしている。

「鈴子さん！」

叫ぶ登紀子の声を振り払うようにして鈴子が学生たちと機動隊が争う場所に近づいていく。ここで一人にしてはまずい。そう思った登紀子は妙子の顔を見、二人で手を繋《つな》いでホームから降りた。騒乱のなかには学生だけでなく、騒ぎを見物に来た群衆も多く混じっていた。

気がつくと、鈴子は線路に散らばった石を手にしている。その腕を登紀子は止めようとしたが鈴子に振り払われた。鈴子が石を投げる。男子学生とは違う弱い力だ。夜空に放物線を描いて石は群衆のなかに消えていった。ひゅん、と音がして機動隊からガス弾が放たれた。すぐそばでくらやみのなかに白い煙が上がる。鈴子は涙を流し、咳き込みながら叫んだ。

「なんで私がガス弾打たれなきゃいけないの！」続けて鈴子が大声を張り上げる。

「馬鹿《ばか》にするな！」ガス弾の煙に咳き込みながら、鈴子が言葉を続ける。

「私のことを鈴ちゃんなんて慣れ慣れしく呼ぶな！　お茶くみなんか誰でもできるって

馬鹿にしないで！」

「ベトナム反戦にはなんにも関係ないじゃない」と登紀子が鈴子に叫ぶと、そばにいたヘルメット姿の女子学生が登紀子の顔を見てにやりと笑った。

「女を馬鹿にするな！　女は学生運動の飯炊《た》き女じゃない！」

彼女はそう叫んだあと、手にした石を群衆のその先に向かって投げつけるが、石は人の群れに届かない。さあ、と言うように、女子学生が登紀子に石を渡す。

登紀子はこんな騒ぎに巻き込まれるのなどまっぴらだったし、人前で大声で叫んだこともない。けれど、女子学生の叫びに自分でも意識していなかった心の蓋《ふた》が吹っ飛んだような気がした。

「馬鹿な男どもの下で働くなんてもううんざり！」

石を投げながら叫んだ。声が掠《かす》れた。それでも叫んだ。

「ふざけるな！　男どもふざけるな！　女を下に置くな！」

叫ぶたびに登紀子のなかで血が震えるような気がした。登紀子の隣で鈴子も「男どもふざけるな！」と繰り返している。鈴子が妙子の手に石を握らせる。どこかクールに二人が叫ぶ様子を見ていた妙子だったが、鈴子に持たされた石をまるでピッチャーのようにポーズを決めて投げた。鈴子より登紀子より、それは力強く飛び、はるか向こうにいる機動隊の群れの中に落ちた。

「すごい！」鈴子が興奮して叫ぶ。

「もうこりごり！ライズの表紙なんか描きたくない！」妙子が叫んだ。

「男の絵なんか描きたくない！　好きな絵を好きなだけ描きたい！」

騒ぎのなかでそう叫んでいるのが、潮汐ライズの表紙を描いている早川朔だと気づく人は誰もいなかった。そのとき、鈴子がハンドバッグの中からノートとボールペンを出し、妙子に渡した。

「妙子さん！」

叫び続けた鈴子の声が掠れている。

「ここにいる女の子を描いてください」

「え」

「誰でもいい。この騒ぎのなかにいる女の子、妙子さんが描きたい人を描いて」

妙子は差し出されたノートとボールペンを見つめ考えた。

「私がそれを見たいんです。登紀子さんはその人に話を聞いて」

「私はもうそのつもりでいるよ」

登紀子はすでに小さなメモ帳を手にしていた。

「この子が見たい、読みたいって言うんだよ。やろうよ妙子さん。おもしろそうじゃない」

妙子はしばらく考えていたが、鈴子と登紀子の顔を見て、うん、と頷いた。

それから三人は、新宿駅の構内から東口へ、さらに西口に向かい、この騒ぎのなかで男子学生に混じって騒いでいる女子学生や、恐怖のあまり改札口のそばで泣いている女の子、騒ぎとは無関係に路地にたたずむ水商売の女の子、一軒だけ開いていたジャズ喫茶で薬で呂律《ろれつ》のまわらなくなっている女の子、目についた女の子たちに鈴子が声をかけ、妙子が描きたいと思えば彼女たちをスケッチして、登紀子が話を聞いた。

時間はもう午前零時に近かった。気がつくと三人は歌舞伎町《かぶきちょう》にいた。機動隊の放つ大量のガス弾の煙、それに対抗して学生たちが投げる火炎ビン。輝くネオンのその下で、新宿の町は無秩序状態になっていた。「安保、粉砕！」「米タン、阻止！」という叫び声、硬い何かがぶつかる音、ビンの割れる音、女の子の泣き声、機動隊員のブーツの音が混じり、ひとつのノイズとなって、三人の鼓膜を震わせていた。

機動隊員が見えると、三人は鬼に見つかったように新宿の町を逃げた。逃げながら妙子が叫んだ。

「楽しい！」

続けて鈴子も叫んだ。

「こんな夜がずっと続けばいいのに」

走り続けて痛む足を摩《さす》りながら登紀子は思った。言いたいことを誰にも邪魔されずに言ってきた気がするが、それでもまだ自分には声を嗄《か》らして言いたいことがあったのだと。妙子の言うとおり、それを大声で言葉にすることは確かに楽しかった。

火炎ビンの上げる炎に三人の顔が照らされ、炎が静まると三人の顔が暗くなる。後に新宿騒乱と呼ばれるようになったこの夜の出来事を、三人の女は終生忘れることがなかった。

8

「いったいどういうつもりだ！」

登紀子と鈴子は、まるで先生に叱《しか》られる生徒のように編集長立見の座るデスクの前に立たされていた。登紀子を怒鳴りつけているのは副編集長の安東だ。安東の怒声が放たれるたび、登紀子の隣で鈴子は体をすくめる。

「うちの看板イラストレーターなんだよ、早川朔は。彼女が怪我《けが》でもしてイラストが描けなくなったら、ライズの顔が無くなるのと同じだ。許可もなく連れ出して！」

デスクに座っている立見は何も言わず、腕を組んだままデスクの上の黒電話に視線を落としている。言葉を発しはしないが、口の端はへの字に結ばれたままだ。立見も安東と同じ気持ちでいるのだろう。

「この前の新宿騒乱の記事は三島さんと野坂さんに書いてもらうことになっている。お二人にはそれぞれ編集部の男三人、それに警備員だってつけたんだよ。それを女三人だけで」

「女がデモ見物に行ったらだめですか？」

登紀子が反論する。

「お登紀さんだったら、早川朔を、あんな夜に無断で連れ出すことがどれほど危険なことかわかっていたはずだろう！」

安東は立見のデスクに拳《こぶし》を叩《たた》きつけた。いつもは穏やかな安東がこれほど怒っているのを鈴子は初めて見た。この一件で自分はもしかしたらクビになるのではないか、結婚前にそれだけは避けたい。鈴子はこの緊迫した状況で打算的なことを考えている自分に嫌気がさした。

「でも、早川朔はデモの絵を描くって言ってます」

「は?! どういうことだよ」

「あの新宿の夜のことですよ。鈴子さんの提案です。私や早川朔が何を見たのか、それを記事にしたいんです」

登紀子はすかさず紙の束を立見に差し出した。安東に再びにらまれ、鈴子は全身が硬直するのを感じた。

一枚目には、「早川朔が見た！ 新宿騒乱の夜 目の前で炸裂《さくれつ》する催涙弾」というタイトルが書かれていた。立見が手に取り、紙をめくっていく。

タイトルの後には登紀子の原稿が続いていた。あの夜、家に帰ってすぐ書き上げたものだった。政治にからめた堅い文章ではない。文章は、あの夜、新宿にいた女性たちに取材したものだった。その横には、早川朔が描いた彼女たちのイラストが添えられていた。彼女たちがどんな服装でどんな髪型でどんなメイクをして、なぜあの夜、新宿にいたのか。それが早川朔の絵で詳細に描かれている。まだラフスケッチだと、妙子は言っていたが、ほぼ完成に近い。立見がロイド眼鏡を額に上げ、紙に顔を近づけて読み進めていく。その姿を見て、登紀子は心のなかで脈あり、とつぶやいた。

「名のある男性作家のルポばっかりじゃつまらないじゃないですか。ライズはいつから権威主義になったんですかね」

　そういう登紀子を安東が睨《にら》む。

「これ、来週発売号、まだ間に合うな」

　立見が紙の束を安東に差し出す。

「は？」

　安東が驚きのあまり、掠《かす》れた声を上げた。

「載せるよ。これ」

「あの、でも」

　安東が、立見と登紀子の顔を交互に見る。

「おもしろいから載せる。理由はそれだけだ」立見が眼鏡をかけ直す。「ただし」と、登紀子と鈴子を交互に睨みつけた。

「今後こういうことをするときは必ず私の許可を得ること。破った場合はどうなるかわかっているね」

まっすぐ立見を見つめ返し頷《うなず》く登紀子とは対照的に、鈴子は泣きそうな顔で、ただ、はい、はい、と繰り返していた。

「早川朔の身に何かあったら、その責任はかならずとってもらうよ」

立見は最後に登紀子から目を逸《そ》らさずに言った。威圧感のある視線だった。同じフリーランスの立場であっても、登紀子と妙子ではその扱いに天と地ほどの違いがあることを、立見の言葉は物語っていた。

登紀子が記事を書き、妙子がイラストを描いた新宿騒乱の記事は、ライズ読者にも人気を博した。おもしろい記事には読者からハガキが届くが、登紀子の書いた記事は三島が書いた記事と同じくらいの支持を得た。編集部の片隅で一枚、一枚、ハガキの裏面にびっしりと書かれた文章に目を通しながら、登紀子は感じたことのない興奮を覚えていた。自分の書いた記事にこんなにダイレクトな反響を得たことはない。今までにない手《て》応《ごた》えを登紀子は感じていた。

編集部のデスクで煙草《たばこ》をくゆらせながら登紀子が仕事を進めていると安東から呼ばれた。登紀子が足を進めると、すでに安東のデスクの前にいた鈴子が泣きそうな顔で登紀子を見つめる。眉間《みけん》に皺《しわ》を寄せた安東が登紀子に言った。

「お登紀さんからも説得してくれないか」

「何をです？」

「鈴ちゃんを編集者として育てたいんだよ」

「いや、ですから、私は結婚を控えていて……」鈴子が口ごもる。

「この記事を書け、とお登紀さんと早川朔に提案したのは君だろう？　そういう企画力のある人間が編集部に欲しいんだよ」

安東はそう言いながら編集部を見回す。数人の男性編集者がいるが、皆、俯《うつむ》いて安東と目を合わせようとはしない。

「結婚やめて編集者になればいいじゃない」

登紀子が言うと鈴子は俯いたまま、それでもきっぱりと言った。

「結婚はやめません」

「じゃあ、既婚者で編集者になればいいじゃない」

「それは……」安東が口を開いた。

「前例がないからだめですか？」登紀子が畳みかける。

「男性社員だって、仕事に忙殺されてライズの編集者は家庭なんかあってもないようなもんなんだよ。鈴ちゃんを編集者として育てたい。だが、結婚は……」言いながら安東が顔を曇らせる。

「編集者として育てたい。だけど、結婚は待ってほしい、って、それは潮汐出版サイドの都合じゃないですか。男性社員の結婚には誰も口を出さない。それなのに女性社員には結婚もせずに仕事をしろ、って、そんな理不尽なことありますか。社員の人生に口出しするそんな権利が会社にあるんですか？　結婚しても仕事のできる環境を作るのが先じゃないですか？」

「私は編集者にはなりません。結婚したいんです。家庭のなかにいたいんです」

　登紀子の言葉を止めたのは鈴子の一言だった。

「ばかねえ。なんだってそういう大きいチャンスを逃すかね」

　誰もいない階段の踊り場で登紀子は鈴子に言った。鈴子は緊張が解けたのか、その場にしゃがみ込んでしまった。

「もう勘弁してください登紀子さん」

　鈴子がしゃがんだまま泣き出しそうな声をあげる。

「編集者なんて私には無理だし、そもそも共働きなんて」

「相手を説得しなよ。今からだって遅くはないよ」

「私にそんな力量はないです。私が共働きしたいって言ったら、結婚が破談になるかもしれないし」鈴子の眉毛《まゆげ》が八の字になる。

「そんな相手と結婚するのやめたら」

「彼と結婚するのが私の夢なんです。寿《ことぶき》退社したいんです」

そう強く言われれば登紀子も黙ってしまう。

「私があの夜、無茶なことを言って、登紀子さんが取材して、妙子さんが絵を描いてくれたこと、ほんとうにうれしかったです。それだけでこの会社に入れて良かったと思っています。安東さんはああ言ってくださったけれど、私に編集者なんてなれないことは自分がいちばんわかっています」

鈴子の言葉で登紀子の頭に浮かんだのは、子どもの頃に読んだ蚤《のみ》のサーカスの話だった。本当か嘘《うそ》かわからないが、サーカス用の蚤はあらかじめ、背の低い箱に閉じ込められるという。高くジャンプしないように、飼い主の予期せぬ場所に行かないように。登紀子にとって、結婚、寿退社に固執する鈴子はまるで、小さな箱に閉じ込められた……。

そこまで考えて登紀子は思う。自分で舵《かじ》を取り、自由に生きていると思っている自分の人生も、あるいは妙子の人生もまた、見えない背の低い箱のなかにあるのかもしれない、と。

「あの記事は鈴子さんのおかげでできたの。あなたがあの夜いなければできなかった」

鈴子にそう話しながら、登紀子はあの夜見かけた女性たちをスケッチする妙子の横顔を思い出していた。あのときの妙子の目の輝きを見て思った。

妙子はライズの表紙を描くという仕事を重荷に感じ始めているのではないかと。

早川朔がスランプなのではないか、という話は、編集部だけでなく、業界のなかでも噂《うわさ》になり始めていた。彼女がライズの表紙を描き始めてすでに四年の月日が経《た》っている。妙子を、早川朔という人材を見出《みいだ》した立見が、早川朔をライズの専属イラストレーターとして高く評価していることは確かだ。けれど、彼女にほかの仕事をさせず、ライズで囲い込んでいることも事実なのだ。ルーティンになったライズの表紙という仕事に妙子が魅力を感じなくなっているんじゃないか。それでも、妙子は毎週立見との約束を守り、五枚の絵を描き続けている。そんな修行僧みたいな日々が、今の時代を写し取るイラストレーターという仕事に本当に必要なのだろうか。

あの夜、鈴子が差し出したノートに新宿で夜を過ごす女性たちの顔を描く妙子の顔は生き生きとしていた。ライズの表紙だけでなく、例えば、あの夜みたいなルポとか、広告の仕事とか、絵本の仕事とか、妙子は描きたいという絵を自由に描くべきなのではないか。

妙子の仕事に関する思いは、そのまま登紀子自身にもあてはまった。

ライズの仕事はもう目を閉じていたってできるくらいだ、と登紀子は思っていた。車、女、セックス、切り口を変えてはいるが、同じ素材を、味を変え、調理方法を変えて、出しているだけだ。誌面に登場してえらそうに口上を述べるのは、いつも男の政治家、男の作家、男のアーティスト、男、男、男ばかりだった。作るのも読むのもほとんど男。そして、グラビアにはお決まりの女のヌード。それでも部数は落ちていない。ということはそれを支持する多くの読者がいるということだ。

確かに登紀子にとって、ライズでもらえる仕事はギャラも高くありがたい。ほかの週刊誌ではもらえないような額をもらっている。けれど、ライズで記事を書くことに新鮮味を感じられなくなっている。そうはいってもライズの仕事を断れば、途端に自分と浩介の生活は成り立たなくなる。そこまで考えて登紀子は思う。

こういうとき、俺が稼ぐから好きな仕事をしなよ、という夫だったら、どんなにか楽だろう、と。即座に、そんなことを考えてしまう自分はなんて古いのだろうと自己嫌悪《けんお》に陥った。もちろん、そんなことを思っても誰に話すわけでもない。けれど、登紀子が少し浩介との生活に疲れているのは確かだった。嫌いになったわけではない。そんな不満が募るときには、若い男の子と遊んでいれば多少は気が紛れた。それなのに、自分のなかに少しずつ、ワインの澱《おり》のようなものが溜《た》まっていくのを登紀子は感じていた。

いつか、不特定多数のライターの一人としてではなく、ノンフィクション作家として、早川朔の評伝を自分は書くべきなのではないか。時代の寵児《ちょうじ》であり、稀代《きだい》のイラストレーターである彼女を扱った作品は必ず多くの読者の注目を集めるだろう。ノンフィクション作家として自分の名前も広く知られるようになるはずだ。それがいつになるかはわからない。けれど、その作品が自分を物書きとして大きく飛躍させるものになるだろうという予感だけがあった。

年の瀬も近いある日、大きなマスクをしたまま、妙子は産婦人科の待合室にいた。電話帳で調べたこの病院に来るのは二回目だった。自分の家の近所ではない。妙子の住む町からずっと離れた町の小さな病院。一度目は妊娠を確認するために来た。建物を見ても、待合室のソファを見ても、新しい病院とはいえない。来る人も少ないのか、待合室にはおなかの大きな妊婦が一人いるばかりだ。手持ち無沙汰《ぶさた》で立ち上がり、すぐそばにある棚から、数冊の週刊誌を手にした。そのなかの一冊にライズがあった。自分が何カ月か前に描いた男の子の絵。見ているだけでそれを描いていたときの苦しさが思い浮かぶ。妙子はライズを棚に戻し、ソファに座って別の週刊誌を開いた。まず目に入ったのはヌードのグラビア。どこも男性週刊誌は同じだ。巻頭ページは最近人気のある男性イラストレーター、西尾洋輔のインタビューだった。

「サイケとか、アングラとか、ハレンチとか、……どこまで自分が愚に徹することができるか、それが自分の絵との闘いだと思っていますね」

顔の半分をも占める大きなサングラスをかけて、西尾は語っていた。
西尾は映画にも出演し、アングラ演劇の舞台にも立っていると聞いた。年齢は近いが、面識はない。何かのパーティーですれ違ったような気もするが、お互いたくさんの人に囲まれて、挨拶《あいさつ》することも叶《かな》わなかった。

インタビューに続き、西尾のイラストのページが続く。

妙子の描く絵とはまるで正反対だった。確かに西尾の言葉のとおり、そこにはサイケデリックな色彩、悪夢のような構図、どぎつく、思わず目を逸らしたくなるような絵があった。イラストというよりアートに近いのだろう。それが若い人に人気を博している。

妙子はページを飛ばし、記事よりも、そこに印刷されているイラストを目で追った。明らかに自分の絵を意識しているのだろう、というイラストがあらわれる。

だが、西尾のように自分とは正反対の立ち位置の者より、早川朔風のイラストを描いてプロを名乗っている人たちに対して違和感があった。そのなかには、妙子の知り合いのイラストレーターもいた。どこかの店やブティック、パーティー会場で会えば、それほど親しいわけでもないのに、親しげに自分に接してくる。時には、「早川ちゃん」などと呼ばれる。そんな業界特有の馴《な》れ合いの雰囲気が妙子は苦手だった。「ライズの表紙、マンネリじゃない？」「早川朔の絵って垢抜《あかぬ》けないよね」とわざと自分に聞こえるように悪口を言う者もいた。そんな言葉には反論もせず、妙子はその場を離れた。

再びページをめくろうとすると、口のなかに酸《す》っぱいものがこみあげる。思わず妙子は下腹に手をあてる。

「仕事と僕たちの子どもとどっちが大事なんや！　どういうつもりや」

昨夜、搔爬《そうは》の同意書にサインを求めたとき、真二郎は妙子に向かって大きな声をあげた。

「ライズの表紙を描いている間は、妊娠はできん。仕事が止まってしまう。次は必ず産むけん。お願い」

妙子はダイニングテーブルから立ち上がろうとする真二郎にすがるように言った。

「ライズ、ライズって。自分の仕事と僕らの子どもと妙ちゃんはどっちが大事なんや。ひとりの人間の命をそんな簡単に葬《ほうむ》ることができんのか。妙ちゃんはそれでも絵を描くんか」

そうだ、と答えたかったが黙っていた。

妊娠をしながら、ましてや、子どもを産んで、今のようなペースで毎週五枚の絵を描き続けられるとは思えなかった。そんなことをしている女性イラストレーターなど、まわりにはいない。ましてや早川朔はスランプだ、ライズの表紙は新鮮味がない、という声は妙子の耳にも届いていた。ライズの表紙を描き続けて四年、というキャリアしか今の自分にはない。それを妊娠や出産で中断することに妙子は耐えられなかった。

子どもはいつかは欲しい。けれど、それは今じゃない。子どもは三十を過ぎても産めるはずだ。

自分は器用な人間ではない。仕事も、子どもも、両方を手にすることなど自分にはできない、と妙子は思った。真二郎に仕事と子どもとどちらが大事なのか、と詰め寄られれば、今の妙子にとっては仕事のほうが大事なのだった。ライズの表紙でデビューした頃のような、皆が驚くようなイラストを自分は生み出し続けなければならない。それが一番、今、自分がしなければならないことだ。子育ての片手間にイラストを描いている、とは絶対に思われたくはなかった。最先端の若者が自分が表紙を描いたライズをまるでファッションの一部のように抱えて歩くのだ。四年だけのキャリアであっても、妙子の中には、ライズの表紙、ライズの顔を背負っているという強固なプライドが育ち始めていた。

昨夜、真二郎はなかなかサインをしてくれなかったが、妙子にはもうひとつ真二郎に聞いておきたいことがあった。妙子が昼間、仕事をしているときにかかってくる無言電話のことだ。妙子が受話器を取ると、それはぷつり、と切れた。時々そんないたずら電話がかかってくることがあるので、妙子は気にも留めずにいた。週に一度程度だったそんな電話が、週に二度、三度と増えるようになるまで、それほど時間はかからなかった。

「もしもし」と妙子が呼びかけても相手は何も言わない。

耳を澄ますと、外にいるのだろうか、街のざわめきのようなかすかな音が聞こえてくる。公衆電話なのか、電話の向こうの誰かが、かちゃり、かちゃり、と小銭を入れる音も聞こえる。けれど、一言も言葉を発しようとしない。

「もしもし？」と妙子が再び電話の向こうの相手に呼びかけたとき、唐突に電話は切れた。いったいこの忙しい時間になんなの。妙子は鈍い痛みを発するこめかみをさすりながら、再び仕事を続けた。


　仕事関係の複数の手紙に混じって、差出人のない白い封筒が妙子の元に届いたのは先週のことだった。どこで住所をつきとめたのか、自宅にファンレターが届くこともある。そういった類《たぐ》いの手紙だと思った。封筒の中には三つ折りにした白い便せんが一枚だけ入っている。開くと、縦書きで、

「私、先生とつきあっています。大人のつきあいをしています」

とだけ書かれていた。妙子は便せんを手にしたまま、力が抜けたように椅子《いす》に座った。先生、というのは、多分真二郎のことだろう。つまり、大学で講師をしている真二郎の教え子がこれを書いたということだ。ただのいたずらかもしれない。まず妙子はそう思った。けれど、この手紙のとおり、真二郎が浮気をしているかもしれない、という疑念がすぐに浮かんだ。自分が真二郎をないがしろにしている、という後ろめたさを妙子はずっと抱えてきたからだ。


　ライズの仕事が始まって以来、妙子は常に絶え間ない緊張にさらされていた。家のことのほとんどは、近所に住む母がやってくれる。結婚をする前には夢があった。

真二郎のために栄養豊富な食事を用意する、真二郎が着ていくシャツにアイロンをかける。真二郎にとって、いい奥さんでいたい。妙子はそう思っていた。けれど、ライズの仕事を抱えながら、いい奥さんでいることは実際、不可能だった。

結婚前に真二郎はこう言ってくれた。

「僕は妙ちゃんとも、イラストレーターの早川朔とも結婚するねん。僕の面倒みるために、早川朔の絵が悪なったら、それがいちばん悲しい」

その言葉が妙子はうれしかった。真二郎も自分の仕事のことを慮《おもんぱか》ってくれている。そう信じていた。朝から仕事を始め、真二郎が帰ってくる頃には一日の仕事を終える。そして、同じ時間にベッドに入る。結婚をして一年くらいは、そんな規則正しい生活ができていた。けれど、一週間に五枚の絵を描く、ということがスムーズにできなくなってからは、夕食を終えても「もう少し、仕事するね」と仕事部屋に戻り、深夜まで絵を描き続ける生活になってしまった。朝、真二郎が大学に出かける時間になってもベッドから起きられず、真二郎が牛乳を飲んだ、白く濁ったコップだけが、テーブルの上に残されているのを、昼近くになって起き出して見つけることもあった。

同じ時間にベッドに入らないのだから、自然に体を交わすことも少なくなる。

結婚生活を続けていれば自然にそうなることは仕方ない、と妙子は自分勝手に考えていた。時折半ば強引に真二郎に体を求められても、いつも頭のどこかに、ライズの仕事のことがある。その最中に、「早く終わってくれないだろうか」と思ったことも一度や二度ではなかった。

　絵が描けなくてホテルに缶詰になるときには、

「ごめんな、家を空けて、ほんまにごめんな」と妙子が泣きそうな声で言うと、

「何言うとんのや。早川朔先生の仕事がこの家では、いちばん大事や。そのお金で僕は飯を食べさせてもらっとんのやから」と真二郎は言った。その言葉に、ちくり、と胸を刺されたことは確かだ。そんな言い方をしないでほしい。それが本心なのに、それを伝える余裕も、その言葉に含まれる真二郎の本意に寄り添う余裕も妙子にはなかった。缶詰になったホテルから帰ると、母が昨晩用意した夕食がそのままになっていることもしばしばあった。家事をしにやってくる母は、

「妙子、もう少し、真二郎さんに気を遣わにゃあいけんで」と妙子に忠告をしたが、締め切りを終えて心身ともに疲労のピークから解放され半ば放心状態になっている妙子には、母のその言葉もただ、耳を通り過ぎていくだけだった。

　真二郎が妙子以外の女性に目を向ける。その予兆は今思えば、至るところにあったのだ。けれど、真二郎に浮気をされた、という事実がこれほど自分を痛めつけるとは思いもしなかった。

「ねえ、こういう手紙が来たの」

昨日、深夜のテーブルでその学生から来た手紙を差し出せばよかったのかもしれない。けれど、できなかった。真二郎のことは失いたくはないのだ。ライズの仕事も失いたくはない。このまま妊娠を継続させて、真二郎との子どもを産めば、以前のような二人の関係に戻れるのかもしれない。

けれど、今の自分には子どもは産めない。

とんだ悪人だ、と妙子は思った。

診察室から妙子の名前が呼ばれる。手にした週刊誌を棚に戻して、妙子は診察室に入った。妙子より若いくらいの男性医師が同意書に目を通し、頷く。看護婦に、手術着に着替えて手術室のベッドに横になっているようにと言われる。掻爬する日は今日しかなかった。ライズ最新号の表紙イラストを手渡した今日。一週間で唯一《ゆいいつ》、妙子がほっとできる一日でもあった。そんな日に、自分は自分の体に宿った生命をなかったことにしようとしている。明日からまた、戦争のような日々が始まるのだ。すぐに新年号のための絵を描かなくてはならない。医師は半日ほど体を休めれば、家に帰ってもいいとさっき言った。一人の人間が自分のなかからいなくなるのに、自分の体はそんなにも早く回復してしまうのか。そのことに心が痛んだ。

手術室は白いタイル張りで消毒液のにおいがした。暖房がよく効いていないせいか、ひどく寒い。手術着を着てマスクをした医師が入ってくる。すぐさま大きく開いた足の間に何かが差し込まれ、妙子は顔をしかめる。

「すぐに終わりますよ。大丈夫ですからね」

妙子の横に立つ年配の看護婦が、妙子の腕に点滴の針を刺した。

「ゆっくり、十、数えてね」

声には出さず、妙子は頭のなかで十を数え始める。一、二、三……。意識が遠くなり始めたそのとき、なぜだかこの前の新宿の夜が目の前に広がった。登紀子さんと鈴子さんと私、催涙弾に涙を流しながら、新宿の街を走りまわった。火炎ビンが上げる炎、学生たちや機動隊のあげる怒声。あの夜の新宿はほんとうにきれいだった。東京なんて燃えて消えてしまえばいいのに。そう思った。仕事も、結婚も、何もかも放り投げて、どこか静かな場所に行きたい。妙子は朦朧《もうろう》とする頭で思った。あの生まれ故郷の桜。その桜色の花びらが風で散っていく。老木の桜のそばに、幼い貧しい自分が立っているのが見える。

「捨て子」「ぶさいくなこ」そんな言葉を投げかけられて泣いている。

「悔しかったんじゃろうなあ。妙子、あんた、頑張って、えらい人になったなあ」

消毒液の香りに重なって姿は見えないのに声がした。母ではなく晴子の声だった。手術台の上にいる妙子の目の端から、涙が一筋、流れていった。

一九六九年一月。登紀子は作業をしながら、編集部にあるテレビに度々目をやった。ニュースの画面は安田講堂を占拠している東大全共闘と、彼らを排除しようとする機動隊員との闘いを映し続けていた。講堂から地上に投げ落とされる火炎ビン、講堂の窓に向けて次々に撃たれる催涙弾と、放水車から放物線を描いて放たれる太い水柱。講堂の上空をヘリコプターが旋回し、テレビ局のカメラによってこの異様な光景が全国に放映されていた。もううんざりだ、登紀子は思った。

昨日は、取材で訪れたお茶の水の学生街で、武装した学生約二千人と機動隊が激突する場面に遭遇した。敷石は学生たちによって剝《は》がされ、機動隊に投げつけられ、車は横倒しにされていた。登紀子はすぐさまその場から逃げ出し地下鉄に乗った。この頃はデモがあればいつも街に漂う催涙ガスの臭《にお》いが、自分にもしみこんでしまったようで、登紀子はそっと袖口《そでぐち》を鼻に当てた。

お茶の水交番は焼かれ、御茶ノ水駅から小川町交差点までを学生たちが占拠したと、今朝の新聞が報じていた。あのあたりは、登紀子にとっても登紀子の母にとっても、思い出の多い場所だ。学生たちが剝がした敷石の上を、登紀子も、母も、もしかしたら祖母も歩いたかもしれない。その街が学生たちの手によって破壊されていくことに、登紀子は怒りに近い気持ちを抱いていた。美しい思い出が暴力によって変貌《へんぼう》していく。ヘルメットもゲバ棒も美しくはない。火炎ビンや、催涙弾を日常的に目にする今の時代は狂っている。

　登紀子がそんなことをぼんやり思っていると、後ろから背中を叩かれた。鈴子の先輩にあたる、自分と同じくらいの年齢の三枝という女性だった。編集部で何度も顔を合わせはするが、鈴子ほどに親しいというわけでもない。常にスーツにハイヒール姿だが、どんなときも靴がおろしたてのように磨かれている。彼女の眼鏡姿も、登紀子は好きだった。眼鏡も靴と同じようにレンズに曇りがない。物を大事にする人なのだろうと思っていた。その三枝が、湯気のたったコーヒーカップの載ったお盆を手に立っている。三枝にも、鈴子にも、私にはお茶を出さなくていい、と伝えていたはずなのに。そう登紀子が言おうとすると、

「これは私のおごりです。喫茶店から出前してもらいました」

　そう言って登紀子のデスクにコーヒーカップを置く。確かに編集部にあるような、いつ開封したかもわからないインスタントコーヒーをただお湯で溶いたものではなくて、きちんと豆から淹《い》れたおいしいコーヒーの香りがする。登紀子は思わず一口、口にして言った。

「おいしい。……でも、なんで私に」

　三枝が空いていた隣のデスクの椅子に座り、去年出したライズの一冊を差し出した。

「これ、この記事です。早川さんと登紀子さんが書いたこの記事。私、ほんとうにいい

記事だと思っていて。私なりに何か登紀子さんに御礼がしたくて、社員の私がそんなことをするのもおかしいと思われるでしょうが」

そう言いながらページをめくる。

「へえ！ 読んでくれたの！ うれしい」登紀子も思わず声を上げた。

三枝が登紀子に顔を近づけ、耳元で囁《ささや》いた。

「ライズのこの号のなかでいちばんおもしろかったです」

午後の早い時間とはいえ、校了前のこの時期は編集部には数人の編集部員がいた。彼らに聞かれては確かにまずい。

「私、ライズそのものはあんまりおもしろいとは思っていなくて」

あまりに率直すぎて、登紀子は吹きだしてしまった。

三枝が口にしーっと指を当てる。

「あの、それゆっくり召し上がってからでいいんで、ちょっと廊下でいいですか」

「うん、わかった」と言いながら、登紀子はコーヒーをゆっくりと飲んだ。

テレビはまだ安田講堂を映し出していた。講堂に続く建物の屋上に、投石用の瓦礫《がれき》が大量に用意されているのが見える。

「学生と機動隊員に多数の負傷者が出た模様です」

アナウンサーが伝える。噂によれば安田講堂の中に立てこもっている学生のほとんどは他の大学の学生で、東大生は数百人にも満たないとも言われていた。いつか東大生に取材したときに聞いた東大生以外の人間を外人部隊と呼ぶ言葉も、登紀子は大嫌いだった。いざとなったらさっさと逃げ出すいけすかないエリート野郎だ、と思いながら、登紀子はコーヒーを飲み干した。

　登紀子が編集部から出て廊下に向かうと、後ろから三枝もついてきた。

「コーヒーごちそうさま。ほんとうにおいしかった」

「あのコーヒー、編集長と副編集長にしか出前できないんですよ。変ですよね」

「じゃあ、編集長がのんだってことにしてね。立見さんのつけで」

　と登紀子が言うと、三枝が笑った。

　廊下の端に脚の長いアルミニウムの灰皿がある。登紀子はそれを差して、

「一服しながらでもいいかな？」と三枝に聞いた。

「もちろんです。忙しいのにすみません」三枝が頭を下げる。

「登紀子さん、実は」

　登紀子が煙草に火をつけると、すぐに三枝が切り出した。

「私、今年の四月から編集の仕事ができるようになったんです」

「え、そうだったの？」

　登紀子は煙をゆっくり吐き出しながら言った。

「ずっと異動願いを出していたんですけど、やっとどうにか叶って」

「やだ。それなら私がお祝いするほうじゃない？」

「そうじゃないんです。実はまだ、本決まりではないのですが。……登紀子さん誰かから何か聞いていますか？」

「ううん。なにも」

そう答える登紀子に三枝が近づき、再び小声になる。

「実は、女性版のライズを出す予定があって」

「女性版ライズ?!」

思わず声が大きくなった登紀子に三枝は自分の唇へ人差し指をあててみせる。

「女性版ライズというか、オールグラビアのファッション誌です。とはいえ、『装苑《そうえん》』とか『ドレスメーキング』みたいに型紙がつくような実用誌じゃありません。今、どんなファッションが流行《はや》っているのか、モデルを使って見せたり、街で撮ったスナップを載せたり」

オールグラビアのファッション誌。その言葉に登紀子は強く惹《ひ》かれた。そんな雑誌は洋雑誌でしか見たことがない。いよいよ日本もそんな時代になったのか。登紀子の心に妙な感慨が湧《わ》いてくる。

「ほぼ決まりではあるんですが、正式な発表はまだ先です。早くて来年の春には創刊ということで話は進んでいます」

「そうなんだ」

そんな話が進んでいたことなど、ちっとも知らなかった。

「もうライズってお決まりの記事ばっかりじゃないですか。ヌードにセックスにファッションに車、とってつけたような政治記事。出てくる人間にも記事にも私はもう飽き飽きです」

眉間に皺を寄せながら、三枝がつぶやく。

確かにその通りなので、登紀子は何も言えずにいた。

「ファッションを主軸に、女性が読みたい記事で雑誌を作りたいんです。この前、登紀子さんが書いた新宿の夜のデモの記事。政治的な話は何もなくても、あの夜、誰がどんな服装であそこにいたのか、そういう生態みたいなものがわかってとてもおもしろかったです。鈴子さんがあの場にいたのはちょっと悔しかったけれど。でも、早川さんの絵も素晴らしかった。いつものライズの表紙より、私は好きでした」

自分が書いた記事を、こんなふうに目の前でほめられたことはない。

「ありがとう」と言いながら、この目の前にいる三枝も、雑誌の仕事が好きでたまらないのだろうと思った。自分と同じように。

「それで、その女性版ライズなんですが、登紀子さんにも記事を書いてほしくて」

「もちろん！」

そう言うと三枝の目が輝いた。

「ほんとですか？　だって、登紀子さん、ライズ専属って言うくらいライズで仕事してるじゃないですか？　それと同じくらい、いやもっとそれ以上のボリュームを担当してほしいんです。もちろん編集会議から」

「私は書くと言ったら書くよ」

だって、あなたと同じようにライズにはもう飽き飽きしているんだもの、という言葉が今にも音になって出て来そうだったが堪《こら》えた。フリーランスの立場でそれは言えない。

「やった！」

そう言いながら、三枝はその場で小さく飛び上がった。ハイヒールの踵《かかと》がこつっと音を立てる。

「それで、実はもうひとつお願いがあって、登紀子さん、早川さんと仲が良いですよね」

「ええ」

登紀子は新しい煙草に火をつけた。

「早川さんに表紙を描いてもらうことはできないでしょうか？」

登紀子は三枝の顔を見つめた。

妙子は多分、自分と同じように描きたいと言うだろう。けれど、妙子を箱入り娘のように抱え込む立見がそれを許すかどうか。それは妙子自身の問題というより、潮汐出版という会社の問題なのではないかと、登紀子は思った。

「話をすることだけならできると思う」

不安げに三枝が登紀子の顔をのぞき込む。登紀子が言葉を続ける。

「でも、最終的に決めるのは彼女だから」

「もちろんです。なんとなく早川さんのお耳に、この話を入れてくださるだけでもありがたいんです。そこから先は、私たちがなんとかします。登紀子さん、ほんとうにありがとうございます！」

三枝が深々と頭を下げる。

「ところで」

さっきから気になっていたことを聞いておこうと登紀子は思った。

「その新しい雑誌って編集長は女性なの？　例えば三枝さんとか」

「編集経験のない私に、そんなことできるわけないじゃないですか。私は来年の創刊まで、芸能誌で編集のノウハウを必死で身につけなくちゃいけないんですから。雑誌作りでは、ずぶの素人《しろうと》です。それに編集長は……いえ、編集長と」

三枝が目を伏せる。

「編集長と副編集長、それにアートディレクターはすべて男性です」

「……残念ながら、か」

登紀子がそう言うと、三枝は眉毛を下げ困ったような顔になった。

「うちの会社も新しいんだか古いんだかわからないですよね。すみません」

「あなたがあやまることじゃないよ」

「でも、登紀子さんが書くと言ってくださって安心しました。ほかのスタッフも皆、登紀子さんに書いて欲しいと思っていて」

「だけど、私には近づきがたいから、あなたに白羽の矢が立ったわけか」

三枝の顔がますます困った表情になる。

「今までにない新しい女性の雑誌です。絶対にいいものになる、と私は信じてます。登紀子さんのお力を貸してください、よろしくお願いします。早川さんにもどうかよろしくお伝えください」

そう言う三枝の顔は輝いている。登紀子に向かって頭を下げると、ライズ編集部のほうにハイヒールの音を響かせて歩いて行った。

今までにない新しい女性のための雑誌。三枝の言ったその言葉に、自分がかすかに興奮しているのを感じる。潮汐ライズが発刊されたときにも、立見や安東は同じようなことを言ったのだろう。自分はどうやら新しい雑誌が創刊されるそのタイミングに立ち会う人間なのだ、と登紀子は思った。

ほとんどの人が一週間で読み捨ててしまっても、そのなかの誰か一人がこの記事おもしろい、と言ってくれれば、それだけで自分の仕事は報われる。その相手が女性ならば、自分には書きたいことが山ほどあると登紀子は思った。

「雑誌馬鹿《ばか》」そんな言葉がふいに浮かんで、登紀子は苦笑した。

「この会社も、私も雑誌馬鹿ばかりだ」

登紀子も煙草の火を灰皿に押しつけ、これから校了前の闘いが始まるライズ編集部に歩いて行った。

「さすがに旦那《だんな》が高給取りだと違うのね」

居間に入ってきた登紀子が驚いたような声をあげた。

「テレビも冷蔵庫も、最初からあるじゃない」

登紀子は勝手に部屋の襖《ふすま》を開け、あちこちをチェックしている。

「いや、なんにもないですよ。まだ足りないものばかりで」

そう言いながら、鈴子が応接セットのテーブルに三つの紅茶茶碗《ぢゃわん》を置いた。応接セットも紅茶茶碗もすべてが新品だった。開け放たれたアルミ製の掃き出し窓から、五月の心地良い風が入ってきて、真っ白なレースのカーテンを揺らす。

鈴子の結婚式は六月だったが、春に練馬区にある団地の抽選に当たり、結婚式後に夫になる木下と鈴子でここに住むという段取りになっていた。仕事に明け暮れる木下に代わり新生活の準備は鈴子一人に任された。編集部で何気なくその話をすると、登紀子が、

「団地！　ねえ、そのお部屋見せてくれない？」と言ってきた。

「そうだ。妙子さんも呼ぼう。絶対に彼女も見たいはずよ」

え、妙子さんが?!　と思ったが、登紀子はすぐに編集部から妙子に電話をかけ、団地に来られる日を確認している。本当に忙しい早川朔がこんな狭苦しいところに来るのかな、と昨日まで鈴子は信用していなかったが、今、目の前のソファに早川朔が、妙子が座っている。三人でデモを見に新宿に出かけて以来、何かと登紀子が先頭に立って、食事やらお茶やらに混ぜてもらっているけれど、鈴子は未《いま》だに妙子の前にいると緊張が抜けない。

鈴子の新居になる団地の一室は、六畳に四畳半の和室、それにダイニングキッチンがついた２ＤＫ。お風呂《ふろ》とトイレもついている。下町の古い木造家屋に育ち、湿気やすきま風に悩まされてきた鈴子にとっては、夢のような住まいだった。

けれど、気がかりもあった。この団地にも、この団地がある町にも知り合いがいない。実家では家の外に一歩出れば、「鈴ちゃん」と誰かしらに声をかけられ、まるで町全体が親類縁者のようなものだった。

ある雨の日、カーテンをつけにやってきたとき、ガチャンと鉄の扉に鍵《かぎ》をかけて掃き出し窓を閉めてしまえば、何も音がしないことに気づいた。この部屋には今、私一人しかいないのだ。結婚を機に仕事をやめ、この部屋に閉じこもったままで暮らしていくことができるのか、そのことを考え始めると不安が募った。

「全部がぴかぴかの新品だけど、なんだか無味乾燥な部屋だねえ」

紅茶を飲みながら、登紀子がずけずけと物を言う。

「そりゃ、お嬢さん育ちの登紀子さんとは違いますよ。佃煮屋《つくだにや》の娘にとっては、ここは夢の住まいなんです」

「ここで育つ赤ちゃんて、どういう感じなのかな」

妙子が風に揺れるカーテンを目で追いながらぽつりと言った。

「え、どういうこと？」登紀子が尋ねる。

「だって、私も田舎の生まれでしょう。登紀子さんみたいなお嬢さんでもない。いつもまわりに自然があってね。半ば自然のなかでほっぽり出されるように育ったんだもの。だけど、ここは」

妙子が窓の外に目をやる。鈴子と登紀子も同じ方を見た。窓の外にはここと同じような団地が続いている。

妙子の子ども時代の話は、会うたび、登紀子が尋ねたせいもあって、鈴子も耳にしていた。岡山の田舎で血のつながりのない晴子おばさんという人に育てられたこと。自分の母をおばさんだと思っていたこと。高校から母と二人で東京に出てきたこと。そのとき住んでいた二間だけのアパートの話。

潮汐ライズの表紙を描いている人とは思えないその育ちの背景に、鈴子は素直に驚いてもいた。妙子の描く絵は、東京生まれ、東京育ちの鈴子にとっても、猛スピードで都市に変貌を遂げていく東京の絵だった。洗練されてどこにも田舎臭さはない。

そのとき、ふいに窓の外から赤んぼうの泣き声がした。ぴくり、と妙子が体を動かす。

「妙子さんにとっては、生まれた村が原風景だけど、ここで生まれた子どもはきっと、この団地が故郷の景色になるんだよね。……それに鈴子さんの子どももだもん。きっとたくましい腕白坊主《ぼうず》になるよ」と登紀子が言った。

「腕白坊主はいやですよ」

鈴子が口をとがらせると、

「あなたは、ここでぽこぽこ子ども産むのよ」と登紀子が畳みかけるように言う。

「でも、ほんとうに潮汐出版やめちゃうの？」妙子が心配そうに尋ねる。

「私、登紀子さんや妙子さんみたいに、特別な才能とかないですもん。会社にいた間にやったことなんて、お茶くみと雑用だけですよ。主人の生活を支えることしかできません」

「主人、ねえ……」

登紀子が煙草《たばこ》をくわえたので鈴子は立ち上がり、ガラスの灰皿を用意した。木下は煙草を吸わないが、登紀子が来るならと昨日デパートで買ったものだった。

「だけどね、もし、そのご主人様になにかあったらどうするの？」

登紀子は煙草の煙を吐きながら言う。その煙の臭いが買ったばかりのレースのカーテンにしみこまないか、鈴子は少し心配になった。

「専業主婦なんて夫に寄りかかった生活、どこがおもしろいのかしら。夫という大樹がなくなればすぐに路頭に迷うんじゃないの」

「登紀子さん」

登紀子の言葉をたしなめるように妙子が口を開く。

「だけど、鈴子さんのご主人の会社、知らない人なんていないのよ。これだけ好景気なんだもの。路頭に迷うことなんて絶対にないわよ」

大丈夫、と妙子が鈴子に目で語りかけたような気がした。

「そうだ。私、結婚祝いに絵を贈りたいな。鈴子さんのこの新居に似合うような」

「え」と鈴子の息が止まりそうになった。

「心配しないで。ライズの表紙みたいな絵じゃないわよ。鈴子さんとご主人と、それからいつか生まれてくる赤ちゃんの絵を描こうかな」

「うわあ！　ほんとうですか。うれしい。ほんとうにうれしい。ありがとうございます」

鈴子は妙子の手を取り興奮して喜んでいる。その様子を見ながら登紀子は、妙子は子どもの絵を描きたいのだろうか、とどこか腑《ふ》に落ちないものを感じていた。

「新宿あたりで少し飲んで帰らない？」

帰りの電車のなかで登紀子が言うと、妙子は黙って頷《うなず》いた。

どこか、静かに話ができる場所がよかった。ジャズ喫茶は音楽がうるさい、どこかのビルの地下にあるような静かなバーがいい。そういえば西口のスバルビルの近くにいい店があったはず、と思いながら、登紀子は先に立って、西口改札を出た。中央が吹き抜けになっているロータリーに向かって、たくさんの学生たちが歩いて行く。

「また、デモ?!」と登紀子はうんざりしながら、学生たちと反対方向に歩いて行った。階段を上がって早く地上に出てしまおう。そう思ったが、階段を上がる途中で、ギターをかき鳴らす長髪の男と、その歌声が聞こえた。彼を取り巻く学生たちも声を張り上げている。その合間、「戦争反対！」「安保反対！」「アメリカに基地を提供するな！」という叫びに近い声が混じる。

ああ。かっこわるい。登紀子はこの手の反戦フォークが大嫌いだった。音楽と政治を結びつけられると、どうにも、心がかさついていらいらする。

「やれやれ」とつぶやきながら、登紀子はバーのカウンターに腰を下ろした。早い時間のせいか、店には登紀子と妙子以外客はいない。登紀子と妙子はカウンターに並んで座った。登紀子がジンフィズを頼むと、妙子も「同じものを」と呟《つぶや》くように言う。

「団地ってなにやらすごいとこね」

登紀子がそう言うと、妙子はふふっと静かに笑う。

「夫は仕事、女は家事育児、産めよ増やせよって、誰だかわからないけど、上からそういう場所を与えられているみたい」

登紀子が煙草に火をつけながら言う。

「でも、鈴子さん幸せそうだった。きっといい奥さん、お母さんになると思う」

妙子がまっすぐに前を見ながら言う。今日の妙子の服装は千鳥格子《ごうし》のミニ丈のツーピースだった。いつものボブに太めの黒いヘアバンド。靴は白、バッグは黒。モノトーンの装《よそお》いのなかで妙子の唇だけが赤い。見るたび、妙子の服装は洗練されていく。お金もかけているのだろうが、自分と同じように服が大好きなのだろうと思った。

それに最近の妙子には何やら凄《すご》みのようなものを感じることがある。売れっ子イラストレーターとしての自信が妙子をそう見せるのか。妙子の端正な横顔を見ながら、たいしたものだ、と登紀子は心のなかで独りごちた。

「あのね、聞いてるかな、新しい」

登紀子がそう切り出すと、

「女性誌のことでしょう」

妙子は即座に答えた。

「知ってたの？」

「ええ」

妙子はやってきたジンフィズに口をつける。

「なら、話は早いわね。誰から？」

「編集長になる関口さんとアートディレクターの天野さんていう方」

そう答えながら、妙子は二人に呼び出されて会ったホテルのラウンジの夜のことを思い出していた。開口一番関口はこう言った。

「早川さん、今みたいなライズの仕事の仕方を続けていたら、あなたはすぐにイラストレーターとしてだめになる」

妙子自身が常々抱えていた不安を言葉にされた。

「これからはアートディレクター、この天野とタッグを組んで仕事をしてほしい」

そう言って関口は天野に目をやった。隣の天野が頭を下げる。

「天野は広告を企画制作するアドマーケティングという会社から僕が引き抜いた。エディトリアルデザインでは素人かもしれないが、僕にとってはイラストレーター早川朔と同じくらい才能にあふれた人間だ。率直に言って新しい雑誌では、あなたのイラストは表紙を作る素材になる」

「素材、ですか?」

妙子が不安な声をあげる。

「イラストも文章も写真も、雑誌を作るための素材だと僕は思っている。あなたがイラストを描く。それを天野が料理する。だからといって、あなたのイラストの価値を下げたいというんじゃない。むしろ、あなたには描きたいものを今より自由に描いてほしい。それを天野がデザインで最大限に活《い》かす努力をするつもりだ。一週間に五枚、なんてあなたの才能を消耗するだけの無理なことは言わない。新雑誌は隔週の発刊だから、あなたは月に二枚絵を描けばいい。けれど、今のギャラを下げるつもりはない」

妙子が口を挟む間もないほど、関口の言葉は熱い。

「でも、立見さんが……私は立見さんに見出《みいだ》された人間です」

やっとの思いで妙子がそう言うと、

「社内調整は僕がなんとかします。けれど、フリーランスの立場で仕事をしているとはいえ、あなたの口からも立見にライズをやめると伝える必要はある」

そう言われて、妙子は黙った。そんなことができるのだろうか。

「新雑誌は来春の発刊予定だ。それを考えても、秋からあなたに新雑誌の表紙を準備してほしい。つまり夏までにあなたから立見に伝えてほしい」

「ライズの表紙をやめたいと？」

「そうです」

「新雑誌の仕事を始めれば、今より、私には時間ができるということですか？」

「もちろん」関口の言葉に淀《よど》みはない。

それきり妙子は黙ってしまったが、関口は新雑誌の構想を話し続ける。それがどんなに新しく、今までの日本になかった雑誌であるか。その話を聞きながら、妙子は、もしかしたら新しい雑誌の仕事を始めれば子どもが産めるかもしれない、子育てをしながら仕事ができるかもしれない、と考えていた。けれどその前に、立見にライズをやめると伝えること、そんな恐ろしいことが自分にできるのだろうか、とも思った。

それでも関口と天野に会った日から、ライズをやめるという気持ちは日に日に強固な決心に変わりつつあった。

「で、妙子さんはどうするつもりなの？」

登紀子は小皿に載ったアーモンドを指でいじりながら尋ねた。

「やめるわ」

前を向いたまま妙子が言う。

「ライズの仕事、卒業する」

きっぱりとそう言って、妙子はジンフィズを口に含んだ。

「いいじゃない。新しい男に乗り換えるってわけね」

ぱちん、と登紀子が指を鳴らす。

「男と仕事、いっしょにするの？」

「同じようなものじゃない？　新しいほうがいいのよ」

登紀子は自分のグラスを掲げた。

「早川朔の新しい門出に」

そう言う登紀子を笑顔で妙子が見つめる。今までに見たことのないような穏やかな笑顔だと登紀子は思った。

「それから私、早川朔の評伝を書くための取材も始めたいの。妙子さんの仕事の合間でいいの。短い時間でかまわない。取材のための時間を私に少しくれない？」

登紀子の勢いに妙子は笑った。

「佐竹登紀子の新しい門出に」

妙子はそう言って登紀子にグラスを掲げた。

鈴子と木下の結婚式が行われた六月の日曜日には、梅雨の合間の青空が広がった。

登紀子と妙子が控え室に入っていくと、純白のドレスに身を包み椅子に座った鈴子が振り返った。真っ白い百合《ゆり》のブーケを抱えた鈴子は、二人の姿を認めると泣きそうな顔になる。

「まだ泣いたらだめじゃない。結婚式はこれからよ」

登紀子が言うと、妙子がすかさずハンカチを鈴子に差し出した。

「緊張しすぎて、もう吐きそうです。誓いの言葉も言えるのかな……こんなことなら、普通の結婚式にすれば良かった」

鈴子が妙子の差し出したハンカチで目頭をおさえる。

「何言ってるの。教会で式をあげたいって言いだしたのは鈴子さんでしょう？　クリスチャンでもないのに」登紀子が言うと、

「ここで式をあげるために勉強会に通わなくちゃいけなくて、仕事の合間に大変でした」

鈴子の隣に立つ木下が人のいい笑顔を浮かべる。

「わがままねえ。最初が肝心なのよ、木下さん」

登紀子がそう言うと、木下は綺麗《きれい》にセットされた頭を笑いながら掻《か》いた。

「ほんとうに綺麗よ」

妙子が言うと、鈴子はまた泣きそうな顔になる。

「妙子さん、絵を描いてくださってありがとうございました。私の一生の宝物です。今

日だって、妙子さんも、登紀子さんも、忙しいのに式に来てくださって」

「わがままな妹の晴れ舞台だもの。目に焼き付けておかなくちゃ」

そう言う登紀子が今度は泣きそうになっている。

控え室には潮汐出版の社員も多く揃《そろ》っていた。遠くにいた三枝は登紀子を見つけると、皆にわからない程度に会釈《えしゃく》する。妙子は多くの社員に囲まれている立見の姿を見つけた。自分の結婚式には父代わりに出席してくれた立見から、自分は離れようとしている。「夏までにあなたから立見に伝えてほしい」と関口に言われた言葉が耳に蘇《よみがえ》る。

登紀子は男と仕事は同じようなものだ、と言ったが、確かにそうだ。立見に別れ話を切り出すようなものなのだ。自分の才能を見出してくれた人を自分から切り離すのだ。

そのとき、ふいに立見が顔を上げ、妙子のほうに目をやった。視線が合う。立見にさよなら、と告げなくてはならない。そう考えただけで涙が浮かび、アイラインが滲《にじ》まないようにそっと指で拭《ぬぐ》った。

「いやあねえ、妙子さんまで。まだ早いわよ。今、泣いたらだめだって」

今度は登紀子が妙子にハンカチを差し出した。

「そろそろお時間です」

扉の向こうから誰かが声を上げ、式の出席者が聖堂に向かい始める。登紀子は「じゃあね」と鈴子の肩にそっと触れると、妙子とともに控え室を出た。

多くの参列者に見守られ、厳《おごそ》かに式は始まった。年老いた神父が二人に問う。

「あなたは鈴子さんを生涯の妻と定め、健《すこ》やかなるときも病めるときも彼女を愛し、彼女を助け、生涯変わらず彼女を愛し続けることを誓いますか？」

「誓います」はっきりと木下が答えた。

「あなたは裕介さんを生涯の夫と定め、健やかなるときも病めるときも彼を愛し、彼を助け、生涯変わらず彼を愛し続けることを誓いますか？」

「誓います」

　かすかに震えていたが、それでも決意に満ちたまっすぐな声で鈴子は言った。

鈴子と木下の向こうに神父が立っている。その上にあるブロンズの十字架。左右の窓にはめられたステンドグラスは六月の日の光を赤や青、オレンジに変え、聖堂のなかを照らしていた。神父の声は続く。

「裕介と鈴子は、神と公衆の前で夫婦となる約束をしました。ゆえに私は父と子と聖霊の御名《みな》において、この二人が夫婦であることを宣言いたします。神があわせられたものを人は離してはならない。アーメン」

神父の声に続いて、参列者の「アーメン」という声が聖堂に響いた。

「神があわせられたものを人は離してはならない」

妙子は頭のなかで神父の言葉を繰り返していた。神があわせられたもの、それは自分にとって夫の真二郎だろうか、自分を世に送り出してくれた立見だろうか、それとも自分の仕事そのものだろうか。

「父と子と聖霊の御名において」

その三つは女にとっては、いったいなんだろう。男、結婚、仕事。それとも、仕事、結婚、子どもだろうか。この日に抱えた問いを、妙子は死ぬまで抱え続けた。

どれも自分は欲しい。すべてを手に入れたい。妙子は思った。

欲深き者、と誹《そし》られ、石礫《いしつぶて》を投げられても。

9

地下通路から地上に続く階段を昇ると、真夏の太陽の光が妙子の目を鋭く射抜いた。そのあまりにも強い光に目を開けていられなくて、思わず目を細めた。自宅を出たときから、いや、昨夜から続く緊張が、妙子の小さな体を締め付けていた。

階段を上がりきって地上に出ると、小さく息をついた。そんな妙子のそばを、夏の最新ファッションに身を包んだ女たちが行き交う。妙子はその洋服の形や色を、まるで網膜に焼きつけるように記憶する。

一九六九年、若者に人気のある街といえば六本木や原宿、青山あたりだったが、そこに集う若者たちの服装と違って、やはり銀座を行き交う女たちにはどこかしら品がある。銀座という街が、銀座におしゃれをしてやってくる人たちが、妙子は好きだった。

日傘を差して歩き出す。ヒールの高いサンダルの音がコツコツと小気味のいい音を立てる。このまま、ここで洋服やアクセサリーを買って帰るだけの一日だったら、どんなに自分の心は弾んでいるだろう。角を曲がり、潮汐出版が近づいてくるたび、妙子の心は重く沈んでいく。それでも妙子は歩かなければならない。見慣れた灰青色のタイル張りのビルの前で足を止め、全体を見上げた。規則的に並んだ窓に、青い空と入道雲が映っている。あのどこかの窓の向こうに立見がいる。もう何度来たかわからないこのビルを妙子はしっかりと記憶しておこうと心に決めた。

受付の女性に名前を伝えると、ライズ編集部ではなく二階にある応接室に向かうように言われた。ライズ編集部でなくてよかった、と妙子の心はほんの少しだけ軽くなった。伝えられた応接室のドアをノックするが、中からは返事がない。まだ立見は来ていないのか、と思いながら妙子はドアノブを回した。ドアを開けると窓際《まどぎわ》に立見が立っていた。白いカッターシャツにサスペンダー。いつものロイド眼鏡。出会ったときと違うのは、おなかが前にせり出し、髪に白いものが増えたことだろうか。

「君があの角を曲がって歩いて来るのを見ていた。日傘で隠れていたが歩き方ですぐにわかったよ。気づいていないかもしれないが、君の歩き方には特徴があるから」

　立見は窓の外を見ながら言った。

「最初に会ったのは……そうだ、アドカンパニーだったな。君はまだ学生で、けれど、大学生というより田舎から出てきたばかりの高校生のようだった。小さな体で目ばかりぎらぎらしていたな。あの頃、街に多くいた野犬みたいに」

　そう言いながら立見は妙子の顔を見て、ソファに座るように手を差し伸べた。そのとき応接室のドアがノックされ、女性が盆に載せたコーヒーを二つ持ってきた。その間、立見も妙子も口を開かなかった。女性が退出すると応接室に重い沈黙がやってきた。立見はコーヒーを口にして言った。

「ライズの表紙のことだろう」

自分から言わなくてはならないことを立見に言われ、妙子の体がきゅっとかたくなる。

「いつ、君がそう言ってくるか待っていた」

「……すみません」そう言ったきり、妙子は何も話せなくなった。

「新しい女性誌の話が出たときから、表紙は君でという話はあった」

応接室の外の廊下を誰かの靴音が近づき、そして遠のいて行った。

「新しい女性誌の編集長になる関口とは、もう数え切れないくらい話した。関口は絶対に早川朔のイラストでなければだめだと。僕もつっぱねたさ。何度も。何度も。ライズと新雑誌ふたつを君に描いてもらうわけにはいかない。早川朔は僕が見つけた逸材だ、誰にも渡すものかと。だけど、あいつは蛇みたいにしつこいんだ」

妙子は俯《うつむ》く。視界に入った自分の手がかすかに震えていることにそのとき初めて気づいた。それと同時に、まるで走馬《そうま》燈《とう》のように立見と会ってからの日々が思い出された。アドカンパニーの社長室、潮汐出版の新雑誌準備室と手書きで書かれた部屋、ライズ編集部、缶詰になったホテルの一室、そして、立見が自分の結婚式に父代わりとして出席してくれたこと。記憶はシャッフルされ、スライドが一枚一枚、目の前で映し出されるように脳裏に流れた。

「関口から、君と会ったことを聞いた。それならば、僕は君自身の答えを待とうと思った」

「立見さん」

妙子の声に立見が顔を上げ、妙子の顔を見つめる。立見の表情に妙子の胸はつまったが、一息に言ってしまわないと泣いてしまいそうだった。

「私はライズの表紙をやめたいです。新しい雑誌で新しい仕事をしてみたいと思っています。私を見出《みいだ》してくださった立見さんには感謝の気持ちしかありません。その立見さんにライズの表紙をやめたいとお伝えすることは」

妙子は言葉を続けようとしたが、立見が首を振り、それを遮った。

「もう五年、それくらいになるかな……二十代の君の一番いい時期を、僕はライズの表紙を描かせ続けることで奪ってしまったのかもしれないな」

立見のその言葉でふいに妙子の頭のなかに浮かんだのは、子どもを掻爬《そうは》したあの手術室の光景だった。ライズの仕事のためにそうした、とは思いたくはないが、あの日から妙子の心のなかには、一人の人間を自分の仕事の都合で葬《ほうむ》ったという後悔が苦く残っていた。

「けれど、ライズが今のように多くの若者に受けいれられたのは、君のイラストが表紙だったからだよ。君のイラストはライズの顔だった。描き続けることで、君のなかの、イラストレーターの何か、大事な部分を削《そ》いでしまうのではないか、と僕はいつもそれだけを心配していた。いつも厳しいことばかりを言って、僕がそんなことを考えているだなんて、君は知らなかったと思うけれど……」

そう言って立見は笑った。妙子は首を振った。泣くまい、と思ったけれど無理だった。

「君は長い年月よくやった。僕と共に闘い続けてくれた。御礼を言うのは僕のほうだ。本当にありがとう」

妙子はここに来るまでライズの仕事をやめると伝えることは、まるで別れを切り出す男女の話のようだと思っていた。けれど、そうではなかった。立見は自分にとって、父のような存在だった。今まで一度も会ったことのない父。名前も顔も知らない父。立見の姿に父を重ねていた。立見という父にほめられたくて今まで自分は頑張り続けて来たのだと、今、初めて気づいた。

「君はもう一流のイラストレーターだ。どこに出しても恥ずかしくない。今までは君に依頼が来た仕事は僕がすべて断っていたが、これからは君がしたい仕事を自由に選んですればいい。それでも何か困ったことがあれば、いつでも僕のところに相談に来なさい。ライズを卒業しても、またいつか、君とは仕事がしたいと僕は思っている」

妙子は顔を上げ立見の顔を見た。泣いているようには見えなかったが、いつもより口がへの字に下がっている。その表情を見て、また涙が零《こぼ》れた。

「僕は君のイラストの最初のファンだ。それだけじゃない。僕は君の作品のいちばんのファンだと思っているよ。そんなことを言ったらまた、関口やほかのやつらに、早川朔を独占するな、と怒られるかもしれないが」

そう言って立見は笑い、妙子に右手を差し出した。ありがとうございます、とは言えず、妙子はその手を両手でそっと包んだ。立見の分厚い手のひらは熱いほどだった。いい雑誌を、新しい雑誌を作るという情熱が巡っている手だ。その手に導かれて自分は人生を切り開いてきた。

立見のもう片方の手が妙子の頭に置かれた。父さん、と妙子は心のなかでつぶやいた。

「ライズのお仕事、最後まで手を抜かずに描き続けます」

顔を上げると、立見は目を真っ赤にして頷《うなず》いた。

六本木交差点から狸穴《まみあな》に向かう外苑《がいえん》東通りに面した瀟洒《しょうしゃ》なビルの三階。そこが新しい女性誌の編集部になるのだと登紀子は聞いていた。

「一度、登紀子さんもいらしてくださいよ。私も毎週金曜日はそっちにいるので」という三枝の言葉に誘われて、登紀子は渋谷で取材をした帰りに編集部に寄ろうと思った。

キャンティ、ニコラス、パブ・カーディナル、ハンバーガー・イン、西の木。六本木には登紀子の行きつけの店がいくつもある。潮汐出版のある銀座の魅力も捨てがたいが、多くの若者と同じように、今をときめくアーティストが夜な夜な集まる六本木という街に、銀座にはない新しいにおいを感じていた。

登紀子もすでに何度か会っていた新雑誌の編集長関口は銀座の社屋で、

「最先端の若者が集まる街で雑誌を作りたい！」

と頑《かたく》なに六本木という街に編集部を置くことにこだわったらしい。

表通りに面したビルには入り口が見つからず、ぐるっと回って裏通りに向かうと、正面入り口が見えて来た。ガラス扉を押して入り、エレベーターに向かう。マニキュアに彩《いろど》られた長い爪《つめ》で登紀子は3という数字を押した。

エレベーターの扉が開くと、もうそこが編集部だった。南向きに大きくとられた窓からは、秋の太陽の光が燦々《さんさん》と差し込む。目につくのは中央にある大きな白い丸テーブルとそれを囲むスツール。壁際にもいくつかスチール製の白い机が並べられているが、ライズ編集部のような、どこの会社にもあるような灰色の事務机ではない。足下はグレイのカーペットが敷かれ、登紀子が履いていたヒールの踵《かかと》がふわりと沈み込んだ。

奥のスペースで何かの作業をしていたひとりの女性が登紀子の姿を見つけ、手を上げて近づいてくる。あの人誰だっけ、と登紀子が思う間もなく、女性が声をあげた。

「登紀子さん！　幽霊見たみたいな顔しないでくださいよ。私です。三枝です」

「えっ！」

そう言われて登紀子は不躾《ぶしつけ》だと思いながら、三枝の頭から足下までをじっと見てしまった。潮汐出版で見慣れていたスーツにハイヒールという三枝ではない。サイケデリック調の原色と蛍光色を使ったプリントのミニワンピースにベルボトムのジーンズ、足下の真っ赤なサボはいかにも今の若者風情《ふぜい》だった。今日はいつもの眼鏡すらかけていない。

「なんかいつもと雰囲気が違うから……」登紀子がやっと口を開くと、

「ですよね。でも私、普段はこんな感じですよ、いつも」と三枝が照れて笑う。

「編集長からもファッション誌なんだから編集者もおしゃれしないとだめだって、何度も言われて。私、もうそれがうれしくて。金曜日にはここに来るでしょう。仕事終わってこのまま遊びに行けるじゃないですか。銀座のほうは私のお給料では行ける店があんまりなくて」

確かにそうだ。銀座のバーやクラブで遊べるのは、会社でもそれなりの地位についている人ばかりだろう。若い人がほんの少しだけ背伸びして遊べる場所、それが六本木や渋谷を中心に点在するようになっていた。

そのとき、登紀子の後ろのエレベーターが突然開く音がした。振りかえるとレザージャケットを着たひげ面《づら》の長身の男が、こちらに向かってくる。

「あの、僕、スタッフ募集を見て来たんだけど……」と三枝に話しかける。売り込みに来たのに敬語ですらないのか、と登紀子はその顔を睨《にら》んだが、男はたじろぐ様子もない。

「……ああ、それなら、あちらです」と三枝は奥のスペースを指さした。

三枝は小さくため息をつく。

二人の前から立ち去る男は、脇《わき》に黒い大きなポートフォリオを抱えている。イラストレーターかカメラマンだろうか、と登紀子は思った。

「今日、これでもう五人目ですよ」三枝が小声でつぶやいた。

潮汐ライズに「新女性誌スタッフ急募！」という記事が載ったのは先月のことで、記事の最後には綴《と》じ込みの応募葉書までもが付けられていた。この記事は反響が大きく、ライズ編集部にスタッフ募集の件で電話がひっきりなしにかかり、編集部の隅には、郵送された応募葉書の詰まった段ボールが積み上げられた。この記事は登紀子が書いたものではないが、ファッションディレクターから雑務までを募集するという内容に、登紀子自身驚いてもいた。書類選考、潮汐出版での面接を経た者だけが、この新雑誌編集部に面接に来られると聞いていたが、どこからこの場所が漏れたのか、いきなり六本木の編集部にも売り込みが来ると、三枝から愚痴を聞かされていた。

三枝と登紀子は丸テーブルを囲むスツールに座った。

「編集者より、登紀子さんみたいなフリーの方を多く使うっていう方針らしいんですよね。常駐フリーって編集長は言ってますけど、企画ごとにフリーのチームを作って、それで記事を上げていくみたいです」

「そりゃ私たちは有り難いけど、だったら三枝さんたち編集者は何をするの？」

「私？ 私ですか？ まあ交通整理みたいなものかな。記事をディレクションするんだって言われましたけど、私もあんまりまだよくわかってなくて」

あはは、と笑いながら三枝は立ち上がり、さっきまでいた奥のスペースから紙の束を手に戻ってきた。

「これはもう創刊号で決まっている特集記事なんですけど、巻頭記事は来年のパリコレです。パリコレ70というタイトルで十四ページ」

「え、パリ？ パリコレ!? パリに行くの？」

「編集長と副編集長は行きますけど、カメラマンはフリーの方です。それをどこよりも早く新雑誌で記事にするんです。私もパリに行きたかったけど……」

いよいよここまで来たか、と登紀子は思った。新しい女性の雑誌がパリの最新モードを時間差なく記事にする。それにしてもパリ。行きたいのは三枝だけではない。登紀子もそうだった。日本中を旅していた登紀子にも、まだ海外旅行の経験はなかった。ごく普通の市民が仕事や会社の都合ではなく、単なる観光として海外に行けるようになったのは一九六四年。六六年にはそれまであった「一人年間一回限り」という回数制限もなくなり、今では持参する金額が一回七百ドル以内であれば、自由に海外旅行を楽しむことができるようになっていた。とはいえ、海外に出かけるのはほとんどがビジネスマンの男性だった。

「女性誌だし、女が着る服の特集なんだから、女に行かせて、女に書かせて、女に写真撮らせればいいのに」

登紀子が憤慨したように言うと、

「私もそう思います！」と三枝がテーブルを両手の拳《こぶし》で叩《たた》いた。

「私も編集長に登紀子さんと同じこと言いました。だけど……」

三枝が目を伏せる。

「女の新しい雑誌を作るっていっても、まだまだ男社会ってことか」

三枝が無言で頷いた。フリーならば登紀子のように自由な物言いはできるが、会社員としてはそうはいかない。編集部で働く彼女には、登紀子より闘うべき相手が多すぎる。

「そうは言っても、読者は女性です。これは編集長も言っていたことですけれど、上から情報を投げかけるんじゃなく、読者の立場に立った記事を作っていこうというのは、編集者たちの意見の一致するところです。ファッション、旅、映画、音楽……読者が今、知りたいことを登紀子さんにはどんどん書いてほしいんです。女の子のための女の子の記事を」

その言葉を聞いて登紀子の気持ちは高ぶった。ライズの仕事をしているときには持ち得なかった感情だ。

「書きたい！　三枝さん、私、早く書きたい」登紀子が思わずそう言うと、

「もちろんです。新雑誌は登紀子さんの力がなくちゃ成り立ちません。ぜひお力を貸してください」三枝は興奮して立ち上がって登紀子に頭を下げる。

「ちょっとちょっと、仕事をもらうのはこっちなんだから。いくら常駐フリーって言ったって、あなたのほうがえらいのよ。あなたが発注してくれるから、私たち食べていけるのよ。その線引きはきちんとしようよ」

「でも……」

そう言う三枝の後ろをさっきの男が、ポートフォリオを抱えて無表情で歩いて行く。売り込みは失敗だったか。でも、また、いいことあるかもしれないよ。登紀子は男の背中に心のなかで語りかける。雑誌も仕事も、この世の中まだまだたくさんあるんだからさ。どこかで拾ってくれるかもしれない。それは六九年秋の、登紀子の偽らざる気持ちだった。これから先も仕事が途切れることはないだろう。そうして、書いて、書いて、書いて、これからの人生を過ごすのだろう、と。

銀座のその店を選んだのは登紀子だった。

登紀子も食べたことのない本場のフランス料理を食べさせる店。パリで一番人気がある三つ星レストランの日本支店ができたのだと、いつかライズの編集部員に聞いた。ら

せん階段を降りて地下のフロアに向かうと、アンティークなシャンデリアが輝き、インテリアはアールヌーボー調で統一されている。真っ白なクロスの上に置かれた、赤いシェードのテーブルランプがほのかな灯りを放っていた。多分私より早く来ているはずだと思ったが、やはり浩介はいちばん奥のテーブルに、こちらに背を向け、微動だにせず座っている。登紀子が近づき、向かいの席に腰を下ろすと、浩介は穏やかな笑顔をこちらに向けた。

今日はお祝いの日だった。戦後立て続けに起こった鉄道にまつわる事件、浩介自身が巻き込まれた事件について、浩介自身が調べ上げ、書き上げた原稿がやっと一冊の本として出来上がった日だった。

登紀子が座ると、すぐにウエイターがメニューを持ってやってきた。浩介はメニューを一瞥《いちべつ》したが、首を振る。登紀子に任せる、という意味だった。そもそも浩介はほとんど外食をしない。登紀子が仕事で遅い夜も、一人で食事を作り、一人で食べていた。たまの休みに登紀子が食事に誘っても、「落ち着かないから嫌なんだ」としか言わない人だった。

本当は今日だって家で手作りの料理を登紀子が作ったほうが、浩介が喜ぶだろうということもわかっていた。けれど、登紀子の仕事のスケジュールがそれを許さなかった。さっきまでライズ編集部にいて、ここに来るぎりぎりの時間までに原稿を上げ、デスクに渡してきた。明日はまたもう一本違う記事を書かなくてはならない。帰宅は多分、午前零時を優に過ぎてしまうだろう。お祝いのできる日は今夜しかなかった。

登紀子はウエイターを呼び、おすすめを聞き、オーダーし、それに合うワインを頼んだ。とはいえ、浩介は酒を飲まない。ワインは登紀子だけが飲むものだった。けれど、今日くらい祝杯を上げてもいいだろう。

「舐《な》めるだけ、一口でいいから飲んでみない？」

登紀子はウエイターが持って来たワインを浩介のグラスに注ぎながら言った。

渋った顔をしていた浩介だったが、登紀子の言葉に促され、それでもグラスに口をつけた。飲む、というより、ワインが唇に触れただけだったが、浩介は盛大にむせた。ナプキンで口を押さえて咳《せき》をし、顔を赤くしている。そんな浩介の様子を見ながら飲むワインは、さっきまでぎらりとしたライズ編集部の空気に浸《つ》かっていた登紀子の心を温め、ほぐした。

浩介がくたびれた鞄《かばん》の中から一冊の本を取り出し、登紀子に差し出した。

やっと形になった。登紀子は本を手に取り、表紙、背表紙を見て、ページをめくる。背表紙に書かれた出版社は登紀子が知らない版元だった。限りなく自費出版に近いところにある本だ。部数すら登紀子は知らない。これが本屋に平積みされることはないし、新聞の書評で取り上げられることもないだろう。それでも、この人は自分の力をこの一冊に注ぎ込んだのだ。そのために登紀子は仕事をし続け、書きたくないと思う記事も書いた。浩介を支え続けるために。長い間、咲きはしないと思われていた小さな花が、今やっと開き始めた。その瞬間に立ち会えたことの幸福で登紀子の胸は満たされていた。

「あなた、ほんとうに、おめでとう」

そこから先は言葉にならなかった。登紀子はその一冊の本を赤んぼうのように抱え続けた。オーダーした料理がテーブルに並べられる。浩介はナイフとフォークに苦戦していたが、それでも、おいしい、と普段は言わないようなことを言いながら食べてくれる。浩介も肩の荷が下りたのだろう。すでにワインで酔い始めていた登紀子には、大きな仕事をやり遂げた浩介という男の顔が輝いているようにも見えた。

「君のおかげだ。ありがとう」ナプキンで口を拭《ぬぐ》いながら浩介が言う。

「自分の食べる分を自分でなんとかできる人とならできるかもしれない」

そう浩介に言われて始まった結婚生活だったが、登紀子は自分一人の食べる分だけではなく、ほとんど収入のない浩介の分の生活費も負担していた。それに不満はない。浩介には浩介にしか歩けない道を歩いてほしい。それが収入につながらなくてもいい。嘘《うそ》偽りのない登紀子の気持ちだった。

「僕たち」

皿の右側にナイフとフォークを揃《そろ》えながら浩介が言う。

「別れないか？」

登紀子の手からフォークが滑り落ち、皿の上で鈍い音を立てた。

「どういう、こと？」

「君をもう自由にしたほうがいいんじゃないかと。この本を書きながらずっと考えていた」

「自由って」

登紀子はテーブルの上に両手を置いた。ざらりとしたテーブルクロスの感触が指に伝わる。

「君はまだ若い。僕は子どもはいらないと思っているけれど、君はまだ子どもも産める年齢だ。僕のようなおじいさんとつきあっているより、未来のある相手と生きていくほうがいいんじゃないだろうか」

皿の上に視線を落とし、浩介は密《ひそ》やかな声で言う。

「いやよ！　そんなの！」

自分でも驚くくらいの大きな声だった。まわりの客が登紀子に視線を向ける。いったん息を大きく吐き、声を落として登紀子は続けた。

「子どもなんて欲しくない。あなたにも話したよね。私は一生子どもを持つつもりはないと。子どもなんて大嫌いだもの。どうして今更……」

「君が僕の知らないところで何をしているか、鈍感な僕にだって少しはわかるさ」

そう言われて登紀子は黙った。確かに登紀子は取材で出会った若い男と遊んでいた。けれど、その関係は浩介とのものとはまったく違う。浩介とは晴らすことのできない肉欲を、身近な男で解消しているだけだ。

「僕のようなおじいさんではなく、結婚を解消して、僕よりもっと若い男と君は家庭を築くべきなんじゃないだろうか。君にはまだ先がある。未来があるんだ。経済力のある男と結婚すれば、今のように眠る時間も惜しんであんな記事を書く必要もないだろう。君には文章を書く才能がある。それを無駄に遣う必要はないんじゃないだろうか」

あんな記事……。その言葉が登紀子の胸の内側を深く傷つける。浩介が自分の仕事を軽んじていることは感じていたが、こんなふうな言葉を直接投げつけられたのは初めてのことだった。

「読み捨てられる三流週刊誌の記事じゃなくて、あなたのような高尚な仕事をしろと？」

浩介は目を伏せ黙ったままだ。

「ライズが今、何十万部売れてるか知っている？　あなたの本はどうなの？　あなたが十数年かけた本を日本で何人の人が読むの？　長い時間をかけたからって、いいものが書けるとは限らない」

浩介の仕事を尊敬しているのに、勢いで浩介の仕事を否定するような言葉を吐いてしまった。週刊誌を、ライターという仕事を馬鹿《ばか》にしないで。心のなかで登紀子はそう叫んでいたが、それを言葉にすることはできなかった。これ以上話せば、自分もまた浩介を深く傷つけるだろう。たくさんの若い男たちがファッションの小道具として自分が記事を書いているライズを手にする。最先端を生きる男たちが自分の書いた記事を読むのだ。自分にはあるかどうかもわからないと思っていたライズの仕事に対するプライドに登紀子が気づいた瞬間、いちばん身近な人に汚《けが》された。

登紀子はグラスにわずかに残っていたワインを飲み干した。いつもならふわりとした酔いが体の内側を巡り登紀子をただ陽気にするワインが、今夜は登紀子の口から呪《のろ》いの言葉を吐かせる毒薬のように思える。

若い男と遊んでいることくらい許されると思っていた。だって、自分は稼ぎ頭なのだ。結婚以来、浩介を食べさせている。一人の人間を食べさせていく負荷がどれほどのものなのか、この人はわかっていない。そこまで考えてふと登紀子は思った。いつから私は男のようになってしまったんだろう。浮気のひとつやふたつでがたがた言うな。食わせてもらっている身分でつべこべ言うな。それが今、登紀子が思っていることだった。そして、浩介は伴侶《はんりょ》の不貞を責め立てる妻だ。食べさせてもらっていることを卑屈に感じる浩介のプライドの在り方も、旧態依然としたものだ。妻が夫を食べさせている、という新しいカップルの在り方を実践しているつもりだったのに、自分自身が最も嫌っていた男と女の上下関係に、自分たちが成り下がっていることに登紀子は愕然《がくぜん》としていた。

「私は別れない。だってあなた一人では食べていけるはずないもの」

言いたかったことはそうではない。登紀子は一人になりたくなかっただけだ。

確かに結婚前のような浩介に対する恋情はもう登紀子の心のなかにはない。けれど、浩介を食べさせるという思いがあったからこそ、自分はどんなにきつい仕事でも受けてきた。睡眠時間が削られようが、こんな記事書きたくないと思うような仕事を振られようが、なんとか今までこなすことができた。浩介という盤石《ばんじゃく》な地盤があったからこそ自分は仕事を続けてこられたのだ。浩介を失うこと、それが自分のいちばん怖《おそ》れていることだったと、今さらながら登紀子は気づいた。

妻という立場を失いたくない。こうあるべきという夫婦の形ではなくても、自分は妻という着ぐるみを失いたくはない。自分のことを新しい女だと思っていたのに、浩介の言葉で気づいた自分の価値観はあまりに古い。なんて、かっこわるいんだろう。ゲバ棒を振り回す学生運動や、専業主婦になりたいがために寿《ことぶき》退社をした鈴子を、古い、かっこわるい、と見下していたはずなのに、実際のところ、いちばん自分がかっこわるい、古い女だった。登紀子の大嫌いな演歌のように、別れようとする男にすがる古い女の形が自分のなかにあるなんて思ってもみなかった。それでも言葉が口をついて出た。

「私を捨てないで。お願い」

そう言う自分に吐き気がしても、登紀子には言うしかなかった。

浩介はもう何も言わない。

浩介は自分にとってバッハだった。それを支えるマグダレーナになりたいと思ったかつての自分が、今はとてもまぶしい。あれから幾度もの夜を越えて、私たちはどこにでもいるようなカップルになってしまった。テーブルの上のランプの灯りが、浩介の書き上げた一冊の本の表紙を照らしている。浩介が何もしなくても、ただ自分の稼ぎを消費するだけの男になっても、自分の夫でいてほしかった。これからの時代、夫を食べさせているフリーランスのライターという肩書きを絶対に失いたくはない。そのことに今、気づかされた。

離婚経験があるという臑《すね》に傷持つライターではだめなのだ。新しく創刊される女性誌で仕事をしていくためには、さらにその先を目指すには、新しい家族形態に挑んでいる新しい女なのだと、皆に思われなくてはだめだ。浩介と決定的に道を違《たが》えた登紀子はそう思った。

こんなときでも打算的に仕事のことを考えている自分を登紀子は心のなかで笑った。

パジャマ姿の鈴子は台所のシンクに手をつき、今、自分が吐いたものを流してしまおうと、水道の蛇口をひねった。勢いよく水が流れ出す。それでもまだ、吐き気は体のなかから湧《わ》いてくる。つわりがこんなにつらいものだなんて、誰も教えてくれなかった。コップの水でうがいをし、鈴子はふらふらと寝室に向かった。

だらしがない、と自分でも思っているが、布団《ふとん》はこのところずっと敷きっぱなしになっている。隣の布団の上には、裕介のパジャマが脱ぎ散らかされていた。妊娠がわかって以来、ごはんの炊《た》けるにおいがだめになり、朝食も用意できない日が続いていた。今日も裕介は焼かない食パンとコップ一杯の牛乳だけを口にして、家を飛び出して行った。

「体調が悪いんだから当分の間は食事づくりはしなくてもいいよ。朝も夜も、僕は適当に食べるから」

鈴子の体調を慮《おもんぱか》って裕介はそう言ってくれるが、やさしくされればされるほど、何もできない自分のふがいなさに腹が立つ。もう昼に近い時間だが、洗濯も掃除もできていない。起きて何かしようとすると、口のなかに唾液《だえき》が溜《た》まり、むかむかとした気持ち悪さで、頭痛すらする。布団にごろりと横になって、カーテンを開けた掃き出し窓の外を見る。秋の澄んだ青空には雲ひとつない。並ぶ団地の間に植えられたポプラの葉が黄色く色づいている。こんなに晴れた日くらい、裕介の布団を太陽に干してふかふかにしてあげたい。けれど、今の自分にはそれすらもできない。

鈴子は自分の下腹に手のひらを置く。産婦人科の先生が言ったように、この手のひらの下には、自分と裕介との子どもが育ち始めている。結婚をしてすぐにでも子どもを、というのは裕介の希望だった。鈴子はもう少し先でもいいんじゃないかと思ったが、裕介は早く子どもが欲しい、できれば二人、という希望を譲らなかった。

布団の横に転がっていた小さな手鏡を手に取り、鈴子は自分の顔を見た。油くさい化粧品の香りもつわりを誘発するので、最近は化粧もしていない。朝、裕介をパジャマ姿で見送ったあと、撫《な》でるように水で顔を洗っただけだ。心なしか、顔にそばかすが増えたような気がする。何度も吐くせいか、目の下には薄黒いクマが浮き出ている。

ため息をついて手鏡を放り出し、鈴子は隣の居間に目をやった。ソファの上に、結婚祝いに、と妙子が描いてくれたイラストが額に入れて飾られている。ライズの表紙のように尖《とが》ったところのない、やさしいタッチのイラストだった。眼鏡をかけたお父さんと、赤ちゃんを抱くお母さん。お父さんの顔はどことなく裕介に、お母さんの顔はどことなく鈴子に似ていた。そんな妙子の心遣いがうれしかった。

妙子さんも登紀子さんも、今もバリバリ外で働いているんだろうな。そう考えたら、目の前がゆらゆらと揺れ始めた。会社のある銀座には、結婚以来、足を向けていない。潮汐出版のある裏通り、和光の時計台、不二家のネオン、歌舞伎座《かぶきざ》、お給料が入った日に同僚と連れだって行った洋食屋、妙子と登紀子に連れて行ってもらったジャズバー、ビストロ、喫茶店。そのどれもが今は遠い。一人で自由に歩き、お給料の少しを家に入れ、貯金をし、残りで自分の好きなものを買った。洋服、口紅、ハイヒール。お茶くみに雑用ばかりで、今の裕介を見ていたら仕事とは呼べないくらいの仕事だったが、それでも日々は楽しく、充実していた。銀座で働くＯＬから、今はただの専業主婦。妊娠しただけで、家事ひとつできない。

　部屋のなかはしん、と静まりかえっている。掃き出し窓を閉めてしまえば、外の物音は一切聞こえない。この団地にはたくさんの人が暮らしているはずなのに、その気配も伝わってこない。水道の蛇口をきつく閉めなかったせいか、台所のほうから、ぴちゃん、ぴちゃん、と水が落ちる音が聞こえる。

　暮らす前は夢の住まいと思った場所なのに、今はここに閉じ込められている気がする。自分がもし今も仕事を続けていたら。そんな夢想を鈴子はもう何回も繰り返していた。共働き夫婦。仕事が終わった裕介とどこかで待ち合わせて、食事をし、この団地に帰ってくる自分。自分が稼いだお金で好きなように買物をする。週末は二人で都心に映画を見に行く。帰りはどこかでお酒を飲んで。そこまで考えて、選ばなかった道じゃないか、と鈴子は思う。二十四までに寿退社する、それが自分のぼんやりとしたただひとつの夢だった。それを自分は選んだのだ。この団地にも、結婚をしたあとも仕事を続けている女性が幾人かいる。ハイヒールの踵を鳴らして出勤する彼女たちを、鈴子は毛玉のついたセーターとエプロン姿で見送る。これから会社に行くのか、とうらやましげに見てしまう自分がいる。

会社の元同僚から先輩の三枝さんが、編集の仕事に就いたと聞いた。新しい女性誌の発刊準備で駆け回っているという。自分と同じ仕事をしていた三枝さんは、編集という仕事に生きることを選んだのだ。けれど……と鈴子は思う。安東に誘われるまま編集者になっていたとしたら。編集者なんてろくに本も読んでいない自分がなれたとは思わないが、雑務でもなんでもいい。誰かに会いたかった。都心にある会社に行ってどんなことでもいい、新しい刺激を受けてみたかった。

でも、もう遅い。自分の体には新しい命が育っているのだ。

「女だって自由に生きていいのよ」

登紀子はくり返し、鈴子にそう言った。登紀子の言う自由とは、お見合い優先の結婚制度や古い家族観、恋愛観にとらわれるな、という意味だろう。鈴子にだってわかっていた。けれど、女が自由に生きていくためには、登紀子や妙子のように、飛び抜けた才能があり、それを金銭に換える能力が不可欠だ。

なんの才能もない自分は、仕事をしない女、専業主婦として、妻として、母として生きていくしかない。でも……。鈴子は布団をかぶってひとしきり泣いた。きっと初めての妊娠のせいで、気持ちが不安定になっているんだ。産婦人科の先生もそう言っていた。だから、そう思い込もうとした。

眠ろうとしても眠れない。けれど、たった一人で窓の外か天井を見ているだけの時間に耐えられそうもなかった。鈴子は立ち上がり、居間に向かった。テレビでもラジオでもなんでもいい。人の声が聞きたかった。テレビの電源を入れ、チャンネルを回して適当なところで止めた。テレビの前に置かれたソファに、クッションを枕《まくら》にして横になった。

鈴子の目に飛び込んで来たのは、三島由紀夫の姿だった。

「あ、三島さん」

鈴子は思わず起き上がった。何度もライズ編集部に来ていた三島の姿を、鈴子も見たことがある。白いポロシャツの胸の開いた部分から鍛えた筋肉と胸毛が見えていた。絵に描いたような男らしさをアピールする三島のことが鈴子は苦手だった。その三島がアナウンサー二人を相手に何かを話している。

「楯の会」という言葉が鈴子の耳に飛び込んできた。その言葉を鈴子も家に送られてくるライズを読んで知っていた。去年には確か「軍服を着る覚悟―三島由紀夫」というグラビアも載ったはずだ。グラビアの後には「軍服を着る男の条件」という三島の書いた記事が続いていた。その次の号では、「楯の会、軍服紹介、隊員募集グラビア」という記事もあった。なぜ、鈴子が鮮明に覚えているかというと、ライズ編集部に「楯の会に入りたい」という電話がひっきりなしにかかり、その対応に鈴子たちが追われたからだ。

三島についても楯の会についても何ひとつ鈴子にははっきりとした知識はなかったが、三島が楯の会という民兵組織を結成し、政治的な活動をしている作家であるということは知っていた。

テレビの中の三島の語りは淀《よど》みがない。

「左翼陣営は、安保で日本は戦争に巻き込まれると言っているが、私はその反対だと考えている。……だれが日本を守るのか。楯の会はわれわれの市民的抵抗を目的としている」

ライズ編集部で会ったときと同じように、黒い大きな目で相手を射抜くように見つめ、力のある声で自説を語り続ける。自信に満ちあふれているというより、鈴子には三島が自分の発する言葉で自分自身を鼓舞しているようにも見えた。

左翼と右翼の違いすら鈴子にははっきりとはわからないが、三島が向かおうとしている場所は、今の時代と逆行する場所なのではないか。そのとき、また、鈴子を吐き気が襲った。小走りで台所に向かう。ひとしきり吐いたあと、鈴子は立っていられなくて、台所の床にしゃがみこんだ。ふいに思い出した。いつか、登紀子と妙子と新宿のデモに繰り出した夜のことだ。あの夜に見たヘルメット姿の学生たちは、今見たテレビの三島と同じような目をしていた。三島にも学生たちにも、そして、女性として仕事を持ち活躍する妙子や登紀子にも、信じている何かがあるのだ。

私が信じているものとはいったいなんだろう。裕介か、それともおなかのなかで育ちつつある子どもだろうか。鈴子は考えた。

顔を上げると、居間の掃き出し窓の向こうに、隣の棟のベランダに揺れている洗濯物が見えた。真っ白い布は子どものおむつのようにも見えた。その隣の部屋にも洗濯物が整然と干され風に揺れている。家のなかで生活を支えている人がいて、外に働きにいく人がいる。そこにどんな上下があるはずもない。夫と生まれてくる子どもの日々のつらなりを支えていく人になること。それを途切れず続けていくこと。

三島や学生たち、登紀子や妙子にとっては、とるに足らないことかもしれない。けれど、自分にとって今できることはそれしかないのだ。しゃがみこんだまま、鈴子は団地の部屋を見回す。掃除が行き届いていないせいで、部屋は散らかり、床にはほこりが目立つ。けれど、私は裕介と産まれてくる子どものために、生活を支えるのだ。それしか自分にはできないし、これから先も多分ずっとそうだ。生活者として生きること。続いていく生活を信じること。そんな自分を誰が責められるだろう。ふらふらと鈴子は立ち上がった。最新式の洗濯機のなかに溜まった洗濯物と洗剤を入れ、スイッチを回す。鈴子は洗濯機の蓋《ふた》を開けたまま、左に、右に、回転する衣類やタオルをいつまでも見ていた。

同じ頃、妙子の体にも新しい命が育ち始めていた。

妙子が担当するライズの表紙は夏までにすべて描き終えていた。最後の一枚を描き終わったとき、妙子のなかで深い安堵《あんど》が広がった。ひとつの闘いを終えた。そんな気分だった。それと同時に妊娠に気づいた。妙子の妊娠をいちばん喜んだのは妙子の母だった。

「もう、孫の顔を見るのが楽しみで楽しみでいけん」

妙子の顔を見るたびそう言い、家にやって来る編集者や仕事先の人間にも伝えた。

妊娠した、という事実を仕事関係の人間に隠すつもりもなかったが、ライズの仕事をしていたイラストレーターが妊娠したという出来事が、今後の仕事に影響を及ぼさないだろうか、と妙子は不安になった。

真二郎も素直に妊娠を喜んでくれた。

「僕は男の子がええなあ。女の子なんて生まれたら、もうこの家《うち》に閉じ込めて、一生外には出さへん」と眉毛《まゆげ》を下げて言った。この家、それは三カ月前に、妙子の貯金を頭金にして建てた家だった。小さいながら妙子のアトリエも、真二郎のための書斎も、子ども部屋も、同居を始めた母の和室もある。ライズの表紙を描き続け、妙子が手にしたものだった。真二郎も大学教員としての仕事は続けていたが、その給与が妙子と真二郎、そして妙子の母を支えるまでには至らない。それでもいい、と妙子は思っていた。白い

真二郎の浮気相手からは、今でも思い出したように妙子あてに手紙が来ていた。

便箋《びんせん》に一行か二行、「先生のことを愛しています」「私は別れません」とだけ書かれている同じような内容の手紙だった。このことで真二郎を問い詰めたこともない。表向きには何もない二人の関係に、波風を立てたくはなかった。

けれど、相手のことが気になって、夏の終わり、妙子は探偵事務所に依頼し相手のことを調べ上げた。真二郎の浮気相手がどんな人間なのか、ただそれを知りたかった。売れっ子イラストレーターである妙子にとっても驚くような金額と引き換えに、何枚にも及ぶ調査文書と幾枚かの写真が妙子の元に届けられた。

母も真二郎もいない昼間、妙子はアトリエに鍵《かぎ》をかけ、探偵が調査した結果の文章を読み、写真を見た。どこか場末の居酒屋で肩を寄せ合う二人。電車のなかで女が真二郎の肩に頭を載せて眠っている様子、アパートの階段を女に続いて上がって行く真二郎の姿。二人の関係がまだ続いていると妙子を納得させるには十分だった。

調査結果によれば、女は四国で生まれ、妙子と真二郎と同じ美術大学を出ている。妙子が目を止めたのは、女が母親だけの手で育ったという文章だった。今はデパートに勤務しているが、イラストレーターを目指して、出版社に売り込みをしている。「ただ、その成果は出ていない模様」という一文で文章はしめくくられていた。

新宿のデパートのバッグ売り場に立つ女の写真、妙子も知らないような出版社に、大きな布バッグ（多分ポートフォリオが入っているのだろう）を肩にかけ入って行く写真。

女の住むアパートは古く、壁にはたくさんの雨のしみが奇妙な模様を作っていた。

写真を見ている妙子はめまいがした。そのアパートは、妙子と母が東京に出てきた頃に住んでいたアパートによく似ていた。出版社に売り込みに行く姿も昔の自分を連想させた。それだけではない。その女自身も妙子によく似ていた。

真二郎の本意がわからなくなった。なぜ、自分と似ている女と浮気をするのか。自分と同じ職業を目指す女とつきあうのか。自分と同じような境遇で、同じような夢を抱く女で、ただ若いから、というだけでその女に気持ちを寄せているのか。

妙子は一度読んだ調査文書を文字が判読できないくらい小さくちぎり、古い茶封筒の中に入れて捨てた。写真はアトリエに飾ってあったベネチアングラスの大皿の上で燃やした。写真の端に火をつけると炎がその女の顔を舐めるように走る。隠し撮りされた女の顔は熱で歪《ゆが》み、焦《こ》げ、燃え切るそばから灰になって皿の上に落ちて行く。煙にむせそうになって、妙子は慌《あわ》てて窓を開けた。窓から入ってきた風であおられ、なおいっそう写真を焼く火の勢いが強まる。皿に落ちた灰が妙子がいつも仕事をしている木の一枚板のテーブルの上にこぼれる。妙子がライズの絵を描くために死闘を繰り返してきた場所を、女の顔を焼いた灰で汚されている気持ちだった。それを見て妙子は思った。

真二郎とは絶対に別れない。離婚をして、自分の子どもを自分と同じような片親育ちには絶対にさせない。それがどんな人であれ、自分の家庭には父親が必要なのだ。

そして、こうも思った。万が一、この女がイラストレーターとしてデビューしたら、私はこの女の行く道を、未来を阻《はば》むだろう。そんなことをする先輩たちを今まで幾人も見てきた。人としてそんなことだけは絶対にすまい、とずっと心に決めていた。けれど、私の家庭を壊そうとする女の未来など知ったことか。私は一流のイラストレーターなのだ。柔らかな若い芽を摘むことなど、簡単にできるはずだ。

幾枚かの写真はすべて灰になり、風がそれを窓の外へと運ぶ。火はもうとうに消えていたが、妙子の目には今までの妙子にはない、暗い炎が生まれようとしていた。

年が明けて七〇年の元旦《がんたん》、新聞各紙は、三月に大阪で開催されるアジア初、日本初の万国博覧会（ＥＸＰＯ70）の記事を載せた。そして、万博が開かれる三月十五日より一足早い三月三日の桃の節句、早川朔のイラストを表紙に掲げた新しい女性誌『Mignonne ミヨンヌ』は発刊された。

フランス語で「かわいらしい、愛らしい」という意味のあるその雑誌は、それまでにないＡ4変形判、ページの半分ほどがカラーのグラビアだった。旧来の女性誌と言えば、皇室記事、芸能スキャンダルが記事の主軸だったが、ミヨンヌにはそういった記事は一切なかった。特集十四ページは現地で撮影、取材をしたパリコレの記事。シャネル、ディオール、カルダン、ランバン、クレージュ、サンローランの最新モードを着こなすモデルたちの写真が巻頭を飾った。それ以外のページもファッション、旅、ショッピングの記事で埋められていた。その後の女性誌には必ずあるホロスコープのページを載せたのも、ミヨンヌが初めてだった。

三枝が登紀子に話したとおり、ミヨンヌの記事は多くのフリーランスの人間によって支えられていた。編集部内では、仕事において社員とフリーの区別はなかった。編集長と副編集長、校了責任者以外には、三枝を含め、社員である編集者は四人しかいなかった。

その頃から、どこの企業にも属さず、個人事業主として働く登紀子のようなフリーの人間が、急増し始めていた。ライター、カメラマン、デザイナー、そして、ミヨンヌで生まれたスタイリストという職業。高度経済成長という時代が彼らの自由な生き方を支えていた。

ミヨンヌのターゲットは、少女でも主婦でもない若い独身の女の子たちだった。当時の女性の平均初婚年齢は二十四・二歳。鈴子のように学校を出たあとは、数年間腰掛けで働いたあと、寿退社する、といった女性がほとんどだった。とはいえ、お見合い結婚は次第に少なくなり、七〇年には約六割の女性が恋愛結婚を選ぶようになっていった。恋愛する相手も、結婚する相手も自分で選ぶ。女は男の下にいなくていい。そんな気運を支えたのは、アメリカでわき起こり、その波が日本にも伝わったウーマンリブ運動の高まりだった。妙子や登紀子のように男と同じように仕事をし、一人でも生きていける女。女以前である女の子たちに、女は自由に生きてもいい、とやさしく諭すのがミヨンヌの記事づくりの根幹になった。

妊娠八カ月のおなかをさすりながら、妙子は自宅に届けられたミヨンヌの創刊号を眺めていた。茶封筒の中から出て来た表紙を見たとき、アートディレクター天野とのやりとりを思い出して、胸のうちに苦いものが広がった。

確かに表紙は妙子のイラストだった。ベレー帽をかぶり、ウエストを絞ったロングのドレスコートに身を包んだ女の子。ベレー帽からはみだした長い巻き毛が風に揺れている。妙子はその女の子の全身を描いた。足下はブーツ。けれど、茶色い編み上げのブーツを履いているはずの足下は、表紙にはない。女の子の顔や襟元はアップになっているが、その左側に広がる白いスペースは妙子が意図したものではなかった。その部分に「こんにちは！　ミヨンヌです」というゴチックの大きな文字が並んでいる。

ライズ時代は妙子が描いた絵が、ライズの表紙全面にそのまま大きく使われた。それは妙子が手がけた最後の号までそうだった。ミヨンヌの表紙のように、自分のイラストが大きくトリミングされた経験はない。

「私のイラストが……どうして」

世田谷の自宅で、天野から直接渡された表紙のテスト版を見たとき、妙子は思わず言った。
「私のイラスト、全部は使ってくれないんですか？ どこかが悪かったのでしょう
か？」
落胆した妙子の声に驚いたように天野が顔を上げる。
「早川朔のイラストの良さを最大限に活《い》かすためにデザインした結果です」
そう返す天野の目に迷いはない。
「今までにない表紙を、僕は作りたい。今、日本にあるどの雑誌とも、ライズとも違う。
そういう表紙を僕なりに追求した結果です」
「でも、こういうふうに使うのなら、最初から言ってくだされば」
天野は妙子が出した紅茶茶碗《ぢゃわん》を口に運び、一口飲んで言った。
「前にも編集長の関口さんがお話ししたとおり、僕はイラストも文章も写真も雑誌を作
るための素材だと思っています。早川さんには自由にイラストを描いてほしい。けれど、
そのあとのことは僕を信じてほしいんです」
納得できない。私の絵をライズのときのように全面に使ってほしい。即座にそう言え
ばいいのかもしれなかったが、妙子は言葉にできなかった。そのとき、子どもが妙子の
おなかを蹴《け》った。生まれてくる子どものために、ミヨンヌの表紙の仕事は妙子にとって
なくてはならないものだった。話をこじらせないほうがいいのかもしれない。自分がご

ねている、と天野に思われたくもなかった。そんな噂《うわさ》は業界で瞬《またた》く間に広がる。わがままを通して仕事を失った先輩たちを、妙子はすでに何人も目にしていた。イラストレーターは自分がデビューしたときよりたくさんこの世に存在するのだ。今は、ライズ、ミヨンヌとたて続けに大きな仕事を任されているが、それがいつまで続くか、誰かが保証してくれるわけでもない。

「デザインするということはこういうことなんです」

そう言われては反論するすべもなかった。

天野が帰ったあと妙子はアトリエにこもり、書棚に並べられたライズを数冊取り出し、机の上に並べた。自分の描いた絵がそのまま、全面に使われているライズの表紙。さっき天野が持って来たミヨンヌのテスト版は、リビングに置いたままだ。それをくり返し見て、落胆したくはなかった。「雑誌を作るための素材」確かに初めて会ったとき、編集長の関口はそう言った。関口の熱い語り口に押され、自分はその言葉をのみ込んでしまったけれど、それがああいう結果になるとは、あの夜には思いもしなかった。

「私は一流のイラストレーターなのよ。こんな表紙、絶対に許せない」と天野に叫べばよかった。そのとき、ふいに思い出したのは、立見のことだった。一週間に五枚ずつイラストを渡すという過酷な条件ではあったが、立見は自由に描かせてくれた。あんなふうに大胆に自分のイラストを切り取るようなこともしなかった。いかに自分が立見の庇《ひ》護《ご》のもとでイラストを描いていたか、と思い知らされた。

「どうぞ私のイラストは素材として使ってください。自由に料理してください」と言えるような余裕も今の妙子にはなかった。

机の真ん中には、ミヨンヌの表紙のラフを描いた紙が散らばっている。新しい女の子のための雑誌です。創刊号ではそんな文字が躍っていた。また、子どもが妙子のおなかを蹴る。性別はわからないが、もし自分の子どもが女の子だったら。そう妙子は考えた。私がこんな弱気でいてはだめだ。「捨て子」といじめられた子ども時代、お金がないというだけで母と暮らしたあの狭いアパート。生まれてくる子どもに、暗く、みじめな思いだけはさせたくない。何にもとらわれず、自由に生きてほしい。新しい女の子を描くのなら、自分が生まれ変わらなければだめだ。言いたいことは言わせてもらう。仕事の現場に男女の差などあるはずがない。強くならなくちゃ。いや、私はもっと悪くならなくては。

そのときふいに最初の子どもを掻爬《そうは》した手術室の消毒液のにおい、真二郎の浮気相手の女の写真を焼いたにおいが鼻をかすめた。自分はとうに悪人だったじゃないか。イラストレーターとして誰にも負けたくはない。もっと強く、もっと悪い女になって、生き残ってやる。妙子は心に誓った。

妙子は机に向かい、「新しい女の子」のイラストを猛然と描き始めた。

10

「ねえ登紀子さん、どの写真がいいと思う？」

登紀子がミヨンヌ編集部に足を踏み入れた途端、編集長の関口に声をかけられた。

編集部中央に置かれた丸テーブルの上、写真のネガをチェックするためのライトテーブルを、関口とアートディレクターの天野が囲んでいる。その上には透明な袋に入れられたポジフィルムの束があり、三カ所に赤いダーマトペンで丸がつけられていた。

登紀子も関口と天野の頭の上からポジを眺めた。ロング丈のコート、パンタロンを身につけたモデルが、こちらを見つめている全身写真。構図はどちらもあまり変わらない。一枚は満面の笑顔。いかにも若い女の子の躍動感に満ちている。二枚目もやはり笑顔で横を向いている写真で、長い髪が風になびいている。最後の一枚は、物憂《ものう》げにこちらを見つめる表情。モデルの口がかすかに開き、その口元から白い歯が見える。今にも何かを語り始めるような顔をしていた。

「うーん、これかな」

登紀子はモデルが物憂げにこちらを見ている写真を指差した。

「え、君もか。女性に聞くとみんなこれだって言うんだよ。なんでだよ」

「だって、こっちのほうがかわいいもの」

登紀子は着ていたステンカラーのコートを脱ぎながら言った。

「かわいいって言うなら、こっちの二枚のほうがかわいいだろう？　女性らしくて」

「いや、かわいいってそういう意味じゃないんですよ」

登紀子はわざと、わかってないなあ、と眉間《みけん》に皺《しわ》を寄せた表情で二人を見た。

「女性らしいとか、若く見えるとか、それ、男の価値観じゃないですか。かわいいって言うのは、つまりその……枕草子のいとおかし、に近い感覚って言うか」

「いきなり古典を出されてもなあ……」

関口が、わけがわからないという表情で頭を掻く。

「趣があるというか……私もうまく説明できないですけど」

「そのかわいいが、俺たちにはよくわかんないんだよな」

天野もため息をつきながら、かけていた眼鏡を外し、シャツの裾でレンズを磨き始める。

「ミヨンヌに出てくるものは、絶対にかわいくなくちゃだめなんですよ。まあ、お二人にはなかなかわかっていただけないとは思いますが」

登紀子が皮肉交じりにそう言うと、関口と天野が同時にため息をついた。

関口と天野が自分には絶対に上から物を言わない人間だとわかっていて、登紀子はあえて憎まれ口をきいた。いつか三枝は「登紀子さんはミヨンヌの影の編集長だって、みんな言ってます」と登紀子にそっと教えてくれた。自分の意見や感性をこれほどまでに尊重してくれる仕事を登紀子自身も体験したことがなかった。上からの依頼でただ言われるまま記事を書いていたライズ時代にはあり得なかったことだ。編集方針や記事作りで困ったことがあると、関口も天野も、登紀子や三枝、フリーの女性スタッフたちに最後の判断を任せた。

「だって、こっちのほうがかわいいから」

それを最初に言い出したのは登紀子ではなかったような気がするが、ミヨンヌ編集部で仕事をする編集者やスタッフの間では、もはやなくてはならない決め台詞になっていた。ライズ編集部では絶対に聞かれなかった言葉だ。

登紀子の仕事の仕方も、ライズ時代とは大きく変わっていた。

ライズ時代は、まず登紀子たちライターが書いた原稿ありきで、それを元にページが割り付けられた。おおまかな文字量は決まっていたが、一文字多くなろうと、一行多くなろうと、どうにでもなる。けれど、ビジュアル重視のミヨンヌでは、まずデザインありき、だった。

天野、そして、その下にいるデザイナーが写真を元にまずレイアウトする。

何よりもデザイン最優先で、そのあとに見出しや本文はこの位置で、これくらいの分量で、と決められた。登紀子を始めとするライターは、そこに情報や伝えたいことを、指定された文字数ぴったりに収めていく。ミヨンヌの原稿を書き始めた頃は、ライズとは違うその方法に登紀子自身も戸惑ったが、何号か書くうちにすっかり慣れていった。文字数ぴったりに原稿を書くことができると、パズルの最後のピースがはまったような快感がある。ライズ時代の言いたいことをだらだらと綴る、というスタイルから、登紀子の文章はよりそぎ落とされ、読者に伝えたいことをストレートに書けるようになった。

何より出来上がったページを見るのが楽しみだった。ライズ時代の原稿は、自分の手を離れてしまえば、もう一度読みたいとは登紀子自身も思えなかった。けれどミヨンヌの記事は、写真もデザインもクオリティが高い。そこに自分の書いた文章が添えられていることが、登紀子のライターとしての誇りにもなった。

正直なところミヨンヌの創刊号は爆発的に売れた、というわけではない。けれど、号を重ねるごとに、知る人ぞ知るという存在になっていった。ミヨンヌを読んでいる、買っている、ということが読者のプライドを満足させる、ちょっと尖《とが》った雑誌。それがミヨンヌの立ち位置だった。

昔からある女性誌のファッションページのように、「体の欠点を隠す」とか、「こう着れば間違いない」といった内容の記事はひとつもなかった。「好きだから」「かわいいから」、私はこの服を着る。女性はもっと主体的に服を着ていい、それが創刊以来のミヨンヌの主張だったが、それが受け入れられるまでにはまだ時間がかかった。

そもそも、創刊号で取り上げたようなパリコレの洋服を買える人間が、日本にはまだ多く存在していなかった。パリコレだけでなく、それ以降の号に掲載されたフランソワ・ヴィヨンのハイヒール、エルメスのバッグ、シャネルのスーツも、ミヨンヌの読者のなかに買える人間はほとんどいなかった。自分の生活からほど遠く、手にいれることはできないけれど、世の中に、こういう品質の高いものがあることを知っている。ミヨンヌはそんな読者のエリート意識をくすぐる雑誌だった。

「登紀子さん」

登紀子が壁際《かべぎわ》のデスクでさっそく仕事を始めると、背中から声をかけられた。

ミヨンヌ編集部では、皆が登紀子のことを「登紀子さん」と呼んだ。ライズ時代のように「お登紀さん」と置屋の女将《おかみ》のような呼び方が定着しなくてよかったと、登紀子は胸をなで下ろしていた。

三枝の隣に、白いアランセーターにジーンズを身につけた女子大生のような若い女の子が立っている。

「登紀子さんに紹介しておきたくて。スタイリストの片岡真美子さんです」

「え、あなたが、片岡さん?!」

登紀子は目を丸くした。スタイリスト片岡真美子の名は、登紀子ももう何度も耳にしていた。広告からこの世界に入り、今は、フリーのスタイリストとして名を知られていた。若いクリエイターたちが集まる原宿のセントラルアパートに事務所を構えているとも聞いていた。自分と同じくらいか、もしくは年上の女性だと登紀子はすっかり思いこんでいた。

「今度、うちでもお仕事をお願いすることになって」

三枝より頭ひとつ小さい片岡がまっすぐな目で登紀子を見つめる。

「はじめまして。片岡です」

小さな声でそう挨拶《あいさつ》をする片岡は、どこからどう見ても女子大生、いや、女子高生と言っても通用するだろう。

「片岡さん、ミヨンヌの仕事でわからないことがあったら、なんでも登紀子さんに聞いてくださいね」

三枝が片岡に微笑《ほほえ》みながら言う。

「ちょっと、ちょっと待って。片岡さんは一流のスタイリストよ。私になんか聞くこと何もないでしょう」

「でも、登紀子さんはうちの常駐スタッフの長《おさ》みたいなもんですから」

三枝が笑いながら言う。

「よろしくお願いします」

綺《き》麗《れい》に並んだ白い歯を見せながら笑う片岡を見ていたら、登紀子の胸を感慨深い思いが満たした。片岡だけではない。ミヨンヌの編集部では、いつからそんなに増えたのだ、と思うくらいの、女性カメラマン、女性デザイナー、女性イラストレーターが仕事をしていた。今までずっと一人で仕事をしてきたような気になっていたが、自分と同じような仕事の仕方をする、妙子や片岡のようなフリーの女性が増えてきたことが、素直にうれしかった。

これからは女の時代だ。女が主体的に生きて活躍する時代だ。

世の中は確実にいい方向に向かっている。光の当たっている場所だけを見れば、世の中は光に満ちあふれている。

深いお辞儀をして、編集部の奥に歩いていく片岡の小さな背中を見ながら思った。けれど、世の中が悪い方向に進んでいると、信じて疑わない人もいる。それも自分のいちばん身近に。

このところ、登紀子は浩介と住むアパートではなく、母、みつ子の市ヶ谷のマンションに泊まることが多くなっていた。

みつ子の活躍ぶりは相変らずで、女性向けのエッセイ本を多く出し、最近ではラジオの人生相談にも出演をしていた。その人生相談をまとめた本がベストセラーになった。登紀子を驚かせたのは、市ヶ谷のマンションに病身の父を引き取ったことだった。母と離婚をした後の父は画家としての暮らしがうまく行かず、日本を飛び出してパリに住む登紀子の弟の元に身を寄せていた。弟の便りで父の病気を知った母は、父に日本に戻ることを勧めた。車椅子《いす》に乗って、顔色の悪さを隠すように帽子を目深《まぶか》にかぶり、空港の到着ロビーにあらわれた父の姿を思い出すと登紀子の胸は痛む。自分が知らない年老いた父がそこにいた。

「一度愛した男だもの。最後まで面倒看《み》るわ」

母は登紀子にそう言っただけだった。

同じことが自分にも言えるだろうか？　父の面倒を看ているのは、実際のところ、母が雇ったお手伝いさんや看護婦だったが、それを雇うほどの財力が今の母にはある。父の様子が心配だから。浩介にはそう伝えて母のマンションに泊まっていたが、本当のところは、この頃ずっと暗い顔をしている浩介と、顔を合わせるのがつらかった。

それでも今日くらいは帰らないといけないかもしれない。けれどそう考えたら、さっと暗いものが登紀子の胸をよぎっていった。

登紀子と浩介の住む家も、登紀子のライターとしての収入が増えていくと、より広く、より快適な場所に移っていった。

一年前から住み始めたのは、母の買ったマンションからもそう遠くはない、四谷の中古マンションだった。浩介と登紀子のために六畳ほどの部屋が一室ずつ、それに南向き、十畳ほどのリビングダイニング。中古マンションとはいえ、キッチンや浴室の水回りは入居前に新しくしてもらったのでなんの不自由もない。けれど、登紀子がこのマンションに住み始めてから、ここはただ帰って寝るだけの場所になっていた。ミヨンヌの編集部や母のマンションで過ごした時間のほうが長い。居心地悪く感じるのは、常に家にいる浩介の存在のせいだった。

登紀子が予想していた通り、浩介の書き上げた本は書評に取り上げられ話題になることもなく、増刷されることもなかった。ノンフィクション作家としてやっていくには、息継ぐ間もなく次のテーマを見つけ、それに取り組むべきだ。登紀子はそう考えていたが、膨大な時間を注ぎ込んだ本を書き上げた浩介はすべての力を使い果たしたように見えた。登紀子と向かい合っているのに、いつもどこか心ここにあらず、という風だ。

夕方、重い足取りで四谷のマンションのドアを開ける。

「ただいま」と口にしたものの返事はない。夕飯の買い物にでも行ったのかな、と思い、リビングに足を進めると、ダイニングテーブルに向かって新聞を広げている浩介の姿が目に入った。

「あら、いないかと思った」

登紀子はわざと軽い口調で言い、もうすっかり暗くなってしまったリビングの照明をつけた。テーブルの上には、いくつもの新聞の切り抜きが散在していた。浩介の傍らにはベージュ色のスクラップ帳。新聞や雑誌から気になる記事を切り取って、それをスクラップするのは、いっしょに暮らし始める前からの浩介の習慣だった。

登紀子は立ったまま、浩介の切り取った記事を一瞥《いちべつ》する。ベトナム戦争、赤軍派のハイジャック事件、水俣《みなまた》病、三里塚闘争……。今起こっているさまざまな事件。浩介が視線を向けているのは七〇年の世界で起こっている時代の暗がりだった。

「今日はお夕飯なににするの？　私が作ろうか？」

そうするつもりもないのに、登紀子はあえて口にした。

「そうだ。駅前の魚屋さんにいい鰯《いわし》があったわよ。梅干しでさっぱり煮付けて」そこまで言いかけたところで浩介が口を開いた。

「ベトナムでは今日もたくさんの人が死んでいるんだよ」

それがどうしたの。私になんの関係があるの。そう思ったが口には出さなかった。

「ベトナム戦争に興味があるの？　ベトナムに取材に行きたい？」

畳みかけるように登紀子は尋ねた。浩介がそうしたい、と言うのなら、登紀子は自分がそのための費用を出してもいいと思っていた。自分にはその力がある。私が仕事をたくさんすればいいだけの話なのだから。けれど、その気力と体力が浩介にはあるのか。浩介はもうすぐ五十になるが、五十なんてまだ若い。五十を過ぎたノンフィクション作家なんて、いくらでもいる。皆、身を削って自らのテーマに取り組んでいる。浩介が本気でノンフィクション作家を目指すというのなら、私はいくらでも自分を酷使して仕事をする。それが登紀子の本心だった。

目の前の浩介はただ黙っている。心血を注ぎ込める次のテーマを浩介は摑《つか》みかねているように思えた。社会にコミットしていきたい、という気持ちはあるのに、それがどこなのか、どこに入り口があるのかも浩介にはわからなくなっているのだろう。自分がこつこつと調べ上げたものを一冊の本としてまとめ上げたときには、浩介のなかに暗赤色のマグマのようなものが確かにあったはずだ。濡《ぬ》れ衣《ぎぬ》を着せられた自分や仲間のために、真実を明かすのだ、という強い意志が。

けれど、その本は世の中の人に見向きもされなかった。戦後すぐに起こった不可解な鉄道事件のことなど、もうすっかり忘却の彼方《かなた》にあった。本を出して突きつけられたのは、その事実だけだった。

それならば浩介はいったいなんのために、あの本を書いたのか。

呆然《ぼうぜん》自失の日々を過ごす浩介から少しずつ、心が離れていくのを登紀子は感じていた。この人は、こんな人だっただろうか。一心不乱に自分だけのテーマを追いかけ、掘り下げ、一冊の本にまとめようとする情熱に満ちあふれた男。浩介は自分にとってバッハだった。そういう男だったから今まで支え続けた。

浩介の本が出来上がった日、別れを切り出されて、思わず口をついて出た「私を捨てないで。お願い」という言葉は今も登紀子のなかで響いている。その気持ちに変わりはない。

ミヨンヌ編集部でもほかの仕事でも、「うちは私が働いて、夫が家のことをしているの」と口にすると、皆が感嘆の声をあげる。ウーマンリブを支持する者も多い業界で仕事をするうえで、進んだ女だ、と思われることは、登紀子の思惑通りだった。浩介との関係を清算する気はさらさらないのに、浩介への気持ちだけは、軌道を外れた宇宙ロケットのように、暗い宇宙を彷徨《さまよ》い続けている。

浩介が登紀子を見もせずに部屋を出て行き、リビングに面した自分の部屋の襖《ふすま》を開ける。わずかに丸くなった背中、白いものが多く混じった髪に、登紀子はそれまであまり感じたことのなかった浩介の老いを強く感じた。襖が音もなく閉められる。

カーテンすらまだ閉められていない黒い掃き出し窓に、自分の姿が映っている。セットアップの芥子《けし》色のパンタロンスーツに、フォークロア調の大ぶりのネックレスとイヤリング。ファッション雑誌の売れっ子ライター。三十二になったけれど、まだ、二十代だと思われることも多い。自分はこうして好きな洋服を着て、永遠に老いることはないのではないか、と登紀子は思った。

「あれ、妙子、私がやるからええよ」

そう言って五月に生まれたばかりの息子、謙《けん》を、妙子の腕から妙子の母が取り上げた。沐浴《もくよく》の準備はすでに妙子が整えていた。湯温計で温度を測ったお湯がベビーバスに満たされている。出産前の母親教室でその方法を習ったのに、妙子は数えるほどしか、謙を沐浴させていない。

子どものためには、できれば母乳で育てたい、と妙子自身は考えていたが、「母乳やと妙子の体がまいってしまうじゃろ」と、市販のミルクと哺乳瓶《ほにゅうびん》を用意したのも母だった。飲ませなければ、次第に体も母乳を作ることをやめてしまうのか、出産直後は青い血管を浮き上がらせて張っていた胸も、今はそのときの膨らみを失い、妊娠前の姿に戻った。変わらないのは、胸だけではなく、仕事のペースもそうだった。

妊娠がわかってからも、月に二枚描けばいいミヨンヌの表紙の仕事だけでなく、それ以外の仕事も妙子はできる限り断らずに受けていた。妊娠や出産で仕事に悪影響が出るのでは、と思っていたが、実際のところ、赤ちゃんや母親、家族のイラストを描いてほしい、という依頼が複数舞い込んできたのは妙子にとっても予想外の喜びだった。

雑誌だけでなく、広告の仕事も多く、そのギャラの高さに驚きながらも、妙子は出産直前まで大きなおなかを抱えて仕事を続けていた。産後一カ月になるまでは、あらかじめ仕事を入れていなかったが、ミルクもおむつ替えも、沐浴も、そのほとんどを母がやってくれた。妙子はただベッドに横になって、出産で疲れた体を休めていればよかった。

産後二カ月目に入って、少しずつ仕事を始めたときも、昼夜問わず謙の面倒をみているのは、妙子ではなく母だった。妙子が仕事をしているときはもちろん、夜も自分の部屋にベビーベッドを置き、謙にミルクを与え、おむつを替えた。妙子の出る幕はない。母が日中、買物や病院に行っている間だけ、妙子は謙を抱いた。締め切り前は、今日は一度も謙に触れていないという日もあった。

リビングの中央、母の部屋に置かれたものと同じベビーベッドから謙を抱き上げると、出産直後とはまるで違う重みを感じた。いつの間にこんなに大きくなったのだろう。伏せた瞼《まぶた》には、長く濃い睫毛《まつげ》が揃《そろ》っている。小さな鼻、顔のそばで握った小さな拳《こぶし》。まるで精巧に作られた人形のようにも思えた。

謙を腕に抱きながら、ふいに、晴子のことを思い出した。消毒液のにおい。軽石に触れたようにがさがさしていた冷たい指先。「妙子はかしこいええ子じゃ」と自分をほめてくれた声。

そこでふと妙子は思う。

こんなにかわいい赤んぼうを、どうして母は実家の軒下においていったのだろう。今の自分にそんなことができるだろうか。いや、どんなに忙しくても、どんな事情があってもできない。今まで、母に対して、そんなことを思ったことはなかったのに、母はこんなに小さかった自分を捨てたのだ、という激しい思いが、妙子の胸のうちに湧《わ》いた。

いや、だからこそ、謙をあんなに盲目的にかわいがってくれるのだ、ということは妙子にだってわかる。けれど、小さな謙を抱いていると、なぜだかどうしようもなく、みじめでさびしかった子どもの頃を思いだしてしまう。

そのとき、謙の眉間にわずかな皺が寄り、ふにゃりと小さな口が歪《ゆが》んだ。えっ、えっ、という小さな音が大きな泣き声に変わるまであっという間だった。妙子は謙を抱いたままソファに座り、ブラウスのボタンを外した。ブラジャーから右手で乳房をつかみ、乳頭を謙の口に差し出した。謙に母乳を与えたのは、退院して自宅に戻ってきてから数えるほどしかない。もう出ないかもしれない。それでも妙子は、自分の体から自然にわき出るものを、謙に飲ませたかった。

謙は目を見開いて、乳頭を口にふくみ、幾度か口をくちゅくちゅと動かしていたが、これではない、というふうに、ぷいと口を離し、横を向いてしまう。

「謙ちゃん、おっぱいじゃ。お母さんのおっぱい、飲んでくれんかなあ」

妙子は謙に語りかけるが、謙の泣き声はこの小さな体のどこにそんな力があるのかと思うほど次第に大きくなり、妙子の鼓膜を震わせる。

「謙ちゃん、飲んでえな。お母さんのおっぱいおいしいで」

まるで懇願するかのような妙子の声が部屋に響く。

そのとき玄関のドアが開き、ばたばたと廊下を走ってくる足音がした。

「ああ、いけん、なんでかスーパーのレジが混んでてなあ。謙ちゃんのミルクの時間じゃ思うたら、気が急《せ》いていけんかったわ」

　母はそう言うと、手早くミルクの準備を始めた。哺乳瓶にポットのお湯を注ぎ、缶から、プラスチックのスプーンで粉末状のミルクを入れる。お湯でミルクを溶かし、ゴム製の乳首を付けると、母は何度か哺乳瓶を振り、シンクの水道水で冷やした。数滴のミルクを自分の腕の内側に垂らし、その部分に口をつけ、ちゅっと吸い上げると、

「ああ、ちょうどええ」

　そう言いながら、妙子の腕の中にいた謙を抱き上げる。妙子の横に座り、謙にミルクを与え始めた。余程空腹だったのか、謙は喉《のど》を鳴らしてミルクを飲む。

「謙ちゃんはミルクをようのむええ子じゃなあ」

　母は溶けた飴《あめ》のような甘い声を出す。妙子はたまらず言った。

「お母さん、私がミルクあげるから」

「何言うとるんじゃ。妙子ははよ仕事せにゃあ。妙子が仕事できるように、そのために母さんここにおるんじゃから」

「でも……」

　妙子の言葉に母の返事はない。母はあたたかい、というより熱いまなざしで謙を見つめている。抱かれてミルクを飲んでいる謙も、しっかりと母を見つめている。二人の間

に妙子が入る隙《すき》はなかった。戸惑うように自分を見つめる妙子の視線に気づいたのか、母が口を開く。

「妙子は、もう先生じゃ。一流のイラストレーターの先生なんじゃ。有名人なんで。今朝も隣の奥さんが妙子の写真が雑誌に出てたって、教えてくれたわ。お母さん、うれしかったわあ。妙子が有名なって、謙も生まれて。こんな家に住ませてもろうて。こんなに幸せなことがあるじゃろうか。じゃから、母さん、妙子に恩返しせんといかん。謙の子育ては、なんでもどんなことでも母さんがしてあげる。じゃから、妙子は何にも気にせんと、仕事を一生懸命しなさい」

そう言われては返す言葉もない。

妙子はブラウスのボタンをゆっくりと留めながら立ち上がった。

母は瞬《またた》く間にミルクを飲み終えた謙を縦抱きにして、皺の多い手のひらで小さな背中をさする。げふっ、と赤んぼうらしからぬ大きなげっぷが出た。

「謙ちゃんはおりこうさんじゃなあ。なんとかわいらし子じゃろう」

おりこうさん、かわいい、と何度も母は謙に言葉をかける。

私は晴子という赤の他人に育てられた。そういう育ち方をした人間はいくらだって世の中にいるだろう。でも、晴子に、今の母のような余裕はなかったはずだ。ぎりぎりの慎ましい生活のなかで、晴子だけでなく私も懸命に生きようとしていたのだ。何もかも揃ったこの家で、母の手で手厚く育てられている謙に、自分は嫉妬《しっと》しているのだろうか。

まさか、と妙子は首を振る。

自分の産んだ子どもに嫉妬する母親なんているだろうか。暗い感情が湧くのは、謙ではなく母に対してだ、ということに気づく。私を捨てたくせに。謙を産んだあとに、どうしてもその感情が妙子のなかから消えていかない。仕事部屋のドアを開ける。机の上に描きかけのイラストが散らばっている。階下から母のはしゃいだような声と、言葉にすらならない謙の発する声が聞こえる。妙子は後ろ手にドアを閉めた。閉めてしまえば、母と謙の声はもうすっかり聞こえなくなった。

去年の今頃は、つわりで大変だったなあ、と鈴子はすっかり黄色くなったポプラの葉を見ながら思った。団地の中心にある小さな公園。日光浴をさせるために、砂遊びをさせるために、赤ちゃんや幼児を連れた母親たちが、それぞれの目的で、秋の日差しのなかで、どこかぼんやりとした顔をして立っていた。鈴子は乳母車のなかに寝かせた満奈実を見つめた。もう生後六カ月になる。鈴子が笑いかけると、満奈実も鈴子に目を合わせて笑顔を返す。かわいい、と心の底から思う。

出産は鈴子が予想していたような痛みもなく、するっと終わった。標準より出生体重が少し軽かったせいで、一日だけ保育器のなかに入れられたが、それ以外はなんの問題もなかった。けれど、産院を退院して、この団地に戻ってきてからが大変だった。妊娠中に熟読した育児書には生まれたての赤んぼうは昼間ほとんど眠っていると書かれていたのに、満奈実は昼夜問わず泣き続ける子どもだった。布おむつを替え、母乳を飲ませる。けれど、いざ布団《ふとん》に寝かせようとすると火がついたように泣き始める。

「赤んぼうが泣くのも運動のひとつよ。少しくらい泣かせておきなさい。私だって、あんたを泣かせたまま、父さん手伝ってずっと働き通しで。今から抱き癖なんてつけたらだめよ」

退院後に様子を見に来てくれた母はそう言った。抱き癖なんてもうすっかりついている。鈴子は睡眠不足で目の下にくまを作りながら、心のなかでつぶやいた。泣き止《や》まない満奈実の育児の合間に炊事、洗濯、掃除……。専業主婦は三食昼寝つき、気楽でいいね、と言ったどこかの誰かを鈴子は憎んだ。

朝、化粧をしようと前髪をピンで留めると、満奈実が泣き始める。世話をし、やっと食べ損ねた朝食が食べられる、と思うと、また泣く。一人の食事は台所で立ったまま食べるのが常だった。お昼を過ぎる頃にはすっかり疲れ果てていて、それでも夕食の買い物に行かなくちゃと、泣きわめく満奈実を乳母車に乗せて、団地の外れにあるスーパーに行った。同じ棟の奥さんに言われて初めて、自分が前髪をピンで留めたままでいることに気がつくくらいの慌《あわ》ただしい日々だった。

夫の裕介は仕事に忙殺されていた。休日も地方出張が多かった。海外へ行くことも少なくない。それでもたまに家に早く帰れる日には満奈実をあやし、鈴子がゆっくり食事ができるように気を配ってくれる。その心遣いはありがたかったが、残業、出張が続き、さらに自宅でも深夜まで会社の仕事をしている裕介に甘えることはできない。帰りが深夜になっても鈴子は裕介のために作っておいた食事を温め、食べ終わるまでそばにいた。せめて栄養と睡眠だけでも十分にとってほしかった。

生後五カ月を過ぎた頃から、真夜中になると満奈実はひときわ激しく泣くようになった。死んだようにぐっすり眠っている裕介を起こさないように、鈴子は満奈実をおんぶして部屋を出た。誰もいないひっそりとした廊下に満奈実の泣き声が響く。誰に文句を言われたわけではないが、隣近所に迷惑だろうと、鈴子は団地の階段を降りて、深夜の公園に向かった。

隙あらば血を吸おうとする藪蚊《やぶか》を時折手で払いながら、ブランコに乗った。きい、とブランコがさびしげな音をたてる。公園から団地を見上げても、どの部屋にも灯りはついていない。それでも、夏の名残が残っている時期はまだよかった。近くの幹線道路を走る車の音が風に乗って聞こえてきて、こんな夜更《よふ》けに自分以外の誰かが車を走らせていることに安堵《あんど》を覚えた。満奈実の夜泣きは夏がすっかり終わり、秋になっても続いた。

空気の冷たさが鈴子の心細さをより強めた。

「満奈ちゃん、そんなに泣いたらだめよ」

首を曲げ、背中の満奈実に語りかけるが、満奈実に鈴子の言葉の意味が伝わるわけもなく、何がそんなに悲しいのか、声を張り上げて泣き続けるばかりだ。

ふと夜空を見上げた。風で飛ばされた雲の切れ間に細い月が見えた。今、あの月が照らしているのは、この世界で自分と満奈実だけのような気がして、鈴子は生まれて初めて孤独を感じた。

どの母親もこんな思いをして子どもを育ててきたのだろうか、自分の母もそうだったのだろうか、と思うと、さざ波のような心のふるえが鈴子の胸のなかに満ちていく。

妙子さんも自分と同じ月に男の子を産んだと、登紀子から電話で聞かされた。

妙子さんの子どもはきっと、満奈実みたいに夜泣きなんてしないだろうな。聞いたわけでもないのに、なぜだか鈴子はそう思った。妙子さんがお母さんと同居して、世田谷の大きな家に住んでいることも登紀子から聞いた。仕事も妊娠前と変わらず続けているということも。育児はお母さんが手伝っているのかもしれないけれど、こんな小さな赤んぼうを抱えながら仕事もするなんて、やっぱり私には無理だ。人としての器も、力量も、バイタリティも根本から違うのだ。家事と子育てをするだけで精一杯、夜泣きをする子どもを泣き止ませることもできない私はなんてちっぽけなんだろう。そう思ったら、ふいに目の端に涙が浮かんで、月明かりが滲《にじ》んだ。

「えーん、えん、えーん、えん、満奈実ちゃんはよく泣く元気な女の子」

鈴子は一人つぶやきながら、溢《あふ》れてくる涙を拭《ぬぐ》いもせずに、満奈実を背負ったままブランコを小さく揺らした。

それでも、生後半年を過ぎる頃、満奈実も赤ちゃんらしい表情を見せるようになり、午前と午後のお昼寝の時間が決まるようになると、鈴子にもやっと満奈実のことがかわいい、と思えるような心の余裕が生まれた。

十一月のある日の午後、鈴子は自分のために紅茶を淹《い》れ、裕介が撮った満奈実の写真を一枚、一枚、出産祝いにもらった布張りの表紙のアルバムに貼《は》っていた。

理系出身だからなのか、裕介の唯一《ゆいいつ》の趣味がカメラだった。ボーナスが出るたびに、新しいカメラを買っては、鈴子や満奈実の写真を大量に撮る。

今までは写真屋に現像に出しに行くだけの余裕しかなく、出来上がった写真は紙袋に突っ込んだままになっていたが、箪笥《たんす》の引き出しに入れたままの大量の写真を、整理しようと思い立ったのだった。

一枚、一枚、写真を眺めてはアルバムに貼る。まだ半年前のことなのに、生まれたばかりの満奈実の小ささに鈴子は驚いてしまう。ああ、なんてかわいいんだろう。

鈴子は写真を見ながら、自分が微笑んでいることに気づく。襖を開けたまま、隣の和室で眠っている満奈実に目をやる。生まれた頃と同じように小さな拳を上に上げたまま、深く眠っている。立ち上がり、満奈実のそばに近づき、寝息を確かめた。

「この子はいつも万歳ポーズだ。将来は政治家にでもなるかな」

満奈実を間に挟み、川の字になって横になると、裕介はいつも同じことを言った。政治家なんて到底無理だと思うけれど、満奈実には私が行かなかった大学にも行ってほしい。手に職だってつけてほしい。自分がやらなかったことを全部やってほしい。そこまで考えて鈴子は思う。いや、ただ健康でいてくれさえすれば、それだけでいい、と。

まだ当分は起きないだろう、と鈴子は考えて、そっと襖を閉め、部屋を出た。

いくら貼っても終わらないアルバム整理は少しずつやっていこう。そう考えて鈴子はテーブルの上を整理し、何の気なしにテレビをつけた。音量はかすかに聞こえるくらいに下げてある。

テレビに映っているのは、鈴子も会ったことのある三島由紀夫だった。

三島が軍服のような服を着て、頭に日の丸の描かれた鉢巻きをして、何かを叫んでいる。中継をしているテレビのアナウンサーの言葉で、三島がいる場所が陸上自衛隊の市ヶ谷駐屯地だということはわかった。

「何だあれ」

「馬鹿《ばか》野郎、いったい何する気だ！」

テレビがバルコニー下に集まった自衛隊員を映し出す。三島の言っていることは聞き取ることはできなかったが、彼らが飛ばす野次ははっきりと聞こえた。三島は叫び続ける。

「自衛隊が立ち上がらなくちゃ、憲法改正ってものはないんだよ！……諸君は永久に、アメリカの軍隊になってしまうんだぞ！」

三島の言葉を、聞き取れた部分だけアナウンサーが繰り返す。

「諸君の中に一人でも俺と一緒に起《た》つ奴《やつ》はいないのか！」

「そんな奴いるか！」

三島が呼びかけても、

「おまえなんかに何がわかるか！」

という怒号にも似た野次にかき消される。沈黙のあと、三島は万歳三唱をした。口の動きで「天皇陛下万歳！」と叫んでいるようにも思えた。その後、バルコニーから三島の姿は消えた。チャンネルを変えてみても、どのテレビ局も三島の事件を放送している。

しばらくすると「三島由紀夫氏死亡」という速報のテロップが画面に映った。続いて突然「切腹」「介錯《かいしゃく》」という、いったいいつの時代なんだと思えるような言葉がテレビから聞こえてきて鈴子は耳を疑った。あの三島さんがいったいなぜ。ノーベル文学賞の候補にまでなった人なのに。そのとき突然、電話が鳴った。ふらふらと立ち上がり、鈴子は黒い受話器を取った。

「三島さんが！ 三島さんが死んでしまったよ」

電話は裕介からだった。どこかでこのニュースを耳にしたのだろう。結婚前、裕介と霞が関ビルに行った日、鈴子が「三島さんと会ったことがある」と言ったとき、「すごいなあ」と目を輝かせていた。裕介の本棚には、三島の本が何冊も並んでいる。

「『午後の曳航《えいこう》』がすばらしいんだ。鈴子も読むといいよ」と裕介に言われていたが、日々の雑務に追われ、鈴子がその本を手に取ることはなかった。

「どうして、どうしてなんだろう」

それだけをくり返し、裕介は慌ただしく電話を切った。鈴子にだってその理由はわからない。けれど、登紀子や妙子のように、自分の才能をつかって自由に生きていこうとする女たちの存在とは真反対のところで、三島が生きていたことはなんとなくわかる。切腹なんていう生の断ち切り方は男しかしない。自分が思う男というものを演じきって三島さんは死んだのではないか。

そのとき、隣の和室から満奈実の泣き声が聞こえた。鈴子は満奈実の布団に駆け寄った。手早く濡れたおむつを替え、満奈実を抱き上げて母乳を与えた。こくり、こくりと母乳をのみ込む満奈実を見ながら、鈴子は思った。三島さんにだって、赤ちゃんの頃があったのだ。こうして、乳を与え、愛した誰かがいたのだ。自分が産んだ子どもが、どんな理由があるにせよ、自らの命を絶つという恐ろしさに耐えられる親がいるだろうか。満奈実がこの世からそんな方法で去ってしまったら、私は頭がおかしくなってしまうだろう。

満奈実は絶対にそんなことをしてはだめよ。つぶやきながら、鈴子は乳を飲む満奈実をぎゅっと抱きしめた。満奈実は鈴子の言葉の意味もわからず、まるで全身全霊をかけたような勢いで鈴子の体からあふれる乳を飲み続けていた。

「ああ、これ、見出しをね、ミヨンヌ調に登紀子さんに直してもらって」

遠くのデスクのほうで編集長の関口の声がする。関口の前に突っ立っている女性ライターは頭をうなだれ、まるで先生に叱《しか》られている生徒のようだ。ああ、またか、と登紀子は思う。また、私が怖い先輩ライターになってしまう。そう思うと憂鬱《ゆううつ》になる。編集部で何度も顔を合わせているそのライターは、顔を強張《こわば》らせたまま登紀子がいる丸テーブルに近づき、

「あの、これ、お願いします」

とだけ言うと、原稿用紙の束を登紀子に差し出して、編集部を出て行ってしまった。人に頼み事をするのにそんな態度があるか、と心のなかで怒りを爆発させながら、彼女のおいていった原稿用紙に目をやる。

「行楽シーズン到来！　秋の一人旅、情緒あふれる木曽路を旅してみませんか？」

　これが普通の女性誌の見出しだったら問題はないだろう。けれど、ミヨンヌではだめなのだ。

「ミヨンヌ流『旅行けば――』のススメ。女の一人旅はウーマンリブで行こう！」

　彼女の書いた見出しの上に赤ペンで線を引き、登紀子はたった今思いついた言葉を、指定された文字数どおりに瞬時に書き綴《つづ》った。「〜しませんか？」という甘い言葉は極力使わず「〜しよう！」に。「〜しないほうがいいかも」は「〜絶対にしないこと！」に。

　登紀子の書く言葉は主体的で力に満ちている女の言葉だった。いつからか、それを誰かがミヨンヌ調と呼び始め、登紀子の文体を真似《まね》するようにと、編集長自らがすべての編集者とライターに告げた。今のように頼まれれば、すぐに登紀子は原稿に手を入れたが、その分、登紀子の仕事は増え続ける。けれど、それをよく思っていないライターや常駐スタッフが多いことも登紀子は知っていた。

　特に若いライターたちからは、「登紀子さんは怖い」と言われていることも耳に入っていた。「ここはこういうふうに直したほうがいいよ」と登紀子が赤を入れた原稿を渡すと、ライターたちはまるで先生から叱られた生徒のように顔を強張らせる。けれど、手とり足とり若い人材を教育するような暇は登紀子にはなかった。いつか、三枝が登紀子を「影の編集長」と呼んだが、実際のところそうなのかもしれない、と登紀子自身も思うようになっていた。登紀子が出した企画は会議でもほとんど通り、記事になり、多くの女性に読まれた。

今までかかわったどの雑誌よりも、ミヨンヌの仕事は楽しいし愛着がある。どの記事にも思い入れは深いが、七二年以降手がけた多くの旅特集の記事は、登紀子が晩年になっても、その手を離れることはなかった。

七〇年に国鉄が打ち出したキャンペーン『ディスカバー・ジャパン』の影響で、ミヨンヌでも女の一人旅の特集が多く組まれた。高校生の頃から母の臑《すね》を囓《かじ》って京都や奈良に通い、大学生のときには、やはり母に買ってもらったイタリア製のスクーターに乗って、日本のあらゆる場所を旅してきた登紀子の経験が、ミヨンヌの旅特集で大いに役立った。

七〇年代になっても旅行は男性の団体旅行が主で、旅館に泊まれば、当然のように女風呂《ぶろ》は男風呂より小さく眺望も悪い。女性が一人で旅館に泊まれば、「自殺でもされるのでは」と、宿泊を拒否されることも少なくない時代だった。

そんな時代に登紀子はミヨンヌで、「旅は女一人で行くのがかっこいいのです」という記事を書いた。ほかの女性誌によくある「結婚前に行きたい場所に行っておこう」という記事とは、そもそもスタンスが異なった。

旅でなくても、登紀子が言いたいことはひとつだった。

「どんなことにも囚《とら》われず、好きなように生きよう」

ただそれだけを、ミヨンヌを読む「新しい女の子」たちに伝えたかった。

アメリカで生まれたウーマンリブの波は日本にも押し寄せてきていたが、登紀子にとってみれば当たり前のこと、祖母も母も、そして自分も、言われなくても、ウーマンリブの人生を生きてきた。何を今さら、という気持ちもあったが、登紀子は「ウーマンリブ」という多くの人に知られるようになった新しい言葉を使って、女の生き方に光を当てようとしていた。読者の反響も大きかった。登紀子が書いた一人旅の記事が掲載されたミヨンヌを手に、多くの若い女性が日本各地に旅に出た。「ミヨンヌ族、各地に出現」という新聞記事も書かれ、「ミヨンヌ」という雑誌がより多くの人に知られるようになった。

　編集部には「あの記事がおもしろかった」「私の気持ちがそのまま書かれていました」という読者からのハガキが大量に届いた。登紀子はその一通、一通に目を通していた。たくさんの若い女性が私の記事を読んでくれている。顔も見たことのない彼女たちと自分は通じ合っている。登紀子はライズ時代には持ちえなかった手応《てごた》えとやりがいを感じていた。

　ミヨンヌ調と呼ばれる文体を生み出したおもしろいライターがいるらしい。登紀子の存在は、雑誌の世界だけでなく、書籍の編集者の間でも注目をされ始めた。

「エッセイを書いてみませんか？」

そんな誘いが大手の出版社からいくつか来ていた。自分は一生ライターとして読み捨てられる雑誌の記事を書き続けていくのだと思っていた。エッセイなど、母のようにうまくは書けないし、量産もできないだろう。登紀子には珍しく弱気になっていたところに、かかった声だった。

「うまく書けるかどうかわかりません……何をテーマに書いたらいいのかも」

ミヨンヌ編集部にいる人間たちとは違い、目の前にいる山口と名乗る男性編集者はぱりっとしたスーツ姿だ。袖《そで》の長さや肩のラインが体にぴったり合っているスーツは、もしかしたらオーダーメイドかもしれない。母のところに出入りしていた編集者たちの雰囲気がある。やっぱり雑誌の人間とは違う、と登紀子は目の前の山口を見ながら思った。

「二人暮らしの本を書いてほしいんです」

「二人暮らし？」

「佐竹さんのお宅は、ご主人が家のことをなさって、佐竹さんが仕事をしていると聞きました」

「ええ……」登紀子はもうすっかり冷めてしまったコーヒーを一口飲んだ。

「それは新しい夫婦の、家族の形だと思うんです。そういう佐竹さんのお宅の二人暮らしの本を書いてみませんか？　食のことでも、住まいのことでも、どんな切り口でもかまわない。お二人の暮らしについての本を僕は読みたいと思っています」

「でも今は雑誌の仕事で手いっぱいで、時間が」

そう言う登紀子の言葉を遮るように山口は口を開く。

「まずは一編とにかく書いてみませんか？　読者が、というより、僕がそれを読みたいんです。佐竹さんの書いたエッセイを」

俯《うつむ》いていた登紀子が顔を上げると、山口は人のよさそうな笑顔を見せた。

自分の文章が初めて活字になったときのことを登紀子は思い出していた。それは高校生の頃だ。母のつてで何か書いてみないか、と言われ、作文のようなものを母の原稿用紙を使って書いた。

編集者はほめてくれたが、それは自分が母の娘だからだろう、と思っていた。けれど、山口の言葉で、ライターとして仕事を始めて、自分の記事が初めて婦人雑誌に載ったときのうれしさが蘇《よみがえ》った。週刊誌で仕事を始めたけれど、ライズでも、ミヨンヌでも、自分の名前は記事には載らない。読み捨てられればおしまい。それでもいいと思っていたし、名前など世間に知られなくても、自分は一生裏方で生きていくのだと思っていた。けれど、本になれば、自分の名前を背負って自分は世間を渡っていける。

「佐竹さんのエッセイを待っています」

最後にそう言った山口との打ち合わせを終えて、喫茶店の前で別れると、登紀子はそばにある古本屋街に足を伸ばした。店先に並べられた箱入りの古い本を見ていたら、自分の胸に静かな喜びが広がっていった。山口は私の母の名前を出さなかった。もしかしたら、私がエッセイスト佐竹みつ子の娘であることを知らないのかもしれない。母のつてでなく、私の仕事だけを認めて、会いに来てくれた。

古本の背にそっと指で触れる。自分の文章が本になるかもしれない。毛羽だった紙の感触に胸が震える。エッセイの本が数冊出せたら、取材を続けてきた早川朔の評伝が出せるのではないか。ライターでもエッセイストでもなく作家に。やっと、早川朔と同じ場所に行けるのではないか。イラストと文章の世界は違う。鮮烈なデビューをしたわけでもない。そんなこと今まで意識してはいなかったのに、自分は早川朔をライバルだと思っていたのだと、登紀子はこの日はっきりと自覚した。

妙子は仕事部屋のガスストーブに手をかざした。今年はとりわけ寒い。仕事部屋はそれほど広くはないが、全体が温まるまで時間がかかる。妙子は温まった手にハンドクリームを擦り込みながら、机に向かった。依頼されたイラストを描く前に、自由に描きたいものを描く。それは仕事を始める前の準備運動のようなものだった。

この前、終わったばかりの札幌オリンピック。男子スキージャンプで金、銀、銅のメダルを日本人がとったことにも驚いたが、妙子の目を引いたのは、女子フィギュアスケートのジャネット・リンだった。白い氷上に映える紫がかったピンクのウエアに金髪のショートカット。ジャンプをしたあとでも、髪はふわりと元に戻る。ミヨンヌの編集部員に聞いた話では、アメリカのヘアドレッサー、ヴィダル・サスーンがカットしているのだと言う。フリー演技で着氷に失敗し尻餅《しりもち》をついたあとも、笑顔を崩さず演技を続けたことで、かえって人気に火がつき、「銀盤の妖精《ようせい》」「札幌の恋人」などと呼ばれるようになった。

ジャネット・リンのような髪型の女の子を妙子は描き始めた。アメリカ人らしい歯を見せた満面の笑顔。それを描いてみる。

「朔さんの描く女の子はあんまり笑わないね」

と、いつか天野に言われた言葉が妙子の心に引っかかっていた。

何気ない一言だったのかもしれないが、表情が乏しいと言われたような気になった。そもそも妙子の描く女の子のイラストは表情を示すための口が小さいし、喜怒哀楽をストレートにあらわしているわけではない。何かを秘めた顔をしている。意志のある女の子の顔だ、と誉めてくれる人も多かったが、妙子はそれを言葉通り受け取るようなことはしなかった。常に自分の描くものを良くしていきたい。それがイラストレーターとしての妙子のプライドだった。

口角を上げて笑顔にしてみたものの、どうもしっくりこない。心から笑っているようにどうしても見えない。ジャネット・リンのような屈託のない笑顔をいくつか描いてみたが、妙子はそのイラストに大きく×をつけ、ため息をついた。

ふと、机の右側に置かれた、昨日送られてきたばかりの新人イラストレーターの作品が入った茶封筒が目に入った。創刊されたばかりのイラスト専門誌で、新人賞を設けた最初の雑誌でもあった。

妙子がイラストレーターになったときのように、自ら出版社やファッションメーカーに売り込みに行かなくても、ここで新人賞をとればプロとして認められ、仕事が舞い込む。そうやって幾人かのイラストレーターがこの雑誌を足がかりにデビューしていった。

妙子はその選考委員を任されていた。最終選考に残ったいくつかの作品は、妙子の手元に送られ、月に一度ほかの選考委員たちと集まり、最優秀賞を決める。その仕事を始めてもう二年近くが経《た》っていた。

最終選考に残ったとはいえ、作品としてはとてもプロの及第点を与えられないものも多かった。はっ、と一瞬で目を引くものなど、年に一度か二度あるかどうかだ。

それを考えると自分の絵が立見に見《み》出《いだ》されたこと、そして、いきなりライズの表紙を任されたことが、まるで奇跡のように思える。才能と呼べるようなものが自分にあるかどうかはわからない。けれど、確実に言えるのは自分には運があったということだ。

いくつかの作品と履歴書、そして、作者の顔写真が一人分ずつまとめられているファイルを、妙子は順番に見始めた。今月もあんまりぱっとしないのかも、と思いながら紙の束をめくっていくと一枚の顔写真が目に入った。どこかで見たことのある顔。これはあのときの。妙子が探偵事務所に依頼したときに、高額な金と引き換えに手に入れた幾枚かの写真。妙子はその下にある履歴書に目を通した。四国の生まれ、妙子と同じ美術大学を卒業している、間違いない。あの、女だ。

顔写真と履歴書の下にある作品に妙子は目をやった。自分のイラストとはまったく違うタッチの女の子が描かれていた。満面の笑みを浮かべている。

妙子はすかさず、最終選考に残った作品全部に目を通した。このなかでは一番いい。泥臭さがないし、洒落《しゃれ》ている。女の子が着ている服も今風でセンスがいい。目を惹《ひ》くのは使われている色彩の鮮やかさだろうか。扱いの難しいカラーインクの使い方にも慣れている。七色に滲んだ虹《にじ》のようなものを背景に笑う女の子のイラストは、確かに今までにない新しさを感じさせる。妙子は自分の体温がかすかに上がったような気がした。風邪をひいたときのような悪寒《おかん》を伴う体温の上昇に妙子は戸惑う。

最終選考に残ったもののなかではこれが一番いい。これが最優秀賞をとるかもしれない。けれど、なぜこの女はわざわざ自分が選考委員をしている賞に応募してきたのか。自分が選考委員であることなど、応募前から知っているはずだ。私に対する宣戦布告なのか。

妙子は机の左側に重ねてあるミヨンヌの表紙を見た。

即座にその言葉は浮かんだ。私のイラストは古くさくなっていないか。若いイラストレーターの作品を見たせいかもしれない。けれど。

妙子は、いつか自分の奥深くに生まれた暗い炎が再び燃え上がるのを感じていた。この女がイラストレーターとして進んで行く道を塞《ふさ》いでやる。自分にはその力があるのだ。

「妙子！　妙子！」

ドアの向こうから母の声がした。母は仕事部屋に入ってくることも、ましてや二階に上がってくることも滅多にないのに、いきなりドアを開けた。

「謙ちゃんがなあ、あんたの大事なもの、汚してしもうたかもしれん」

心なしか母の顔が青い。なんのことだろうと思いながら、母に続いて階段を降りる。

もうすぐ二歳になる謙は、妙子が希望した保育園にも入らず、母の元で日々を過ごしていた。

「保育園に入れたほうが、お母さんの負担も減るのに」と妙子が言っても、

「こんな小さい子、朝から晩までわけのわからん子どもといっしょにおるのは可《か》哀想《わいそう》じゃ。幼稚園に入れるまで、私が面倒みるから」と頑《かたく》なに保育園への入園を拒む。

可哀想な思いをしたのは誰よ。可哀想な思いをさせたのは誰よ。妙子は母への言葉を

飲み込みながらも、謙の子育てをほぼ母に任せていた。

「これ、妙子の仕事の大事なもんじゃろ」

妙子はリビングの床に目をやった。自分の描いたイラスト、女の子の顔半分に赤のクレヨンの線がミミズのように這《は》っている。そのそばには、乱暴に千切った茶封筒の残骸《ざんがい》。表にマジックで大きく描かれた早川朔様という文字もバラバラになっていた。天野が送ってくれた、イラストを最終チェックするための表紙の色校正紙だった。

かっ、と頭に血が上る。謙は母と妙子の様子で、ただならぬことを自分がおかした、ということだけはわかるのか、クレヨンを手にしたまま、不安げに妙子と母の顔を交互に見つめている。妙子の鼓動が早くなる。さっき、仕事部屋であの女のイラストを見たときと同じ気持ちだ。天野によって大きくトリミングされた自分のイラスト。ただの子どものいたずらで謙に悪意などあるはずもないが、女の子の顔に這った赤い線に、このイラストではだめなのだ、となぜだか言われているような気持ちになる。

「私が洗濯物取り込んどって……、目を離したすきにこんなことになって悪いなあ。妙子あての郵便物はいつも謙ちゃんの手の届かんところに置いとくのに、今日はうっかりしてしもうて」

母の声は今にも消え入りそうだ。

もし今ここに母がいなければ、と妙子は思う。ここに母がいなければ、自分は謙にどうしていただろう。真っ白で皮膚の薄い謙の尻を真っ赤になるまで叩《たた》いていたんじゃないだろうか。

「妙子、ほんまにごめんな。謙ちゃんは悪うないんじゃ。悪いのはお母さんじゃ。堪忍《かんにん》してな」

色校は同じものを妙子が編集部に行って確認すれば済むことだ。

「ええよ。大丈夫。謙ちゃん、お母さん怒らんよ」

たくさんの思いを飲み込んでそう言い、謙の頭を撫《な》でようと妙子が手を伸ばすと、謙はその手から逃れるようにさっと母の元に走る。何も言わなくても自分の気持ちは謙に伝わってしまったんじゃないだろうか。ふいに妙子は不安になる。

「謙ちゃん、お母さんの大事なもんにこんなことしたらいけんよ」

母がつけている真っ白なエプロンに顔を埋めて、謙はいやいやをする。何が嫌なのか。私自身か、それとも私に頭を撫でられることか。妙子は混乱した。

そのとき、大きな音がした。今までテレビがついていたことすら、妙子は気づいていなかった。もう一週間ほど前から、テレビでは連日、連合赤軍が人質を盾に立てこもっている浅間山荘のニュースが昼、夜、放映され続けていた。

六九年、東大安田講堂の封鎖解除により、一気に終息に向かった学生運動の一部は、さらなる暴力を孕《はら》みながら先鋭化していった。京浜安保共闘と赤軍派は、群馬の山中に山岳ベースを構え、連合赤軍を結成し、各地を転々としながら警察からの逃走を続けていた。彼らが最後に逃げ込んだのが、軽井沢にある浅間山荘だった。

警察は、数日前から催涙弾や大量の放水で内部に築かれたバリケードを破壊しようとしたが、犯人は散弾銃で応戦し、膠着《こうちゃく》した状態が続いていた。

妙子も、母も、テレビに目をやった。

鉄球のようなものが、浅間山荘に幾度もぶつかり鈍い音を立てる。もう何度も見た雪の残る山の断崖《だんがい》に建つ山荘に大きな穴が空き、見る間に壁が壊されていく。

浅間山荘事件に至るまで連合赤軍が何をしてきたのか、妙子だけでなく、日本の多くの人は知らなかった。妙子が思い出したのは、いつかの新宿の夜、催涙ガスに目をやられながら見た路上の火炎ビンの炎だった。

山荘の壁に続いて、鉄球が屋根の上にも振り落とされた。

何かが終わる。妙子は思った。次第に壊されていく山荘の姿は、何か大きな生き物の終わりのようにも見えた。

妙子はテレビから目を逸《そ》らした。まだ母のエプロンに顔を埋める謙の白いつむじが見えた。ひとつの時代が音を立てて終わっていく。その瞬間に今、テレビを通して立ち会っているのではないか。妙子の胸に暗い思いがにじんでいく。

終わっていくもののなかには、自分も含まれているのじゃないだろうか。

11

「登紀子さん、今着てらっしゃるの今シーズンのギャルソンですか？　とってもお似合いですね」

　打ち合わせが一段落ついたところでテーブルの上のゲラをまとめながら、目の前の若い女性編集者が登紀子に向かって言った。

「ええ。なんだかんだ言って好きなのね。クローゼットの中がもう真っ黒でいい加減にしろ、って夫に言われるんだけれど」

　嘘《うそ》が自然に口をついて出た。そんなことを一度も浩介に言われたことはない。登紀子がエッセイの中で描く夫や口にする夫像は、登紀子が作り上げたものだ。本当の浩介は、私がどんな服を着ていても何も言わない。

　思いを飲み下すように、登紀子は冷めた紅茶を口にし、見るともなしに編集者に目をやった。スーツこそシャネルを模したものだが、指にはカルティエの三連リングが光り、胸元にはティファニーのオープンハートが揺れる。自分で買ったのか、彼氏にもらったのかはわからないが、ワンレングスのロングヘアー、フューシャピンクの口紅、それは今の時代によく見かけるお嬢様風のＯＬスタイルだった。きっと彼女のような女性がクリスマスに恋人と赤プリに泊まるんだろう。

昔の登紀子だったら、彼女の着ているものやしていることを、「かっこわるい！」とすぐさま口に出していたかもしれないが、年齢を重ねて多少登紀子の性格も丸くなっていた。しかも相手は自分の本を出してくれる一流の版元の編集者だ。自分の原稿も手放しでほめてくれる。しなくていい喧嘩《けんか》はしないほうがいいと思えるほどの分別もある。それに自分だって、彼女から見れば「判で押したようなカラス族」なのかもしれなかった。

登紀子はこの頃、コムデギャルソンやワイズの服を好んで着ていた。色はほぼ黒、オーバーサイズで体のラインを隠すデザインは、体型を気にし始めた登紀子にとって都合が良かった。わざと皺《しわ》を寄せた生地を使ったまるで古着のようなワンピースや、背中に不均衡に穴が空いたニット。登紀子にとってもギャルソンの服やワイズの服は易々《やすやす》と手に入るものではなかった。けれど、登紀子は無理をしても服を買った。

登紀子たちが座るテーブルにボーイが近づき、手慣れた仕草で灰皿を替えていった。

「私、ここで少し仕事していきますので」

そう登紀子が言うと編集者は、

「お忙しそうですね。でも、お体には気をつけてくださいね。悪い風邪が流行《はや》っているみたいですから。ではこちらで失礼します」

と丁寧に頭を下げてテーブルを離れた。ラウンジを出て行く彼女の背中を見ながら、登紀子は新しい煙草《たばこ》に火をつけた。

今日は登紀子にとってすでに十一冊目になるエッセイ集の打ち合わせだった。

年末からずっとその本のゲラにかかりきりだった。二月の頭に再校のゲラを渡せば、予定どおり春には出版される。

登紀子がこのところ打ち合わせによく使っているのは、帝国ホテルのラウンジだった。新しい本の仕事を受けるたび、子どもの頃から母に連れられて何度も訪れ登紀子の両親が結婚式で使ったこの場所を打ち合わせ場所として選ぶのは、登紀子にとってはいわば験担《げんかつ》ぎのようなものだった。ライター仕事のときは登紀子が編集部に足を運ぶことがほとんどだが、自分の名前を冠した本の打ち合わせは編集者が登紀子に会いにやってきてくれる。だからこそ、特別な場所で、新しい仕事を授けてくれる人たちに会いたかった。

昼をだいぶ過ぎてどのテーブルにも人がいるが、その人たちが発する声や物音は足下のやわらかい絨毯《じゅうたん》や吹き抜けの天井に吸い込まれてしまうのか、騒々しさはない。クラシックなデザインの照明も明るすぎず、落ち着いた雰囲気が好きだった。

登紀子はバッグから取り出したスケジュール帳を開き、一月のページを見た。文秋社ゲラ戻し、といつか書いた自分の文字に横線を引く。年が明けてまだ一週間も経《た》っていないが、すでに二月、三月、四月と、本の執筆だけでなく細かいライター仕事の予定が埋まりつつあった。ふーーっと深く息を吐いて登紀子は手を上げてボーイを呼び、コーヒーを頼む。

一九八五年、登紀子は四十七歳になろうとしていた。

登紀子の書いたエッセイ本はどの本屋に行っても、入り口近くに表紙を見せて積まれていた。発売されれば当然のように重版がかかる。登紀子はエッセイストとして、名前を知られるようになった。

一冊目の本は、夫が家で家事をし、登紀子が仕事をするという日々の暮らしについて書いた。その本はさまざまな雑誌で紹介され、新しい夫婦の在り方を描いた作品として話題を呼んだ。そして、予想外の売れ方をした。

この本をきっかけにさまざまな雑誌で取材を受け、登紀子の顔写真とともに、登紀子の言葉が記事になった。取材する側から取材される側へ。その立場の違いに戸惑いながらも、登紀子は次々にエッセイを書いた。

衣食住についてのこだわり、女性の一人旅など、登紀子がこれまでミヨンヌなどの雑誌で書いてきたことを掘り下げ、わかりやすい言葉で文章にした。登紀子の肩書きは、ライターの前にエッセイストが来るようになった。登紀子はさらにその先にノンフィクション作家という未来を夢見ていた。その一冊目は時代の寵児《ちょうじ》となったイラストレータ

―早川朔の評伝だ。朔に評伝を書きたいと伝えてから十年以上の歳月が経っていた。その間、妙子への取材だけでなく、登紀子は妙子の生まれ故郷を訪れ、妙子が自分のイラストを売り込みに行ったアドカンパニーの社長や、妙子の才能を見出《みいだ》した立見にも話を聞いていた。日本におけるイラストレーションの歴史や、戦後の雑誌史を知るたびに、いかに潮汐ライズが稀有《けう》な存在であったか、潮汐ライズと早川朔の才能との出会いが、日本の雑誌の歴史を変えていったことを思い知らされた。

お互いの仕事の合間を縫って、妙子への取材は続けていたが、ここ二、三カ月、妙子と連絡が途絶えていた。仕事場に電話をしても、「ごめんなさい、今、仕事が立て込んでいて」と手短に電話を切られてしまう。そのことが心のどこかに引っかかっていた。

そうは言っても登紀子も仕事に追われている。

エッセイストになってもライターの仕事は続けていた。ミヨンヌの仕事も相変わらず受けていた。けれど、以前のように特集ページを何本も抱える、ということは時間的に難しくなった。それでも書きたい記事、なかでも登紀子が得意とするファッションや旅、音楽や映画についての記事は、登紀子のほうからどうしても書きたいと申し出て仕事を振ってもらっていた。今の若者が何に興味を持ち、何を好むのか、登紀子は知っておきたかった。エッセイのネタを、ライター仕事から拾ってくることもある。エッセイだけ書き続けていたら、いつかはネタ切れになる。そういう恐れに近い気持ちもあった。何よりミヨンヌの仕事が好きだった。

ライターとエッセイストというふたつの肩書きを掲げて、三十代のとき以上に常に自分の体から文章という弾を、世の中に向けて撃ち続けていた。

やってきたコーヒーに口をつけ、登紀子はこの前打ち合わせに行ったミヨンヌ編集部での出来事を思い出していた。

「ああいう細かい仕事はもう若手に振ってもらわないと」

「若手も育たないじゃん。自分ひとりで摑《つか》んで離さないでさ。欲張りすぎじゃない？」

「これみよがしのギャルソンとかほんとやめてほしい」

「作家先生なんだからさ、もういいじゃん、エッセイだけ書いてれば」

打ち合わせを終え、ミヨンヌの編集部のあるフロア、外廊下にある喫煙所に登紀子が向かうとそんな声が聞こえてきた。水を張ったブリキのバケツが灰皿代わりになっていて、そのまわりに男女数人がたむろしている。登紀子よりもずいぶんと若いミヨンヌで働くフリーのライターやデザイナーたちだった。登紀子の姿を認めると、彼らはいっせいに口をつぐんだ。

「私も混じっていいかしら？」

登紀子が彼らに煙草の箱を掲げると皆、黙ったまま頷《うなず》いた。登紀子が煙草に火をつけるとその場所から一人減り、二人減り、そして、最後は登紀子一人だけになった。

バケツの中の水は煙草のヤニで茶色く染まり、いくつもの吸い殻が浮かんでいる。さっき誰かが去り際《ぎわ》に捨てたまだ燃えている煙草の煙を浴びながら、登紀子は一人でゆっくり煙草を吸った。

「登紀子さんの文章が大好きで」

「私も登紀子さんみたいなライターを目指しています」

さっき、ここから去った幾人かから、初対面のときそう言われた。ミヨンヌの副編集長になった三枝に仕事を教えてやってほしい、と言われ、教えられることは伝えてきたつもりだ。時には厳しいことも言った。そこまで言ったら嫌われるだろう、ということも。登紀子の鋭い指摘や、登紀子が真っ赤に直した原稿を見て泣き出す子もいた。自分なりに力を注いできたつもりだった。でも、所詮《しょせん》ライターの先生役なんて自分にはできないことだった。自分だって誰かに教えられて仕事をしてきたわけではないのだから。

だから、仕方がない。

ミヨンヌの仕事は卒業したほうがいいかな。そう思いながらも、ずるずると仕事を続けていた時に、六本木にあるミヨンヌの編集部が銀座の本社ビルに移るという話を聞かされた。潮汐出版は自社ビルを建て直し、社名も変えるという。それが二年前のことだった。潮汐出版からログストアに。銀座四丁目に建つ見慣れた灰青色の古いビルが真新しい真っ白なビルになったとき、登紀子ははっきりと確信した。

ミヨンヌという若い女の子のための雑誌に四十代になった自分が記事を書き続けるには、いくらなんでも無理がある。もう卒業すべきだ、と。

社名変更と同時に、三枝が副編集長になった四十代の女性に向けた雑誌、フランス語で優雅を意味する『エザンス』が創刊されたことも大きかった。

「またお願いしますね登紀子さん！」

三枝はそう言ってくれたが、ミヨンヌが発刊されたときのような喜びはもう登紀子のなかにはなかった。潮汐ライズ、ミヨンヌ、そしてエザンス。成長したヤドカリが身を隠す貝を新しくするように、ライターとしての登紀子の仕事も変わっていった。エッセイを書き始め、ほかの版元と縁ができたおかげで、その会社から出している女性誌にも記事を書くようになっていた。

八〇年代、続く景気の良さに支えられて、雑誌は次々と創刊されていた。ミヨンヌのときのように、「新しい女の子のための」というぼんやりとしたターゲットではなく、女子高生、女子大生、主婦、妊婦、母親、さらには、これくらいの収入を得てこんな車に乗っている家庭の、とターゲットは細分化されていった。そこに不満があるわけではない。

雑誌はまず広告ありきだ。広告がなければ成立しない。お金を出すスポンサーがその会社の商品を手にとってくれる読者層を選び、あらかじめ選ばれた読者のための記事が作られることは、どこも間違ってはいない。けれど、そういう雑誌作りが作り手にとって当然のことと認知されるようになった頃から、「こんなことをみんなに伝えたい！」という情熱のようなものが、波が引くように消えかかっているのを登紀子は感じていた。

いつか、妙子に「仕事と男は新しいほうがいいのよ」と言ったことがあるが、同じ言葉を今、登紀子は言えない。妙子にもしばらく会っていないが、活躍していることだけはわかる。雑誌で広告で、そして絵本の世界で。そこかしこで妙子のイラストを目にしていた。

エザンスが創刊される前、気になっていたことを登紀子は三枝に聞いた。

「エザンスの表紙は誰が描くの？」

「若槻《わかつき》チカさんていう若手のイラストレーターです。イラストを見て私もＡＤも彼女しかいない、って。今度、登紀子さんにもご紹介しますよ。とっても素敵な方です」

曖昧《あいまい》な返事を三枝に返しながら、早川朔ではないのか、と登紀子の心のなかにはどこか落胆した気持ちが広がっていた。

「早川朔って難しい人ですよねえ」

「またＡＤ泣かせたらしいですよ」

まだ、妙子がミヨンヌの表紙を描いていたとき、そんな言葉を幾度も耳にした。

妙子がミヨンヌの表紙を描いていたのは、関口が編集長だった三年間だけだった。どういう理由があったのか知らないが、妙子のほうから突然「この仕事を降りたい」と告げられたらしい。ミヨンヌの表紙の仕事を断っても妙子は仕事には困らないだろうが、潮汐ライズ、ミヨンヌと、新雑誌の表紙を飾ってきたのは妙子のイラストだ。けれど、ログストアと名前を変え、新しく創刊される女性誌では妙子の絵は使わないと言う。よっぽどの理由があったのだろうと登紀子は想像するが、同時にこうも思う。

長く業界にいる人間ほど、「怖い人」「難しい人」というレッテルが貼《は》られる。自分も同じだ。いつか登紀子は自分や妙子の仕事のことをこう言った。「明日をも知れぬ浮き草稼業《かぎょう》」と。今は妙子も自分も仕事には困っていない。けれど、あるはずと思っていた明日が来ない日がやってくるのかもしれない。手にしたスケジュール帳をぱらぱらと登紀子はめくる。ここに何の予定もなくなる日がいつか来るのだろうか。自分にほかにできることはない。妙子はイラストを、自分は文章を書いて食べていくことしかできない。それならば一日でも長くこの世界で、自分は文章を紡《つむ》いでいくしかない。

登紀子はスケジュール帳を閉じてバッグにしまった。冷めかけたコーヒーはやけに苦く感じた。

「お父さん、まだなの？」

鈴子がキッチンに立っていると、背中から満奈実に声をかけられた。

「あら、まだ起きてたの？」

「なんかおなかすいちゃって」

鈴子が振りかえると、鈴子の母が作った半纏《はんてん》を着た満奈実が、情けない顔で笑っている。

「おうどんでも作ろうか」

「うん！」と幼い返事をし、リビングの炬燵《こたつ》に足をつっこむ。高校三年生、年明けには受験を控えていると言うのに、まだまだ子どもだわ、と思いながら、鈴子は一人用の小さな土鍋《どなべ》を食器棚から取り出した。

土鍋に張っただし汁に鈴子は切った葱《ねぎ》と油揚げ、しいたけを入れ、火にかける。だし汁が沸くまで、ふとリビングに目をやると、満奈実はテレビのリモコンでチャンネルを変えながら炬燵の上にあった蜜柑《みかん》を口にしている。

「もう夜中だから、静かにね」

満奈実に声をかけると、こくりと頷いて、音量を下げる。

満奈実は理系の大学を目指していた。子どもの頃から勉強のできる子だった。夫の裕介に似てくれてほんとうによかった、と鈴子は心から思った。

一方、満奈実の二年下の弟、逸樹《いつき》は満奈実と正反対で、勉強よりも体を動かすことが好きな子どもだった。中学生の頃からサッカーに夢中になり、受験勉強もそっちのけ、今年入った高校も合格ラインすれすれで鈴子を最後までやきもきさせた。

逸樹は高校入学後、迷わずサッカー部に入り、泥だらけのユニフォームを抱えて帰ってくると、鈴子の作った夕食を食べて午後九時には寝てしまう。相変わらず学校の成績はいまひとつで鈴子の頭を悩ませていたが、健康ならそれでいいじゃないか、という裕介の言葉で、鈴子はなんとか自分の気持ちを落ち着かせていた。

土鍋にうどん玉をほぐしながら入れ、卵を割り落とし蓋《ふた》をした。あと五分ほど火にかけておけば卵が半熟になるだろう。そう思いながら、鈴子はガスの火を弱めた。

三口あるガス台を見ながら、鈴子は思い出す。満奈実が幼稚園に入るまで住んでいた団地のことを。台所だってここの半分ほどの広さしかなかった。あの頃はあんなに暖かい部屋はないと思っていたけれど、冬の朝の台所は底冷えするほど寒かった。

住んでいたときには夢のような生活だと信じていた。けれど、あそこにもう一度住むか？　と問われれば自分は即座に断るだろう。今住んでいるのは、満奈実の中学入学と同時に購入した新築のマンションだった。３ＬＤＫ。リビング、ダイニング以外にも、裕介と鈴子の寝室、満奈実と逸樹の部屋がそれぞれある。裕介は良さそうな物件を見つけてきては、間取り図を鈴子に見せたが、鈴子にはどこに違いがあるのかがわからなかった。自分たちのような夫婦に子どもが二人、という家族構成を基に設計されている３ＬＤＫのマンションの間取りはどれも似通っていた。

さらに驚いたのはマンションの価格だった。いくら裕介の給与が高くても、返済できるの？ と不安を鈴子が口にすると、

「なあに、何も心配することはないさ。給与だってボーナスだって上がり続けてる。世の中も業界も景気の良さはまだ続くよ」

と、裕介はこともなげに言う。確かに裕介の言うとおりだった。繰り上げでローンは順調に返済できていた。そうは言っても、この家の働き手は裕介しかいない。裕介の体に万一のことがあれば、私も子どもたちも路頭に迷うのは目に見えている。

満奈実が中学に入った年、満奈実の同級生の母親たちが一斉にパートを始めたことがあった。少しでも住宅ローンや教育費の足しになるなら、私もパートに出ようかな、と裕介に相談したことがあったが、

「……逸樹が小学生の間くらいは家にいてやれよ」

と言われただけだった。確かに、自分が週に数日パートで働いて得るお金などたかが知れている。それに、もう一度社会に出る、ということが鈴子には怖かった。スーパーに買い物に行きレジで会計をしているときに、パートの女性の行動を見て、この仕事は自分にもできるだろうかと鈴子は考えることがあった。即座に無理だ、と思った。レジすらうまくつかえないだろうし、それ以前に、「いらっしゃいませ」と大きな声で言うこともできないだろう。自分の職歴は、潮汐出版で数年だけ経験した雑用しかない。そ

れならば、家という小さな場所で誰にも気兼ねなく家族のために立ち働いているほうがいい。

裕介との結婚生活はもう二十年になろうとしている。その間、大きな問題は起こらなかった。お見合い結婚ということに引け目を感じたこともあったけれど、穏やかな性格の裕介と結婚できてよかった。それが素直な鈴子の気持ちだった。大きな喧嘩をしたこともない。

けれど、一度だけ、裕介が鈴子に声を荒らげたことがある。自分が手がけたビルや建築物を見せるのは、結婚前からの裕介の習慣だった。子どもたちが小さい頃は、休日のたびに家族四人で出かけた。幼い逸樹に、

「パパの作ったビルしゅごいねえ」と言われると、裕介は顔をほころばせた。

そんな裕介を見ている鈴子も幸福だった。満奈実が高校に入り、逸樹が中学生になると、自然に親といっしょに出かける機会も少なくなっていった。裕介は結婚前と同じように、鈴子一人だけを連れて歩くようになった。

去年のある日曜日、新宿にお茶でも飲みに行こう、と裕介に誘われた。

西口にある高層ホテルのラウンジに裕介と鈴子は向かい合って座った。

窓際の席からは眼下に広がる街が見渡せる。関東平野にはどこまでも建物が続いていた。冬の午後、灰色のビルや建物は長い影を作り、まるで墓標のように見えた。鈴子の

記憶にあった新宿の街は見ないうちに様変わりしていた。結婚前、妙子と登紀子とデモを見に行って、催涙ガスに目をしばたかせ、大声を張り上げながら機動隊に石を投げたあの夜のことは、前世くらい遠い昔のような気がする。裕介は窓に近づき、指を差しながら言う。

「ほら、あれも、あのビルも。僕が作ったんだ」

ビルや建物の話になると、まるで子どものような口調になるのは変わらない、と鈴子は心のなかで苦笑しながら裕介の話に耳を傾けていた。

「都庁も新しくなる。丹下健三の設計だ。サンシャイン60を抜いて、日本一の高さのビルだよ。うちの会社もジョイント・ヴェンチャーで手がけることになる」

「なんでもかんでも新しくなくてもいいんじゃないかしら。都庁だってまだ使えるし、あのままでもいいんじゃない？」

裕介の言葉に鈴子の口をついて出た言葉だった。深い思いがあったわけではない。言った途端に、しまった、と鈴子は思った。

「そうは言ったって、君はそういう仕事で食べているんだろう」

裕介の顔から次第に笑顔が消えていく。鈴子の顔を見つめ、さらに何か言いたそうにしているがそれをためらっている。

「ごめんなさい。言葉が過ぎたわ」

鈴子はあやまったが、裕介は黙ったまま目を伏せて、コーヒーカップを口にした。長い沈黙が裕介と鈴子の間に横たわっていた。裕介の気に障《さわ》ることを言った。鈴子は俯《うつむ》いたまま目を窓の外にやった。日はだいぶ傾き、灰色の厚い雲に隠れた太陽が地上に弱い光を投げかけていた。

「家だけにいる君にはわからないことがたくさんあるんだよ」

聞いたことのないような声で裕介にそう言われた瞬間、顔が赤くなった。裕介は怒っている、そう感じた。

「ほんとうにごめんなさい」

くり返し鈴子がそう言うと、裕介は笑った。いつもの裕介の笑顔だった。

「もういいんだ。君に悪気がないことくらい、わかってる。……ああ、もう夕食の時間だ。逸樹も練習試合から帰ってくる時間だろ。デパートでなんか買って帰るか」

そう言うと、裕介はコートを手に立ち上がった。

自宅に戻る電車の中で隣同士に座りながら、鈴子の胸のなかではさっき裕介に言われた言葉が幾度もくり返し響いていた。

「あなただって家のなかのことはなにもわからないじゃない」

すぐにそう言い返せばよかったのかもしれなかった。けれど、自分にはできない。そういう気軽なやりとりを、自分と裕介はできない。喧嘩になって裕介の機嫌を損ねるのも嫌だった。でも……。鈴子は考える。自分が妙子さんや登紀子さんのように手に職を持つ女性だったら。

「寿《ことぶき》退社っていつの話よ」といつか登紀子に言われた言葉が蘇《よみがえ》る。今も自分が潮汐出版、いや、ログストアと名前を変えたあの会社で働いていたら。女性編集者になって今も仕事を続けていたら。鈴子は意識的にその先の想像をやめる。そうではない人生を自分は選んだのだ。自分はこれからもたぶん、裕介の機嫌が悪くなるような言葉は口にしないだろう。

けれど、満奈実には思ったことをなんでも口にできる女性に育ってほしかった。母親の傲慢《ごうまん》だろうか、と思いながらも、満奈実が大学に受かり、卒業し、仕事を得て、結婚をし、もし子どもが生まれたとしたら、満奈実が仕事を続けるためにはどんなことでもしてあげるだろうと鈴子は思った。

「もう、テレビ、またこれだよ。辛気くさいなあ」

鈴子が盆に土鍋を載せてリビングに向かうと、満奈実が不満げな声を上げた。

●体温37・3度 ●脈拍96 ●血圧74〜45

その数値の上に「ご病状に関するニュースはこのあと午前0時からお伝えします」という文字がテレビに映っている。背景になっているのは夜の二重橋だ。いつからか天皇の体調に関するニュースがテレビで流れるようになっていた。

「そんなこと言わないの。ほら早く食べなさい」

はあい、という気の抜けた返事をしながら、満奈実は箸《はし》を手にとる。

鈴子にしても、こんな画面をテレビで見るのは生まれて初めてなのだ。けれど、満奈実のように、辛気くさいなあ、と言うのはためらいがある。天皇に尊敬の気持ちを持っているわけでも、神様のように思っているわけでもない。鈴子は戦争の終わった年に生まれたので、戦争中に「天皇陛下万歳」と叫んでいた人たちのほんとうの気持ちもわからない。それなのに、なぜだか乱暴に扱ってはいけないし、侮辱する気持ちを言葉にしてはいけないと思ってしまう。ふと鈴子は思う。そんなふうに思い込んでいる自分とはなんなのだろう、と。裕介に対する気持ちにも近い。自分や家族を養ってくれる夫に自分の意見をストレートにぶつけてはいけない。天皇を侮辱してはいけない。そういう強固な思い込みが自分のなかにはある。いつ、それが、自分のなかに刷り込まれたのだろう。

力の不均衡。なぜだか鈴子の頭のなかにそんな言葉が浮かぶ。

夫と天皇を比べるのは不遜《ふそん》なことだ、とすかさず鈴子は思ってしまうが、けれど、鈴子のなかでは夫も天皇も同じだ。自分よりも絶対的に上にいる存在。

鈴子の育った家では、母は父と同じように佃煮屋《つくだにや》の仕事をしていた。東京の下町特有の口の悪さで母がぽんぽんと父への不満を口にしているのを、幼い頃から目にしていた。

だとしたら、自分だって母のように不平や不満を口にしていいのだ、と思えるはずなのに、どうしてもそれができない。

学校では級長はずっと男だった。けれど、女子が男子ととっくみあいの喧嘩をするなんて日常茶飯事だった。自分もそこに加わったことがある。男の人をたてなさい、と誰かから言われたわけでもないのに、裕介に対する自分の態度はまさにそれだ。

ログストアで今も働き続けていたら、目の前にいる満奈実のような子どもを持とうとは思わなかっただろう。妙子のように仕事と子育てを両立できる器ではない。それでも、専業主婦だから、とすぐに考えてしまう自分のことを、この頃特に、鈴子は窮屈に感じていた。

目の前に座る満奈実は、顔を真っ赤にしてうどんをすすっている。

「満奈実、専業主婦なんかならないでね」

「はあ？　いきなり、なに急に」

満奈実は箸とれんげを手にしたまま、鈴子の顔を見上げる。

「専業主婦なんかつまんないわ。満奈実は仕事して自由に生きなさい」

「専業主婦、なんか、なんか、って、お母さんよく言うけど、なんで自分のこと、そんなに悪く言うの？　専業主婦ってそんなに悪いものなの？」

まっすぐな満奈実の言葉に鈴子の胸が詰まる。専業主婦なんか、と満奈実のやわらかな頭に刷り込んでしまう自分こそ、人はこうあるべき、という姿を押しつける諸悪の根源じゃないか。

「お母さん、なんかつまんないの？　私やお父さんや逸樹の面倒看《み》るの大変？」

土鍋の中の卵を箸で割りながら、満奈実が問いかける。

「そんなことないわよ。お父さんや満奈実や逸樹の面倒看るの好きだもの」

「ふうん」と満奈実は答えるがどこか不満げだ。

「何よ」

「だけど、あんまりお母さん楽しそうじゃないから」

言われてしまった。そう鈴子は思った。満奈実は、れんげでうどんのつゆを口に運ぶ。苦し紛れに鈴子は言った。

「だって、お母さんにとってはそれが仕事だもの」

「へえっ、仕事？」

動揺を悟られないように、口から出任せ、と思いながらも鈴子は言葉を続けた。

「どんなに好きな仕事でも、仕事中ににこにこしてる人なんていないじゃない。真剣にやってるから、顔も真面目《まじめ》になるのよ」

「なるほどー」といかにも適当に満奈実は言葉を返した。

「でも、お母さん、仕事だけど、お給料はないんだよね」

「仕事すべてがお金に換算できるものでもないでしょう。お父さんのお給料がお母さんのお給料でもあるのよ。お父さんのお給料はお父さんだけのものじゃないもの。お金の管理だって自分じゃできないしお父さん」

「まあ、お父さんはお母さんいなかったらなんにもできない男だもんね。仕事はできるのかもしれないけど。……あたし、あんな男の人いやだなあ」

満奈実はティッシュペーパーの箱を引き寄せ、一枚引いて、口を拭《ぬぐ》う。

「だったら満奈実はお父さんみたいじゃない人と結婚すればいいのよ。自由に恋愛もしなさい」

「あのさあ、お母さん、受験生の娘に自由に恋愛しろって、なんか今日過激だねえ」

「好きなこと、したいこと、なんでもしなさい。勉強して、好きな仕事して、恋愛もどんどんしなさい。なんでも自由にしたらいいのよ」

「それはそれで、なんかプレッシャー感じるんですけどお」

「どうして？」

「自由にやんなさい、って言われても、よくわかんないんだもん。自由って言葉がなんだかふわふわしてて、何が自由なのか、何が不自由なのかもよくわかんないし……。そんなこと言うなら、お母さんこそ自由に生きればいいじゃん」

そう言われて何も言い返せなかった。確かに満奈実の言うとおりなのかもしれなかった。けれど、もし私が自由に生きたとしたら、この家庭はどうなるのか。手からするりと抜けた風船のように、どこかに飛んで行ってしまうのではないか。

やりたいこと、したいことなんて今まで真正面から考えてみたこともなかった。家庭にいて家族の面倒を看ること、それが鈴子がいちばんやりたいことなのだから。

うどんを食べ終わった満奈実は、炬燵の上の蜜柑に手を伸ばす。

テレビはさっきと変わらず、二重橋を背景に天皇のバイタルサインを映しだしている。天皇の命はもうそれほど長くはないだろう。長かった昭和が多分もうすぐ終わる。それについて何の感慨もないが、満奈実になんと言われようと、子どもたちが自由に生きられる時代が続いてくれればそれでいい。温かな部屋で受験を控えた娘のために気兼ねなく夜食を作ってやれる余裕があることを、鈴子は心から幸福だと思う。そこに嘘はなかった。

そして、夫は今日も、私にはわかるはずもない仕事を、こんな深夜まで続けている。今日は夫が帰ってくるまでは起きていようか。蜜柑の皮を剝《む》きながら、鈴子はぼんやりとそう思った。

妙子が松濤《しょうとう》に仕事場を持ったのは十年以上前のことになる。

自宅にも仕事部屋はあったが、どうしても仕事と家庭の境目がほころびやすくなる。

それが妙子の悩みの種でもあった。

そうは言っても赤んぼう時代から変わらず、謙の面倒は妙子の母が看ていた。

「お母さんがお仕事のときはお部屋に行ったらいけんよ」

母は謙にそう言い続けていたが、幼稚園から帰ってくると、それでも謙は妙子の仕事部屋に入りたがった。仕事部屋には謙の興味を引くものがいくつもある。真っ白なスケッチブック、パステルやカラーインクの画材、カラフルな写真の雑誌。余裕があるときは、できるだけ謙の相手をするようにしていたが、締め切りの迫った仕事を抱えているときはそうもいかない。

「まだ、ママの部屋にいる。ここにいたい」と泣きわめく謙を母が抱えて出ていくことも一度や二度ではなかった。ごめんな、謙ちゃん、と心のなかでつぶやきながら、妙子は仕事を続けた。

差し迫った仕事がない時期は、妙子は謙とできるだけ遊ぶ時間を作った。妙子の母はその頃から腰が痛い、体がつらいと加齢による体の不調を訴えるようになっていた。日曜日には、母を労《ねぎら》う意味もあって謙と二人だけで遊園地や動物園に出かけた。

「僕、お仕事してるママ嫌い」

小学一年のとき、徹夜明けの疲れた体を引きずって連れて行ったホテルのプールで、謙に言われたことがある。プールサイドのパラソルの下、謙はストローでオレンジジュースを飲もうとしていた。謙の体が小さすぎてストローに口が届かず、折り畳み式のビニールの椅子《いす》の上に立ち上がろうとする。

「危ないから、謙ちゃん座って飲み」

妙子はグラスを持ち、くわえやすいようにストローの先を謙の小さなくちびるに近づけた。謙の身につけている海水パンツは海外の子供服を扱う原宿の店で、妙子が選んだものだった。薄い水色と葡萄《ぶどう》色の細いストライプ。いつか、こんな水着姿の子どもを描こうと、妙子は思った。妙子が何かに気をとられていることがわかったのか、謙はぷい、と横を向いて、ストローから口を離してしまう。はっ、として妙子は謙に聞いた。

「……謙ちゃん、ママのこと嫌いなん？」

「ママのことは好きだけど、仕事してるママは嫌い。お顔が怖いから。ママのお仕事のお部屋も嫌い。謙ちゃん入れてくれへんから」

ところどころに関西の言葉が混じる謙の言葉をかわいいと思うのと同時に、仕事をしているママは嫌い、という言葉にどきりとする。

「ほかのママはおうちでお仕事してないもん」

「でも、ママの大事なお仕事なんじゃ。ほかのおうちはパパだけがお仕事してるかもしれんけど、謙ちゃんのおうちはパパもママもお仕事するおうちなんよ」

「謙ちゃん、パパだけがお仕事しているおうちがいい」

そのとき、プールのなかで子どもの声が響いた。浮き輪をつけた小さな女の子を若い父親が水のなかで高い高いをするように抱き上げたり、水につけたりする。その動きがおもしろいのか、女の子は弾《はじ》けたような笑い声をあげる。その二人を謙がうらやましそうに見つめている。真二郎は、地方に仕事があると言ってここにはいない。このところ、家を空けることが多かった。地方で仕事なんて嘘かもしれないな、と妙子は思っていたが、それを真二郎に問い質《ただ》したことはない。休日に家にいても妙子と母が謙を連れて遊びに行くときに、真二郎がついてくることは数えるほどしかなかった。

「パパは研究のお仕事が終わらへんのや。謙ちゃん、ごめんな」

そう言って一日中、自室にこもってしまう。

夕食どき、妙子と母、謙が揃《そろ》っていて、そこに珍しく早く帰宅した真二郎が混じっても、

「謙ちゃんは鉄壁のガードがあってええな。おばあちゃんと、イラストレーターの早川朔先生、こんなに強い女の人たちがいたら、謙ちゃん怖いものなしやな」

などと、かすかに酒臭い息で言うこともあった。

「なあ……さっきのことじゃけど」

その日の深夜、ベッドで横になる真二郎に声をかけた。真二郎はいつものように、ベッドサイドの小さなランプの明かりを灯して本を読んでいた。妙子の仕事は深夜に及ぶ

ことも多いので、同じ時間に寝室にいることも珍しかった。妙子に背を向けていた真二郎が本を手にしたまま頭だけを傾《かし》げる。

「あんなふうに謙に言うの、あんまりようないんのと違う？」

「なんでや」

真二郎の声に妙子の体が硬くなる。

「なんで、って」

「ほんまのことやろ。お義母《かあ》さんと早川朔と二人いたら、もうそれでこの家は十分なんと違うか」

真二郎から早川朔と呼ばれることが嫌だった。ましてや今、この寝室にいるのは早川朔ではなく、妙子なのだから。

「早川朔とお義母さんはまるで双子みたいにくっついとる。お義母さんが支えてこその早川朔や。僕がそこに入る隙《すき》はあらへん」

母が支えてこその早川朔、という言葉は、妙子の半生や普段の仕事ぶりを取材し、記事にした女性誌のなかに出てきた言葉だった。編集者に見出されラッキーなデビューをしたイラストレーター。その記事に限らず、いくつもの雑誌や新聞でそう書かれた。近頃は、仕事と子育ての両立というテーマが読者の興味を引くのか、取材に来たライターは妙子がどうやって子育てと仕事を両立しているのかを聞きたがった。

「私は何もしていません。母が家のことをなんでもしてくれるから仕事が出来ているんです」

　正直にそう答えた。けれど、出来上がった記事はどれも、母の力を借りていても、仕事と子育てを両立させる新しい女だ、という切り口でまとめられていた。違和感を持ったが、妙子にはインタビュー記事に細かく訂正を入れている時間はなかった。

「夫に理解があるからできていることです。私がこうして仕事ができているのは夫のおかげです。イラストの売り込みに行ったのも夫が背中を押してくれたから」と取材を受けるたびに妙子は答えたが、どの記事も母に比べ夫についての記述は多くない。

　真二郎は再び、妙子に背中を向けた。すねているのだろうか。大人の男がすねる、なんてことがあるだろうか。妙子の頭のなかを思いがめぐる。夫よりも世間に名前が知られていること。作品が世に出ていること。応援してくれている、とまでは思わなかったが、認めてくれている、と思っていた。自分はもっと真二郎に配慮すべきなのか。

　真二郎がこちらを向き、妙子の腕を摑むと自分のほうに引き寄せようとする。妙子の顔に真二郎の顔が近づく。

「ごめんな。今日はしんどうて……」

　ふうっ、と真二郎は仰向けになって、大げさなため息をつく。

「この家には男と男がいるんやもんな。夫婦はおらへん」

そう言ってベッドサイドのランプを消す。突然あらわれた暗闇《くらやみ》のなかで、眠くなるどころか、妙子の目は次第に冴《さ》え冴《ざ》えとしてくる。

男と男。男並みに仕事をする女はもう女ですらないのだろうか。

では、妙子と同じようにイラストを描くあの女は。

真二郎の浮気がわかってから、真二郎と体を交わしたことは数えるほどしかない。ほかの女と交わっている真二郎とはできるだけそうしたくはなかった。ましてや、女の顔もすでに妙子にはわかっている。あの女の代わりに抱かれることだけは嫌だった。もしかしたら、浮気に妙子が気づいていることを真二郎は知っているのではないか、と思う節もあった。おまえが男並みに仕事をしているんだから仕方ないだろう、そんな甘えが真二郎の言葉に時折滲《にじ》むからだ。

じゃあ、一体どうすればいいんだろう。

妻としては真二郎に何かを求めない。それならばせめて謙にとって父親らしい父であってほしい。けれど、母と自分の間に入る隙間がない、と言われてしまっては、妙子にもうできることはない。

あれは謙が小学二年生のときだった。母はどこかに出かけていて留守だった。いつもなら母の用意しておいたおやつを食べて、外遊びに出かけてしまう謙だったが、その日は梅雨が長く続く午後で、謙は遊び相手が見つからないのか、家のなかで時間を持てあましていた。あの頃、流行《はや》っていたスーパーボール。トイレに立ったときに、階段の上からそれを転がして遊んでいる謙を見て妙子は言った。

「謙ちゃん、遊んだらちゃんとお片付けするんよ」

遊びに夢中になっているのか謙は返事をしなかった。ぽんぽんと、ボールが転がる音が絶えず聞こえていた。最初はひとつ、ふたつのボールを落としていたが、それにも飽きたのか、謙はたくさんのボールを階段の上からいっせいに落とす遊びを始めた。

子どもの遊びだから、と余裕を持ってその音を仕事部屋で聞いていた妙子だったが、何度も繰り返されると、さすがにいらいらしてくる。明日締め切りの仕事もあった。

気は急《せ》くが手は進まない。ボールが階段を降りていく音が耳に障る。よく弾むボールは階段だけでなく、壁にも当たりながら落ちていく。その音が鈍い痛みを発しているこめかみに響いた。妙子は階段の踊り場にいる謙に向かって言った。

「謙！　ママが仕事しているときは静かにするって約束でしょう？」

うっすら笑みすら浮かべていた謙の顔からみるみるうちに表情が消えていく。泣いてしまうだろうか、と思ったが謙は泣かなかった。立ち上がり、黙って階段を降りていく。言い過ぎたか、とは思ったが、締め切りの迫った仕事に集中しているうちに、謙のことを思いやる余裕もなくなった。

そのうち、ドアに何かがぶつかる音がした。ぽん、しばらく間を置いて、また、ぽん、と。ぶつけている、というよりも、それは次第に叩《たた》きつける音に変わっていった。

「いい加減にして！」

そう大声で言いながら立ち上がり、ドアを開けようとしたが、開かない。隙間から覗《のぞ》くと謙がドアをこちらに押している。まるでそこから絶対に出てくるな、と言うように。謙は泣いていた。声も出さずに泣いていた。子どもにそんな泣き方をさせる自分を妙子は恥じた。

妙子はその出来事をきっかけに外に仕事場を借りようと決めた。

朝は謙といっしょの時間に家を出て、昼間は仕事場で仕事をし、午後五時までには終わらせる。夜に仕事はしない。徹夜もしない。謙が家に帰ってくるのは午後三時近い。二時間ほど母と過ごしてもらい、そこからは自分が謙と向き合おうと、そう決めた。

初めのうちは夕食後もリビングにいる妙子に、ぎごちない態度を見せていた謙だったが、時間が経《た》つにつれ甘えてくるようにもなった。謙の宿題を見、謙が遊びたいおもちゃで遊んだ。母には夕食の準備をしてもらっていたが、夕食後は早めに風呂《ふろ》に入り、休んでもらうことにした。精密検査をしても悪いところはなかったが、この頃、しきりに体の不調を訴えるようになっていた。今からでは遅いのかもしれないが、妙子の子どもの頃から働きづめで、謙の面倒を看てくれた母の体を少しでも労《いたわ》りたかった。

松濤にいい部屋がある、と知り合いのデザイナーから聞き、内見もしないまま妙子はその部屋を借りる契約を済ませた。駅からは少し歩くが、まわりは静かだし、知り合いのイラストレーターやデザイナー、フリーの編集者がすぐそばに事務所を構えていたことも大きかった。

たった一部屋の簡素な部屋だったが、家庭や子どもの気配がしないその場所は、妙子にとっては仕事だけに集中できる避難場所でもあった。

仕事を終え駅に向かった。スクランブル交差点の前にある小さな本屋が見えてくる。店頭の棚に妙子が仕事をしたことがある雑誌がいくつも並べられている。潮汐ライズ、ミヨンヌ、それはもう妙子が描いたイラストが表紙ではない。ミヨンヌはイラストではなく、写真を表紙に使うようになっていた。ミヨンヌという文字を見ただけで、妙子の胸のなかには、編集長の関口とＡＤの天野とやりあった苦い日々が蘇る。

「イラストも文章も写真も、雑誌を作るための素材だと思っている」

その言葉に一度は頷《うなず》いたものの、仕事をするうちに妙子がいちばん抵抗をしたのもその言葉だった。こんなふうにレイアウトしないでほしい。こんなデザインに使われたくない。自分のイラストは素材ではない。面と向かって、電話で、妙子は関口や天野に訴えた。

「どこも一切いじらず、潮汐ライズと同じように全面に使ってほしい」

話が平行線を辿《たど》り、結論も出ないまま入稿までの時間だけが過ぎていったある日、妙子が思わずそう言ったときには、関口も天野も黙ってしまった。その週は妙子のイラストがどこもいじられず表紙になったが、翌週は白い表紙のすみに妙子のイラストは本来描いていたサイズの半分ほどにレイアウトされた。やったらやりかえされる。自分を取り巻く世界がいつの間にかそうなっていることに、妙子は愕然《がくぜん》とした。

「どうして、あんなデザインなの？ イラストレーターよりデザイナーのほうがえらいの？」

表紙を見た妙子がヒステリックに電話口でそう叫ぶと、

「朔さん、いったい何を言っているんだ……」

と関口はため息交じりに会話を終わらせようとする。

表紙を描いて三年の月日が経った頃だった。まだ仕事を自宅でしていた頃だ。やってきた関口にイラストを渡すと、言いにくそうに口を開いた。

「あのね、朔さん」

紅茶茶碗《ぢゃわん》にアールグレイの紅茶を注ぎながら、妙子は関口の顔を見た。

「ミヨンヌは最近、読者の声をかなり重要視してるんだ。これまでは、編集部のほうから、こういう情報があるぞ、って読者のほうに投げかけている感じだったけれど、一方で読者のこういう記事が読みたい、という欲求も大事にしていてね」

ミヨンヌは、創刊当時の先鋭的な雰囲気はなりを潜め、ミヨンヌを真似《まね》たほかの後発雑誌のような、ダイエットや結婚を特集した記事も増えていた。俳優やタレントの登場する記事も多い。自分が表紙を担当した潮汐ライズや創刊当時のミヨンヌは一冊まるごと仕事部屋に保存していたが、最近ではミヨンヌが送られてきても、一瞥《いちべつ》しただけで処分していた。

「朔さんのイラストのことなんだよ……」

そう言って関口は、アンケート用紙をコピーした紙の束を妙子に渡した。

「今号の表紙はいかがでしたか？」という設問の答えに赤い丸がつけられている。妙子は紙をめくり、そこに書かれている文字を読んだ。

「女の人の顔が怖い」「なんだか魔女みたいですね」「この人、男にもてなさそう」「表紙、なんか暗くないですか？」

手書きの文字が棘《とげ》になって刺さる。なぜだか耳が熱くなり、きん、と耳鳴りがした。

妙子は紙の束の最後までは目を通さず、関口に返した。

「読者がこう思っているんだけど、なんて、卑怯《ひきょう》じゃないですか？　関口さんご自身はどう思っているんですか？」

妙子の言葉に関口は目を伏せ、口を開いた。

「編集会議でも表紙のことはもう幾度もテーマになっています。……特に若い編集者の意見ですが、表紙を新しくしたほうがいいのではないかと」

「ですから、編集長の関口さんご自身はどう思っているんですか？」

自分の口調が荒くなっていることに気づいていたが、もうどうにでもなれ、という気持ちにもなっていた。自分が必死の思いで描いたイラストに真正面から向き合ってほしかった。

「僕は朔さんのイラストが好きです。特に潮汐ライズの早川さんのイラストを見て、僕はあの会社に入社したいと思ったほどですから……だから自分が編集長になったミヨンヌでも表紙を描いてほしかった……ただ、最近の朔さんのイラストは」

関口はそのまま黙ってしまった。

またか、と妙子は思う。潮汐ライズの名前は一生自分についてまわる。面と向かって潮汐ライズ時代のイラストは好きでした、と言われることもある。そのたび自分のどこかが深く傷ついているのに、妙子は何も言わず曖昧な笑みを返してきた。

関口が今、何を言おうとしているのか妙子にはわかる。けれど、最後の言葉を関口に言われたくはなかった。ミヨンヌに切られた、という事実を残したくはなかった。関口にしてもそれは同じだろう。妙子の仕事を切る、という言葉を口にしたくはないのだろう。

妙子は冷めた紅茶を口にしてから、関口の目を見て言った。

「関口さん、私、ミヨンヌの表紙を降ります」

妙子がそう言うと、関口はどこかほっとしたような表情を見せた。

大きなクラクションで妙子は我に返った。あの日から、もう十五年以上が経つ。

ミヨンヌの隣にエザンスという雑誌が並んでいる。ログストアから出ている女性誌だということは知っていた。新雑誌からは表紙の依頼は来ないだろう、と妙子は思っていたし、実際のところそうだった。全面にイラストを使ったエザンスという雑誌を、その日妙子は初めて手に取った。イラストにどこか見覚えがある。知り合いだろうか、と思いながら、ページをめくる。最後のページにスタッフのクレジットが載っているはずだ。編集長、副編集長、ADの次にイラストレーターの名前を見つける。若槻チカ。その名前を妙子が忘れるはずはなかった。

妙子が選考委員をしているイラスト専門誌で、いつか妙子が落としたイラストレーター、そして真二郎の……。いつの間に、この女は。夫も、仕事も、自分から奪っていく。その悔しさとともに妙子の胸にわき上がってきたのは、足下がぐらりと波打つような感覚だった。自分はイラストレーターとして盤石《ばんじゃく》な地盤に立っていると思っていたのに。自分がいる場所などいつか誰かにとって替わられる。

妙子はエザンスを棚に戻し、信号が青に変わったスクランブル交差点を駅に向かって歩き始めた。

「忙しそうね」

そう言って久しぶりに会う登紀子は妙子にケーキの入った白い箱を差し出した。妙子はその箱を受け取り、登紀子にソファに座るように促す。こうやって登紀子に会うのはもう何度目になるのだろう。最初に登紀子に評伝を書きたいと言われたのは、もう二十年近く前、彼女に誘われ、二人だけで潮汐出版のそばにあったおでん屋に行ったときのことだ。いつか早川朔の評伝を書きたいと登紀子に言われ、仕事の合間に登紀子に会ってきた。登紀子に話を聞かれればなんでも話した。子ども時代のこと、東京に来てからのこと、イラストレーターとして潮汐ライズの表紙を飾ることになったこと、子どもが生まれてからのこと、そして今。登紀子の話の引き出し方は巧みだ。女性誌のライターたちのように雑な仕事をしない。だからこそ時間もかかった。時代も変わった。登紀子と初めて会ったのは学生運動の嵐が吹き荒れていた時代だった。今、世の中はバブル景気で浮き足だっている。あの頃、機動隊に投石を繰り返していた若者たちはいったいどこへ消えたのか。登紀子も妙子自身もそれだけ年齢を重ねた。登紀子はクリップでまとめた厚い紙の束をテーブルの上に載せる。登紀子に自分の評伝を書きたいと言われてから十年以上、妙子が今まで話したことを登紀子がまとめたものだった。その紙の厚みを見ながら、自分はいったい何を登紀子に話してきたのか、今ではその記憶も定かではない。

それでも、妙子にとって登紀子は姉のような、またカウンセラーのような存在でもあった。取材という枠を外れて、夫や子どもの悩みを相談したこともある。登紀子に会える時間は、妙子にとって息抜きの時間でもあった。登紀子に会えることを楽しみにしていた。取材が始まって数年後、までは。

取るに足らない世間話をしたあと、登紀子はノートを広げて取材を始めた。

「妙子さんが潮汐ライズの表紙を描いてあの時代の寵児《ちょうじ》になったときのことだけれど」

時代の寵児。何度自分の略歴について回ってきた言葉だろうと、妙子は思う。

「ただ、あのときの自分の運が良かっただけよ」妙子は重い口を開く。

「あの頃を振りかえって妙子さんは今、どんな気持ちでいるの？」

「……」妙子はしばらくの間、黙ってしまう。それでも言葉を続ける。

「何度も言うけれど、自分は運が良かっただけ。あの時代の波に乗れたの。ラッキーだったと思う」言いながら、そうではないと妙子は思う。運を支えたのは自分の努力だ。週に五枚、意地でも描き続けたライズの表紙。もう一枚も描けないと泣きながらホテルに閉じ込められた日々。そのすべてが今はただ懐《なつ》かしい。

「子ども時代のつらさや苦労が、妙子さんに莫大《ばくだい》な数の絵を描かせたんじゃないかしら」

登紀子がティーカップに口をつけながらそう言う。そんな簡単な話ではない。つらさや苦労が絵を描かせる火種になるなど、ほんの短い間のことだ。大変なのはその先だ。モチベーションがゼロになってからの闘いのほうが長いのだ。そう思いながら、妙子は登紀子に対してずっと思ってきたことを、また思ってしまう。この人は何もわかっていない。私が経験してきた子ども時代のつらさや苦労など、登紀子さんは頭のなかで想像するだけだろう。私が嗅《か》いだ晴子の消毒液のにおい、ひび割れた冷たい指先、母かもしれない人と別れたバス停、東京に出て来てから住んだ古い狭いアパート。

母娘三代物書き、と事あるごとに笑って言う登紀子に何がわかるというのだろう。

「登紀子さん」

妙子の声に登紀子はノートに落としていた視線を上げる。

「私の評伝は書かないでほしい」

登紀子は口を開いたまま声を出せずにいる。

「ずっと前から思ってきたことなの。お嬢さん育ちの登紀子さんには私の評伝は書けないと思う」

重い沈黙が二人の間に横たわっていた。

「わかった……」

そう言って登紀子がノートを閉じたのはもう夕暮れに近かった。

登紀子もまた私から遠ざかっていくだろう。いや、遠ざけているのは自分なのだとわかっていたが今の妙子にはどうすることもできなかった。

「ねえ」

自宅の玄関ドアを開けると、そこに立っていた謙が手のひらを差し出す。妙子はそれを無視して、靴を脱いだ。母は先週からこじらせた風邪から肺炎を起こし、大事をとって入院していた。妙子はデパートの地下街で買ったお総菜が入った紙袋を手にキッチンに向かう。すっかり暗いのに照明も暖房もついていない。

「ねえってば」

謙は高校三年になっていた。オーバーコートの短くなった袖《そで》から差し出した手首は、もう子どもの頃のように細くはない。小学校は近くの公立に行かせたが、中学からは私立に入れた。入れたい学校はあったが、謙の学力は及ばなかった。入ったのは、芸能人の子どもたちが多く通う学校だ。高校受験も大学受験もないのだから、元々勉強の嫌いな謙が勉強をするはずもなかった。

中学のときに一度、高校に入ってから三度、謙は夜の町で補導され、母や妙子が迎えに行った。

「ねえ、ねえ」

キッチンで手を洗う妙子から謙は離れない。

「ちゃんと言葉で言いなさい」

妙子の言葉は尖《とが》る。いつだって男は大事なことを言葉にしない。察してくれなんてとんだ甘えだ。そう思いながら、自分の大事な息子を、憎むべき男たちの袋に入れていることにかすかに驚く。

「お金」

謙の声はもうすっかり男の低い声だ。

「お金が何？」

妙子はシンクのなかに置いたままだった朝食の食器を洗い始める。

「お金をくれよ」

「年末にお小遣いを渡したばかりでしょう。お年玉だってあるはずじゃない」

妙子は泡だらけのスポンジを手に持ったまま謙に向き合って言った。

「そんなのもうないよ。友だちと会うからさあ、ねえ」

「馬鹿《ばか》言わないで。まだ、一月六日よ！　いったい何に使ったの？」

妙子の問いには答えず、謙は唇を尖らせている。その姿は幼い頃の謙を思い出させたが、目の前にいる謙にはあの頃のように、かわいい、という感情が湧《わ》いてこない。

「お金は渡さない。必要ならバイトしなさい。謙には毎月お小遣いだって渡しているじゃない。それ以上のお金は絶対に渡さない」

妙子が手にしたスポンジから、フローリングの床に泡が落ちる。この家を建てたときに妙子が頭を悩ませて選んだウォールナットの無垢《むく》材だ。早く拭《ふ》かないとしみになってしまう。

「私が必死に仕事して稼いだお金だもの」

「なんだよ仕事仕事って、父さん働いてるんだから、母さんが働かなくてもいいじゃないか。母親のくせに俺の面倒も見ないで仕事ばっかりして！」

謙がシンクの下の開き扉を踵《かかと》で強く蹴《け》る。金具が外れるような鈍い音がした。

「やめて！」

そう言う妙子にかまわず謙はキッチンを出て、廊下を大きな足音を立てて歩いていく。しばらく間があって、玄関ドアが閉められる音がした。妙子はその場に座りこむ。泡が床にすっかり染みている。母親のくせに、という音の響きが、妙子の鼓膜をまだ震わせていた。

その夜、謙は帰ってこなかった。また警察から連絡が来るのだろうか、と思うと、食事をとることも、風呂に入ることも、ベッドに入ることもできなかった。午前零時を過ぎても、謙も、そして、真二郎も帰って来ない。真二郎は去年の冬くらいから、何も言わずに自宅に帰らない日が増えていた。若槻チカの家に、もしくは違う女の家にいるのかもしれなかった。自分が片親だったから、謙には父親と母親が必要なのだと思いこんでいた。だから、真二郎との関係が形だけのものになっても、夫婦という形を続けてきた。でも、それも、もう必要ないのかもしれない。

たった一人の静かすぎる夜が怖くて、妙子はテレビをつけた。この人ももう長くはないのだろう。NHKでは、相変わらず天皇の容体を知らせている。なぜだか、自分の父のことを思った。話したことも、会ったこともないけれど、なぜだか父はもうこの世にはいないような気がした。

私という娘がいたことを、父はどんなふうに考えていたのだろう。知っていただろうか。自分の血を分けた子どもが、早川朔というイラストレーターになったことを。けれど、今まで私に会いたいと言ってきたわけでもなかった。きっと父は私に興味がなかったし、私という存在をなかったことにして生きてきたのだろう。

テレビに映っている真夜中の二重橋を見ながら妙子は思った。

父も、真二郎も、謙も、男はみんなどこかに行ってしまう。私を置いて。

ソファの上で膝《ひざ》を抱え、妙子は声を出さずに泣いた。こんな夜に母がいないことも余計に寂しかった。子どもの頃に開いた胸の穴は、大人になっても埋まらんものじゃなあ。生まれた村の満開の桜を思って妙子は泣いた。はらはらと花びらが散るように、妙子の目から涙が零《こぼ》れた。

12

ライター仕事の打ち合わせを終えて、登紀子は通いなれたログストアのビルを出た。見上げるともう午後九時近いというのに、どの窓にも照明がついている。多分あの光の下にいる人たちは今日も深夜まで仕事をするのだろう。

「近頃は仕事終わっても、絶対にタクシーつかまらないんですよ。午前零時を過ぎても一時になってもだめで、午前二時くらいですよ、やっと空車のタクシー見つかるのが。しかも会社のタクシー券、ぶんぶん振って見せないと止まってくれなくて」

さっきまで打ち合わせをしていた若い男性編集者の、どこか子どもじみた口調を思い出した。新卒で入って三年目という、今日初めて顔を合わせた編集者だ。登紀子がライズやミヨンヌで一緒に仕事をしていた編集者たちのほとんどは、すでに管理職に就いていて、現場の編集作業からは遠ざかっている。一時は毎日のように顔を合わせていた三枝も、今や編集局課長だ。

エッセイを書く合間に断ることなく受けているライターの仕事も、登紀子に仕事を振ってくれるのは自分の娘や息子といってもおかしくない年齢の編集者たちだった。

さっきの編集者が着ていた肩幅が広くゆったりしたシルエットのスーツは、多分アルマーニだ。若いのに随分とお金があるのね、ログストアの社員って高給取りなんだ、と思いながら登紀子は聞いた。

「ねえ、あの噂《うわさ》は本当なの？　一万円札振りかざしてタクシー停める、っていうのは」

「ああ、僕はやったことないですけど。上司はやったらしいですよ。もっと猛者《もさ》になると、一万円札にライターで火をつけて停める編集者もいるとか」

「まさか！　嘘《うそ》でしょう?!」

編集者がいくつかの出版社の名前を口にした。日本中の誰もが知っている会社。登紀子はエッセイでもライター仕事でも世話になっている。

「なんて品がないんだろうね！」と言おうとして、登紀子は思わず口をつぐんだ。

また、口うるさいライターだと思われてしまう。余計なことは言うまい。年齢を重ねるほどに、登紀子は軽口を叩《たた》かなくなった。思ったことをなんでもぽんぽんと口にして、それに応じてくれた編集者がいた時代が懐《なつ》かしい。そう思うのも自分があまりにも長くこの業界にいる証拠だろうか。

登紀子はカシミアのストールをぎゅっと首に巻いて、銀座の街を歩きだした。

歩きながら思い出したのは妙子に最後に会った日のことだった。もう数回取材を重ねれば早川朔の評伝が書ける、そう思っていたのに、「私の評伝は書かないでほしい」そう言われた。時代を駆け抜けたイラストレーター早川朔の評伝を、ノンフィクション作家としてのデビュー作にするつもりだった。妙子の真意はわからない。けれど、早川朔に断られてしまったのなら、今すぐ違う誰かに取材を始めるべきだ。頭ではそう思っているのに、早川朔以上に書きたいと思う誰かが見つからない。妙子に言われた「お嬢さん育ちの登紀子さんには私の評伝は書けないと思う」という言葉が登紀子のどこかに深く刺さったまま、やってくる仕事だけをただこなしていた。

妙子のイラストは雑誌や広告で目にするが、以前のように頻繁に、というほどでもなかった。妙子は元気でいるだろうか。そう思うのに、仕事の忙しさを理由に連絡をとることもなくなっていた。

街は静まり返っている。車も人通りも少ない。いつもならこの時間でも開いているブティックや花屋、バーや飲食店も店の灯りを落としている。

今朝、昭和天皇が亡《な》くなり、皇太子が天皇に即位した。午後になって官房長官が記者会見で見せた台紙には、墨文字で「平成」と書かれていた。妙に気の抜けた新元号の響きに、登紀子は何の感慨も抱かなかった。けれど、昨年から続いていた世の中の自粛ムード、つまり、はしゃいではいけない、派手なことをしてはいけないという、自分のまわりの空気が圧を増していく感じにはいささかうんざりしていたから、これでやっと終わるのか、という安堵《あんど》の気持ちのほうが大きかった。

考えてみれば今日が昭和最後の日なのだ。そうはいっても自分は昨日と変わらず仕事をしているし、まだ会社に残っているログストアの編集者たちも同じだろう。

それでも自分なりに元号が変わるという時代の節目に何かをしたくて、日比谷に向かって歩いていた。泰明《たいめい》小学校のそばになじみのバーがある。そこで軽く飲んでから帰りたかった。もしかしたら、ほかの店と同じように今日は店じまいしているかもしれないが、行くだけ行ってみよう。そう思って登紀子は歩き続けた。

銀座は登紀子にとって自分の庭のような街だった。潮汐ライズで仕事を始めたときからこの街に足繁《しげ》く通っていたが、子どもの頃にだって母や父に連れられて何度も訪れた。デパートやブティック、レストラン、数え切れないほどのなじみの店がある。その店を辿《たど》るようにあえて裏通りを歩いた。

歩きながら思い出した。十代の少女の頃だ。父に無理を言って作ってもらったダッフルコート。そのコートを着ることはもうないが、今でも時折取り出しては丁寧に手入れをして、押し入れにしまっている。

あれは父と母が離婚した直後のことだ。

「パパと暮らせなくなって私、とっても寂しいんだもの。慰謝料の代わりにコートくらいいいでしょう？」

そう言って父にねだった。自分を抱き上げて「よし、これから銀座に行こう」と言ってくれた父。その父がもうずいぶんと長い間、癌《がん》を患《わずら》い、病床についている。東京西部にあるホスピス。母がその病院を選び、父を入院させた。登紀子も何度か、その病院を訪れて父に会ったが、会うたび父は見たことのない老人に姿を変えていた。強い痛み止めを投与されているようで、登紀子が行っても眠っているときのほうが多い。父のベッドの横に座り目を閉じた父の顔を見ていると、このまま目を醒《さ》まさないのではないか、と不安になった。

「あなたも仕事が忙しいんでしょう。無理して来なくてもいいのよ」

母は登紀子にそう言った。完全介護の病院だから、母が付き添いをしなくてもいいはずなのだが、母は、ほぼ毎日、父の病院に通っていた。登紀子と同じように原稿を書き続けて得たお金を母は死にゆく父のために惜しげもなく使うと、心に決めたようだった。

母だってもう若くはない。いつ倒れてもおかしくはない。父と同じように、母も会うたび疲れた顔をしている。ハイヒールを履き、毛皮のコートを着て、真っ赤な口紅が似合っていた母はもういない。昔の母だったら絶対に着ないような、くすんだ色のセーターとパンツ姿で、死んでいく夫に献身的に付き添う糟糠《そうこう》の妻に変貌《へんぼう》を遂げていた。

自分の両親とはいえ、一度は別れた妻に看病をされる父の気持ちも、看病をする母の気持ちも、登紀子には正直なところよくわからないが、昔からそうしたいと決めたらまわりの意見など聞かない母だ。母の行動には母なりのプライドがある。自分の体も大事にして、ほどほどに看病すれば、などと、登紀子は口が裂けても言えなかった。

登紀子が父を見舞ったとき、うつらうつらしていた父が、譫言《うわごと》のようにつぶやいたことがある。

「……Ramona, I need you」

横に立っていた母を登紀子は思わず見上げた。

「何？ Ramonaって、誰のこと？ パパの昔の恋人？」

そう聞いても母はかすかに笑顔を浮かべただけだった。父の言葉には娘の登紀子すら知らない二人の歴史があるのだろう。

「帝国ホテルのティーダンス、あんなに楽しかったことは人生であんまりないわね」

昔の思い出なんてめったなことでは口にしない母が、ほつれたこめかみの白髪を指で撫《な》でつけながら独り言のように言った。それが母の老いをあらわしているようで、登紀子は何も答えることができなかった。いつか父が逝《い》ってしまったら、母もすぐ後を追うのではないか。

不吉な予感を振り払うように登紀子は足を速めた。

ビルとビルの合間にぽかりと不自然に空き地があり、売地、という立て看板が突然あらわれる。ここもか、と登紀子は思う。

住むためでも、その土地を利用するためでもなく、企業が値上がりを見込んでの投資が行われているのだという。いわゆる「地上げ」を先導しているのは銀行だった。立ち退きを渋る土地の持ち主の前には、札束が積み上げられ、それでも立ち退かないときは、暴力団を使った強引なやり口も横行していた。

登紀子が好きな東京の下町もそうだった。戦前からあるような趣のある長屋や駅前の小さな商店が次々に店を閉めていた。

二年前には、ある企業がゴッホのひまわりを五十三億円で買った。さっき会った編集者ではないが、タクシーを停めるために一万円札を燃やすような人間、顔に金という文字が書かれているような人間は、今や日本中にいるのだろうと登紀子は思った。

七〇年代、登紀子がミヨンヌで紹介したルイ・ヴィトンやエルメス、シャネルのパリの店には、今や日本人女性が連日押し寄せ、いなごの大群のように店中の物を買い荒らしていくらしい。

「ミヨンヌのあのページに出ていたバッグはどこのものですか？」

と緊張で声を震わせながら編集部に問い合わせていた女の子はもういないのだ。

「私たちには手が届かないけれど、外国にはこんなに素敵なものがある」と登紀子が記事で紹介した品々を手にするだけの経済力を日本人女性はすでに身につけていた。

エコノミックアニマルと彼女たちを批判する資格は自分にはない。登紀子だってエルメスのバッグやスカーフを持っている。女が自分で働いて、自分のお金で好きなものを買って何が悪い。買えるのだから買えばいい。

そう思ってはみても、登紀子の胸のなかには、出来の悪い潮汁《うしおじる》を飲んだときに、舌に感じるかすかな砂粒のような、ざらりとしたものが残る。お金さえあればなんでも買える。なんでもできる。日本人はそう思い始めているのではないか。そして、自分もその欲望に、小さな火をつけた犯人の一人なのではないか。

四十四年前、この国は戦争に負けた。けれど、たった四十数年で世界一の金持ちになろうとしている。日本人が今まで行儀良く隠していた欲望が、あらわになっていく様に得体の知れない心地悪さを感じてしまう。

割り切れない気持ちと整理のつかない頭を抱えたまま、登紀子は勢いよく雑居ビルの二階にあるバーのドアを開けた。

「来るかと思ってたわ」

カウンターの向こうのママが登紀子の顔を見て言った。

潮汐ライズで仕事をしていたときから通っている馴染《なじ》みの店。カウンターとそのうしろに壁沿いのソファとテーブルがあるだけの小さな店だが、今日はいつにもまして客が多かった。登紀子の知り合いの編集者やライターの顔も見える。コートを脱ぎ、カウンターに座った。ハイボールを頼んだ。いつもは静かな店だが、こんな夜のせいか、耳に入る言葉にはどこかしら隠しきれない興奮のようなものが含まれている。

「だって、どの店も開いてないんだもん」

「町中、湿っぽくていやねえ」

「平成ってなんか間抜けじゃない？　ださくない？」

皆、口々に言いたいことを言う。そんな言葉に、登紀子は少し気が楽になったような気がした。

「天皇が死んだからってなんだってんだ。戦争責任も負わずに逃げ切りやがって。俺は今日は酒がのみたいんだ」

カウンターの端にいる登紀子とそう年齢は変わらなそうな男性が、大きな声で叫ぶように言った。世が世なら、あの人、不敬罪でつかまっているな。そう思いながら登紀子はハイボールを口にした。昭和最後の夜にのんだ酒は、なぜだかいつもよりおいしく感じた。


四十八歳になる妙子の身辺にも死の影が近づきつつあった。

隅田川に近いその病院に行くのは、もう何度目になるのだろう。地下鉄を降りて、病院が近づくにつれ、川をわたってくる冷たい風が妙子の体を冷やす。

母が倒れたのは、二月の寒い夕方のことだった。妙子が松濤《しょうとう》にある仕事場から自宅に戻ると、玄関先で母が胸を押さえて蹲《うずくま》っていた。買物かごから転がったいくつかの林檎《りんご》の赤が、まるで母の体から流れ出た血液のように見えた。動転しながらも救急車を呼び、近くの救急病院に向かった。診断の結果、医師から心臓に疾患がある、手術が必要かもしれない、と聞かされて、妙子はその場で母を転院させる決意をした。

もし手術をするのなら、日本でいちばん設備の整った病院に母を入院させたかった。すぐに病院名が浮かんだのは、そこに今、立見が入院しているからだ。今はログストアの社長である立見もまた、心臓を患って入院中の身だった。

ログストアの仕事はほぼ受けていなかった。ミヨンヌの仕事を降りて以来、ログストアからイラストを描いてほしい、という声がかかったことはない。それでも風の噂で、立見がログストアの社長になったことを聞いた。

ログストアという会社にはもはやなんの思い入れもないが、立見には会いたかった。もう何年も会っていない。立見さんはどうしているだろう。そう思っている頃に一枚の葉書が妙子の元に届いた。立見からの葉書だった。立見が今、入院していることを妙子はその葉書で知った。

「会社の奴《やつ》らが来るのは、月曜日と水曜日と金曜日だけです」

太字の万年筆、ブルーインクの文字で最後にそう書かれていた。それ以外の日に来れば、ログストアの社員と妙子が顔を合わせなくてすむ。病身であるにもかかわらず、そんな一言を寄せる立見の気遣いに心のなかで妙子は頭を下げた。

立見と同じ病院の個室に母を入院させた。多分、入院費は東京でいちばん高いはずだ。

手術後、目を醒ました母は、

「こんな立派な病院で、一人だけの部屋、うちにはもったいないわ……」

とつぶやいたが、最高の治療を最適な環境で受けてほしかった。

母の元には、ほぼ毎日、通った。朝、ひととおりの家事をすませ、午後まで仕事をし、それから夕方まで母の病室で過ごした。医師の許可が出たあとは、デパートで買ったフルーツをガーゼで絞り、ジュースにして飲ませた。

「忙しい妙ちゃんに面倒ばっかりかけてしまうなぁ」

入院した頃から、なぜだか母は妙子のことを妙ちゃん、と呼ぶようになっていた。子どもの頃だって、そんなふうに呼ばれたことはない。五十に近い自分が幼い女の子になったようで、気恥ずかしさもあったが、そう呼ばれると母との距離がより縮まった気がした。

「長くて三カ月、あるいはもっと短いかもしれません」

手術をすればまた元のように元気になるのだろう、と楽観的に考えていた妙子の思いは、医師の言葉で見事に打ち砕かれた。そんな話を聞いてどうやって母と顔を合わせればいいのか。面談室を出て廊下を歩いてはみるものの、足に力が入らない。そばにあったソファに力が抜けたように座りこむ。思わず顔を両手で覆《おお》ったが涙は出なかった。手が触れた頬のざらつきが気になる。妙子は自分の両手を見た。近頃は化粧すら十分にしていない。仕事中には何度もハンドクリームを塗って手入れをしていた手の甲は乾ききって、いつのまにか皺《しわ》だらけだ。毎週、違う色を塗って楽しんでいたマニキュアも、今は色を選び、爪《つめ》を彩《いろど》る心の余裕がない。爪の先端も二枚に割れて、みすぼらしい。妙子にとっては素顔でいるよりも、この爪を誰かに見られることのほうが恥ずかしかった。

ふと顔を上げると、廊下の壁に、矢印とチャペル、という文字がある。そうだ、この病院はキリスト教系だった。そんなことに今頃気づくほど、妙子の毎日は慌《あわ》ただしかった。

母と違うフロアに入院している立見の病室は最上階にあった。月、水、金以外はログストアの社員は来ないと言っても、付き添っている家族の方もいるだろう。母の付き添いで毎日ここに来るのだからその前後に立見の病室に行ってもよかったが、母のそばにいるだけで心は削《そ》がれて立見の病室に顔を出す余裕はなかった。

妙子がやっと立見の病室を訪れたのは、母が入院してひと月も経《た》った頃のことだった。

かすかに緊張しながら、妙子は立見の個室のドアをノックする。しばらく間があって、はい、とドアの向こうからやや掠《かす》れた声がする。なぜだか潮汐出版の応接室をノックしたあの夏の日を思い出した。

「早川朔です」

ドアをそっと開け、妙子は奥のベッドに近づいた。立見がベッドの上に体を起こしている。ベッドテーブルの上に隙間《すきま》なく、山のように積まれた本と雑誌。ベッド横のテーブルも窓際《まどぎわ》のソファの上も、同じ有様だった。

　ベッドテーブルの向こうにいる立見は、見慣れたロイド眼鏡をかけ、ラベンダー色のパジャマの上にキャメル色のカーディガンを羽織っている。

「誰かと思ったら」

　顔色や声の調子はまるで病人とは思えない。けれど、母や自分と同じように、立見もまた年齢を重ねていた。

「お見舞いが遅くなって申し訳ありません……」

　妙子が頭を下げると、

「何言ってんだ。売れっ子がそんなこと気にするもんじゃないぞ」

　そう言いながら、立見が一冊の雑誌を妙子に差し出した。

「この色味、最高にいいね。君の絵は相変わらず……というか、ずっといい」

　それは妙子がとあるクレジットカードの会員向け雑誌に描いた女性の絵だった。

　三十代向けのおしゃれな女性を描いてほしいと言われたが、描きながら、こんな女性はいつか描いたことがあるのではないか、と迷いがあった。最近は仕事をしていると、よくそんな気持ちになった。こんな絵を自分はいつか描いたのではないか。過去の作品を自分は模倣しているだけなのではないか。

若い頃ならそんな迷いが少しでもあれば、締め切りを延ばして、ねばって描き直した。けれど、今の自分にはそんな気力も体力もない。発注主が、「いいですね」と言ってくれるのならそれでいい。そんな態度に甘んじていた。まさか、そんな風に描いた絵を立見が見ていたなんて。妙子は自分の耳たぶが熱くなるのを感じた。立見にそう言われても、妙子は俯《うつむ》くしかなかった。

「君の色彩感覚というのは、唯一《ゆいいつ》無《む》二《に》だ。誰にも真似《まね》ができない。生まれもっての才能だ。大きなギフトをもらって君は生まれてきたんだなあ……」

そう言いながら、立見はベッドテーブルに山積みにされた雑誌を探り、そのうちの数冊を妙子に見せた。どれも妙子のイラストが掲載された雑誌だった。妙子ですら描いたそばから忘れていくような掲載誌まで、立見は目を通してくれていた。

「お忙しいのに、すみません」

恐縮しながら、妙子は言った。

「言っただろう。僕は君の絵のいちばんのファンだって。ファンがスターを追いかけるのは当たり前だ。それに僕は君と本を作りたいんだよ」

そう言いながら積み上がった雑誌のいちばん上にある画集のようなものを手にとり、妙子に差し出した。妙子は立見から画集を受け取り、開いた。女性の裸体を大胆にデフォルメしたモノクロのイラスト。海外の作家のようだが、作品にはどこか水墨画のような雰囲気もある。興味を惹《ひ》かれて妙子はページをめくる。

「君のいちばんの武器である色彩感覚を封印して、モノクロでこういうのをやってみるというのもおもしろいんじゃないか」

それからも立見の話は続いた。すべて本や雑誌やイラスト、写真に関する話題だった。妙子が知らないような海外の作家や、名前を聞いたことのない雑誌についても、立見は驚くほど精通していた。立見はログストアの社長なのだから、もう現場で本は作っていない。けれど、ベッドにいる立見からは、新しい雑誌や本を作りたいという情熱が迸《ほとばし》っていた。

妙子がミヨンヌの仕事を自分から降りたことも、今はログストアの仕事をしていないことも知っているはずなのに、立見はそのことには触れない。妙子の作品をほめ、妙子にとって有意義な話だけをしてくれた。

「君の新しい作品がたまったら僕が本にしよう」

潮汐ライズに描いた表紙イラストは、一冊だけログストアから作品集として出ていたが、ミヨンヌの仕事を降りて以来、そういう話が持ちかけられることはなかった。

「でも、私、もう、そんな本を作っていただけるようなイラストレーターじゃありません」

思わず口に出た。言ってしまってから、それは立見に対する甘えでもある、と妙子は自覚した。娘のようにすねたことを言って、父のような立見に自分は甘えている。

立見はロイド眼鏡を外し、目頭を指で揉《も》んだ。

やれやれ、という表情で妙子の顔を見る。

「もう、あまり時間がない。僕が作る最後の本は、君の本だと決めているんだ」

そう言われて、はっとした。立見の話を聞いていて、まるでここが潮汐ライズの編集部で、立見と仕事の話をしているような感覚に陥ってしまったが、立見は病身なのだ。自分の病気の話など立見は一切しないが、妙子の母と同じように立見の入院生活も長い。体の状態がいいのなら、とっくに退院していていいはずだ。考えたくないことがふと頭のなかに浮かび、妙子は怖くなる。

「もう見舞いになんて来るなよ。時間の無駄だ。この本は君にやる。最初は真似でもいいんだ。だけど、君は絶対に自分の新しい絵を見つけるよ。それが僕にはわかる。新しい君の絵で本を作る。僕の願いはそれだけだ」

惰性で仕事をしていること、投げやりな気持ちで仕事をしていること。そんな気持ちを立見に全部見透かされている。

そのときふいに時間が逆戻りして、妙子は二十三歳の自分の気持ちが蘇《よみがえ》ってくるような気がした。絵を描き続けて、立見に見せた自分。これではだめだと言われても、何度でも描き直した日々。あの頃の情熱はまだ自分のどこかにあるだろうか。

そのときふいにドアが開き、看護婦が入ってきた。妙子の姿を認めて軽く会釈《えしゃく》する。立見の孫と言ってもいいくらいの若い看護婦だ。

「立見さん、お薬の時間ですよ」

看護婦は、ベッドテーブルの上の雑誌と本の山を見て声を上げた。

「もう、立見さん、ここは仕事部屋じゃないんですよ。寝ていてもらわないと困ります」

「あっ、見つかってしまったか」

いたずらを見つかった子どものような顔で立見が笑った。

「あ、私、もう失礼しますね。また伺います」

妙子は立見から受け取った画集を手に立ち上がった。

「もう来なくていい。君は絵を描け」そう言って看護婦から渡された数種類の薬をコップの水で飲むと、立見はベッドに体を預けた。看護婦が布団《ふとん》をかけ直す。目を閉じた立見はもう何も言わない。立見の顔は母と同じように、静かに病と闘う人の顔だった。逃げ出すように妙子は部屋を出た。

もう時間がない。さっきの立見の言葉が妙子のなかで繰り返される。描かなくちゃ。描かなくちゃ。締め切りだけを守って、いつものような早川朔の絵を描けばいい。そういう気持ちとはまったく違う、新しい絵を描きたいという気力と情熱を絞り出すように見つけなければ。自分のためではない。自分を見出《みいだ》してくれた立見と、自分を育ててくれた母のために。

病院の廊下を、足音を立てないように、それでも少し急ぐように、妙子は歩いた。

「どうやったら、こんなにすっきりとお部屋が片付くんでしょうね？」

そんな凡庸な聞き方があるもんか。質問はより具体的に。狭いところから攻めていかないと、実のある取材なんかできやしない。心のなかで登紀子は毒づくが、そんな素振りも見せず、若い女性ライターの質問に答える。

『五十代、二人暮らしのインテリア』というエッセイ本を出してから、女性誌や主婦向けの雑誌の取材を受けることが多くなった。エッセイ本の中ではインテリアだけでなく、収納術や家事、普段の食事についても触れた。自分ではとりたてて新しくも珍しいとも思っていないことでも編集者に話すと、「それ、ぜひ書いてください」と言われる。そう言われれば、もちろん登紀子は文章を書いたが、何度も同じようなことが繰り返されると、それでいいのか、という疑問も湧く。それでも、登紀子は求められるまま文章を綴《つづ》り、本の宣伝になるなら、と取材も受けた。

もう暮らして二十年近くになる四谷のマンションは、登紀子ではなく、浩介が日々丁寧に掃除をするおかげで、どこもかしこも清潔に保たれていた。浩介はインテリアなどには興味はないから、放っておくとなんでも捨てられてしまうし、散らかしたものは登紀子の知らない場所に収納されてしまう。『五十代、二人暮らしのインテリア』のなかでも、掃除や片付け、収納術については、浩介がやっていることを登紀子が文章にしただけだった。

それでも、少しでも家のなかに自分らしさを出したくて、リビングの隅に、旅行用のトランクを重ねてその上に幾本ものキャンドルを飾ったり、取材で訪れた松本で見つけた古い民芸簞笥《だんす》を置いたりした。

本当なら、原宿のヨーガン・レールの店にあったような籐《とう》製の長椅子を置きたいところだが、それが似合うのは十畳以上の広さと高い天井のある部屋だ。登紀子が好きなアンティークレースのカーテンも、蚤《のみ》の市で売っているような絵葉書の入った銀の額縁も、日本の住環境には似合わない。

見た目だけではなく、典型的な日本の家、その限られた空間で、いかにインテリアを楽しむか。和風と洋風をほどよく混ぜ合わせその具体例を示した登紀子の家のリビングは、いくつもの雑誌に掲載されたくさんの読者から支持を受けた。

「あ、いいですね。顎《あご》をちょっと引いて。笑顔で」

カメラマンが登紀子にそう声をかけるが、そんなことよりも登紀子はカメラマンが機材をそのまま床に置いているのが気になって仕方がない。毛布なり、布なり、敷くべきなんじゃないの。苛立《いらだ》ちを隠して、登紀子は笑顔を作った。

ライターとカメラマンがいたのは小一時間だろうか。若い人特有の埃《ほこり》臭さが気になって、登紀子は掃き出し窓を開けた。四月初めの午後、日差しはすっかり春だが、空気にはまだどこか冬の名残があって、そっと入ってくる風が部屋のなかを清めてくれるような気がした。

取材中には見せないことにしている隣の寝室の襖《ふすま》を開けた途端、朝、火をつけた線香の残り香を感じる。部屋の片隅には二つの位牌《いはい》がある。三月の終わり、登紀子が思っていたとおり、父が亡くなるとほどなくして、母も亡くなった。

母が亡くなった記事は新聞や雑誌にも大きく載ったが、父が亡くなったときはほんの小さなお悔やみ記事が新聞に出ただけだった。生前の母に関しての取材はいくつか受けたが、父のときは受けなかった。母の名前の大きさを痛感しながらも、父の描いた絵について、美術雑誌が特集を組んでくれてもいいものだけれど、と登紀子は心のなかで憤慨していた。

「母娘三代物書き」という言葉も、生前の母の活躍ぶりを紹介したときに、どこかの新聞で使われた言葉だった。母の死後、登紀子自身を紹介する記事にも、枕詞《まくらことば》のようにその言葉が使われるようになった。

「登紀子さんて、佐竹みつ子の娘だったの！」と度々言われるようになったのは、うれしくもあり煩《わずら》わしくもあった。一人くらい「佐久間波瑠の娘だったの！」と言ってくれる人がいてもいいのに。あれほど母を頼り臑《すね》を齧《かじ》り続けてきたのに、亡くなったあとでもなお、登紀子の気持ちは父のほうに傾いている。

　それほど頻繁に連絡をとりあっているわけではないが、登紀子の弟はパリで画家を続けている。結婚をして男の子ももうけた。父の血は弟やその子どもが継いだのだから、途切れることはない。けれど、母の血は……。

開け放った窓から、近くの小学校の生徒だろうか、子どもたちの弾んだ声が聞こえてくる。

母娘四代にはならなかったか。

　血縁なんて登紀子にとっては些《さ》細《さい》なことだったはずなのに、この頃、幾度も考えてしまうのは、そのことだった。元から子ども嫌いだし、自分が子どもを産みたいなんて正直なところ一度も思ったことはない。それなのに、生殖可能な年齢を過ぎてから、自分がしてきたことの証《あかし》のようなものを残したい、という登紀子自身にとっても予期せぬ欲望が芽生えつつあった。そうはいっても養子なんて非現実的すぎる。今から血のつながらない赤んぼうを育てる体力も気力も残ってはいない。

　母が残した市ヶ谷のマンションは登紀子に、遺産の三分の二は弟に、書籍の印税は半分ずつ。生前、母が用意した遺書にはそう書かれていた。自分が死んだあとのこと、葬儀やお墓、遺影をどの写真にするかまで、すべて準備して逝ったところがいかにも母らしかった。マンションは登紀子が住んでもいいし、売ってもいい。遺書にはそう書かれていたが、登紀子は決めかねていた。父と母が相次いでいなくなったことによる心の穴は確かにあったが、母が登紀子に十分すぎるほどのものを残したことで、もう今までのように眠る間を削って仕事しなくても生きていけるかも、という気持ちが、登紀子の仕事への情熱の温度を下げてもいた。

　男と遊ぶことも少なくなった。数え切れないほどの婚外恋愛を経て、恋やセックスはもう十分だと思った。二年前に既婚の編集者とした恋愛で、妻に訴えられそうになった出来事も大きかった。それでも、自分はまだ五十を過ぎたばかりなのに。何度もそう思うがまわりには恋をしたいと思う男がいないし、恋をするスリルにももう惹かれなくなっていた。父は八十を過ぎて亡くなった。自分も同じくらいの年齢まで生きるのならあと三十年もある。死ぬまでの時間が登紀子にはとてつもなく長く感じられた。

「ただいま」

　ふいに背中から声をかけられて、登紀子は飛び上がった。振り向くと浩介が立っていた。肩に提げたトートバッグから、セロリの葉が飛び出している。自宅で取材や撮影があるときは浩介は外出し、頃合いを見て家に帰って来る。

「おかえりなさい」と登紀子が返事をすると、軽く頷《うなず》き、キッチンに向かっていく。

「ご主人にも登場していただけませんか？」と、取材依頼のたびに言われたが、浩介に尋ねる前に登紀子が断っていた。浩介という人となりを考えれば、聞かなくとも答えはわかる。

登紀子自身が年齢を重ねたように、浩介も登紀子より十七多く年齢を重ねていた。

二人の間の張り詰めたような空気は、時間と共に弛緩《しかん》したものになっていた。登紀子がエッセイストとして本を出したことを、少なからず浩介が好意的に思っていることは、言葉にされなくても登紀子は感じていた。浩介の書棚には、登紀子の書いたエッセイが発売順に並べられている。

一方の登紀子も、一冊の本を書き上げただけであとはこの家の家事を一人でこなしてくれている浩介を昔のように刺々《とげとげ》しい視線で見ることはなかった。

仲がいいわけではない。けれど、共同生活者として、自分の側にいてくれる浩介のような人間はほかにいない。心を通じ合わせてはいないけれど浩介は私の保護者だ。そう考えるようにもなっていた。私が外で飛び回る分、浩介が家を守ってくれている。私が稼いで、夫が家のことをしている。私たちは新しい夫婦の形を実践している。最初のエッセイ本で、やや誇張気味に登紀子は書いたが、今の登紀子と浩介は、登紀子が記したカップル像とぴったり重なり合っていた。

登紀子は立ち上がり、浩介のいるキッチンに足を向けた。

買って来た食材を冷蔵庫に詰めている。キッチンは今や、浩介の城だった。登紀子はこのマンションに越してきてから数えるほどしかキッチンに立っていない。家で食べる食事はすべて浩介が作った。出来合いの総菜を買ってきたことも、出前をとったこともない。

浩介が有機農業に興味を持っていることは、浩介の書棚を見て、登紀子もわかっていた。いつの間にか浩介は千葉で実験的な有機農業をしているグループの代表者と知り合いになり、月に何度かは泊まりがけで千葉に出向き、泥付きの野菜を手に帰ってきた。どんよりと沈んでいた目は昔の輝きを取り戻し、農作業で日焼けをした顔は以前よりも精悍《せいかん》に見える。

本を書き上げたときのように、ひとつのテーマが見つかれば、そこに自分のすべての力を集中させるのが浩介だ。大量の料理本を図書館で借りてきては、料理だけでなく、マヨネーズ、ドレッシング、ぬか漬け、味噌《みそ》、ソーセージ、新鮮な魚をベランダで干して干物《ひもの》まで手作りをした。そんな浩介の姿を見ているのが登紀子にとって喜びでもあった。本を書き上げたあと、自分が次に追いかけるテーマはなんなのか、途方に暮れていた浩介をそばで見ている日々は思っている以上につらかった。農業でも食でもテーマはなんでもいい。目標を見つけた浩介のことが登紀子は誇らしかった。また私は、バッハを支えるマグダレーナになれるのかもしれない。

「話があるんだ」

そう言って浩介は、ダイニングテーブルの椅子に座る。なんだろう改まって、と思いながらも登紀子は浩介の向かいに座った。

「ずっと前から考えていたことなんだ」

登紀子は浩介の顔を見る。開け放った窓からはまだ子どもたちの声が聞こえる。

「僕は千葉に住んで農業をやってみたい」

浩介は登紀子の顔から視線を外さなかった。いつか浩介がそんなことを言い出すんじゃないか、と今まで一度も考えなかったと言えば嘘になる。

「それはつまり、私と離婚して、ということ？」

「そうじゃない。君と別れるつもりはない。世間的な言葉で言うなら別居だ」

別れるつもりはない、と聞いて、登紀子の口からは思わず息が漏れた。

「本腰を入れて農業というものをやってみたい。君も知っているだろう？　僕が何度も訪れている房総の」

その男の名前は登紀子も、もう何度も目にし、耳にしていた。六〇年代の学生運動の闘士が今はコミューンのようなものを作り、実験的な有機農業をしているという記事は、登紀子が仕事をしている女性誌でも目にした。彼の活動の拠点となる場所に浩介は腰を据え、農業に携わりたいと言う。

「君には仕事がある。君が東京を離れて暮らすこともできないだろう。そうは言っても千葉と東京なんて行き来するのはあっという間だ。会おうと思えばいつでも会える。僕はこの家に帰ってくるし、君も房総に来ればいい」

「つまり、発展的な別居というわけね」

登紀子は思わず言った。笑おうとしたがうまく笑えなかった。

「君がそんなふうに考えてくれるなら、ありがたいけれど」

またひとつエッセイのテーマができた。そう打算的に思う一方で浩介が自分から離れていこうとすることに、どうしようもない寂しさを感じてもいた。人生の次のステップを見つけた浩介に嫉妬《しっと》に近い気持ちすら湧いてくる。

文章を書くことは、もはや、登紀子にとって呼吸をするようなものだ。依頼があれば、その要求を満たす文章をいくらでも、どんな早さでも書ける。けれど、目の前にいる浩介のように、情熱に満ちた目でこれがやりたい、というものではすでにない。

「あなたは見つけたのね。次のテーマを。おめでとう」

何を言っても皮肉めいているな、と思いながら、離婚をするわけではないけれど、父も母も失い、保護者のような存在である浩介とも離れて、これでほんとうの一人になってしまう、と登紀子は思った。さて、私はいったいこの先、何に情熱を傾ければいいのだろう。登紀子はどこか途方に暮れた顔で浩介の顔を見つめていた。

母のベッドの横に座りながら、妙子は点滴の針が刺さった母の腕を描いていた。クロッキー帳にステッドラーの鉛筆を走らせる。

母の生の残り時間はもう長くはない。いつ逝ってもおかしくはない、と医師に聞かされてから、一週間が過ぎていた。妙子がそばにいても意識がない時間のほうが長い。時折うっすらと目を開けて天井を見つめているが、母の目に何が映っているのか、妙子にはわからない。目の端から涙のようなものがこめかみに向かって流れていくが、それがほんとうに涙なのか、母が悲しくて泣いているのかも妙子にはわからない。

「おばあちゃんの病院に一度来なさい。おばあちゃん、もう」

同じ屋根の下に住んでいるのに、めったに顔を合わせることのない謙に、昨日の朝そう伝えたが、予想したとおりに姿をあらわさない。昨日の夜は家にも帰らなかった。謙にとっては祖母と言うより、母に近い存在なのに、どうしてそんな冷たい態度がとれるのか。祖母が危篤《きとく》状態なのに、連絡もせずに家を空ける。そういう子に育ててしまった、という後悔が妙子の胸のなかで渦を巻く。それ以上に、今まで母にはなんの恩返しもできなかった。そう思うと、喉《のど》の奥が震え始める。

母がほんとうにしたかったことはなんだろう。半ば強引に、妙子は母をデパートや旅行に連れて行った。母は喜んだ素振りは見せたけれど、ほんとうのところそれほどしたいことではないのだろう、ということも妙子にはわかっていた。

立見がしたかったことは最後まではっきりしていた。臨終の間際まで本を作りたい、雑誌を作りたい、そう言っていたと家族の方から聞いた。桜の花が咲き始める頃、立見はこの病院で息をひきとった。最後の本は君の作品で作りたいんだ。そう言われたのに間に合わなかった。ポンプを押して自分の奥深くにあるはずの情熱をくみ上げようとしたけれど、その努力は実ったとはいえなかった。妙子は相変わらず、新しい画風にも挑戦することなく、いつか描いたようなイラストを要求どおりに描き続けていた。

立見の通夜《つや》と葬儀には妙子も出席した。棺《ひつぎ》の中にいる立見の顔を見る勇気はなく、挨拶が済んだらすぐにでも帰るつもりだったが、立見の家族に引き留められた。

「早川さんのこと、最後まで気にかけていました。顔を見てやってくれませんか」

何度か会ったことのある立見の奥さんにそう言われ、妙子は棺に近づいた。気がついたときには、立見の頬に手を触れていた。触れる前からわかっていたはずなのに、手のひらから伝わる冷たさが、立見がもうここにはいない、ということを妙子に示していた。棺のそばで崩れるようにしゃがみ込んでしまった妙子を咄嗟《とっさ》に支えた人がいた。

「登紀子さん……」

目を真っ赤にした登紀子が妙子の肩を抱え、立たせてくれた。

日が落ち、すっかり暗くなった斎場の外で登紀子は、

「大丈夫？　仕事忙しいんじゃない？　ちゃんと寝てるの？」と聞いてきたが、

「うん、大丈夫……」と答えるのがやっとだった。

「ごめん、私、このあと取材があるの。今度、鈴子さんと三人でゆっくり会おう。話したいことも山ほどあるしね」


そう言って登紀子は斎場の入り口にいるタクシーに飛び乗っていった。

「私の評伝を書かないでほしい」と言った日から登紀子には会っていなかった。そう冷たく言い放つことで彼女の活躍の場を奪ったつもりもあった。けれど今、登紀子がエッセイ本を何冊も書いていることも、それが売れていることも、女性誌で特集が組まれていることも妙子は知っていた。ただのライターだと思っていたのに、今では作家だ。登紀子もまた自分を追い越していく。


斎場から出てきた人のなかに、知り合いの顔を何人も見つけた。妙子に軽く会釈をしていく人もいた。けれど、誰も妙子には話しかけてはこなかった。そのことが今の自分のいる場所をあらわしている。コツコツとヒールの響く音がして振りかえると、ログストアの社員だろうか、たくさんの人を従えて、俯きながら歩いて来るどこか見覚えのある女の人が見えた。

身につけているものは喪服だが、唇には斎場に似つかわしくない真っ赤なルージュが

塗られている。顎の下あたりですっぱりと切ったボブ、抜けるような白い肌。妙子はまるで昔の自分が歩いてきたような気がした。

女は妙子の姿を認めると、軽く頭を下げて、妙子の横をすり抜けていく。まわりにいる女性の一人が「若槻さん」と女に呼びかけている。

今はこの人が女王なんだ。女のまわりにいる取り巻きの人間の多さを見て、妙子は冷静に思った。ひがみもそねみもない。ただ現実を見せられただけだ。

妙子はコートの衿《えり》をかき合わせて自分もタクシーを拾い、立見がいた病院、そしてまだ母のいる病院の名前を運転手に告げた。

病室で妙子は母の腕を描き続ける。

そのとき、ふいに病室のドアが開いた。音を立てないように気遣いながら、真二郎が病室に入ってくる。妙子の顔を見て、軽く右手を挙げ、母のベッドに近づく。謙は一度も祖母の病院に来たことはなかったが、真二郎は短時間ではあったが、このところ、ほぼ毎日、見舞いに訪れていた。真二郎の顔を見れば、ここに来る前、斎場で見た若槻チカの顔が浮かぶ。嫉妬という感情すらもう妙子のなかにはないが、まるで義務のように、短い時間、病室に母の顔を見ただけでそそくさと帰る真二郎を見ていると、私と母の二人の時間を邪魔しないでくれないか、と思ってしまう。

「晩飯食べたんか？」

母の顔を見たまま真二郎が言う。妙子が首を振ると、

「体、まいってまうで」

その言葉には答えず、妙子はスケッチブックを閉じた。

「僕、ここでお母さん見てるから、君は下でちょっと休憩してきたらええ」

なぜ今になって自分にやさしい言葉をかけるのか。妙子は真二郎の言葉を素直に受け取ることができない。それほど心は離れている。母の側を離れたくはなかったが、同じ部屋に真二郎といるのも嫌だった。

妙子はこのところ母を見舞ったあとに行く、同じ病院内にあるチャペルに向かった。

特定の宗教も、ましてや神の存在など信じていない。祈りを捧《ささ》げるこの場所に、自分がいてもいいのか迷ったが、人の多い食堂に行っても気持ちは休まらない。今の妙子にとっては、唯一、ぴんと張り続けている気持ちをゆるめることのできる場所でもあった。

時折、入院患者だろうか、パジャマの上にガウンを着た人や、見舞いの人の姿を見かけることもあったが、どの時間に行っても、ほとんど人はいない。今日も妙子以外の人は見当たらなかった。いちばん後ろの椅子に腰掛け、妙子はぼんやりと、視線の先にある十字架を見つめた。記憶が遡《さかのぼ》る。

そう、あれは鈴子の結婚式のときだった。

神父が口にした「父と子と聖霊の御名《みな》において」という言葉を思い出した。そこに女

が含まれていないことに、四十八歳になった妙子は気づく。けれど、それに対して怒りの気持ちはない。自分はもうすでに十分に闘い続けてきた。仕事の現場に男も女もない。それは確かに妙子の実感だったが、性差などあまり気にせず仕事ができるイラストレーターの世界でも、何かことがあれば女は男より後ろに立たされる。出産や子育てという出来事を体験すれば、女はそこで足止めを食う。

あの日、女にとって、父、子、聖霊の三つはなんだろうと思った。男、結婚、仕事。仕事、結婚、子どもだろうか。そのすべてを手に入れたいと若い日、妙子は思った。

そのどれもが、今や自分の手からこぼれ落ちそうになっている。今は何もいらない。母といられる時間を延ばしてくれさえすればいい。それだけでいい。ほかには何もいらない。自分で気づかぬまま、妙子は両手を組んでいた。この場所に来る人たちが何を祈っているのか。それはすべて、自分を、誰かを、一瞬でも長く生きさせてください、という願いなのではないか。

どれくらいチャペルにいたのかはわからないが、妙子は真二郎がもう帰っているだろうと思って病室に戻った。

「妙ちゃん！」

病室の外で真二郎が青い顔をして叫んでいる。妙子は病室に駆け込んだ。母のベッドのまわりを医師や数人の看護婦が取り囲んでいる。ベッドにはあえぐように呼吸をする母がいた。

「お母さん！」

妙子は母の手をとり何度も叫んだ。母の顔がゆっくりと妙子のほうを向く。母はかすかに頷き、長く息を吐くと、瞼《まぶた》を閉じ、妙子の知らない世界に旅立っていった。ほんの一瞬のことだった。

「お母さん！　一人にせんといて。私を一人にせんといて」

母の耳にはもう届かないことなどわかっているのに、妙子は繰り返した。

冷静に死亡時刻を告げる医師の姿を見ながら、いつかこんな気持ちを味わったことがあると思っていた。母をまだ自分のおばさんだと思っていた頃だ。母が乗ったバスを、見えなくなるまで追いかけた。バスはみるみる自分の前から離れていった。それでも走って追いかけた。あの村の、山道の緩やかなカーブ。バスが見えなくなっても、道の真ん中にひとりで立っていた。あのとき、聞こえてきたヒバリの鳴き声。

妙子は冷たくなっていく母の手を握った。働き続けた母の老いた手。私と暮らすために、大学に行かせるために、イラストを描き続けさせるために、母は私のために働き続けた。母の手を握って子どものように妙子は泣いた。その背中を真二郎の手がゆっくりと摩《さす》る。やめて、と思っても振り払う余裕もなかった。熱いほどの真二郎の手のひらが自分の背中を上下するたび、母の手の冷たさが、ただ悲しかった。

「わかった？　夕ご飯はここにもう準備してあるから。逸樹が帰ってきたら、温めて食べさせてよ」

　はあい、という満奈実の生返事を聞きながら、鈴子はガスの火をとめた。キッチンにある時計を見る。もうこんな時間だ。化粧もしなくちゃ。鈴子は慌ててエプロンを外す。

「ねえ、夜に逸樹一人にして出かけたりしないでよ。家にいてよ」

「はいはい。わかりました！　お母さん一回言えばわかるから！」

「はいは、一回！」

　リビングのソファにうつ伏せに寝転がった満奈実は、雑誌のページをめくりながら、クッションに投げ出した足をぱたぱたさせる。そのたびに、ワンピースが腿《もも》のあたりまでめくれ上がり、鈴子は思わず叫んだ。

「足！」

「お母さん、久しぶりに夜出かけるっていうのに、そんなにカリカリしたら、皺が増えちゃうよ」

　カリカリするのは全部あんたのせいよ、と思いながら、鈴子は寝室に向かい、アクセサリー入れの中からパールのネックレスを出し首にかけた。あとは化粧だ、と思いながら、再びリビングに戻ると、

「お母さん、結婚式じゃないんだからさあ」

と満奈実があきれた声を出す。

「イラストレーターと作家に会うんでしょう。もうちょっとおしゃれしようよ」そう言うと、自分の部屋に向かい、一枚のスカーフを手にして戻ってきた。鈴子が首にかけたネックレスを外し、スカーフを器用に鈴子の首に巻く。どこのブランドのものかもわからないが、その感触から安いものではないことがわかる。

「ねえ、これ……」

「すごい似合ってる！」

「そうじゃなくて……これ満奈実が買ったの？」

「ん？ 彼氏がくれたんだよ、この前」

けろっとそんなことを言う。第一志望の理系の大学に受かった満奈実は、入学した途端、彼氏が、コンパが、としきりに口にするようになった。伸ばした髪にはゆるいパーマをかけ、家を出る前の化粧にも余念がない。満奈実の部屋のチェストの上には、こんなに使いきれるの、と思うほどの化粧品が並んでいる。

「お父さんのボーナス出たら、ヴィトンのバッグ買って」

そんな憎たらしいことも口にする。絵に描いたようないまどきの女子大生の暮らしを送る満奈実に、つい小言が多くなるのは、満奈実と同じ年にはもうすでに社会に出て働いていた、というかすかなやっかみがあるからか。

　更年期にはまだ少し早いのかもしれないが、満奈実のちょっとした言動に気持ちがいらつくのはそのせいかもしれない。夫は相変わらず不在がちで仕事に没頭している。自分の背をいつの間にか越してしまった二人の子どもたちに声を荒げる日々を過ごしていた鈴子に、登紀子から手紙が来たのは、一ヵ月前のことだった。

　個人事務所を作りました。妙子さんと三人でゆっくり話しましょう、と書かれていた。最後に三人で会ったのは、満奈実が生まれたときだろうか。あれから、もう二十年近い年月が経っている。妙子の絵はそこかしこで見かけたし、登紀子が今はライターではなくエッセイストとして何冊も本を出していることも知っている。すべてではないが、登紀子が出した数冊の本を鈴子は買い求め、読んでもいた。

　友人、というのは、おこがましいが、昔、自分と縁のあった人たちが、世の中で今も活躍している姿を見るのは鈴子にとってうれしいことだった。けれど、今ではすっかり家庭のなかに収まっている自分に、このタイミングでなぜ登紀子は声をかけてくれたのか。登紀子のほかの仕事仲間は来ないのだろうか。なぜこの三人なのか。それが鈴子にとっては不思議でもあった。もしかして登紀子と妙子との間になにかがあったのだろうか。うっすらと浮かびあがる不穏な気持ちを押し込めるように口紅を塗った。

「お母さん、口紅はもう少し派手な色がいいよ」

いつの間にか手にしていた口紅をリップブラシにとりながら、満奈実は鈴子の唇をその色で染めようとする。満奈実くらいの若い人が近頃よく塗っているような青みがかった派手なピンクだ。一瞬ぎょっとしたが、真剣な満奈実の顔を見ていたら何も言えず、されるがままにしていた。

「お母さん、もっと出かけなよ。家にばっかりいないでさあ。子育て、もう終わったも同然でしょ？　あ！　すっごい似合う！」

　そう言いながら満奈実が手鏡を差し出す。満奈実が塗ってくれた口紅は、確かに今の自分にも似合っていた。ありがとう、と言うと、満奈実は照れた笑顔を返した。

「今日は帰りが夜遅くなってもいいよ。どうせお父さんも遅いんだし！　飲んじゃえ、飲んじゃえ！」

　発破をかけるようにそう言われて、登紀子と妙子に会う、という緊張が軽くなったのも事実だった。潮汐出版を退職して以来、家庭でしか過ごしてこなかったことにもはや後悔などないが、今も世の中の第一線で活躍している二人に会うことに気がひけてもいた。

「うん、ありがとう。楽しんでくるね」

　そう言うと、満奈実はうれしそうに笑った。がみがみと小言を言われるよりも、母親が楽しそうにどこかに出かけることは、自分が思っている以上に、娘にとってはうれしいことなのかもしれないな、と思いながら、鈴子は昨日のうちに磨いておいたハイヒールを履き、満奈実に見送られながら家を出た。

登紀子が手紙に同封してくれた地図を頼りに、鈴子は登紀子が個人事務所を開いたという四谷のマンションを目指した。エントランスの奥のエレベーターに乗り込む。久しぶりに履いたハイヒールの踵《かかと》とつま先が痛い。外廊下を歩き、登紀子がいる部屋を目指した。

「鈴子さん！　会いたかった」

鉄製の重い扉を開けると、登紀子が笑顔を見せた。

「すっかりご無沙汰《ぶさた》してしまってすみません」そう言いながら玄関で靴を脱ぎ、廊下を進むと、壁沿いにいくつかのデスクが並んだ部屋が見えた。デスクの向かいにあるソファに妙子が座っている。鈴子の顔を見るとゆっくり立ち上がり、こちらに近づいてくる。その体が一瞬ぐらりと揺れたが、そんなことには気づいてもいないという態度で、鈴子に笑顔を見せる。

「お久しぶりね」もうすでに飲んでいるのか、妙子からかすかに酒のにおいがした。

ソファの前のローテーブルには、小皿がいくつも並び、登紀子が作ったのであろう料理が載せられていた。

「もう今日は、じゃんじゃん飲もうね」そう言って登紀子はグラスに赤ワインをつぐ。

「じゃあ、改めて、再会を祝って乾杯！」三人でグラスを重ねた。

「そのスカーフと口紅、すごい似合ってるねえ。それ、エルメスでしょ。さすが高給取りの奥さんは違うわ」

長い間会わなくても登紀子の口調は相変わらずだった。それよりも、満奈実が彼氏から買ってもらったというスカーフがエルメスだったということに驚いた。これ、娘のものなの、とは言わないでおこうと思った。

「登紀子さん、あの、個人事務所っていうのは……」

登紀子は細い煙草《たばこ》にライターで火をつけながら言った。

「若い人を使ってね、私がしてきたような仕事をするの」そう言って、壁際《かべぎわ》に並んだデスクに目をやった。アンティークにも見える洒落《しゃれ》た木のデスクがいかにも登紀子らしかった。

「人を使うっていってもたったの三人よ。みんなで、私がしてきたようなライターの仕事をするの。人数増えた分仕事の量も増やせるし、本や雑誌を丸々一冊ここで作ることもできるし」

「すごい。社長じゃないですか」思わず鈴子が言うと、

「ううん、社長になりたくて始めたわけじゃないのよ。なんていうのかな」

登紀子は煙草をくわえたまま考えている。鈴子は、蛸《たこ》のトマト煮を口に入れた。登紀

子が作ったものを初めて食べたが、自分が普段使うことのないようなスパイスがきいていておいしかった。

「おかたい言葉で言うなら、後進育成？　自分が今まで身につけてきた技術を誰かに伝えておきたいというか、うまくいえないけど」

「すごいですね、登紀子さん」

それしか言えないの、と登紀子には茶化されたが、素直な鈴子の気持ちだった。

「それに私には二人みたいに子どもがいないじゃない。そんなことでもしないと時間が余って仕方ないもん。お嬢さんも大きくなったでしょう？　大学生、今？」

「今や立派な、どら娘ですよ。あ、妙子さんの息子さんだって」

そう言って鈴子は話を向けたが、妙子は黙ったままワイングラスを見つめている。

ふいに訪れた沈黙に、聞いてはいけないことを聞いてしまったか、と鈴子は思った。二人の描いたものも、書いたものも目にしているが、二人のプライベートのことはまったく知らないのだ。その領域には踏み込まないようにしよう。そう考えて鈴子はテーブルの料理に手を伸ばした。

「なんだかもう梅雨みたいね。蒸し蒸しする」

雰囲気を変えるように登紀子が立ち上がり、掃き出し窓を開けようとする。髪の毛に白いものが増えたが、その髪をくるりとひとつにまとめ、黒いワンピースを着た後ろ姿は、鈴子が最後に見た登紀子とあまり変化がない。人を使って仕事をしようという志を持つような人は、いつまでも若いものなのだ、と鈴子は思った。

それよりもさっきから気になって仕方がないのは、妙子のことだった。あまり話さず、二人の話に耳を傾けてはいるが、グラスを空にするペースは早い。それ以上に目がいってしまうのは妙子の姿だった。

登紀子よりは年下だがほぼ同年代といってもいい。妙子と言えば思い出すのは、真っ赤なルージュやマニキュアだった。今の妙子には色がない。それ以前に、今日の妙子は化粧をしていない。登紀子と同じような黒い服に身を包んでいるが、それが登紀子のようにおしゃれには見えない。体重もずいぶん増えたように見える。

視線を向けては失礼だ、と思っているのに、つい見てしまう下世話な女が自分のなかにいる。妙子に何か話しかけたいのに、話しかけられない。沈黙に耐えかねて、鈴子も立ち上がり、登紀子のそばに行った。

「ほら見て、ここから見えるのよ、新宿の街」

登紀子が指差した方を見ると、マンションの向こうに、いくつかの高層ビルの赤い灯がちかちかと点滅しているのが見えた。あ、あれ、夫の会社が建てたんです、あれも、これも。二十年前の自分なら無邪気にそう言えたかもしれない。言えなくさせてしまった年月の長さとその重みに鈴子は内心、驚いてもいた。

「あのとき、新宿で。三人でデモを見に行って」

いつの間にか、後ろに立っていた妙子がおかしそうに言った。グラスを手にしたまま笑うので、ワインがこぼれそうでひやひやした。

「鈴子さんがのんきにデモって見たいなあ、って言うから。私、遠足の引率してる先生みたいだった」

登紀子がそう言いながら、テーブルに近づいて両手にグラスを持ち、そのひとつを鈴子に渡してくれた。

「言いたいこと叫んで、石投げて、あの夜楽しかった。でも、お二人はそのあと仕事にしたじゃないですか。登紀子さんが文章で、妙子さんがイラスト描いて」

鈴子はワインを一口飲んで言った。飲んじゃえ、飲んじゃえ、という満奈実の声が耳元に蘇《よみがえ》る。今日一日くらい酔ったところで罰《ばち》は当たらないだろう。何を思いだしているのか、登紀子がおかしそうに話す。

「それは鈴子さんのおかげよ。あのあと、ライズの副編にめちゃくちゃ怒られてさ。だけど、立見さんは載せるよ、これって。肝がすわった人だったよ、あの人は。鈴子さんはあのとき編集者になれるいいチャンスだったのに」

「私には編集者なんて無理ですよ」

ライズ、立見さん、どれも鈴子にとっては懐かしい言葉だった。立見が亡《な》くなったことも、自分がいた潮汐出版がログストアと名前を変えたことも鈴子は知っていたが、そのどれもがもう自分からは遠い出来事のような気がした。

「みんな、いなくなるね」

そう言った妙子の顔は笑っていたが、その目に明るさはない。鈴子がそう思う間もなく、妙子の目から涙があふれ出した。

鈴子の知っている妙子はこんなふうに感情をむきだしにする人ではなかったはずだ。

登紀子は泣いている妙子の体を抱え、空の向こうを指さした。月も星も見えない。見えるのはさっきと同じ、高層ビルに備えられた点滅する赤い灯だけだ。

「ほら、あれ見て。できたときから、夜になると、ちかちかしてるの、あの赤い灯。鼓動と同じだよね。ビルの鼓動。あのビルもまだある。私たちもまだ生きてる。まだまだずっとこのあとも続くんだよ。やりたいことやろう。やりたいことやって、やりつくそうよ」

同じような黒い服を着た登紀子と妙子は、まるで姉妹のように見えた。妙子は登紀子に体を預け、声も出さずに泣いている。私が知らない妙子の事情を、登紀子は知っているのだろう、と鈴子は思った。

そのあと三人は登紀子が多めに用意していたワインをすべて飲み尽くし、登紀子が作った料理を大げさにほめて食べ、昔話をして笑った。深夜になっても三人の話は終わらなかった。

「また会おうね」

登紀子が妙子と鈴子の顔を見て言った。

「また、会いましょう」

泣きはらした目で夜空を見上げながら妙子がつぶやいた。

13

地下街から地上に出る階段を上がると、容赦ない真夏の日差しが奈帆に降りそそいだ。七月の終わり、もう夏休みに入っているせいなのか、いつもより人が多い。生きている人の汗のにおい。そこにかすかに混じる生ゴミのにおい。奈帆は思わずバッグからハンカチを出して鼻を覆《おお》った。書店で数冊の本を買ったあと駅に向かう。スクランブル交差点の大型ビジョンには、開催が近づいた２０２０東京オリンピックの文字と、目がチカチカするような画像が流れていく。

たくさんの人の流れに紛れ込むように歩きながら、奈帆の頭のなかには先日見た一九六四年の東京オリンピックの記録映画の画像が浮かんでいた。自分が生まれるずっと、ずっと前のことだ。今から五十年以上も前の出来事。登場する選手の顔も昔の人の顔をしていた。ユニフォームも、使われている道具も、どこか古めかしい。この映画に出てくる人たちはまだ生きているのだろうか、と何度も思った。

再び地下街に入り、改札を通り抜け、ホームに続く階段を降りる。待つ間もなく電車はやってくる。音もなく開いたドアから人が吐き出され、電車に乗り込む。まだほんの少しの勇気が必要だが、奈帆は一人で電車に乗れるようになっていた。

毎週金曜日、奈帆が登紀子の住む市ヶ谷のマンションの一室に通い始めて、すでに四カ月が過ぎていた。

スターバックスでコーヒーをふたつ、コンビニで登紀子が吸うハイライトをワンカートン、そしてハーゲンダッツのアイスクリームをいくつか買う。余計なものは買ってこないで、と言う登紀子だが、部屋に行くたびに奈帆が買っていくコーヒーをおいしそうに飲んだ。夏になってからはコーヒーに加えてアイスクリーム。年齢を重ねた登紀子に、少しでも栄養価の高いものを、と考えて、奈帆が選んだものだった。

三階の外廊下にも強い西日が差している。奈帆は額の汗をハンカチで拭《ぬぐ》ってから、赤《あか》錆《さび》の浮き出た見慣れたドアのチャイムを鳴らした。いつものように返事はない。ドアノブをゆっくりと回す。

「こんにちは。お邪魔します」と声をかけながら、玄関でサンダルを脱ぐ。

台所には、初めて来たときのようなぎょっとするような乱雑さはない。鈴子がこの部屋に来ていたときに、あらかた片付けられていたが、一人で来るようになってからは、登紀子の話を聞き終わったあとに、奈帆が掃除をした。そうする奈帆に対して、登紀子が御礼を言ったことはない。反対に、掃除をするなとも、もうここには来ないでほしい、とも言われたことはない。自分が定期的にこの部屋を訪れることを、登紀子は拒んではいないのだ、と奈帆は理解した。

部屋に進むと、むっとした熱気に包まれる。登紀子の部屋にはクーラーがない。掃き出し窓は開け放たれ、床にはアンティークの小さな扇風機が動いているが、部屋のなかのぬるい空気をかき回しているだけだ。

「今日もずいぶん暑いですね」

奈帆はベッドの上に座った登紀子に声をかけるが、何も言わずに奈帆の顔を見上げる。洗いざらしの黒い袖《そで》無しのワンピースから伸びる、皺《しわ》の寄った細い腕。先週より痩《や》せていないだろうか、とふいに不安になる。

自分がこの部屋に来ない日に、登紀子が何を食べ、何をしているのか奈帆は知らない。奈帆が聞けば、昔の登紀子や早川朔の話はいくらでもしてくれる。けれど、今、登紀子がどうやって暮らしているのかは、奈帆も聞けなかったし、登紀子も話そうとはしなかった。

ここから先は一歩も入りこまないでほしい。

目には見えないが、登紀子は自分のまわりに結界のようなものを張っている。いらぬ情けなどかけるな。そう口には出さないけれど、登紀子の矜持《きょうじ》を手荒に扱ってはいけない。そうしなければ聞きたい話も聞けなくなってしまう。奈帆は、そう自分に言い聞かせた。

奈帆はアイスクリームの蓋《ふた》を開け、コンビニでもらったプラスチックのスプーンとともに登紀子に渡した。そして、ワンカートンのハイライトを登紀子が座っているベッドの端に置く。

登紀子は手渡されたアイスクリームを少しずつ口に運ぶ。目を細める。おいしい、などとは言わないが、スプーンを口に運ぶ手を止めない。奈帆は登紀子が食べ終わるのを黙って見ていた。座っているだけで首や胸の間や脇《わき》の下に汗がにじむ。奈帆はハンカチで何度も汗を拭った。高齢者が熱中症で倒れたというニュースを今朝見たばかりだった。登紀子は大丈夫なんだろうか、と思いながら部屋を見回す。

最初のうちは、「これはどこにしまいますか？」と、奈帆は部屋を掃除しながら登紀子に聞いていたが、ここに通うようになって何度目かに、

「ここにあるものは全部いらない。処分してほしいの」

と床に散乱したものを指差して奈帆に告げた。そのなかには冬のコートや帽子、アクセサリー類、何冊ものスクラップ帳、分厚い画集、登紀子が書いたであろう原稿の束なども含まれていたが、奈帆が何度尋ねても「捨ててほしい」と答えるだけだった。そこに貴重なものが含まれているかもしれない、と思わずにいられなかったが、登紀子が捨ててほしいというもののなかから、それを選別する図々《ずうずう》しさを奈帆は持ち合わせていなかった。

今では部屋の左右に天井まで続く本棚にはぴたりと隙《すき》なく本が収められ、鉄製のベッ

ドだけがこの部屋で存在感を示している。奈帆が来るようになった冬、春、そして夏になっても、登紀子はいつも黒い服を着ていた。鈴子のように最低限の化粧もしていない。会ったころには顎《あご》のあたりで切り揃《そろ》えられていた白髪も、今は少しずつ伸び、頭の後ろで小さくまとめられている。

　白髪で黒いワンピースを着た登紀子は七十九歳になったはずだ。本棚に収められた本の背表紙はどれも煙草《たばこ》のヤニで茶色く染まっている。カーテンもベッドカバーも、元は白かったのかもしれないが、そのどちらも本の背表紙と同じように、煙草の煙にいぶされて変色している。

　この部屋にはあまり色がない。さっき歩いていた渋谷の町は色が氾濫《はんらん》していた。人いきれ。目に刺さるような蛍光色。猥雑《わいざつ》な生命力に溢《あふ》れた場所。それなのに、自分のどこかが削《そ》がれていくような気持ちになった。この部屋のほうがずっと落ち着く。というよりも、こういう部屋だったから、自分はここに通い続けることができたのかもしれない、と奈帆は思う。

　ぼんやりとそんなことを考えていた奈帆の目の前に、空のアイスクリームのカップが差し出された。スプーンも受け取り、奈帆はそれをコンビニの袋に入れる。紙袋の中からコーヒーを出して登紀子に渡す。夏もホットで、ミルクも砂糖も入れずに、登紀子はそれをゆっくりと飲む。

　登紀子が煙草を一本取り出し、マッチで火をつけた。奈帆は慌《あわ》ててバッグの中からＩＣレコーダーを取りだし、スイッチをオンにする。

「どこまで話したかしら？」登紀子は小首を傾《かし》げて奈帆を見る。

「登紀子さんと朔さんと、私の祖母と三人で最後に会われた夜のことです」

「ああ……そうだった。そんなの、ほんの数年前のことのような気がするわ。あとはおもしろい話などなにもない。……そこから先はただ墜《お》ちていくばかりよ」

　そう言いながら、登紀子は深く煙草を吸い込んだ。煙草の先のオレンジと、ＩＣレコーダーのランプの赤だけが、鮮やかに登紀子の部屋に浮き上がっていた。

　登紀子が作った個人事務所は編集プロダクションとして、数多くの本や雑誌を手がけていた。ライター時代の登紀子の仕事ぶりや、登紀子の名前の大きさで仕事は途切れることはなかった。登紀子が雇ったのは女性三人。登紀子が声をかけた旧知のライター中原と、出版社を中途退社した編集者吉野、もう一人は求人広告を出して雇った、大学を出たばかりのライター志望の内田だった。中原と吉野には教えることなどほとんどなかったが、内田にはライターとしてのいろはを登紀子は叩《たた》き込んだ。

　登紀子のエッセイストとしての仕事も順調だった。年に四冊、多いときは五冊の本を世に出し続けていた。顔写真と共に女性誌の記事にコメントを求められることも多い。

毎月、何かしらの雑誌を買う女性たちに登紀子の名前は知れ渡っていた。依頼されるエッセイを書き続けながら、登紀子は自分がそれまで培《つちか》ってきたライターとしてのノウハウを惜しげもなく、内田以外のスタッフにも伝え続けた。それは登紀子にとっても新鮮なことだった。確かに今まで夫の浩介のために原稿を書き続けていたが、それはあくまでも彼の日々の生活を支えるためだ。

技術とは言えないまでも、どうやってライターの仕事をするのか、続けていくのか、発注された会社とどうつきあっていくか……、その技術やノウハウを自分以外の誰かに伝える登紀子の事務所はひとつの学校でもあった。

登紀子は事務所を開いた年に、『職人たち、その仕事ぶり』というインタビュー集を上梓《じょうし》していた。わさび漬け、剝製《はくせい》標本、ちり紙交換、掛《か》け接《は》ぎ、煙突掃除、炭焼き……と、時代と共に姿を消していきつつある職人たちに取材し、その話をまとめた一冊だった。

その本を出したときに、ライターの仕事も職人たちの仕事も何ら変わりはないということに登紀子は気づいた。ライターは最先端の仕事のように思われがちだが、仕事へのプライドやこだわりは、ライターも職人も変わりはしない。

登紀子の事務所に依頼された原稿は誰が書いた原稿であっても発注元に渡す前に、すべて登紀子がブラッシュアップした。求められている以上のクオリティを満たした原稿を、締め切り数日前に余裕をもって渡す。

登紀子が常にライターとしてやってきたことをスタッフにも求めた。登紀子の厳しい言葉に一番年齢の若い内田が泣いたことも数えきれない。泣き顔を見れば登紀子も苦しい。けれど、それも、いつか内田が一人のライターとして巣立つために必要なことなのだと、自分を納得させた。

仕事が深夜に及ぶことは日常茶飯事だった。その頃登紀子は、四谷のマンションを自分の事務所に明け渡し、母が遺《のこ》した市ヶ谷のマンションに生活の拠点を移していたが、短時間の睡眠をとりに、もしくは着替えを取りに行くくらいで、一日のほとんどを四谷で過ごした。昼食は外に食べに行くことが多かったが、夕食はスタッフのために登紀子自らキッチンに立った。

浩介とも離れて暮らす今、三人のスタッフが登紀子の家族なのかもしれなかった。その家族である社員を路頭に迷わせるようなことは絶対にしない。そう心に決めて登紀子は仕事を続けた。

バブルが弾《はじ》けても、すぐに仕事に影響が及ぶことはなかった。雑誌はまだ世の中に数えきれないくらいあったし、広告費を惜しまない企業も少なくなかった。日々の仕事の締め切りに追われている最中に、エッセイストとしての自分の未来や事務所の将来を悲観的に考える余裕はなかった。今はとりあえず仕事がある。ゆるやかに仕事は減っていくかもしれないけれどゼロになることはないだろう、と登紀子は漠然と考えていた。

そんな登紀子でもかすかな変調を感じ始めたのは九五年のことだった。年明けに阪神淡路大震災が起こり、三月には東京の地下鉄でテロが起きた。何かの気配。それが悪いものなのか、いいものなのかわからないが、この二つの事件が何かを大きく変えていくだろうという予感めいたものが登紀子にはあった。

その年の春、登紀子の多くのエッセイ本を出していた小さな出版社がつぶれた。夫婦ふたりで営んでいる小さな会社だったが、登紀子はその二人とうまが合った。資金繰りで苦しんでいることは随分前から知ってはいたが、まさか会社を畳むまで追い詰められているとは思いもしなかった。二人は出版の世界からはすっぱりと足を洗い、社長である夫の郷里で田舎暮らしをするのだ、と言って東京を去った。

二人に最後に会ったとき、夫が登紀子に言った。

「この先、出版にはもう未来はないよ。違う生き方を登紀子さんも見つけたほうがいい」

そう言われても、登紀子には原稿を書くことでしか生活を紡《つむ》いでいくことができない。ほかにどんな生き方があると言うのか。それよりもそんな捨て台詞《ぜりふ》を残して、東京を去っていく彼らに無性に腹が立った。帰れる場所がある人はさっさと故郷に帰ればいい。東京だってあなたにはもう用がないのよ。心のなかで登紀子は毒を吐いた。

その会社がなくなっても、登紀子のエッセイはほかの出版社から出版された。けれど、初版部数は本を出すたびに減っていった。出せば必ず重版されていた本の売り上げが以前のようには伸びない。

同業者たちと話しても、皆、同じような状況だった。

「不景気だからね、仕方がないよ」

「本を買って読む人が前より減ってるんだもの」

この状況は自分たちのせいではない。顔を合わせれば、そんな言葉で慰め合った。自分の生み出す作品が、以前よりおもしろくはないからだ、と口にする者は、登紀子も含めて一人もいなかった。書き手は常に新陳代謝していくという事実を指摘する者もいなかった。

登紀子の事務所で受ける仕事も減り続けていた。依頼は来るものの、受け取るギャラが少ない。登紀子が事務所を作った当初より、ゼロが一つ少ない仕事も多かった。

「この金額では到底受けられません」

登紀子が思ったままそう口にすると、

「それじゃあ、ほかを当たります」と即座に返答された。

ライターとして受ける仕事も、事務所として受ける仕事も、登紀子が安いギャラで受けてしまえば、それが業界の常識になってしまう。そもそも、この値段で仕事ができる、と思われては困る。提示された金額以上の仕事を、自分も社員もしている。自分たちの仕事には自信がある。だから、それに見合った金額を払ってほしい。登紀子は仕事を依頼してくれる出版社に何度もそう繰り返したが、

「予算がないんですよ。だめなら別の会社に」

どの担当者の答えもあまり変わりはなかった。

事務所のスタッフには、ほかの編集プロダクションよりも、高い給与を払っていた。けれど、入ってくる仕事の単価が安くなれば、今まで余裕を持って払うことのできていた給与もままならなくなる。

スタッフたちの給与や事務所の運営資金を捻出《ねんしゅつ》するために、母の遺した市ヶ谷のマンションを売った。事務所もスタッフも自分の子どものようなものなのだ。それを生かすために使うのだから、亡《な》くなった母だって文句は言わないだろう。

けれど、子どものような存在であるスタッフが、自分に反抗する日が来ることなど、登紀子は予想していなかった。最初に会社をやめたい、と登紀子に告げたのは、登紀子がいちばん目をかけていた内田だった。登紀子の目から見ても内田はもう十分に業界でやっていける。育てた子どもが一人前になったのだ。親元を離れるのは当然のことだろう。登紀子は内田を強く引き留めることなく、事務所から送り出した。

内田が自分の同級生と共に自分の会社を興《おこ》した、と聞いたのは、その半年後のことだ

った。会社を立ち上げるのはいい。けれど、登紀子が激高したのは、内田の会社が驚くような安い金額で仕事を受けていることがわかったときだった。薄利多売。それだけは登紀子の許せないことだった。

「そんなことをしていたら、途端に業界の底が抜けるわ」

声を荒らげた登紀子の顔を二人のスタッフが声も出さずに見つめていた。

そのとき、登紀子の事務所で請け負っている仕事量は、設立当時の半分以下になっていた。事務所を作ったときにはあったはずの勢いと熱気が、もはやここにはない。彼女たちが帰ったあと、登紀子は一人でエッセイを書いたが、それも急ぎの仕事ではない。給与だけは下げず遅れず、支払ってはいたが、そのほとんどを登紀子は母のマンションを売ったお金で補っていた。

半年が過ぎて、旧知のライターであった中原が会社をやめたいと登紀子に告げた。会社をやめたあとどうするの？　とは聞けなかった。しばらくすると、彼女が内田の会社で働いていることを知った。残ったのは登紀子と同年齢の吉野だった。

「私ももう六十を超えました。あとは好きなことをして暮らしたい」

そう言った彼女に、

「好きなことは仕事じゃなかったの？」と聞きたかったが黙っていた。

登紀子は四谷の事務所に一人残された。新しい誰かを雇って、その誰かと仕事の苦楽を共にする気概は、登紀子にはもう残されていなかった。

登紀子が自分の子どものように育てた事務所はつぶれはしなかったが、事実上の解散となった。

二〇〇〇年。登紀子は六十二歳になっていた。会社員ならば定年があるが、フリーランスにはそれはない。六十を過ぎても依頼がある限りは書こうと、登紀子は決めて、ぽつり、ぽつり、と自分あてにやってくる仕事をこなした。けれど、浩介やスタッフの生活を支える、という目的がなくなってからは、以前のような仕事への情熱が自分のなかにないことを自覚しながら、登紀子はそれを見て見ぬふりをした。

壁ぎわに三つ並べたデスクと椅子《いす》を片付けないといけない、と思いながらも、ついそのままにしていた。そんなとき、房総の農場から浩介が倒れたという知らせを受けた。浩介とは三カ月に一度程度のペースで、東京か房総で顔を合わせていたが、登紀子と暮らしているときよりも、生命力に満ちあふれていた。自分より十七も年齢は上なのに、年下の男のようにも見えた。この人は自分よりも長く生きるのではないか。登紀子は浩介の日に焼けた手を見て思っていた。

「僕は癌《がん》なんだ。でも、病院の治療は受けたくない」

慌てて房総に駆けつけ、告げられた浩介の言葉に登紀子は耳を疑った。

「わがままだと思うけれど、最期《さいご》は君のそばで死にたい」

まっすぐにそう言われて、登紀子はうれしかった。けれど、浩介のその言葉がどれほどの重荷を登紀子に背負わせることになるのか、浩介自身にも、そのときの登紀子にもわかってはいなかった。

使う者のいなくなった三つのデスクは処分し、リビングの中央に登紀子は浩介のベッドを置いた。四谷のマンションでいちばん日が当たり、風のとおりもいい場所に。

「夫の介護はそれから四年続いたの。彼が望むように、毎日、玄米の重湯を飲ませた。鍼灸《しんきゅう》、漢方、気功……癌がよくなる、と聞いて、夫がそれを望めば何でも試した。有機農業にはまっていた人だから、西洋医学の治療は拒み続けたの。下の世話だってしたわ。私には容易なことではなかった。なんで、病院に入ってくれないのだろう、と彼を恨んだこともあった」

もう何本目になるのだろう、登紀子は新しい煙草に火をつけて続けた。

「明日には桜が満開になるだろう、とニュースで聞いた日の午後のことだった。カーテンが風で揺れていたことは覚えている。ありがとう、楽しかった。君はいい妻だった。それが彼の最期の言葉だった」

登紀子は俯《うつむ》いてはいたが泣いてはいなかった。登紀子の顔を見ていられなくて、奈帆はＩＣレコーダーの赤いランプに目をやった。

取材対象者の感情に同調してはいけない。

話を聞いているときに、登紀子は時折、取材者の心得のようなものを口にすることがあった。立見が亡くなったとき、妙子の母が亡くなったとき、思わず涙声になった奈帆に向かって、登紀子はそう言った。その言葉を今、思い出していた。

「お仕事は……」声が掠《かす》れるが奈帆は言葉を続ける。

「その頃、登紀子さんは、浩介さんを看病されながらお仕事はされていたのでしょうか？」

「ほとんどできなかったわね。たまに仕事が来ても書くことはできなかった。私がそれまで書き続けていたのは、女の自由な暮らし、ファッション、映画、音楽、看病しながら書けることではなかった。彼を看病しているうちに、私のライターとしての消費期限はとうに終わっていたのね。彼が亡くなった頃には母の遺したものなんてほとんど残っていなかった。彼のためにすべて使ってしまったの。彼が亡くなったあとは、私に原稿を書いてほしいなんて頼みに来る人はいなかった。でも、それも自然なことよ。……夫を看取《みと》った四谷のマンションも手放さなければならなかった。引っ越しをくり返して、今はこの有様。あなたは聞いているかもしれないけれど、あなたのおばあさまにお金を無心したこともあったのよ」

奈帆ははじめてその話を聞いた。鈴子なら登紀子にお金を渡しただろう、と思った。

「この小さな部屋にたった一人で暮らしている、貧しい老婆《ろうば》。それが私よ。母娘三代物書きなんて、その最後は哀れなもの。これ以上でもこれ以下でもない。この部屋で私は一人で、自分の生の終わりを待っているの」

登紀子が新しい煙草に火をつけるのを奈帆は黙って見ていた。

「これで、私の話は終わり」そう言いながら、登紀子が煙を吐く。

けれど、まだ聞きたいことがあった。ためらいながら奈帆は口を開く。

「早川朔さんの晩年はどうだったんですか……」

登紀子は唇についた煙草のフィルターを指で剝《は》がしながら口を開いた。

「お酒に溺《おぼ》れていたという噂《うわさ》は聞いたわ。離婚したとは聞いていない。ひとり息子が今何をしているのかは知らない。……だけどね」

そう言って登紀子は立ち上がり、書棚に向かう。並べられた本の上の紙挟みを手に取り、それを開いて、一枚の葉書を奈帆に渡す。

「なぜだか、去年、これが私の家に来たの」

奈帆は渡された葉書に目をやる。伊藤事務所という文字の下に伊藤謙という名前がある。住所は世田谷。電話番号、メールアドレス。表の宛名《あてな》は、登紀子の住所と名前が印字されたもので、手書きの部分はない。金魚鉢に浮かぶ一匹の赤い金魚のイラスト。そのタッチはどこか早川朔のイラストに似ているようにも思えた。

「この謙というのは」奈帆は登紀子に葉書を返しながら尋ねた。

「たぶん、早川朔のひとり息子ね。どういう間違いだか、私の住所が彼の住所録に紛れこんでいたんじゃないかしら……この暑中見舞いが一枚来たきりで、その後は何も来ないもの」

「何をしている事務所なんでしょうか」そう尋ねた奈帆に、

「さあね、私には必要のないものよ。これはあなたにあげる」

と言いながら、登紀子は葉書を奈帆に差し出した。

この人が本当に早川朔の息子なら、早川朔の晩年の話が聞けるかもしれない。そう考えると、かすかな興奮が奈帆の胸に広がる。奈帆はその葉書をバッグにしまった。

「私の話はこれで全部終わり。こんな長い話につきあうあなたも変わった人ね。でも、もうこの部屋に来なくていいのよ。いい加減うんざりでしょう。あなたの生まれるずっと前の昔話なんて」

「いえ、まだ終わっていません」

そう言う奈帆の顔を登紀子は怪訝《けげん》そうに見つめる。

奈帆は右端をクリップで留めた紙の束をバッグから取り出した。これまで登紀子から聞かされた話をまとめた原稿だった。鈴子の意見を聞いて、登紀子にも見やすい文字の大きさでプリントアウトした。登紀子と妙子と鈴子の話。それを聞いた日ごとに奈帆はテープ起こしを行い、一週間かけて原稿にまとめていた。

「この原稿を登紀子さんに手直ししていただきたいんです」

ぶあつい紙の束を奈帆は登紀子に手渡した。驚いた顔は一瞬で消え、ベッドの脇に積まれた本の上にあった老眼鏡を手にする。登紀子はすぐさま原稿の束をめくる。登紀子の瞳《ひとみ》が上下に動きはじめる。文字の羅列を見つめる登紀子は、奈帆が今まで見たことのないような表情をしていた。登紀子の手が空を彷徨《さまよ》う。その手に奈帆は赤いペンを差し出した。みるみるうちに原稿に赤が入れられていく。

窓の外はもうすっかり夕暮れていた。ひぐらしの鳴く声だけが部屋に響く。ベッドに座り、原稿に赤を入れ続ける登紀子の姿を奈帆はただ黙って見つめていた。

「ただいま」

奈帆が鈴子のマンションのドアを開ける頃には、もう午後七時を過ぎていた。

「おかえり」そう言ってエプロン姿の鈴子がキッチンから顔を出した。奈帆は廊下を進み、キッチンに向かう。

「今日は何？」

「夏野菜の天ぷら。あとは揚げるだけだから」

「じゃあ、私がするね」

「あら、そう。じゃ、お言葉に甘えて、お任せしようか」

鈴子はそう言うとエプロンを脱ぎ、リビングのラグの上に積み重なった洗濯物を畳み始めた。奈帆は手を洗い腰にエプロンを巻き付けると、鈴子が下準備をした夏野菜に衣をつけ、揚げ油のなかにそっと落とす。香ばしい香りが立ち上って奈帆のおなかが鳴った。


鈴子の部屋に奈帆が暮らし始めたのは、三月の終わりのことだった。

孫との同居を提案したのは鈴子のほうで、「一週間でもいいんだから」と奈帆に負担のかからない言い方をしたが、「いっしょに暮らしていたほうが、孫がとんでもないことをしでかすのを未然に防ぐことができる」と鈴子が考えていることは、奈帆にもわかっていた。

実家に居にくかったわけではない。母が嫌いなわけでもない。結婚後も仕事を続け、自分を育ててくれた母のことを尊敬しているし感謝もしている。けれど、今は鈴子の部屋にいたほうが息がしやすいことだけは確かだった。

ここに来た頃は一日中眠ってばかりいた。鈴子は奈帆のために三度の食事を用意してくれたが、日に一度もそれを口にすることができない日もあった。それでも、二週に一度の心療内科への通院と、週に一度、登紀子の部屋に行って話を聞くこと。それだけはどんなことがあっても行こうと決めた。最初は病院にも登紀子の部屋にも鈴子に付き添ってもらっていた。そうしてもらわないと電車にも乗れず、どこかに向かうということができなかった。鈴子がそばにいても、呼吸が苦しくなり、電車から降りてホームで休憩し、呼吸を整え、また電車に乗り込んだこともあった。

それでも、通院が月に一度になる頃にはどうにか一人で電車に乗ることはできるようになっていた。

心が不安定な時期でも、文章を書きたい、という漠然とした思いだけがあった。けれど、それは小説のようなフィクションではない。誰かの話を聞いて、それを文章にしたい。あの日、早川朔の葬式に鈴子に連れて行ってもらえなければ、登紀子と出会うこともなかった。ライターとして、エッセイストとして書き続けた登紀子と、華やかにデビューし、常に第一線でイラストを描き続けた早川朔、さらにひとりの生活者として家族を支え続けた鈴子にも話を聞くことで、自分が知らなかった時代を生きた女たちの人生が見えてくるはずだ。

自分はライターでもない。原稿を書いたこともない。そもそもそんな話をまとめたところで誰が読んでくれるのか。思いは簡単に悪いほうに転がったが、それでも、という気持ちが勝った。たった一人でもいい。読んでくれる人がいるのなら彼女たちが生きた痕跡《こんせき》を伝えたい。その思いだけが、奈帆を登紀子の部屋に通わせていた。

「あら、ずいぶん、上手に揚がったじゃない」

奈帆が不器用に皿に盛り付けた天ぷらに鈴子は箸《はし》を伸ばす。

「うん、おいしい、おいしい」

七十二歳になる鈴子の年齢では、いくら揚げたてでも天ぷらは胃にもたれるのではないかと思うが、奈帆の体を気遣ってか、日々の食事は普段なら鈴子は食べないだろう、というメニューも多かった。

「なんか、お母さん、若くなったわねえ」

週末に時折顔を見せる奈帆の母、満奈実は鈴子を見てそう言った。

自分との暮らしが、鈴子にとって負担だけでなく、少しでも張り合いのようなものになってくれればいい。奈帆はそう考えていた。

登紀子と早川朔の半生だけでなく、この部屋で奈帆は鈴子の話も聞いた。

高校を卒業して、ログストア、旧潮汐出版に勤務して、結婚と同時に退社、その後は専業主婦、ということくらいしか知らなかった。確かに登紀子や早川朔に比べれば、鈴子の半生は平坦《へいたん》とも言える。ドラマチックなことが起こったわけでもない。

話を聞く前は、なぜそれなりの大学を出た自分がログストアに入れなかったのに、高卒の祖母が入社できたのだ、という、そねみに近い気持ちもあった。けれど、時代を遡《さかのぼ》ってみれば、結婚をすれば退社が当然、という多くの女性が辿《たど》った生き方を、時代に阿《おもね》ったとも、専業主婦で楽をして、とも言い切れない。

高度経済成長を裏で支えていたのは、鈴子のような生活を支える女たちだ。援護射撃のように男を支え、彼女たちもまた、登紀子や早川朔と同じように、時代と闘っていたはずだ。この部屋に来る前は、不景気の今に生まれた自分はなんて不幸なのだと考えていた。けれど、それを生まれた時代のせいだけにしていたら、自分も、自分のいる場所も変わらない。奈帆は変わりたかった。ほんの少しでいいから強くなりたかった。ほんの一歩前に進みたかった。

登紀子のように、朔のように、そして、鈴子のように。誰とも同じようには生きられない。それでも、自分だけの人生を自分の足で歩いているという実感が欲しかった。

「今日、登紀子さん、どうだった？」

登紀子の部屋に行った日も、鈴子はそんなふうに聞かない。ダイニングテーブルでパソコンを広げ、何かを打ち込んでいる奈帆を見ても何も言わない。ただ、そばにいて、じっと見守ってくれている。その鈴子の存在が有り難かった。

「ごはん、お代わりしようかな」

奈帆がそう言うと、鈴子はいそいそと立ち上がろうとする。

「自分でするよ」

鈴子を手で制して、奈帆は炊飯器から温かいご飯をよそう。そんなときにふいに考えてしまうのは、登紀子のことだった。今日、自分が渡した原稿にしばらく赤を入れたあ

と、

「この続きは、また、来週」

そう登紀子は言った。疲れてはいたが、かすかな興奮がその表情に混じっていた。来週の金曜日にも登紀子の部屋を訪れることが許されたのだ。それだけで奈帆はうれしかった。登紀子の話が終わり、登紀子との縁が切れてしまうことが怖かった。今頃、登紀子は何を食べ、何をしているのだろう。茄子《なす》の挟み揚げを口に運びながら、奈帆は思った。

夕飯を食べ終えて、奈帆は鈴子と二人分の食器を洗う。その間に鈴子は風呂《ふろ》に入る。

「早く寝なさいね」

パジャマ姿、風呂上がりの鈴子が奈帆に声をかけた。

「うん。わかった。おやすみ」

奈帆がそう答えると、リビングのドアを閉め、鈴子は寝室に向かった。

１ＬＤＫの鈴子のマンションで、奈帆はリビングの隅に布団《ふとん》を敷いて寝ていた。鈴子が眠ったあと、奈帆はリビングで作業をした。今日聞いた登紀子の話を書き留めておこうと思った。足下のバッグの中からノートパソコンを取り出す。そのとき、一枚の葉書がひらりと床に落ちた。奈帆はその葉書を手に取る。

登紀子が渡してくれた早川朔の息子と思われる人物からの葉書だ。葉書を手にしたまま、奈帆はパソコンの検索窓に「伊藤謙」という名前を打ち込んでみた。二百件ほどヒットするものの、上から順番に眺めても、個人事務所の名前は見つからない。「早川朔息子」で検索をかけても同じことだった。伊藤謙がフェイスブックやブログをしている様子はない。掃除機で綺麗《きれい》に吸い取ったように、ネット上には「伊藤謙」の気配がない。あえて、そうしているような気がした。葉書の隅には、世田谷区の住所とメールアドレスがある。ここにメールを送れば、返信があるかもしれない。新規メッセージをクリックして、宛先にぽちぽちと、葉書にあるアドレスを打ち込む。件名に何と書こうか迷った。見ず知らずの人間からわけのわからないメールをもらっても、迷惑メールに振り分けられるか、読まずに削除されるのが落ちだろう。

迷った末に、奈帆は件名に「早川朔さんのお話をお聞きしたい者です」と書き、名前を添えた。早川朔とあれば、彼の目に留まるのではないか。それ以上に、反射的に削除されてしまう可能性もあるが。

登紀子の話から推測すれば、早川朔とひとり息子の関係が良かったとは言えない。それでも彼に会わなくてはいけない。会って彼しか知らない早川朔の話を聞くのだ。苦心してメールの文面を打ち込みながらも、自分がやっていることは誇大妄想の類《たぐ》いなのではないかという思いが消えない。

登紀子、早川朔、鈴子。その三人を関係づけて、文章を紡ごうとしている。彼女たち三人の人生に自分は何を見出《みいだ》そうとしているのか。自分がしていることを誰かが見たら「何を無駄なことを」と言われるのは目に見えている。それでも、早川朔につながる人間、伊藤謙に話を聞きたい。メールの文章を何回も推敲《すいこう》して、迷った末に、奈帆は送信ボタンを押した。飛行機がひゅっと飛ぶような音がして、奈帆の書いたメールは、この世界のどこかにいる伊藤謙あてに送られた。メールが宛先不明で戻ってくる気配はない。このアドレスはまだ使われているということだ。

　奈帆はふーっと深く息を吐いて、椅子の背に体を預けた。開け放った掃き出し窓から、虫の鳴く音が聞こえる。そんな音にも気づかないほど集中していた。首を回しながら壁の時計を見た。もう午前零時に近い。鈴子の部屋からは何の音もしない。登紀子は深く眠っているだろうか。そう思いながら奈帆はパソコンの電源を落とした。

「フリーのライターなんて、今の時代、やめたほうがいい。悪いことは言わない。すぐに就職しなさい」

　目の前のその人は、氷の入ったグラスの水をぐいと飲んだあとにそう言った。
まだ挨拶《あいさつ》もしていない。渋谷のデパートに併設された地下の美術館脇にあるカフェ。奈帆がエスカレーターで降りて行くと、店の外のテーブル席に座っていた人が、なぜだか初対面の奈帆を見つけて手を上げた。どうして自分だとわかったんだろう、という奈帆の心を見透かすように、その人は笑いながら言った。

「このご時世にライターになりたいなんていう子は、だいたい辛気くさい顔してるもん」

大学の同級生で出版社に入った友人に紹介されたノンフィクションライター。女性誌でインタビュー記事を多く書きながら、評伝を主に自著の本をいくつも出している。奈帆の母親と同年齢だということは、事前に調べて知っていた。絶版になっているものもあったが、本屋や古書店で買えるものはすべて読んだ。洗練された文章、綿密な取材、時代背景とからめた人となりの詳細な描写。こんなふうに書きたいと本を読みながら思った。

白いTシャツにデニム、スニーカーを身につけ、どこか少年のような雰囲気のあるその人は、奈帆を前にして少し苛立《いらだ》っているように見える。彼女の隣の椅子に置かれたバッグの口から、クリップで留められたいくつもの紙の束が見えた。

「お忙しいのに申し訳ありません」

自分の声が震えているのではないだろうか。そう心配しながら、奈帆は頭を深く下げた。ウエイトレスがコーヒーをふたつ持ってきたあとに、彼女が名刺をくれた。桑沢美保子。見慣れた名前がそこにある。

「服部さん、だっけ？　就職をしたことはあるの？」

奈帆は社員として在籍していた会社の名前を口にした。

「まあ、えらくブラックなとこに行ったな」

桑沢の言葉にはどこか関西の言葉の響きが混じる。

「やめて正解やわ。いい噂なんかひとつも聞かないもん。ライターへの原稿料未払いが後を絶たない超ブラック会社」

ぽんぽんと放たれる桑沢の言葉に、奈帆の気持ちが楽になったのも確かだった。自分が弱いから、駄目だから、あの会社ですら続かなかったのだ、と自分を責め続けてきた。その気持ちがほんの少し和らいでいく。

「そうは言ってもね、どんなにブラックでも、毎月お給料もらえる正社員のほうがいいの。今の時代、フリーランスなんて本当にやめたほうがいい。食べられないから」

そう断言されては言い返すこともできない。

「ライター経験はあるの？」

「いえ、ありません」

「なくてもいいのよ。ライターって書いた名刺作ればその日から誰でもライターになれる。問題なのは今の時代、仕事もないし、ギャラも下がって……いや、下がり続けてるってこと。雑誌がどんどん廃刊されてることはあなたも知っているでしょう？」

奈帆は頷《うなず》いた。昨夜も、奈帆が高校時代から目を通していた、とある女性誌が休刊になるということをネットニュースで知った。

「雑誌がだめなら、ウェブで、ってみんな言うけどね。ウェブの記事の原稿料は一文字一円、いや、それ以下のところもあるから。四百字書いたら、四百円。いまどきの子どもだって、そんなお小遣いもらってもうれしがらないよね。怒り出すわ。家賃も払えん」

桑沢の言葉は、ある程度奈帆も予想していたことだった。それでも実際に目の前で声に出してそう言われると、予想以上に気持ちはへこむ。

「ノンフィクション書きたいんでしょう。何か書きたいテーマとか人がいるの？」

桑沢はコーヒーにミルクを注ぎながら奈帆に尋ねた。

「……取材は、ほぼ終わっているんです」

「へえっ、話が早いね。誰に取材したの？」

「ライターでエッセイストの佐竹登紀子さんです。それと、イラストレーターの早川朔さんの話も登紀子さんから聞いていて。私の祖母が昔のログストアにいて登紀子さんと朔さんと働いていたので」

「ちょっ、ちょっと待って。佐竹登紀子って、あの佐竹登紀子？」

桑沢が身を乗り出す。

「そうです」

「ミヨンヌのライターだった？」

「そうです」

「彼女、まだ、生きているの？」

「ご存命です。市ヶ谷で一人で生活されています」

桑沢の目は、しばらくの間、奈帆の顔にとどまり、何かを思い出している表情になった。

「あなたは佐竹登紀子に取材したのね？」

「はい……祖母に連れられて早川朔さんのお葬式に行って、そこで登紀子さんに会いました」

桑沢は目を伏せ、ソーサーの上のスプーンを手にとった。残り少ないはずのコーヒーをスプーンでくるくるとかき混ぜる。

「私もログストアのとある雑誌でね、佐竹さんに会ったことがあるのよ」

そう言ってコーヒーを一口飲んだ。

「その頃、私はまだ、大学出たてのペーペーのライターでね。編集プロダクションに二年いたけど、仕事のことなんかなんにもわかってなかった。それでも、ログストアに自分で売り込みに行って、なんとか小っさな映画コラムを任されてね。その当時、同じ雑誌で佐竹さんも記事を書いていたのね。何十ページもある特集ページ。その頃、彼女が作った会社が請け負っていたのかな。ギャラのことでいつも編集長ともめてた。お金にがめつい、っていろんな人に言われて。いい噂はあんまりなかったね」

そこまで話すと桑沢は手を上げてウエイトレスを呼び、コーヒーのお代わりを頼んだ。

「ほかのライターへの当たりも強かった。誰かが書いた記事に文句をつけてね、あの記事はこの雑誌にふさわしくない、って編集長に文句を言うんだよね。佐竹登紀子に降ろされた、仕事を取られたなんて泣いてる子もいた。特にログストアでは、佐竹登紀子の力は強かったからね。あなたも知っているだろうけど、長くログストアにかかわってきた人だから。彼女の言葉は編集長より力を持つこともあった」

奈帆はバッグの中からノートを取り出した。ライターになるためにはどうしたらいいのかを桑沢に聞きにきたのに、いつの間にか登紀子の取材が始まっている。

「創刊何周年かのパーティーだったかな。新人ライターはすみっこのほうにかたまっていた。佐竹さんは編集長より目立っていたよ。服もおしゃれでね。いっつも黒いギャルソン。それがまた似合っているんだよね。雑誌によく登場する俳優やモデルもたくさんいたけど、私は彼女を見たときのほうが興奮したなあ。この人がミヨンヌの文体を生み出したあの佐竹登紀子なんだ、って」

桑沢はどこか遠くを見ている。そんな表情を登紀子を取材しているときにも奈帆は幾度も目にしていた。過去の記憶を思い出すとき、登紀子も鈴子もこんな顔をした。自分がしてきたことは、取材とも言えないのかもしれなかったが、今目の前にいる人の背後に長い時間の連なりを見るとき、女が仕事をし、生活をして生きてきた時代の重さを感じずにはいられなかった。

「そのパーティーの終わり頃だったかな。ふいに背中を叩かれたの。振りかえったら佐竹さんが立っていてね。目の前で見たら、随分小さい人なんだと思った。私を見上げて言ったの。『あなたの書くコラムはおもしろいね』って」

やってきた二杯目のコーヒーを口にしながら桑沢は続けた。

「たった一言だった。だけどね、私が書いていたコラムなんてほんの小さな記事なの。それを彼女が読んでいたことにまず驚いた。あとから編集長にも聞いたんだけど、あの人、自分が仕事をする雑誌の記事はどんな小さな記事でも目を通していたんだよね。私なんかログストアの雑誌に自分の書いた記事が出ていることに舞い上がって、ほかの記事なんか読んでなかった。雑誌愛というのかな、とにかく雑誌という媒体をあの人は愛していたんだと思う。それに私にとってはライターの神様みたいな人だもん。突然ほめられて何も言えなくて頭を下げただけだった。それでもうれしかった。佐竹さんの目が自分の文章を読んでくれてほめてくれるなんて思いもよらなかったから」

「その後も登紀子さんとは何度か会われたのですか？」

「ううん、その一回きり。私も少しずつ忙しくなって、その雑誌でインタビュー記事なんかもまかされるようになって。でも、どんな記事でも佐竹さんがこの記事を読むかもしれないと思ったら、やっぱり緊張したよね」

そこまで話すと桑沢は笑った。目尻《めじり》の深い皺《しわ》が人の良さを感じさせる。

「私はそのあと、雑誌の仕事をしながらインタビュー本や評伝のほうに仕事の主軸を置き始めたから。忙しくしているうちに佐竹登紀子の名前を雑誌で見ることも、エッセイ本を見ることもなくなって。お年もお年だし、もう亡くなられているんだろうと思い込んでいた。だから、今日、あなたから佐竹登紀子の名前を聞いて驚いたわけ」

奈帆の背後のエスカレーターのほうから、突然歓声が聞こえた。驚いて振りかえると、中年女性のグループが大きな笑い声を上げながら降りてくる。

「あの、今、佐竹さんは、一人で？」桑沢が奈帆に尋ねた。

「はい。お一人です」

「言いにくいんだけど、生活とか、つまり、経済的にはなんとかなっているのかな？」

そう聞かれて奈帆は黙った。登紀子の部屋を脳裏に描いていた。すべてのものが登紀子の吐き出す煙に燻《いぶ》され、琥珀《こはく》色に染め上げられたあの部屋。そこにたった一人で暮らす登紀子の生活の詳しい内情まで奈帆は理解していない。自分があの部屋に向かう金曜日以外の日、登紀子が何をして、何を食べ、どんなふうに暮らしているのかも知らないのだから。黙ってしまった奈帆に桑沢は言った。

「あなたも言いにくいか。私が知っている佐竹さんの最後の情報というのも、お金に関することだったからね。つまり、ログストアの社員や、スタッフにお金の無心をしている、っていう」

そう言って桑沢は目を伏せた。

「それが自分にも訪れる未来かもしれないと想像すると、胸が痛くなるんだよね。佐竹さんなんて、フリーランスで働き始めた女の先駆者なのに」

奈帆は言葉を返せない。最初に会ったとき登紀子はこう言った。

「そのとき働ける人が働く。だけど、その代わりはいくらだっている……」

けれど、登紀子の話をほぼ聞き終わった今だから思う。登紀子の代わりなんて誰もできない。唯一無二《ゆいいつむに》の生き方をしてきた人だ。

桑沢もまた、開口一番フリーなんてなるな、と言った。その未来が見えない列に自分は並ぼうとしている。それでも私は。

「私、あなたがどんな人なのかも、どうやって生活しているのかも、あなたがどんな文章を書くかも知らない。でもね」

桑沢が奈帆を見つめる。鋭いけれど、あたたかい目だ。

「佐竹登紀子と、早川朔の評伝、読んでみたいよ」

そう言って桑沢は奈帆がテーブルの上に置いたままにしていた自分の名刺を指さした。

「書き上がったらね、ここに連絡して。その原稿をまず私に読ませて。だからあきらめずに必ず書いて」

わかった？ というように、奈帆に目配せする。奈帆は桑沢の視線の圧に負けないように、目を逸《そ》らさず、ただ、「はい」と答えた。

次に奈帆が登紀子の部屋を訪れた金曜日は、今年一番の猛暑だとニュースで知らされた日だった。コーヒーとハイライトとハーゲンダッツを買い、アイスクリームが溶けないように、日陰の道を急いだ。

「こんにちは」と声をかけながら見慣れた鉄製のドアを開けた。

いつもと同じように鍵《かぎ》はかかっていない。玄関の三和土《たたき》でサンダルを脱ぎ、部屋に上がった。いつもの登紀子の部屋。煙草《たばこ》の残り香が鼻をつく。掃き出し窓は開け放たれていたが、クーラーのない部屋の中は蒸し風呂のようで、汗が噴き出してくる。

ハンカチで汗を拭《ぬぐ》いながら足を進める奈帆の視界に入ったのは、いつもならベッドに座っているはずの登紀子が、仰向けでベッドに寝ている姿だった。黒いワンピース。皺の多い手は胸の上で組まれている。寝ている登紀子を見るのは初めてだった。寝ている、と考えた奈帆の胸のうちを暗いものがよぎった。

登紀子に駆け寄り、奈帆は登紀子の手を握る。あたたかいというよりも、発熱している人の熱を感じた。ほっとするのと同時に、奈帆は声を上げていた。

「登紀子さん！　登紀子さん！」

　体を揺り動かすのはよくないことかもしれないと咄嗟《とっさ》に思った。奈帆はくり返し声をかける。登紀子はうっすらと目を開けるが、呼びかけに反応しない。おばあちゃん。この事態を前に、鈴子を心のなかで呼んでしまう自分が情けなかった。床に放り投げたままの自分のバッグの中から携帯を取りだし、救急車を呼んだ。

「火事ですか？　救急ですか？」

　冷静な男の声になぜだか余計に気持ちがあせる。いくつかの問いかけに答えたあと、奈帆は電話を切り、救急車を待った。

「登紀子さん！」

　何度もそう呼びかけながら、奈帆は自分の足下に何か白いものが落ちていることに気づく。登紀子の手を握ったまま、片手でそれをつまんだ。先週、奈帆が渡した登紀子の話をまとめた原稿だった。白い余白に赤い文字が溢《あふ》れるように躍っている。奈帆には、それがまるで登紀子の血しぶきのようにも見えた。

　救急車のサイレンが近づいてくるのが聞こえる。そのときふいにベッドの上にあった奈帆の携帯が震えた。奈帆はそれを手に取る。一通のメールが届いている。片手で奈帆はそのメールをクリックする。「伊藤謙です」件名にはそう書かれていた。届いたのだ。

私の出したメールが。奈帆が携帯をバッグにしまった瞬間、ドアが開き幾人かの救急隊員が勢いよく登紀子の部屋に入ってきた。

14

　病院の四人部屋、入り口にいちばん近いベッドに寝かされた登紀子は深く眠っていた。細く皺《しわ》の多い腕には点滴の針が刺され、吊《つる》されたバッグから透明な輸液が登紀子の体に送り込まれている。かすかに開かれた手のひらを奈帆はそっと握った。乾いた手だが、まだあたたかみがある。そのときカーテンが静かに開き、鈴子が顔を出した。奈帆に目配せをする。

　奈帆はかすかに頷《うなず》き、今一度眠ったままの登紀子の顔を見てから、ベッドを離れた。

　病室の外で待っていた鈴子と共に、奈帆は病院の廊下を歩く。

「下で少し話そうか」そう言って鈴子はエレベーターのボタンを押した。

　ストレッチャーに乗せられた登紀子と共に、この病院についたのは昼を過ぎたばかりの頃だ。今が何時かわからないが、廊下に差し込む日の角度から、もう夕方に近いのだろうと思った。病院の一階にあるカフェには数えるほどしか人がいない。窓際《まどぎわ》、ブラインドの下ろされた席に、鈴子と奈帆は座った。

　メニューを開きながら、鈴子に、

「ケーキでも食べる？」と聞かれたが、食欲はまったくない。

「……カフェオレで」奈帆がそう言うと、

「じゃあ、カフェオレ二つ」

やって来たウエイトレスに鈴子が静かに告げた。

「大変だったね。びっくりしたでしょう……」

鈴子に言われて頷くと、肩と首のあたりがひどく緊張しているのがわかる。

自分の目の前で誰かが倒れているのを見つけたのも、救急車を呼んだのも、救急車に同乗したのも奈帆にとっては生まれて初めてのことだった。

登紀子が運ばれた病院に鈴子はすぐにやってきた。身寄りのない登紀子の病状を医師から聞いたのも鈴子だった。奈帆はただ、気ばかり動転していて、登紀子が治療を受けている間も廊下のベンチでうなだれていただけだった。気がついたときには鈴子が入院の手続きを済ませ、とりいそぎ入院に必要なものも地下の売店で購入していた。

「登紀子さん」

鈴子がそこまで言うとカフェオレが二つ運ばれてきた。ウエイトレスが去るのを鈴子は黙ったまま待っている。ウエイトレスが行ってしまうと、鈴子はカフェオレに砂糖壺《つぼ》の中から砂糖をひとすくい入れ、スプーンでゆっくりとかき回し再び話を始めた。

「どこも悪いところはないのよ。熱中症だったみたい」

「熱中症……」

「昨日もニュースで言っていたでしょう。この時期、お年寄りには多いからね」

確かに昨日の夜のニュースで聞いた。ましてや、登紀子の部屋にはクーラーなどなく、アンティークの小さな扇風機しかない。登紀子の部屋に入ったときの、あのむっとした空気を奈帆は思い出していた。

「熱中症そのものはね、一日か二日、点滴すればよくなるって。ただ、ひとつ心配なのはね」

鈴子は声をひそめた。そのとき、カフェの入り口のほうで急に赤んぼうの声がして、奈帆と鈴子は振りかえった。ベビーカーを押した若い夫婦が店の中に入ってくる。鈴子は奈帆の顔を見て目だけで笑い、再び話を続けた。

「心配なのは」

鈴子がカフェオレを一口飲んで言った。

「登紀子さん、まともに食事をしていなかったんじゃないか、って」

奈帆の口から息が漏れた。そんな気がしていたのに、それに気づいていたのに、登紀子にはっきりと問い質《ただ》さなかったのは自分だ。

「奈帆はそのことを気に病んだらだめよ」

奈帆の表情の変化に気づいたのか、鈴子が釘《くぎ》を刺すように言った。

「あのね」

鈴子が奈帆に顔を近づける。

「登紀子さん、生活保護を受けているの。でもね、医療費のこととかは心配しなくていいのよ。ヘルパーさんをつけることもできる。さっき、この病院のソーシャルワーカーさんとも話したから。病院を出たあとも、奈帆が心配することはなにもないの」

鈴子は奈帆に気遣いながら話をしていたが、鈴子が口にした生活保護、という言葉に奈帆が衝撃を受けていることも確かだった。

今まで聞き続けてきた登紀子の話、登紀子の生まれ、育ち、東京のお嬢さん、母娘三代物書き。その生の結びが生活保護だということに。

「登紀子さんが倒れたって聞いたとき、一瞬、私の家で引き取ろうか、とも考えてしまった」鈴子は笑いを浮かべて言う。

いかにも祖母の考えそうなことだ、と奈帆は思ったが、同じことを、さっき、登紀子の病室で考えていた。けれど今、生活を祖母に支えてもらっているのは自分だ。支えてもらっている身で登紀子を引き取ろうなどと、軽はずみなことを考えた自分を奈帆は恥じた。

鈴子だって体力が有り余った若い人間ではない。自分に加えてさらに登紀子を預かるという負担が重なったら、今度は鈴子がどうにかなってしまうのではないか。

「ヘルパーさんのこととかはね、私から登紀子さんに話すから」

鈴子は静かに言った。

自分が登紀子に話を聞きたいと願ったこと、週に一度登紀子の部屋を訪ねて話を聞き続けたこと、自分が書いた原稿とも呼べないほどの文章を押しつけて登紀子に直してほしいと言ったこと、自分がこれまで登紀子に関わってきたすべてが登紀子の体を悪くしたのではないか。そう思うと奈帆の胸に深い後悔が泡立つ。それを鈴子に向かってどう言葉にすればいいのか。何かを話さなくてはと思うけれど、思うほどに口が開かない。

「奈帆は何も気にしないでいいの」

鈴子の言葉に思わず、ぽたりとテーブルの上に涙が落ちた。

「私が話を聞きたいと言って、毎週、登紀子さんの部屋に行ったから……それで、登紀子さん、登紀子さんの体が」

「奈帆」

鈴子は自分の手を、テーブルの上に投げ出されたように置かれた奈帆の手に重ねた。

「登紀子さんのほんとうの気持ちは、私にもわからない。だけどね、奈帆は私の若い頃の話も熱心に聞いてくれたでしょう」

こくりと奈帆は頷く。また、涙が落ちた。

「年齢を重ねた人間がね、若い人に話を聞きたいなんて言われること、こんなにうれしいことはないのよ。それは登紀子さんだって同じだと思う。登紀子さんはああいう人だから、うれしいとも楽しいとも言わないだろうけど、奈帆が毎週自分の部屋に来てくれて話を聞いてくれたこと、登紀子さんは決して嫌じゃなかったと思うよ。それにもし、奈帆が今日登紀子さんの部屋に行っていなかったら……」

奈帆の目の前がぐらりと揺れる気がした。

「奈帆は冷静に登紀子さんを病院に運んだ。奈帆はほんとうにえらいよ。いい子だ」

奈帆は子どものようにテーブルに突っ伏して泣いた。カフェにいる皆がこちらを見ているような気がしたけれど、見たければ見ればいい、と思った。それは生まれてから一度も感じたことのないような気持ちだった。登紀子、妙子、鈴子の話を聞き続けて、私はもしかしたら今までより、ほんの少し強くなっているのではないか。そう思った。子どものように泣いているくせに何を、と言われることは百も承知で。

「初めまして。伊藤謙です」

差し出された手に奈帆は戸惑いながらも手を伸ばした。伊藤謙、早川朔の息子の手は思いの外熱かった。上野毛《かみのげ》にあるオフィスの一室。右側の窓いっぱいにしたたるような緑が広がっていた。通された部屋はミーティングに使う部屋なのか、横に長いテーブルの両側にいくつもの椅子《いす》がセッティングされている。左側には壁一面のホワイトボード。何かの図形が描かれ、それが乱暴に消された跡が残っている。

伊藤謙と会えたのは九月の終わり、長雨の合間、東京が久しぶりに晴れた日の午後だった。

「今、仕事でバルセロナに来ていて」「日本に戻るのは三週間後です」幾通ものメールのやりとりを経て、今、目の前に伊藤謙が座っている。

部屋のドアがノックされ、若い女性がコーヒーカップをふたつ盆に乗せ入ってきた。奈帆と謙の前にコーヒーを置くと、女性は頭を下げ部屋を出て行った。

登紀子から渡された葉書にあった伊藤事務所は、今は、アトリエセレッソと名前を変えていること。この場所で謙は建築家として働いていることを、メールのやりとりで知った。

差し出された名刺には、「永島謙」とある。最初に謙からもらったメールの件名には「伊藤謙」とあったが、メールの文面の最後には、永島謙という署名があって、奈帆は同じ名前の別の誰かにメールを送ってしまったのではないかと思っていた。けれど、「お母様である早川朔さんのお話を聞きたい」と書いた奈帆に、「時間が合えばいつでも」とあっけない返信が返ってきた。永島謙が、早川朔の息子、伊藤謙であることには間違いがないのだ。

奈帆が謙から渡された名刺をいつまでも見つめていると、

「僕のペンネームみたいなものです。早川でも、伊藤でも、母の息子であるということがわかると色々と面倒も多くてね。あなたのように早川朔の話を聞きたいとか」

そう言って謙は笑った。白髪混じりの髪、顎鬚《あごひげ》、黒縁の眼鏡。年齢は、奈帆の父親より少しだけ下のはずだが、もっと若く見える。奈帆が見ても謙の着ているスーツはオーダーメイドの高価なものだとわかった。

奈帆も作ったばかりの名刺を謙に差し出した。

「早川朔の息子に取材に行くなら、はよ名刺作らな」

そう桑沢にアドバイスされ、慌《あわ》ててネットの名刺屋で作ったものだ。

ライター　服部奈帆。ライターとして仕事をしたことも、実績もないのに、こんな名刺を謙に差し出すことが恥ずかしかった。

謙はしばらくの間名刺を見つめ、それを自分の前に置いた。

「さあ、どうぞ」コーヒーを勧める指先も綺麗《きれい》に手入れがされている。

「なんでも聞いてください。今日は午後いっぱい時間をとっているから」

そう言って謙はコーヒーを口にした。

「でもね、こんなことを言っては失礼かもしれないけれど、あなたがいくら取材してもその原稿が本になることはないと思います。そう思ったから僕はあなたの取材を受けようと思ったんです。大昔のイラストレーター早川朔のことなんか、今になって誰が知りたいと思いますか？」

その一言に謙の早川朔への複雑な思いがにじみ出ているような気がした。けれど、謙のその一言で、奈帆の心のなかに不思議と負けるもんか、という気持ちが湧《わ》いた。

「私は知りたいです。私が、知りたいんです」

視線を逸《そ》らさずにそう言うと、

「ふうん、奇特な人だな。若いのに」

そう言いながらも謙はゆっくりとコーヒーを飲んでから、早川朔、自分の母親についての話を始めた。


謙が母親のことで何よりも先に思い出すのは、仕事をしている母の背中だった。幼い頃、朔は自宅で仕事をしていたから、仕事部屋に入ると母が机に向かっている姿を常に目にしていた。

「祖母に母の仕事の邪魔をするな、といつも叱《しか》られていましたけどね、やっぱり子どもだから母親のそばに行きたいでしょう。僕がそばに行くと、しばらくの間は相手をしてくれた。けれど、少し僕の相手をすると早く向こうに行ってくれないかなあ、という表情が露骨に顔に出るんだ。そうすると母が、お母さーん、と大声で祖母を呼ぶ。この子を外につまみ出してくれ、という意味ですよ。そうすると、祖母がすっとんで来て僕を仕事部屋の外へ連れ出す、祖母の目を盗んで、僕はまた母のそばに行ってまとわりつく。

そのくり返しでした」

　謙にとって祖母が母で、母は仕事をする人だった。祖母は謙に幾度も言った。お父さんはお外で仕事をしている。お母さんはおうちで仕事をする人なんじゃ、と。

「とにかく、あの人は感情を隠しておけない人なんだ。電話で仕事のやりとりをしていて、声を荒らげているのも僕はよく耳にしていた。未《いま》だに業界では早川朔は怖い人だったと言われているけれど、僕もそれには同意しますよ。子どもの頃は僕のお母さんは、絵本に出てくる赤鬼みたいだなあ、と思っていました」

　子どもの頃から謙は朔が仕事で使う紙や色鉛筆、パステルなどに囲まれて育った。仕事で使うものに触れると朔にこっぴどく叱られたが、書き損じの紙の隅、朔がもう使わなくなった色鉛筆で謙は絵を描いた。

「蛙《かえる》の子は蛙じゃないですけど、僕は母の血を引いているのか、やっぱり絵が好きだったし、うまかったんですよ。幼稚園のときも、小学校のときも、表彰されたり賞をもらったこともある。母は言葉ではほめてくれましたよ。

　だけどね、いつだったか僕が消防車を描いた絵を見て、仕事部屋から一枚まっさらな紙を持ってきてね、同じ消防車を描くんですよ。そりゃ大人だし、母はプロだし、うまいのは当たり前でしょう。子どもに対してもそうだった。常に真剣勝負。大人とか子どもとか、男とか女とか、相手が偉いから、とか、そういうところは母にはないんです。おかしいことにはおかしいと必ず言う。絵を描くということにはとても公平な人だったと思う。
だけど、そのときはさすがに、祖母に窘《たしな》められていましたよね。妙子、子ども相手に大人げないで、って」

おもちゃも絵本も、謙が欲しいものはなんでも妙子によって買い与えられた。子ども時代の謙は、原宿や青山に数点しかなかった輸入の子ども服を着せられていた。髪の毛も床屋ではなく、原宿のヘアサロンへ。大人しか入れないようなレストランにも、謙はナイフとフォークがうまく使えないような幼い頃から連れて行かれた。

「今振りかえっても子どもの頃の自分はいやな奴《やつ》だったなあ、と。生意気なガキですよ。そのときは変な服だなあ、こんな服、友だちに笑われるからいやだなあと思っていても、やっぱり早川朔の目が選んだものなんですよね。色遣いとか、その当時の日本にはない目を惹《ひ》くものだった。例えば……」

そう言って謙は傍《かたわ》らに積んであった本の中から一冊を選び、開いた。シリーズで刊行された早川朔のイラスト集で、「こども」とタイトルがつけられたものだ。

「このあたりの男の子のイラストはだいたい僕がモデルです。恥ずかしいけれど……この水着はよく覚えている。薄い水色と葡萄《ぶどう》色の細いストライプ。僕がストローでジュースを飲んでいた。それがうまく飲めなくてね。このとき母に連れられてホテルのプールに行ったんですよ。……母がものすごく疲れた顔をしていたのを覚えているなあ。まあ、それはいつもの母の姿だったんですが」

謙は地元の小学校から、エスカレーター式に大学まで上がれる私立の中学校に入学した。芸能人の子息が多く通う学校で、校則はゆるく、自由教育を追求することを教育理念に掲げるような学校だった。

「学校も成績のことはうるさく言わないし、母からも父からも勉強しろと言われたことはありません。祖母だけが僕の成績を気にしていましたが、塾に通わされるということもなかった。同級生にはテレビによく出ているような俳優や歌手の息子とか、ニュースキャスターの娘とか、僕と似たような育ちの子どもが多かった。つまり、子どもの頃から金銭的に苦労をしたことがなくて、甘やかされた子どもたちです。そういう学校だから、自分が黙っていても親の職業ってなんとなくばれてしまうものなんですよね。僕の母がイラストレーターの早川朔だってことは、いつの間にかみんなに知られていた。美術の時間なんかに絵を描くと、先生が言うんですよ。やっぱりおまえ、うまいな、母親の血を継いでるんだな、って。猛烈に反発しましたよね。母親の血じゃない。絵がうまいのは僕が努力したからだ、って。そう言っても先生に笑われただけでした」

早川朔が絵を描くことによって生まれた金銭的に恵まれた環境と、底なしに甘い祖母の手によって成長した謙だったが、自分の父と母がうまくいっていないのではないか、と気づき始めたのは中学に入った頃だった。

「二人とも顔を合わせれば、諍《いさか》いばかりしていた。祖母が間に入ってとりなすこともあったけれど、あれはひどかったな。……二人の言い争いから、父に女の人がいる、その人が誰かということもなんとなくわかってしまったし」

早川朔の夫が、早川朔と同じイラストレーターと不倫をしていることは、当時から業界でも噂《うわさ》になっていた。若い世代には、早川朔よりも馴染《なじ》みのあるイラストかもしれない。早川朔がログストアの草創期を駆け抜けた存在なのだとしたなら、彼女はログストアの黄金時代を支えていた存在だとも言える。三年前に急逝《きゅうせい》するまで、小説誌のイラストや新聞連載の挿絵、シニア世代に向けた雑誌と、彼女はイラストを描き続けていた。

「中学三年生のとき、僕、その人にいきなり会いに行ったことがあるんですよ。家にイラストレーター年鑑みたいな本があって、作品と事務所の住所が掲載されていて……。子どもですからアポイントもとらず、学校をさぼって、その人に会いに行った。『早川朔の息子です。父にはもう会わないでください』といきなり言ったら、ほんとうに驚いた顔をして。きれいな人でした。

息子の僕が言うのもなんですけど、母にどこかしら似ていて、母よりも若くて。男と女のことなんか、その当時の僕にはなんにもわかっていなかったけれど、父が母と同じ職業の、しかも母に似ている若い女性と、そういう関係になったのは、僕にはまったく理解不能だった。母にとっても、ずいぶんきついことだったと思いますよ」

彼女はいきなり事務所に訪れた謙を近くにあるレストランに誘った。

謙はその店に父と二人で訪れたこともあった。メニューを開き、手慣れた様子で料理を決める父の姿を謙は思い出していた。

「彼女と食事をしたけれど、父と母のことについて、何かを話してくれることはありませんでした。それよりも店にいる客が彼女のことを見つめているのが、僕にとっては気恥ずかしかった。皆、吸い寄せられるように彼女を見てしまう、といった感じだった。そのなかには彼女が誰か知っている人もいたんだろうけれど。

今風の言葉でいえば、彼女にはオーラみたいなものがあったんでしょうね。ただのきれいな人ではなかった。そして、それは母にはないものだった。帰り際、彼女は僕に言いました。『ごめんなさいね』と。それだけでした。

それから、僕が首に巻いていた白いマフラーを手にとって、自分の顔に近づけました。『親子だとにおいも似るのね』と。思春期の男ですから、そんなことを言われて、僕は真っ赤になりました。そのとき、母には悪いけれど、父がこの人とつきあっているのもなんとなくわかるような気がした。母にはない魅力が確かにあの人にはあった」

それでも、その夜、謙は父に詰め寄った。「あの人と別れろ」と。

「大人のことに口を出すんじゃない、と頬を張られただけでした」

謙にとって父とはどんな存在だったのだろうか。

「祖母とはまったく違ったベクトルで僕を愛してくれた人でした。母の仕事は休日にも及ぶことがあったから、幼い頃は父が僕とよく遊んでくれました。父が仕事をしていた大学にもよく連れて行かれました。その大学までの道は、川が流れていて、緑が川を隠すように生い茂っているんですけれど、その道を父が僕を肩車して、歩いてくれたことをよく覚えています。

けれど、僕が高校に入った頃から、家に帰ってこなくなることも多くなりました。そんな日は、いつまでも母の仕事部屋の電気が消えないんですよね。母はすでに外に仕事部屋を借りていましたが、仕事が終わらないときは自宅で仕事を片付けていた。夜中にトイレに起きて、そっと母の仕事部屋をのぞいたこともありました。祖母は下で寝ているし、母は仕事をしている。この家には僕以外男がいないんだ、と思ったら、急に怖くなったこともあったな。もし、悪者が家に来たら、僕がなんとかしなければいけないんだ、と」

自宅では仕事部屋にこもり続ける母、家庭を顧みない父、自分を溺愛《できあい》する祖母。その三人の大人のなかで、思春期の謙は息苦しさを感じ続けていた。

「父は母を嫌ってほかの女と関係を結んだわけじゃない。母のことを愛していて、自分のほうを振り向いてほしかったんだろうと思う。愚かなことだけれどほかの誰かと関係を結ぶことで、母の気を引こうとしていたところもある。

子どもである僕の願いはいたってシンプルなものでしたよ。父と母に仲良くしてほしい。それだけでした。僕の、というか、子どもは皆そう思うのが普通でしょう。特別わがままだとも思わない」

けれども、その願いは叶《かな》わなかった。謙の、母や父への思いはねじれ、いつしか学校をさぼり、夜の町で悪い友だちとつるんで遊ぶようになった。

「夜の町で補導されて、母が警察まで迎えに来たこともありました。そんなとき、母は警察の人に頭を下げてね。やっぱりそういう姿を見ると、心は痛みました。

母に、というよりも、早川朔に僕は何をさせているんだろう、という気持ちもあった。そう考えてしまう自分も嫌でした。母は純粋に僕の母でなく、早川朔というアーティストなんだ、って、反抗している頃の僕だって、そういう気持ちはあったんです。

母にずいぶんと反抗をしたけれど、母が描いている絵も、母が仕事をしていることも、僕は嫌じゃなかった。そりゃ母にもう少しこっちを向いてほしいと思ったこともあったけれど。結局、母からの愛を欲しい欲しいと僕が思い続けていて、母に手のひらを差し出しているのに、そこに僕が満足するような愛が母から注がれることはなかった。なぜなら、母も手のひらを上に向けて、欲しい、欲しい、と願っていたからです。ふたりの人間が手のひらを上にして、欲しい、欲しい、と叫んでいる。けれど、母の手のひらにも僕の手のひらにも何かが注がれることはなかった」

それほど、謙が母親に求めていたものはいったい何だったのだろう。

「イラストを描くことよりも、僕が大事だ、と一瞬でいいから思わせてほしかった。彼女にとって何より大事なのは自分の創作活動で、母であることは二の次だったのだと思う。彼女の仕事量を考えればそれが難しかったことも、大人になった今ならわかるような気がします。でも、子どもだった僕の心は満たされなかった。

イラストレーターとして大事にされたい。それが彼女の一番の願いだったのではないか。それが子どもの頃の彼女の生育歴と関係するのかどうか専門家ではないから僕にはわからない。けれど、自分の父の顔も知らず、母を母とは知らずに暮らした頃の飢餓感が、彼女に膨大な量の仕事をさせていたことは確かです。祖母と暮らすようになっても、幼い頃のさびしい気持ちは解消されることはなかったのかもしれませんね。

もっと自分を必要としてほしい。必要とされたい。彼女はいつもそう思っていたのかもしれない。けれど、子どもの僕だって、いつも不満足だった。母にとって僕がかけがえのない存在だと、一度でいいから思わせてほしかった。もしそう思うことがあったら、僕は家を飛び出て、大学をやめて、スペインに行くこともなかったと思う」

謙はエスカレーター式に上がった大学を二年で中退し、フリーターのような生活を数年続けたのち、一念発起してマドリードの建築大学に進む。自分をいちばんに愛してくれた祖母の死もきっかけになった。父も母もいるのに、ひとつの家族として機能していない家族とはいったん距離を置きたい。早川朔の名前を誰も知らないところに行きたい。物理的に距離を置いて、お互いに頭を冷やせば、今一度ばらばらだった家族がひとつになれることがあるかもしれない。そのときの謙の切なる願いだった。

「スペインに行ってからは、東京の家には年に一度帰るかどうかでした。その頃から、母に会うと、お酒のにおいがするようになった。それほど飲む人ではなかったのに」

この頃から早川朔の酒量は少しずつ増えていった。家の外に出て、誰かと会って、楽しくはしゃぐ、という飲み方ではなく、仕事を終えるたびに一人で酒を飲む。そういう飲み方だった。そんなに飲んではいけない、と朔に忠告するような家族も友人もいなかった。仕事をしている時間以外は、食事もせずに、朝から飲み続ける。その習慣がもとで朔は体を壊し、さらに命までもが脅《おびや》かされた。

「あまりお酒を飲むな、と言ったこともあるけれど、僕の言うことなんか聞かなかった。スペインから帰って来て、久しぶりに会うんだから、僕もやさしい言葉をかけたいと思っているのに、つい言葉が尖《とが》ってしまう。母も僕の言葉に応戦する。

聞きたくない言葉も投げつけられました。今、考えてみれば、その頃から母の仕事は少なくなっていた。今までの画風を封印してモノクロのイラストを発表したけれど、その評判も芳《かんば》しくはなかった。結局、母の絵は売れていた頃のまま変わらなかった。それまでのように売れっ子イラストレーターとしてもてはやされることも少なくなった、父は相変わらず家庭を顧みないし、祖母もいなくなってしまった。ひどくさびしかったんだろう、と思います。

　でも、その頃は、母の心情なんて僕にはわからなかった。いつかはわかりあえるかもしれない、と思ってスペインくんだりまで行ったのに、かえって僕と母との距離は遠くなってしまったようでした。もう二度と日本に帰っては来ない、と言い残して、空港に向かったこともあります」

　謙と朔との仲が決定的にうまくいかなくなったのは、謙が現在のパートナーであるスペイン人の妻アナとの結婚を決めたときだった。

「アナとは留学時代に知り合ったんです。父は認めてくれたものの、母には最後まで反対されました。僕が彼女を連れて帰っても会おうとはしない。かたくなに心を開こうとはしてくれなかった。最後には僕ももう知るか、となって、スペインで二人で結婚をし、建築家として仕事も始めた。

　けれど、最初の頃は何もかもうまくいかなかったですね。建築のコンペに出しても落ちてばかりで。食いつめて僕だけ一人で日本に帰り、事務所を作って小さな仕事を引き受けていたこともあります。だけど、そんなときだって親の名前には頼りたくなかった。だから、事務所の名前も早川の名は使わなかった。それを使えば仕事も来たのかもしれないけれど、それだけは絶対に嫌だったんです。でも、たった一人で仕事をしていくことの大変さを身に染みて理解したのもそのときでした。

作品のポートフォリオを持って自分を売り込みに行くとき、母の姿がよぎることがありました。あの小さな母が、こんなに重いポートフォリオを持ってイラストを売り込みに行ったとき、どんなに不安だったんだろう、どんなに勇気が必要だったんだろう、と。何もないところから認められて、名を成す、ということの過酷さを初めて知りました。それにいかに自分が母の影響を受けているか、ということも。アナは僕にとって妻でもあり、仕事のパートナーでもあります。彼女は仕事をする一人の人間です。仕事中は、もう離婚しかないか、という派手な喧嘩《けんか》をすることもあります。でも、仕事をすることに男も女もない。女性が男性の後ろに隠れている必要もない。言いたいこともはっきりと言い合う。

母はイラストレーターとして仕事をしながら、僕に仕事をする背中だけを見せながら、そんなことを教えてくれたんだと思います。母親としてはまったく無能だ、なんて思ったこともありますけれど、そんなことはなかった。母は十分に僕にとって立派な親でした」

今年の冬のある日、早川朔は突然、この世を去った。謙はそのときバルセロナで仕事をしており、朔の最後の瞬間に間に合わなかった。

「世田谷の家で骨壺を見て泣きました。こんなに小さくなってしまったと。二年前に父も亡《な》くなってしまったから、父の仏壇の前に母の骨壺を置きました。天国では仲良くやりなよ、と心のなかで言いました。母は亡くなる間際まで絵を描いていたみたいで」

そう言って謙は一冊の小さなスケッチブックを見せてくれた。表紙を開くと、年老いた女性の腕のスケッチが幾枚も続く。

「母が祖母の腕を描いていたんですね。最後のほうには、ひとつだけ祖母の眠っているような顔もある。もしかしたら祖母が亡くなったときかもしれない。こんな絵は何枚も描けはしなかったんでしょう」

朔が母を描いたというスケッチは唐突に途切れ、その次のページには小さな男の子の絵が続く。自分の拳《こぶし》を口のなかに入れようとする赤んぼう、はいはいをする赤んぼう、朔の画材だろうか、絵の具かパステルで口のまわりを真っ赤にして泣いている子ども、プールサイドでジュースを飲む子ども、たくさんのスーパーボールに囲まれて、口を膨らませている男の子の絵の下に、おこりんぼう、けんちゃん。という朔の文字が添えられている。

「このときのこと、僕、覚えています。子どもの頃、スーパーボールが流行《はや》っていてね。祖母が買ってくれるから、僕は同級生の誰より、たくさんスーパーボールを持っていたんですよ。でも、ある日ね、祖母も父もどこかに出かけていなかった。遊ぶ友だちもその日はいなくて暇を持て余していたんですね。母は相変わらず仕事部屋にこもって仕事ばかりしていて。僕、腹が立って仕事部屋のドアにスーパーボールをぶつけたことがあったんですよね。母はものすごい形相で怒りましたよ。おこりんぼう、けんちゃん、じゃなくて怒っていたのは早川朔ですよ。ものすごい形相で怒鳴って」

謙の子ども時代の絵を、老年の朔はなぜ描いたのか。その頃にはもう自分から遠く離れてしまった息子への悔恨の思いだったのか。その理由は朔がいなくなった今では、誰にもわからない。

謙の絵に続いているのは女の子の絵だ。今はもうテレビのアニメでしか見られないような、おかっぱ頭に吊りスカートの女の子。そのまわりを花や植物の絵が取り囲んでいる。

「これは母の子どもの頃でしょうね」

そう言って謙はスケッチブックの次のページを開いた。

満開の桜の下でしゃがみ、泣いている女の子の絵。ちいさな文字、震えるような文字で、さびしい、と書かれている。

「やっぱり、これを見たときには泣いてしまったな。母はひとりぼっちだったんだ、と。子どもの僕は母にさびしい、さびしい、こっちを向いてくれ、と、そう思ってばかりいた。それは母も同じだった。母がいなくなった今ではもう伝えることもできないけれど、僕と母は親子でなくて、さびしい子ども同士として心が通じ合える瞬間があったんじゃないか、と思うこともあります。

僕ね、母のイラストや、母の仕事について、すごいね、とかまったく言ったことがなかったんですよ。父も昔の日本の男ですから、母にそんなことを言ったことはないと思う。父も言えばよかったんですよ。おまえ、すごいな、やるじゃん、って。何度でも。僕だって仕事で苦労をした今なら言えます。早川朔って、すごい仕事したんだな、母さん、頑張ったじゃん、って。……それだけが僕の後悔です」

話の終わりに、謙は一枚の紙を見せてくれた。教会のようにも見える建物のスケッチ。満開の桜の木がその建物のそばにある。

「今年の春、母が生まれた村に僕は初めて行ったんです。母の生まれた場所に僕は行ったことがなかった。母も僕を連れて行こうとはしなかった。やはり、あの場所には複雑な思いがあったんだろうと思います。

山間《やまあい》のほんとうに小さな村だった。道路なんかは舗装されて綺麗になっているし、コンビニなんかもあったけれど、母の生まれた頃とそんなに変わっていないんじゃないか、と思いましたね。日本昔話に出てきそうな風景が続いていて。

ちょうど桜の満開を過ぎた頃だったかな。花吹雪がきれいでね。こんなにきれいなものを見て母は育ったんだ、って改めて思いました。僕の事務所のアトリエセレッソのセレッソはスペイン語で桜の意味です。

あんなに小さな村から東京に出てきて、仕事で勝負し続けた母はすごいな、って。誰にでもできることじゃありません。

まだ、なんの話も進んでいるわけじゃないけれど、僕はあの村にいつか、小さくてもいいから早川朔の美術館を建てたい。それが僕のいちばんの夢です」

そう言った謙が早川朔が亡くなる間際まで絵を描いていたスケッチブックを閉じようとしたとき、一枚の写真がひらりとデスクの上に落ちた。

「ああ、それは、スケッチブックの最後のページに挟んであったんです。かなり昔の写真ですよね。フィルムを現像したものだから。タイマーをセットして撮ったんだろうけど、ずいぶんピントもぼけていますね。母もまだ若い。これは僕がスペインに行った直後くらいかな。ほかのお二人が誰なのか僕にもわからないんですが、母はなんだか泣いたみたいな顔していますね。……父や僕のことでも話して泣いたんだろうか。男どもはみんなふがいないって。でも、母にも目の前で泣ける友人がいたんだ、と思って、この写真見て、僕は少しほっとしたんです」

奈帆はその写真を見た。真ん中に黒い服を着た早川朔。謙が言うように目を赤く腫《は》らして、泣き笑いのような顔でこちらを見ている。朔の肩を抱いているのは、朔と同じような黒い服を着た登紀子だった。右端にいるのは鈴子だ。こんなに若い鈴子を奈帆は初めて目にした。三人の背景は夜空で、遠くのほうに新宿の高層ビルだろうか、まるで小さな星のような赤い灯がいくつか見える。奈帆は写真を見ているうちに胸がつまった。

まるで偶然のように思える人との出会いが、決して偶然ではないことに。

出会いから生まれる何かがつながって続いていくことに気づいて。

「ここに写っているのは、私の祖母です。朔さんの隣にいるのが佐竹登紀子さん。主に女性誌で活躍されていたフリーライターの先駆者的な存在です。エッセイも多く残されています。私の祖母が勤めていた出版社で三人は出会ったんです」

　取材者として言わないほうがいいのだろうと奈帆は思ったけれど、言わずにはいられなかった。謙は冷めたコーヒーを前に、驚いたような顔でいつまでも奈帆の顔を見ていた。


「置いてあった雑誌、全部買い占めてきたの」

　そう言ってフリースの上着を脱ぎながら、ダイニングテーブルの上に雑誌を積み上げた。

「あ、ここに奈帆の名前があるわ」

　鈴子は老眼鏡をかけ、手にした雑誌をまじまじと見つめている。

奈帆が起きたとき、鈴子は外出していていなかった。散歩にでも行ったのだろうか、とパジャマ姿でぼんやりしていると、大型チェーンの書店の名前の入った重そうな紙袋を手にマンションに戻ってきた。近くの書店が開く時間まで待ちきれず、電車に乗って、大きな書店まで行ってきたのだと言う。

「すごい。これ、奈帆の書いた文章なのね」

記事を読みながら、鈴子がすごい、すごい、と繰り返すことにいたたまれなくなり、奈帆は洗面所に逃げた。見本誌はすでに昨日、奈帆の元に届けられていたが、恥ずかしくて祖母には見せていなかった。

複数のライターが担当している『偉人の子どもたち』という連載に、奈帆が謙を取材した記事が載った女性誌の発売日が今日だった。

初めて会った日からもう幾度もメールのやりとりをしていた桑沢に、謙との取材が終わったことを伝えると、

「それで一本書いてみ」とそっけなく言われた。

その日から今日までの道のりを振りかえると、今も奈帆の胃のあたりがずしりと重くなる。話してもらったことを記事としてまとめたいという奈帆の申し出に、謙は頑《かたく》なに同意しなかった。

「早川朔の息子だと名乗るつもりで話をしたわけではないから」

奈帆と謙との間で数え切れないやりとりが行われた。謙のアトリエに何回足を運んだかわからない。何度会っても謙の返事はつれなかった。

「早川朔さんがすばらしいアーティストだったと、私はたくさんの人に知ってもらいたいんです」

最後は土下座までする覚悟で謙に会った。最後まで頑なだった謙にその態度を変えさせたのは、謙の隣にいた妻アナの言葉だった。

「お母さんのことを誇りに思っていること、それをなぜ隠すのかわからない」

早川朔に最後まで結婚を認めてもらえなかったアナの一言が謙の気持ちを変えた。

「それに私たちのアトリエの宣伝にもなるし」

そう言ってアナは奈帆に目配せした。本名ではなく、永島謙の名前で誌面に登場させること、自分の顔写真は掲載しないこと。そのふたつを条件に謙は自分の話を奈帆が原稿にまとめることを認めてくれた。

季節はすでに秋から冬になっていた。

桑沢に最初の原稿を見せたときから何十回と繰り返されたダメ出し。直した原稿を送っても、すぐに赤を入れられて再び奈帆の元に戻ってきた。

「こんな素人《しろうと》くさい文章載せられへんわ」

そう言われながら直し続けた原稿に桑沢からなんとかＯＫが出ても、版元の編集者にさらに赤を入れられた。誰に向けて何を書きたいのか、何を伝えたいのか。原稿を直しながら、常に自分に問いかけていた。夜中まで作業が続く日も多かった。

夜更《よふ》けのダイニングテーブルでもう何を書いていいかわからない、と思うと、ベランダに出て深く呼吸をした。まだ、心療内科でもらう薬はのんでいるが、過呼吸の症状はほとんど出ない。自分が仕事をして、体が、心が、快復していくことがうれしかった。

「ライターデビューやな。おめでとう」

昨日の深夜、桑沢からメールが来ていた。桑沢からそう言われても、記事が掲載された雑誌が発売されても、奈帆は自分がライターなのかも、ライターとして続けていけるのかも、わからなかった。桑沢や編集者の手が多く入っているから、掲載された記事が自分の原稿だと胸を張って言えない。自分が書いた元の文章など、数えるほどしか残っていない。しかも原稿料は奈帆が予想していたよりもはるかに安い金額だった。

顔を洗い、歯を磨いて、リビングに戻ると、いつの間にか、テーブルの上には朝食の用意がされていた。今のような祖母に頼りきった生活で、ライターですと名乗る勇気はない。今の自分はライター未満の人間だ。それでも、いつかは、この鈴子のマンションを出て、ライターとして自立したい、それが奈帆の夢になった。

コーヒーの準備くらいはしようとキッチンに向かうと、シンクの下で鈴子がしゃがみこんでいた。今年の夏、登紀子が倒れたときのことを思い出した。嫌な予感が奈帆の胸をよぎる。

「おばあちゃん！」

奈帆の声に驚いて鈴子が顔を上げた。

「具合悪いの？」

鈴子は奈帆に腕を添えられて立ち上がった。首を横に振る。鈴子は泣いていた。

「ううん。違うの。うれしいのよ。奈帆の原稿が載ってうれしいの。それに」

老眼鏡を取り、鈴子は涙を拭《ぬぐ》った。

「妙子さんの息子さん立派になって、妙子さん喜んでいるだろうなあ、って思ったらね」

そう言って鈴子は額に入った小さな絵を食卓の上に載せた。若い夫婦と生まれたばかりの赤んぼうの絵。いつか妙子が鈴子に贈った結婚祝いの絵。自分の祖父母と母が描かれている。

「これはいつも見えるところに飾っておこうね」

鈴子は額をチェストの上に置いた。奈帆は鈴子の肩を抱いた。祖母の体はこんなに小さかっただろうか、と思いながら。

奈帆が登紀子のマンションに通うようになって、すでに一年以上が経過していた。

スターバックスでコーヒーをふたつ、医師には禁煙を、と言われているが、それでも喫煙をやめない登紀子にハイライトをワンカートン。

「こんにちは。お邪魔します」

そう言いながら、奈帆は登紀子の部屋のドアを開けた。週に二度やってくるヘルパーのおかげで、登紀子の部屋は整然と保たれている。

去年の夏、熱中症で入院し、この部屋に戻ったあと、「他人には絶対に部屋に入ってほしくない」と頑なに言っていた登紀子だが、今はヘルパーの来訪を拒まなくなった。むしろ、ヘルパーや奈帆がこの部屋に来ることを待っているのでは、と思うこともある。それでも、心を開いてくれた、とは思わない。

登紀子が頑なに持っている、「ここから先には入ってくるな」というラインの内側に入り込まないように、奈帆はよりいっそう気を遣うようになった。

早川朔、登紀子、鈴子の話を奈帆がまとめた原稿のチェックは、あと、一、二回もあれば終わるはずだ。その作業が終わっても、奈帆はこの部屋に通うつもりでいた。

「登紀子さん」

声をかけながら奈帆は部屋に入った。部屋の中は登紀子が吸った煙草《たばこ》の煙がまるで雲海のように漂っている。ベッドの上の登紀子の体の上には、古いダッフルコートがかけられている。右腕はだらりとベッドの脇《わき》に伸び、その先の床の上にクリップで留めた紙の束と、赤いペンが放り出されたように落ちている。

奈帆は登紀子に近づいた。目は開かれたままだ。どこを見ているのか。乾いた薄いくちびるがかすかに開いている。奈帆は駆け寄り、登紀子の手を握った。その手の冷たさが登紀子がもうここにはいない、ということを示していた。

救急車を、そう思ったけれど、一分でも二分でもいい。奈帆は二人きりで登紀子のこの部屋にいたかった。

登紀子の体の上にかけられているコートは、いつか登紀子が話してくれた、父にねだって作ってもらったダッフルコートだろうか。奈帆はその袖《そで》に指で触れた。

登紀子がいつか語ったように、このコートならどんなに冷たい風が吹いても寒くはないだろう。男っぽい、まるで女の子らしくないコート。これでマリナ・ヴラディになれると思ったの。登紀子の声が奈帆の耳に蘇《よみがえ》る。

床に落ちている紙の束に目をやった。いちばん上。奈帆様、という文字が目に入った。

奈帆はそれを手に取った。売り込み先、という文字の下に、いくつかの出版社の名前がある。その横の括弧の中に名前があるが、「生死は不明」と添えられている。紙の余白に、散らばった赤い四文字のひらがな。文字が震えている。その文字を奈帆は目で辿《たど》った。

「つ　づ　け　て」。

その文字が少しずつ滲《にじ》んで見えなくなった。

「もし企画が通れば、後日連絡差し上げます。連絡がなかったときはご縁がなかったということで」

目の前でそう言う編集者に奈帆は深く頭を下げた。エレベーターで一階に下り、受付にネームタグを返して、警備員が立つビルの玄関から奈帆は外に出た。振りかえって西日を受けて輝いているビルを見上げる。こういうのをインテリジェントビルと言うのだろうか、その建物の新しさ、立派さを間近にすると、出版不況というのは本当なんだろうか、と疑いたくもなる。

肩に提げたバッグから手帳を取り出し、今会ったばかりの編集者の名前に横線を一本引く。たぶんだめだろう。もう何度も味わった落胆の気持ちにも、奈帆は慣れつつあった。登紀子が書き残してくれた、さらに桑沢が紹介してくれた出版社と編集者のリストを作り、ひとつずつ順番に企画を売り込みに行く日々が続いていた。

桑沢の仕事を手伝い、新人ライターとして桑沢から紹介された小さな仕事をこなしつつ、すでに書き終えている三人の女たちの話をまとめた原稿を、どこかで連載したい、本にしたいと思っていた。バッグのなかには、自分が書いた記事の切り抜きを入れたクリアファイルが入っているが、記事はファイルの半分にも満たない。けれど、それが自分の今の正確な力量だ。

「無名のあなたの本をいきなり出すわけにはいかないんですよ」

「自費出版で出したほうがいいんじゃないですか？」

そう言って断られたことも数えきれない。そう言われても、

「原稿の冒頭部分だけでも読んでいただけませんか？」

そうやって奈帆は桑沢から何十回と手直しされた、そして、登紀子の赤が入った原稿のコピーを手渡してきた。そのあとの原稿は未だに手直しを続けている。少しでも読みやすい原稿にして、それを誰かの手に届けたかった。奈帆がまだ会ったこともない誰かに。

手帳を開いたまま俯《うつむ》いて立っていた奈帆の肩になにかがぶつかった。

着慣れていないように見えるスーツを着た、奈帆よりも若い女性だった。重そうな黒いポートフォリオを抱えている。

「あっ、すみません。ごめんなさい」

彼女は頭を下げ、踵《きびす》を返すと、今、奈帆が出て来たビルに足早に向かって行った。もしかしたら、自分と同じようにあの出版社に売り込みに行くのかもしれない。イラストレーターか、カメラマンか、それとも就活中だろうか。

入り口に入る瞬間、彼女がくるりと振り向き、奈帆の顔を見た。ぺこり、と再び頭を

下げる。奈帆は右腕を上げて手を振った。彼女は緊張した表情を崩してかすかに笑った。

彼女がビルの中に入っていったのを見届けて、奈帆は歩き出した。

夕暮れどき、遠くに新宿の高層ビルの連なりが見える。早川朔と登紀子と鈴子が見たあの赤い灯。鼓動のように、呼吸のように点滅している。

駅に向かう人の波に逆らうように、奈帆は歩く。

自分の鼓動に、ハイヒールの靴音を合わせるようにして。

まだ続いている。まだ続けていける。そう思いながら、奈帆は歩き続ける。

参考文献

『平凡パンチ１９６４』赤木洋一（平凡社新書）
『「アンアン」１９７０』赤木洋一（平凡社新書）
『anan の嘘』酒井順子（マガジンハウス）
『平凡パンチの時代　１９６４年〜１９８８年　希望と苦闘と挫折の物語』塩澤幸登（河出書房新社）
『平凡パンチの時代　失われた六〇年代を求めて』マガジンハウス編（マガジンハウス）
『雑誌の王様　評伝・清水達夫と平凡出版とマガジンハウス』塩澤幸登（河出書房新社）
『平凡パンチの三島由紀夫』椎根和（河出書房新社）
『60年代「燃える東京」を歩く』（ＪＴＢパブリッシング）
『トマトジュース　大橋歩エッセイ集』大橋歩（講談社）
『2杯めのトマトジュース』大橋歩（講談社）
『真夜中のダッフルコート　おしゃれ大好き、大嫌い』三宅菊子（文化出版局）
『楽しい二人暮しのＡＢＣ』三宅菊子（大和書房）
『愛しかた面白ノート　嬉しくて好きで感激なことのコレクション』三宅菊子（じゃこめてい出版）
『女として考えること　ひとは愛に何を求めるか』三宅艶子（大和書房）

解説

彼女が泣く理由

梯　久美子

大きなクリップでとめられた分厚いゲラ刷りが届いたのは一週間前のことだ。いまこの原稿を書いているパソコンの横にあるそのゲラは、角がぼろぼろになってめくれている。読み始めるや、これは私の物語だと思ってやめられなくなり、取材旅行の飛行機やホテルや列車の中など、いろいろな場所で読んだからだ。読み終えたいま、熱っぽくてリアルで残酷なこの小説を、「私たちの物語」だと思う。

主人公は、一九六四年、創刊されたばかりの雑誌の編集部で出会った三人の女。ひとりはライター、ひとりはイラストレーター、もうひとりは編集雑務を担当する出版社社員である。その雑誌は若い男性向けの週刊誌で、新聞社や文芸系の出版社による従来の週刊誌とは一線を画す、ビジュアル重視の新しい雑誌だった。小説の中では潮汐出版の「潮汐ライズ」という雑誌になっているが、ファッションはもちろん、先端のカルチャーから社会問題までを扱い、三島由紀夫や野坂昭如も寄稿した雑誌といえば、多くの人は、ああ、あの雑誌かと思い当たるだろう。

　イラストレーターは、二十二歳の若さでこの雑誌の表紙を描き、時代の寵児《ちょうじ》になった妙子。ライターは、売れっ子のフリーランサーで、同じ出版社がその後に創刊するファッション誌の文体を生み出すことになる登紀子。そして、高卒で入社し、当然のように仕事より結婚を選ぶ鈴子。まったく異なる能力と価値観を持った三人が、当時の先端メディアだった雑誌の世界で、つかの間のかかわりをもつ。

　妙子と登紀子は〝稼ぐ女〟であるがゆえに孤独である。妙子は結婚し出産するが、第一線で描き続けるために自分の母親に子育てを託し、夫の気持ちは離れていく。登紀子は、子どもは持たず、妻が外で活躍し夫が家事をするという、働く女の新しい夫婦の形を演じる。ライフスタイルを切り売りする、現在まで続く女性の書き手のパターンの走りである。売れっ子になるが、いつかノンフィクションを書きたいという望みは果たされない。一方、鈴子は編集者にならないかという上司からの誘いを断って見合い結婚をする。

　タイトルの「トリニティ」とは、キリスト教における三位一体を意味する。鈴子の結婚式に参列した妙子は、神父の「父と子と聖霊の御名において」という言葉を聞きながら、その三つは女にとって何だろうと考える。男、結婚、仕事。それとも、仕事、結婚、子どもだろうか、と。

〈どれも自分は欲しい。すべてを手に入れたい。妙子は思った。／欲深き者、と誹《そし》られ、石礫《いしつぶて》を投げられても〉

三人の中で妙子だけが仕事と結婚と子どものすべてを手に入れた。得たものを手放さないために死ぬほど努力した彼女は、次第に周囲から煙たがられ、トラブルメーカーと言われるようになる。そして孤独な死を迎えるのだ。ライターとして一時代を画した登紀子も、かつての知人に小金を借りて回る老女となる。経済的にも恵まれた穏やかな老後を送っているのは、専業主婦となった鈴子だけである。

仕事を選んだ女は、その報いを受けたということだろうか。いや、そうではない。冒頭に老女として登場する三人の、そこに至るまでの過去が語られていく中で、読者が立ち会うのは、それぞれの人生のきらめくような瞬間だ。それは必ずしも幸福な瞬間ではない。だがそこには、選ぶという行為（それは選ばなかったものを「捨てる」行為でもある）のもつ、痛みを伴う美しさがある。

仕事、結婚、子どもをすべて手に入れた妙子も、その三つを選ぶために多くのものを捨てた。大切なものを捨てなければ、より大切なものを得ることはできない。捨てることで他人を傷つけ、捨てた自分の醜さに泣く彼女といっしょに、私も泣いた。

この小説が描いているのは、主人公たちの世代だけではない。彼女たちの母、娘、孫と、四世代の人生が語られていく。その中で、私たちは何を手に入れ、何を失ったのか。欲深く生きても、石礫を投げられることのない時代を、果たして生きているのか。そんな問いが、読み終わったいまも消えない。

（作家、「波」二〇一九年四月号より再録）

この作品は二〇一九年三月新潮社より刊行された。

窪美澄著

ふがいない僕は空を見た

山本周五郎賞受賞・R－18文学賞大賞受賞

秘密のセックスに耽る主婦と高校生。暴かれた二人の関係は周囲の人々を揺さぶり――。生きることの痛みを丸ごと包み込む傑作小説。

窪美澄著

晴天の迷いクジラ

山田風太郎賞受賞

どれほどもがいても好転しない人生に絶望し、死を願う三人がたどり着いた風景は――。命のありようを迫力の筆致で描き出す長編小説。

窪美澄著

アニバーサリー

震災直後、望まれない子を産んだ真菜と、彼女を家族のように支える七十代の晶子。変わりゆく時代と女性の生を丹念に映し出す物語。

窪美澄著

よるのふくらみ

幼なじみの兄弟に愛される一人の女、もどかしい三角関係の行方は。熱を孕んだ身体と断ち切れない想いが溶け合う究極の恋愛小説。

辻村深月著

ツナグ

吉川英治文学新人賞受賞

一度だけ、逝った人との再会を叶えてくれるとしたら、何を伝えますか――死者と生者の邂逅がもたらす奇跡。感動の連作長編小説。

辻村深月著

盲目的な恋と友情

まだ恋を知らない、大学生の蘭花と留利絵。やがて蘭花に最愛の人ができたとき、留利絵は。男女の、そして女友達の妄執を描く長編。

柚木麻子著　**私にふさわしいホテル**

元アイドルと同時に受賞したばっかりに……。文学史上もっとも不遇な新人作家・加代子が、ついに逆襲を決意する！　実録(!?)文壇小説。

柚木麻子著　**本屋さんのダイアナ**

私の名は、大穴《ダイアナ》。最悪な名前も金髪もはしばみ色の瞳も大嫌いだった。あの子に出会うまでは。最強のガール・ミーツ・ガール小説！

柚木麻子著　**BUTTER**

男の金と命を次々に狙い、逮捕された梶井真奈子。週刊誌記者の里佳は面会の度、彼女の言動に翻弄される。各紙絶賛の社会派長編！

朝井リョウ著　**何者**　直木賞受賞

就活対策のため、拓人は同居人の光太郎や留学帰りの瑞月らと集まるようになるが――。戦後最年少の直木賞受賞作、遂に文庫化！

朝井リョウ著　**何様**

生きるとは、何者かになったつもりの自分に裏切られ続けることだ――。『何者』に潜む謎が明かされる、発見と考察に満ちた六編。

伊坂幸太郎著　**ホワイトラビット**

銃を持つ男。怯える母子。突入する警察。前代未聞の白兎事件とは。軽やかに、鮮やかに。読み手を魅了する伊坂マジックの最先端！

小川洋子著　**薬指の標本**

標本室で働くわたしが、彼にプレゼントされた靴はあまりにもぴったりで……。恋愛の痛みと恍惚を透明感漂う文章で描く珠玉の二篇。

小川洋子著　**博士の愛した数式**　本屋大賞・読売文学賞受賞

80分しか記憶が続かない数学者と、家政婦とその息子——第1回本屋大賞に輝く、あまりに切なく暖かい奇跡の物語。待望の文庫化！

小川洋子著　**いつも彼らはどこかに**

競走馬に帯同する馬、そっと撫でられるブロンズ製の犬。動物も人も、自分の役割を生きている。「彼ら」の温もりが包む8つの物語。

恩田陸著　**六番目の小夜子**

ツムラサヨコ。奇妙なゲームが受け継がれる高校に、謎めいた生徒が転校してきた。青春のきらめきを放つ、伝説のモダン・ホラー。

恩田陸著　**夜のピクニック**　吉川英治文学新人賞・本屋大賞受賞

小さな賭けを胸に秘め、貴子は高校生活最後のイベント歩行祭にのぞむ。誰にも言えない秘密を清算するために。永遠普遍の青春小説。

恩田陸著　**中庭の出来事**　山本周五郎賞受賞

瀟洒なホテルの中庭で、気鋭の脚本家が謎の死を遂げた。容疑は三人の女優に掛かるが。芝居とミステリが見事に融合した著者の新境地。

宮部みゆき著

レベル7《セブン》

レベル7まで行ったら戻れない。謎の言葉を残して失踪した少女を探すカウンセラーと記憶を失った男女の追跡行は……緊迫の四日間。

宮部みゆき著

火車

山本周五郎賞受賞

休職中の刑事、本間は遠縁の男性に頼まれ、失踪した婚約者の行方を捜すことに。だが女性の意外な正体が次第に明らかとなり……。

宮部みゆき著

理由

直木賞受賞

被害者だったはずの家族は、実は見ず知らずの他人同士だった……。斬新な手法で現代社会の悲劇を浮き彫りにした、新たなる古典！

村田沙耶香著

ギンイロノウタ

野間文芸新人賞受賞

秘密の銀のステッキを失った少女は、憎しみの怪物と化す。追い詰められた心に制御不能の性と殺意が暴走する最恐の少女小説。

村田沙耶香著

タダイマトビラ

帰りませんか、まがい物の家族がいない世界へ……。いま文学は人間の想像力の向こう側に躍り出る。新次元家族小説、ここに誕生！

村田沙耶香著

地球星人

あの日私たちは誓った。なにがあってもいきのびること――。芥川賞受賞作『コンビニ人間』を凌駕する驚愕をもたらす、衝撃的傑作。

トリニティ

新潮文庫　く－44－5

令和三年九月一日発行

著者　窪《くぼ》美《み》澄《すみ》

発行者　佐藤隆信

発行所　株式会社　新潮社

郵便番号　一六二―八七一一
東京都新宿区矢来町七一
電話　編集部(〇三)三二六六―五四四〇
　　　読者係(〇三)三二六六―五一一一
https://www.shinchosha.co.jp

価格はカバーに表示してあります。

乱丁・落丁本は、ご面倒ですが小社読者係宛ご送付ください。送料小社負担にてお取替えいたします。

印刷・大日本印刷株式会社　製本・加藤製本株式会社

ISBN978-4-10-139146-5 C0193